Swallow Knights Tales

김철곤 글 · 김성규 그림
판타지 장편소설
FANTASYSTORY & ADVENTURE

dream
books
드림북스

SKT 4
Swallow Knights Tales 4
호랑이 죽이기

초판 1쇄 인쇄 / 2013년 11월 18일
초판 1쇄 발행 / 2013년 12월 3일

지은이 / 김철곤
그림 / 김성규

발행인 / 오영배
책임편집 / 편집부
펴낸 곳 / (주)삼양출판사 · 드림북스

주소 / 서울특별시 강북구 솔샘로67길 92
대표 전화 / 02-980-2112 팩스 / 02-983-0660
편집부 전화 / 02-980-2116 팩스 / 02-983-8201
블로그 / blog.naver.com/dreambookss

등록번호 / 제9-00046호
등록일자 / 1999년 3월 11일

ⓒ 김철곤 · 김성규, 2013

값 15,000원

(주)삼양출판사 · 드림북스의 서면 허락 없이는 어떠한
형태나 수단으로도 이 책의 내용을 이용하지 못합니다.

ISBN 978-89-542-4479-4 (04810) / 978-89-542-4475-6 (세트)

* 지은이와 협의하에 인지는 생략합니다.
* 잘못된 책은 구입한 곳에서 바꾸어 드립니다.

이 도서의 국립중앙도서관 출판시도서목록(CIP)은 서지정보유통지원시스홈페이지(http://seoji.nl.go.kr)와
국가자료공동목록시스템(http://www.nl.go.kr/kolisnet)에서 이용하실 수 있습니다.
(CIP제어번호: 2013023586)

Swallow Knights Tales

김철곤 글 · 김성규 그림

SKT 개정판

4
호랑이 죽이기

dream books
드림북스

Swallow Knights Tales

Contents

- 제1화 칼의 마음 下 — 007
- 제2화 작전명! 접대 최전선! 上 — 103
- 제3화 작전명! 접대 최전선! 下 — 151
- 제4화 똑바로 살아라 — 273
- 제5화 이름 없는 짐승 上 — 321

▌부록

- 제멋대로 만화극장 — 397
- 한 귀로 듣고 한 귀로 흘리는 제멋대로 프로파일
  : 이자벨 크리스탄센 편 — 401
- 또 다른 시선 하나 : 카론 샤펜투스 「악연(惡緣) I」 — 407
- 또 다른 시선 둘 : 키릭스 세자르 「악연(惡緣) II」 — 431
- 또 다른 시선 셋 : 무라사 랑시 「호랑이 죽이기」 — 451

제1화

칼의 마음 下

7.

왕궁 뒤편에 있는 카론 경의 집으로부터 리더구트까지는 걸어서 30분이 조금 넘게 걸린다. 덕분에 함께 돌아가는 키스 경과 대화할 충분한 시간이 있었다. 하지만 확실히 말하지 못하고 우물쭈물하고 있는 쪽은 나였다.

왕실에서 사육하는 양들이 한가롭게 노니는 드넓은 초원을 가로지르며 나는 계속 키스 경의 눈치를 봤다. 키스는 리더구트에서 가져온 무거운 요리 도구들이 잔뜩 들어 있는 자루를 한 손에 들고 살랑살랑 걸었다. 대체 저 호리호리한 몸 어디에서 저런 괴력이 나오는 걸까.

"키스 경, 저 말이죠."
"네에?"
"……저 그러니까."
"뭔가요?"
"하아, 아무것도 아니에요."
 확실히 그걸 물어보기에는 좀 껄끄럽단 말이야. 내 표정을 힐끗 훔쳐본 키스가 먼저 말을 꺼냈다.
"이멜렌 님 말인가요? 어째서 말을 못 하는지?"
 난 그의 눈치에 감탄하며 고개를 끄덕였다. 사실 남의 불행에 대해 궁금해하는 것은 좋지 못한 호기심이다. 하지만 헬스트 나이츠 부기사단장이라는 높은 지위의 기사와 왕실의 은둔자처럼 파티에 한 번도 모습을 드러내지 않는, 말을 하지 못하는 여인 사이에는 뭔가 남모를 사연이 있을 것 같다는 궁금증을 참기 어려웠다. 이건 누가 봐도 일반적인 부부는 아니지 않은가.
"남의 아픈 사정을 들춰내는 건 전혀 기사답지 못한 짓이랍니다아."
"아, 알아요! 알고 있다고요, 뭐."
 하여튼 이 양반은 꼭 한 번 꼬집는다니까.
 키스는 눈을 살짝 감고 걸어가며 입을 열었다.
"카론 경이 평민 출신이라는 것은 알고 있지요?"
 서늘한 1월의 바람이 숨죽인 들풀과 키스의 곱실거리는 머리칼을 매만지고 지나갔다.

"아 예, 그건 들어서."

"상상도 못 할 노력 끝에 출세했더라도 그 신분만큼은 낙인처럼 끝까지 따라가요. 그리고 인간은 자신보다 비천한 자에게는 한없이 잔인한 존재지요."

나는 키스가 왜 이런 서두를 꺼냈는지 알 길이 없어 그의 옆을 걸으며 말을 경청했다.

"이멜렌 님은 공작 가문의 영애랍니다."

"저, 정말요?"

믿어지질 않았다. 이 나라에서 공작이란 국왕 전하와 왕자님 다음 가는 신분이다. 특히 왕족 아이히만은 대공(大公)이라는 칭호를 받아 권력의 정점에 서 있고, 꼭 그가 아니더라도 공작 가문 출신은 대대손손 누구도 함부로 할 수 없는 부와 명예를 보장받게 되는 것이다. 만약 이멜렌 님이 정말 공작 가문의 일원이라면 그녀는 소박한 이층집이 아니라 하인이 백 명쯤 딸린 으리으리한 궁전에서 살고 있어야 했다.

"평민 출신의 기사가 공작 가문의 여자와 결혼하는 일은 있을 수 없답니다."

"하, 하지만 했잖아요."

"그렇죠. 이멜렌 님의 가문은 카론 경과의 결혼을 허락했죠."

모순되는 키스의 두 말 사이에서 불길한 기분을 느꼈다. 내가 물었다.

"그게 이멜렌 님이 목소리를 잃은 것과 관련이 있는 건가요?"

키스는 걸음을 멈추고 날 바라보았다.
"오래전, 이멜렌 님은 돈을 노린 한 무리에게 납치된 적이 있습니다."
"그런……."
"그들은 엄청난 몸값을 요구했고 그녀의 가문에선 자기들의 재산을 쓰고 싶지 않았지요. 하지만 그 잘난 가문의 체면이라는 것 때문에 가만히 있을 수도 없었고, 그래서 출셋길이 막막한 평민 기사 카론 경을 불러서 말한 거예요."
"……."
"기사의 명예를 걸고 레이디를 구출해 오라고."
키스는 쓸쓸한 웃음을 보였다. 나는 그 멋들어진 영웅담 뒤에 있는 추악한 마음을 보았다. 돈을 쓰긴 싫다, 하지만 모른 척하자니 체면이 구겨진다. 그래서 도저히 명령을 거부할 수 없는 평민 출신의 이름 없는 기사 카론 경을 선택한 것이다.
십중팔구 구출엔 실패하겠지만 그렇게 하면 적어도 '불의를 참지 못하는 정의의 기사가 자신이 사모하던 여인을 구출하기 위해 홀로 적진에 뛰어들어 그녀와 함께 장렬히 산화했다.'라는 슬프고 아름다운 영웅담을 만들 수 있을 테니까.
나는 가라앉은 목소리로 물었다.
"그래서 카론 경은 그 제안을 수락했나요."
"대공작 가문이 일개 평민 기사에게 내린 영광스러운 제안을 어떻게 거절할 수 있을까요. 만약 거절한다면 카론 경의 기사 생명은 끝나는 것과 마찬가지일 텐데요."

"하, 하지만 수락하면 죽는 거잖아요!"

"카론 경은 자신의 운명을 시험해 보고 싶었던 것인지도 몰라요. 제안을 거절하고 불명예스러운 겁쟁이로 낙인찍힌 채 고향으로 돌아갈 수도 있었지만…… 카론 경은 자살이나 다름없는 그 제안을 받아들였습니다. 사실 카론 경은 그녀가 누군지도 모르고 있었죠. 하하."

키스의 공허한 웃음소리가 가슴을 저몄다. 그가 말을 이었다.

"그런데 공작 가문의 기대와는 달리 카론 경이 그녀를 구출해 온 거예요. 삽시간에 그 무용담은 입에서 입을 타고 퍼져 나갔고 카론 경에겐 고귀한 은의 기사라는 별칭까지 붙게 되었지요. 공작 가문도 어쩔 수 없이 카론 경을 칭송할 수밖에 없었어요. 하지만……."

"하지만?"

"이멜렌 님은 이미 충격을 받아 말을 할 수 없는 상태였습니다."

그 충격이 무엇이었는지는 묻지 않았다. 몸값을 받을 수 없게 되었다는 것에 격분한 악당들이 그녀에게 무슨 짓을 했을지는 깊게 생각해 보지 않아도 짐작할 수 있으니까.

"귀족들의 명예라는 것이 얼마나 중요한 것인지 알고 있을 거예요. 한 사람의 인생 따윈 송두리째 부숴 버려도 상관없을 정도로 중요한 가치죠. 적어도 그들에게는."

"……."

"이미 더럽혀진 여자를 가문의 일원으로 인정하기 싫었던 그들은 몸가짐이 올바르지 못한 여자라며 일방적으로 이멜렌 님의 상속권을 빼앗은 후 카론 경에게 결혼을 강요했습니다. 다른 귀족에게 시집갈 수 없는 몸이 된 빈털터리 아가씨가 자신을 구해 준 무명의 기사와 결혼한다는 결론은 아주 깔끔한 해결책이니까요. 말하자면 이멜렌 님을 합법적으로 가문에서 제거한 것입니다."

"속물들! 어떻게 그런 더러운 짓을!"

키스는 울분을 토하는 내 머리에 손을 얹으며 말을 이었다.

"대신 그녀를 책임져 주는 대가로 공작 가문은 카론 경의 후원자가 되어 주기로 약속했죠. 만약 그렇지 않았다면 평민 출신의 기사가 어떻게 왕실 기사단의 부기사단장까지 올랐겠습니까."

"믿어지질 않아요. 너무한다고요."

키스는 추억에 잠긴 눈빛으로 거의 울먹거리는 날 바라보다가 발걸음을 옮겼다.

"괜히 말이 많았네요. 하긴, 세상 모든 일들이 올바르고 낭만적으로만 진행된다면 누가 소설을 보겠어요?"

그는 소리 없이 웃었다. 나는 걸음이 떼어지질 않았다. 그녀의 카드에 적혀 있던 착하고 솔직한 목소리들이 계속 떠올라서 눈물이 멈추질 않았다.

"키스 경! 그럼 카론 경은 이멜렌 님을 사랑하지 않는 건가요!"

단지 출세를 위해서? 왕실에 입성하기 위해서 그녀를 택한 것뿐이야?

키스는 발걸음을 멈추고 슬쩍 나를 바라보았다. 그리고 뭔가를 한참 생각하다가 입을 열었다. 그의 목소리가 바람에 섞여 내 귓가에 울렸다.

"아니요. 이 세상 누구보다 사랑하고 있을 겁니다. 그도 그녀도, 세상 모두에게 버림받았으니까요. 그래서 서로를 사랑하지 않고는 견딜 수가 없는 겁니다."

나를 위로하는 것만 같은 목소리에 눈물을 닦았다. 그리고 힘겹게 웃음을 보였다.

"그래요. 그거면 된 거네요"

악의에 가득 찬 세상의 악취를 부정하지 말자. 하지만 목적 없이 분노하지도 말자. 그것은 단지 우리 자신을 공연히 더럽히는 일에 다름 아니다. 이멜렌 님도 그 손쉬운 분노와 체념을 선택하기보다는 자신의 카드에 '함께 있어 줘서 고마워요.' 라는 말을 쓰지 않았던가. 최선을 다해 행복해지려고 노력하는 마음은 자신을 버린 자들을 증오하는 마음보다 수백 배는 갖기 어렵다.

'그러니까 나도 노력하자.'

나는 그렇게 다짐하며 키스를 뒤따랐다. 그리고 키스를 따라잡으려 잔걸음으로 발을 옮겼다. 그런데 어찌 된 일인지, 걸어가면 갈수록 머릿속에서 정리되지 않던 뿌연 상념들이 점점 형체를 갖춰 가는가 싶더니, 결국 내 머리는 '이멜렌'이라는 이름을 어디에서 봤었는지를 기억해냈다. 그것은 예전 잠깐 열람할 수 있었던 왕실 기사록에서였던 것이다.

'악투르 왕국에 납치되었던 노르펜스트 공작가의 장녀'

그와 함께 무의식에 가라앉아 있던 기억의 편린들이 하나둘씩 수면 위로 떠오르기 시작했다.

'그리고 그때, 그녀를 구출한 기사는 카론 샤펜투스와…… 키릭스 세자르.'

내 의문의 끝엔 그 알 수 없는 이름이 버티고 있었다. 그러나 은의 기사를 칭송하는 그 수많은 영웅시 어디에도 키릭스라는 이름은 없다. 마치 이름 없는 그림자처럼, 기록의 단 몇 줄만이 그가 실존한다는 사실을 희미하게 알릴 뿐이다.

그것이 이멜렌 님을 구출해낸 카론 경의 숨은 수호신인지, 아니면 자신의 목적을 위해 카론 경을 이용한 냉혈한인지도 짐작할 수가 없다. 키릭스는 바로 앞에 서 있지만 보이지는 않는 유령 같은 존재, 나는 콧노래를 흥얼거리며 앞서 가는 키스를 바라봤다.

광막한 광야를 달리는 인생아,
너의 가는 곳 그 어디냐.

쓸쓸한 세상 험악한 고해에
너는 무엇을 찾으러 가느냐.

웃는 저 꽃과 우는 저 새들은
그 운명이 모두 다 같구나.

삶에 열중한 가련한 인생아,
너는 칼 위에 춤추는 자로구나.

누구를 향한 것인지 모를 노랫소리가 귓가를 겉돌았다.

8.

우리에게도 유급 휴가라는 것이 있다면, 그것은 '지명'이 예정보다 빨리 끝났을 때일 것이다.

'으음, 하루 일찍 끝나 버렸네.'

3일 전, 동부의 한 귀부인에게 지명된 나는 제사를 마치고 목욕을 하며 중얼거렸다. 나의 올해 첫 번째 지명자는 난생처음 듣는 이름의 중년 백작 부인인데, 아무래도 그녀에 대해 좋은 감정을 갖기 힘든 것이 '새치기'를 했기 때문이다.

예약을 무시하고 날 먼저 데려온 것만 봐도 상당한 권력자라는 것을 짐작은 하겠지만…… 이렇게까지 내가 빨리 필요했다고 하기에 정작 제사는 너무도 대충대충 무성의하게 끝내 버렸다.

'그 백작 부인, 제사엔 별 관심도 없는 것 같아.'

그래도 명색이 자신의 아버지 제사인데, 제사 전날 날 불러놓고 파티까지 하질 않나, 제사 당일도 참석하는 둥 마는 둥 귀찮다는 표정으로 일관하질 않나. 신분을 떠나서 누구라도 가족의 제사에 조금은 엄숙한 시늉이라도 해야 하는 것 아닌가?

"에이, 몰라, 몰라."

어쨌든 나는 하루 휴가를 벌어서 기뻐. 본부로 돌아가서 하루 종일 지스의 고양이하고 방바닥이나 뒹굴며 노닥거릴까나. 아니면 루이 경과 쇼핑이라도? 그것도 아니면 오랜만에 내 옛 고객들에게 편지를 쓰며 느긋하게 하루를 보내는 것도 괜찮겠네.

본의 아니게 얻은 휴일을 어떻게 보낼지 행복하게 고민하며 목욕을 마치고 나왔다.

'……는 것까지는 좋은데 말이지.'

엥? 어디 있는 거야, 내 옷? 침대 위에 분명히 놓아두었는데? 설마 내 옷에 자유 의지 같은 것이 있어서 어디론가 방랑을 떠나 버린 건…… 절대 아닐 테니까 실현 가능한 생각만 하도록 하자. 그때,

"오호호호, 엔디미온 군. 뭘 그렇게 찾고 있는 거야?"

"흐히히히힉!"

등 뒤에서 들려오는 오싹한 웃음소리에 난 소스라치게 놀라

며 돌아봤다. 그리고 언제 들어왔는지, 백작 부인이 내 방 의자에 다리를 꼬고 앉아서는 실로 형용할 길이 없는 눈빛으로 날 바라보고 있었다. 그리고 그 뒤엔 곰도 서슴없이 때려잡을 것 같은 경호원 두 명이 서 있었다.

"배, 백작 부인?"

"어머나. 그렇게 놀란 얼굴도 귀엽네."

지금 이 순간 내게 가장 위안이 되는 사실은 목욕탕을 나오며 수건으로 하반신을 가렸다는 사실 정도일 것이다. 그것 말고는 죄다 파멸로 치닫고 있었다.

"거기 서 있지 말고 이쪽으로 오렴."

"그, 그보다 옷부터 돌려주시죠."

"이리 와서 가져가, 오호호호."

"……."

일반적으로 이런 상황의 피해자는 여성 아니었나. 하지만 '냉큼 옷 내놔!' 라고 성질을 부렸다간 저 머슬 바디들에게 가차 없이 구타당할 분위기였다. 아니, 그보다 더 신경이 쓰이는 것은……

"저기, 그 뒤에 있는 십자가는 뭔가요?"

어째서인지 모르겠지만 백작 아줌마 뒤에는 뭔가 고문 도구를 연상케 하는 거대한 형틀이 서 있었던 것이다. 어떻게 저런 커다란 게 방문으로 들어올 수 있었는지는 둘째 치고, 자주 사용했음을 알리는 분명한 저 흔적들이 몹시 신경 쓰인다.

"아아, 이거? 신경 쓰지 마, 오호호."

아니, 신경 쓰여! 어마어마하게 신경 쓰인다고! 나는 지금 내 유일한 동지인 수건 씨가 떨어지지 않도록 꽉 잡으면서 말했다.

"왜 이러시는지는 모르겠지만 저는 제사가 끝나면 지명비를 받아서 왕실로 돌아가야 합니다만."

"아? 돈 말야? 그거라면 여기 있어."

그녀가 묵직한 금화 주머니를 꺼내 내게 보여 주며 입꼬리를 올렸다.

"와서 가져가."

난 곧바로 고개를 도리도리 저었다.

가면 죽는다. 가면 죽는다. 가면 죽어!

내 오감이 위험을 경고하고 있었고 내 머릿속은 내가 앞으로 겪게 될 고초를 광속으로 시뮬레이팅하기 시작했다.

"작년 왕궁에 들렀을 때 꽃밭에 앉아 있던 엔디미온 군의 모습을 보고 단 한 순간도 잊은 적이 없어."

뭐? 꽃밭? 아아, 나 그때 키스가 일 시켜서 정원 잡초 뽑고 있던 거였는데!

"어서 이리와. 그 아름다운 모습을 더 가까이서 보고 싶어. 너는 아직 하루 동안은 내 소유야. 이 누님 말 들어."

이, 이건 이미 스토킹 수준이야! 농담이라도 '와하하하. 이놈의 인기는 어딜 가도 시들 줄 모르는군!' 이라고 웃어넘길 수가 없는 상황이잖아! 키스 경, 기사로서 이런 말 하긴 그렇지만 고객 물 관리 좀 하라고요!

'쳇, 어쩔 수 없군.'

나는 젖은 머리를 쓸어올리며 사나이 자존심 따위 내팽개친 요염한 표정으로 백작 부인을 바라봤다.

"부인, 소인은 이미 부인께 모든 것을 바칠 준비가 되어 있사옵니다."

"어머나, 이제야 내 마음을 알아준 거야?"

"물론이옵니다. 저 역시 아리따운 백작 부인을 본 뒤부터 다른 아무것도 눈에 들어오지 않았답니다. 당신을 만나게 된 것은 제게 운명입니다."

물론 운명이다. 그것도 아주 거친 운명이지. 그녀는 내 사근거리는 고백에 눈물까지 그렁그렁한 황홀한 표정이 되어 날 바라보았고, 난 천천히 그녀에게 걸어갔다.

'좋아! 승부다!'

나는 그녀에게 손을 내밀며 능숙한 미소를 보였다.

"자아, 이제 함께 둘만의 밀실로 가실까요."

그러자 그녀가 감격에 겨운 얼굴로 내 손을 꼭 잡으며 대답했다.

"그럴 필요 없어."

"엥?"

"얘들아, 묶어."

그리고 난 예의 십자가에 내 유일한 동반자인 수건 씨와 함께 묶여 버렸다. 내 일생일대의 대실수다. 이 여자가 노멀이 아니라는 걸 알아챘어야 했는데!

"취, 취향이 참으로 독특하시군요."

나는 채찍을 들고 내게 다가오는 그녀를 향해 눈썹을 가늘게 떨었다.

"엔디미온 군, 내게 모든 것을 바치겠다고 했었지?"

"다, 다시 생각해 보니까 제 몸은 기사단 소유라서 일단 기사단에 가서 훼손해도 되는지 허락을 받아야……."

"괜찮아. 넌 이제 영원히 이곳에서 살 거니까."

멋대로 주소지 변경하지 마! 역시 '간은 지상에 놓고 왔답니다.'라는 고전적인 트릭으로는 욕정에 타오르는 백작 부인에게 씨알도 안 먹힌다.

아아, 이제 어쩔 수 없이 낭만과 채찍을 사랑하는 백작 부인께 이 한 몸 바칠 수밖에 없을…… 수가 있겠냐! 사태가 이 지경에 이르렀으면 누가 와서 날 구해 줘야 하는 거 아냐? 이딴 식으로 '그동안 『SKT』를 애독해 주신 여러분께 감사드립니다.'라고 끝내면 납득하겠냐고! 하지만 불행하게도 '위기의 순간, 정의의 용사가 혜성처럼 나타난다.'라는 전개는 여성 한정 특권이라서 내겐 해당 사항이 없었다.

그녀가 곧 과녁판이 될 내 가슴을 할퀴며 아찔한 미소를 지었다.

"엔디미온 군, 날 잊지 못하도록 만들어 줄게."

이미 평생 트라우마가 될 것 같습니다만! 순간 나는 이 난데없는 위기가 뭔가 대단히 한심해져 고개를 꺾으며 한숨을 내쉬었다.
 '기사를 동경한 남자, 스물하나. 악의 무리를 혼내주기는커녕 정초부터 십자가에 매달려 이 무슨 막돼먹은 플레이냐고. 기분 최악이야.'
 아아, 몰라, 몰라. 올해도 운수대통이야. 이제 될 대로 되라고 해!
 그때였다.
 난 기적을 보았다.
 "뭐, 뭐야!"
 굉음과 함께 문이 박살 나며 헬스트 나이츠의 망토를 두른 기사들이 뛰어들어오는 것 아닌가! 이 거만한 녀석들의 모습이 반가운 건 이번이 처음이자 마지막일 것이다. 그리고 그들 뒤로 걸어들어오는 자는 바로,
 "카, 카론 경! 절 구해 주러 오셨군요!"
 그러나 카론 경은 '무슨 헛소리를 하는 건가?'라는 싸늘한 눈빛을 날리고는 백작 부인에게 다가가는 것이었다. 카론 경이 창백해진 백작 부인에게 말했다.
 "왕실 귀중품 은닉, 탈세, 사기, 협박, 과도한 세금 징수, 명예 훼손, 존속 살해, 살인 예비 음모 및 교사, 이것이 너의 죄명이다. 변명은 법정에서 하도록."

무뚝뚝한 선고와 함께 카론 경은 그녀 앞에 두터운 서류 뭉치를 던졌다. 아마도 그녀가 저지른 수많은 죄목들이 낱낱이 기록된 문서이리라. 이제 막 40대가 된 것 같은 여인인데, 정말 최선을 다해 범죄를 저지르며 살았구먼.

카론 경의 얼음장 같은 판결은 계속 이어지고 있었다.

"이에 따라 어명에 의거, 이 순간 이후 너의 작위와 재산과 영지는 왕실이 몰수하며 또한 징역 25년형에 처한다."

"어, 어떻게 네놈들이 감히 내게 이럴 수가 있어! 지금까지 아무 말도 없다가 왜 갑자기!"

그녀의 찢어지는 고함 소리에도 표정 하나 바꾸지 않은 카론 경이 사무적인 어조로 그 이유를 말해 주었다.

"나라면 오르넬라 성녀님을 적으로 돌리는 실수는 안 했을 것이다. 체포해."

백작 부인, 아니, 전 백작 부인의 표정이 흙빛이 되었다. 그녀가 경호원들에게 외쳤다.

"뭐 해! 이놈들을 죽여!"

그러나 경호원들은 '우리가 미쳤수?'라는 눈으로 그녀를 바라볼 뿐이었다. 하긴, 권력도 재산도 잃은 중년 여자의 명령을 뭐 하러 목숨 걸고 따르겠는가.

그녀는 무릎을 꿇고 억울하다며 펑펑 울기 시작했지만 카론 경은 여전히 일말의 동정도 없는 시선으로 일을 마무리했다.

"이것으로 사건 번호 142를 종결한다. 왕실로 귀환한다."

여기 아직 종결 안 된 부분도 있는데요!

"저어, 카론 경. 142번 끝내시기 전에 저도 좀 풀어 주시면 안 될까요? 아하하하."

졸지에 십자가에 매달린 성자가 되어 버린 내가 간절한 눈빛으로 카론 경을 바라보자 그가 날 올려보고는 담담히 말했다.

"그리고 왕실 기사 감금 및 고문⋯⋯ 추가."

9.

"이야아아, 카론 경이 안 오셨으면 정말 큰일 날 뻔했네요."

잽싸게 옷을 입고 여행 가방과 지명 비용을 챙긴 나는 매정하게 먼저 저택을 빠져나간 카론 경의 뒤를 쫓아가선 말했다. 그는 앞서 걸어가며 대답했다.

"특별히 자네를 구하러 온 것은 아니다."

알고 있습니다요.

"저기 그런데요."

"또 뭔가."

카론 경은 걸음을 멈추고 날 바라봤다. 항상 그렇지만 '용건만 간단히.'라는 표정이로군.

"설마 제가 오늘 당한 일까지 기사록에 쓰는 건 아니겠죠?"

일단 기사록이라는 것이 애초 기사의 행적에 대해 자세하게 기록해 두는 물건이긴 하지만, '엔디미온 키리안. 21세. 지명 중 채찍의 새로운 용도를 발견한 백작 부인에게 사로잡혀 십자가에 매달리다. 순결 잃을 뻔함.'이라는 창피한 사실까지 베르스의 역사로 남겨 둘 건 없잖아요?

그러나 날 뚱하게 바라보던 카론 경은 '그딴 거 내가 알게 뭔가.'라는 얼굴로 말없이 몸을 빙글 돌려 다시 걸어가 버렸다. 하긴, 이건 물어본 내 쪽도 '알게 뭐야!'라는 생각이 드는군.

또다시 휑하니 앞질러 가는 카론 경을 황급히 따라잡은 내가 물었다.

"카론 경, 열차 타고 가세요? 저도 왕실로 가는 중이거든요?"

"왕실로는 내일 떠날 예정이다."

"왜요? 왜요?"

"자넨 궁금한 것도 많군."

결국 카론 경은 한숨을 내쉬며 자신의 스케줄을 말해 주었다.

"오늘은 근처의 도공(刀工)에게 가서 맡긴 검을 찾아올 예정이다."

"엥? 그런 거라면 왕궁에서도 얼마든지……."

왕궁에는 검이나 연장을 만드는 대규모의 왕립 단철장(鍛鐵場)이 있고 그곳엔 내로라하는 장인들도 있다. 그 때문에 왕실 기사들은 그곳에 자신의 검을 맡긴다. 카론 경도 그런 줄 알았는데……

"일단 그곳은 터무니없이 비싸."

카론 경은 딱 잘라 말했다. 아 역시, 근검절약이 몸에 밴 카론 경에게 뭐든지 황당할 만큼 고가인 왕실 브랜드는 마음에 들지 않는 것이다. 아무리 그래도 헬스트 나이츠 부기사단장 정도면 평생 돈 걱정은 안 해도 될 위치인데 말이야.

카론 경이 조금 고집스러운 어조로 덧붙였다.

"그리고 무엇보다 내 검을 잘 아는 도공에게 맡기고 싶으니까."

"아, 그렇군요."

왕궁이라고 뭐든지 최고는 아닐 것이다. 또한 카론 경은 본래 평민 출신이었으니 예전에는 왕궁 단철장을 이용할 수 없었으리라.

하지만 어떤 도공이라도 카론 경의 칼을 손질하는 것을 영광으로 여길 지금에 와서까지 번거로움을 무릅쓰고 이런 먼 곳에 있는 장인을 직접 찾아가는 그의 낡은 고집이 어쩐지 멋져 보였다.

내가 방긋 웃으며 말했다. 내 하루를 보낼 곳을 찾은 것이다.

"그럼 저도 따라갈게요."

"자네는 맡길 검도 없지 않은가."

"아하하, 그건 그렇지만……."

사실 현재 내겐 칼이 없다. 왕실에 들어올 때 구입했던 자칭 명검마저 예전 지명 중에 만난 가난한 견습 기사에게 선물했다. 예전 키스 경이 내게 말했던 '소금과 칼은 건강에 해롭습니다아.' 라는 조언이 묘하게 마음에 와 닿았으니까.

"그냥 검을 손질하는 모습을 꼭 한 번 보고 싶었어요. 한 번도 본 적이 없거든요, 아하하."

"별로 신기할 것도 없다."

"그래도 보고 싶은걸요?"

달리 할 일도 없고, 라는 사족은 웃으며 속으로 삼켰다. 그는 날 잠시 바라보다 등을 돌려 걷기 시작했다.

"마음대로 하도록."

10.

두말할 것도 없이 제대로 된 검은 일단 비싸다. 그래서 가난한 기사에겐 이 빠진 검 한 자루조차 보물이나 다름없다. 하지만 카론 경쯤 되는 기사라면 소유한 명검만 해도 수십 자루는 될 테고, 바쁜 시간 쪼개서 굳이 이렇게까지 꼼꼼하게 관리하지 않아도 된다. 전용 도공을 고용해도 상관없을 위치다. 그런데도 직접 발품을 파는 수고를 마다치 않는다는 것은 나름대로 카론 경의······.

'취미?'

덜컹거리는 마차 안에서 난 맞은편의 카론 경을 흘낏 보며 이것이 그의 거의 유일한 취미 생활이 아닐까 하는 짐작을 했다.

'하지만 표정만 봐선 알 수가 있어야 말이지.'

그는 안경을 낀 채 무심한 얼굴로 오늘 자 지역 신문을 읽고 있었다. 카론 경의 단골 도공이 있다는 마을로 향하는 두 시간여 동안 그는 (언제나 그렇지만)내게 말을 걸긴커녕 눈길 한 번 주지 않았다.

'하아, 지루해라아아아.'

카론 경도 너무 과묵해서 문제지만 반대로 난 인내심이 부족한 것 같다. 결국 본능적으로 몸이 비비 꼬이며 창밖을 바라보고는 하품이나 하던 차에 마침 카론 경이 신문을 다 읽은 것을 보고 눈을 반짝이며 물었다. 질문의 요점은 '기사의 낭만'에 대한 것이었다.

"카론 경, 악랄한 범죄자들을 소탕하는 기분이 어때요?"

"업무일 뿐이다. 일일이 기분이 좋을 것도, 나쁠 것도 없어."

'역시 공무원.'

그는 깊게 생각할 것도 없다는 듯 '일은 일'이라고 대답했다.

"사람들을 지켜 주면 기분이 좋지 않나요? 정의를 지키는 기분이랄까. 에헤헤."

내 꿈이기도 한 그 말에 카론 경은 안경을 벗고 덜컹대는 소파에 기대며 입을 열었다.

"내가 지키는 건 정의가 아니라 왕실이다."

"아하하, 뭐 그렇게 딱 부러지게 말씀하실 것까지야."

"자네는 언제나 날 과대평가하는군."

그는 꽤 서글픈 말을 아무렇지도 않게 꺼낸 뒤에 눈을 감았다. 확실히 카론 경은 언제나 목숨을 걸고 왕실의 명령을 수호한다. 하지만 왕실이 언제나 정의로운 명령을 내리는 건 아닐 것이다.

오늘 그 백작 부인 역시 정의의 철퇴를 맞은 것이 아니라 결국 오르넬라 님에게 찍혀서 그 꼴이 난 것이니까. 좀 더 냉소적인 사람이었다면 '흥. 난 권력자들의 사냥개야.'라고 빈정거릴 상황이고 처지인 셈이다.

'쳇. 그래도 귀여운 후배의 미래를 위해 멋진 대사 한 번 읊어 주면 덧나나.'

나는 금방 잠이 든 카론 경의 얼굴을 바라보다가 혀를 내밀었다.

11.

마차에서 내리고도 대장간이 있다는 마을까지 한참을 걸어야 했다. 그것도 포장도 안 되어 있는 좁은 길을 말이다. 나는 점점 더 무거워지는 가방을 들고 낑낑거리며 카론 경의 뒤를 따라갔다.

'원래 대장간이라는 게 이런 첩첩산중에 있는 건가.'

그럴 리가 없잖아! 생활용품을 만드는 대장간이 오지에 있어서야 쓰겠냐고!

그때 힘들어하는 내 표정을 흘낏 본 카론 경이 말했다.
"그래서 따라오지 말라고 한 거다."
"괜찮아요. 이 정도쯤이야……."
그러나 비참하게도 내 입에서는 '아아. 이제 한계랍니다.'라는 가쁜 숨이 의지와는 상관없이 쏟아지고 있었다. 정말이지, 체력 훈련 좀 하든가 해야겠어. 숨소리 하나 안 흐트러지는 카론 경과 너무 비교되는군. 아니, 사실 비정상은 저쪽이지만.
"조금만 더 가면 된다."
그의 말에 난 조금 안심이 되었다. 그리고,

조금만 더=세 시간

뭐가 '조금만 더'야? 나는 카론 경의 독창적인 단어 해석 방식에 몸을 부들부들 떨며 험준한 산길을 걷고 또 걸어서야 그 도공이 살고 있다는 작은 촌락의 입구에 도착할 수 있었다.
"카론 경. 보통 세 시간은 '조금만'의 영역이 아니지 않은가요."
"자네가 없었으면 더 빨리 올 수 있었다."
"네, 네. 보통사람이라서 미안하네요."
뾰루퉁해진 내 기분은 안중에도 없는 그는 곧바로 대장간을 찾아갔다. 대장간을 본 나는 고개를 기울이며 눈매를 좁혔다.
'이거 대장간이라기보다는 마구간 같은데.'

아닌 게 아니라 정말 오래된 마구간을 대충 개조한 것 같은 허름한 대장간에는 투박한 굴뚝을 가진 화덕과 낡아빠진 모루 하나가 전부였다. 몇 번이나 고쳐 쓴 것 같은 너덜너덜한 손풀무 역시 이 궁핍한 풍경에 일조하고 있었다.

'하아, 이런 곳에서 정말 검을 벼릴 수 있기나 한 걸까.'

"이런, 카론 나리께서 오셨구만."

그때 대장간 저 안쪽에서 늙은 장인이 담뱃대를 물고 나오자 카론 경은 정중하게 고개를 숙이며 말했다.

"그런 말씀 부담스럽습니다. 예전처럼 불러 주시길."

"안 되지. 그랬다간 난 자네를 부를 때마다 불경죄를 저지르는 셈일세."

그의 입담에 카론 경은 엷게 쓴웃음을 보였다. 하지만 곧 카론 경이 정색을 한 것은 노인의 표정이 전혀 밝지 못한 것을 알아챘기 때문이었다.

"무슨 일이 있습니까?"

"으음. 자네에게 면목이 없네."

장인이 한숨을 내쉬며 입을 다물자 카론 경이 말했다.

"아직 제 검을 다듬지 못하신 것이라면 괜찮습니다. 다음에 다시 오지요."

"그게 아니고 실은……."

장인은 말을 흐리며 자신의 대장간 안을 지그시 바라봤다. 카론 경과 나도 그를 따라 대장간 안을 바라봤다. 그냥 산간벽지의 초라한 가게일 뿐인데 뭐가 문제라는 걸까. 그리고 나는 카론 경이 괜히 명수사관이 아니라는 사실을 알 수 있었다.
"도적 떼입니까?"
얼레? 어떻게 그걸 안 거야?
"그렇다네. 오늘 도적들이 몰려와서 자네의 검은 물론, 돈이 될 만한 쇠붙이들과 마을 사람들의 얼마 남지 않은 곡식까지 모조리 털어 갔어. 죽일 놈들."
카론 경은 도구마저 사라진 대장간 안을 흘끗 본 것만으로 순식간에 상황을 유추해낸 것이다. 즉, 너무 무거워 도저히 가져갈 길이 없는 저 모루를 빼고는 모조리 훔쳐가 버린 것이다. 이런 궁핍한 마을을 털다니 피도 눈물도 없는 놈들, 치가 떨린다.
"아까 신문에서 봤습니다. 최근 이 지역에 대규모 도적 떼가 출몰하고 있다던데, 이곳도 당했나 보군요."
고개를 끄덕거리던 노인의 한숨이 이어졌다.
"게다가 그놈들은 이틀 후에 다시 온다고 했네. 바칠 것을 준비해 놓지 않으면 우리를 모조리 죽이겠다고 하더군. 도망치거나 영주에게 신고를 해도 보복하겠다고 하고. 뭐 어차피 신고해 봐야 이런 산골 구석 지키려고 군대를 보내 줄 리도 없지만."
카론 경은 잠시 생각에 빠진 듯했다. 뭐 하고 있어요! 카론 경이라면 얼마든지 도와줄 수 있잖아요! 나는 주먹을 꽉 쥐며 기대에 찬 얼굴로 그의 뒷모습을 바라봤다.
먼저 입을 연 것은 노인 쪽이었다.

"나리. 아니, 카론 군. 자네가 아끼는 검까지 도둑맞은 이 못난 늙은이가 꺼내기엔 너무도 염치없는 말이지만…… 이 마을을 지켜 줄 수 있겠는가."

"죄송합니다."

나는 내 귀를 의심했다. 지, 지금 방금 거절한 건가요?

"저는 왕실의 명령을 받는 기사입니다. 사사로운 청탁으로 움직일 수는 없습니다."

"카론 경!"

내가 커다랗게 소리쳤지만 그는 날 돌아보지 않았다.

"괜찮네. 내가 항상 자네에게 신세 지는 것도 모자라 무리한 부탁을 했어. 내가 미안하네."

뭐가 미안하다는 거야. 기사라면 당연히 위험에 빠진 사람들을 도와줘야 하는 거잖아!

"그럼 저는 이만 가보겠습니다. 제 검은 신경 쓰지 말아 주십시오."

그리고 카론 경은 곧바로 마을을 떠나는 것이었다. 나는 당황해서는 그를 뒤쫓았다.

12.

"카, 카론 경! 잠깐만요! 제 말 좀 들어 주세요!"

빠른 걸음으로 앞서 가는 카론 경은 여전히 대답이 없었다. 내 목소리에는 점점 분노가 스며 갔다.

"이틀 후면 저 마을에 도적들이 돌아온다는 걸 잘 알고 있잖아요!"

자신이 지키는 것은 정의가 아닌 왕실이다, 그의 말이 떠올랐다.

"그런데도 그냥 떠나겠다는 건가요? 저 사람들이 죽게 된다는 것을 뻔히 알면서도? 아무도 도와주러 오지 않는다는 것도 알잖아요!"

일은 일일 뿐, 좋을 것도 나쁠 것도 없다, 그 말도 떠올랐다.

"약자의 부탁 따윈 들어주기 싫은 거냐고요!"

왕실의 명령이 아니라면 움직일 수 없다는 기사의 원칙도 잘 알고 있다.

"당신도 본래 평민이었잖아! 그 억울함이 무엇인지 당신도 겪어 봐서 잘 알고 있잖아!"

마침내 그가 발걸음을 멈췄다. 그러고는 날 돌아봤다.

"……!"

차가운 눈동자가 날 내려다보고 있었다. 나도 모르게 그의 시선에 몸이 굳었다. 그가 말했다.

"난 항상 자네가 나를 과대평가한다고 생각했지만 지금 보니, 나 역시 자네를 과대평가했군."

"네?"

"그렇다면 자네는 왜 마을을 돕지 않았지. 자네도 평민이고 기사이지 않은가."

"……."

마음을 에는 목소리가 가슴을 찔러 입술을 깨물었다.

"카론 경 말이 옳아요. 전 마을로 돌아가겠어요."

"승산이 없을 텐데. 가서 죽겠다는 거냐?"

"죽으러 가는 게 아니에요. 살리려고 가는 거지!"

그가 내 표정을 보다 입을 열었다.

"따라와라."

"싫어요. 포기할 생각 없어요."

"따라오라면 따라와!"

그의 단호한 목소리에 움찔했다. 그는 몸을 돌려 다시 걷기 시작했다. 나는 굳은 얼굴로 그의 뒤를 따랐다.

13.

걷는 동안 카론 경은 아무런 말도 없었다. 영문도 알 수 없었다. 일몰을 등진 우리의 그림자가 길게 이어져 흔들렸다.

'그런데 확실히 이상한 것이 있어.'

뭐가 이상하냐 하면, 올 때와는 길이 다르다. 카론 경이 엉뚱한 길로 접어든 것이다. 그것도 밑이 까마득한 절벽인 산길이지 않은가. 또한 더욱 수상한 점은 이미 마차를 탈 수 있는 역에 도착하고도 남았을 시간인데도 여전히 알 수 없는 곳으로 가는 길이 이어져 있다는 것이었다.

설마 카론 경이 길 잃은 거?

그때 길 굽이 너머에서부터 희미한 소음이 들려오기 시작했다.

'어? 마차 소리?'

"엔디미온 경."

처음으로 걸음을 멈춘 카론 경이 날 돌아보았다. 무섭도록 침착한 모습, 저런 모습일 때는 항상 뭔가 위험천만한 일이 벌어진다.

"마을에서 약탈한 물건을 일일이 말로 옮기기에는 무리가 있다."

"……그렇긴 합니다만."

지금 그걸 왜 물어봐요?

"암시장까지 운반하려면 마차가 필요할 테지. 그리고 마차는 길이 없으면 갈 수 없다."

"그, 그렇죠."

이곳으로 오는 마차 소리가 점점 더 커져 가고 있었다.

"암시장은 보통 밤에 열린다. 그리고 어떤 강도든 장물은 빨리 팔아 돈으로 바꾸고 싶을 것이다."

"……맞는 말씀입니다만."

하늘을 보니 곧 해가 질 무렵이었다.

"이런 오지에는 길이 별로 없다. 내가 판단하기에 마차가 지나갈 수 있고, 관문의 감시를 피해 가장 빨리 암시장으로 갈 수 있는 경로는 바로 이 길뿐이다."

"……!"

그 순간 굽이를 넘은 사륜마차가 땅을 울리며 모습을 드러냈다. 하지만 카론 경은 피하지 않은 채 그 자리에 섰다.

"카, 카론 경! 어서 피해요!"

나는 본능적으로 몸을 움직였다. 그러나 카론 경은 여전히 피하지 않았고 마부가 고함을 질렀다.

"야! 비켜! 비켜! 이런 미친!"

마차는 가까스로 카론 경 앞에서 급정거했다. 밑은 낭떠러지, 옆으로 피해 갈 수도 없는 좁은 길이다. 카론 경이 내게 등을 보이며 말했다.

"명심해라. 이런 협로에서 사람을 치면 그 충격으로 마차 역시 절벽 밑으로 떨어진다. 멈출 수밖에 없어."

그, 그건 안다고 해도 실행하기 힘든 일이라고요! 마부는 화가 치밀어 오른 낯으로 커다랗게 외쳤다.

"너희 뭐 하는 새끼들이야! 엉!"

칼 차고 다니는 마부도 있나? 게다가 마차의 지붕에까지 잔뜩 실려 있는 저 의심스러운 물건들은? 카론 경이 천천히 검을 뽑으며 말했다.

"엔디미온 경. 일전에도 말했듯이 나는 왕실의 명령 없이는 움직일 수가 없다. 평민들의 사적인 청탁은 들어줄 수 없어. 하지만 모욕을 당했을 때 명예를 지키기 위해 싸울 수는 있다."

"지, 지금까지 그럴 작정으로 이 길로……."

처음부터 카론 경은 이 길로 장물을 실은 마차가 지나갈 것이라 예측하고 여기로 온 것이다. 내겐 한마디도 안 하고! 하여튼 모욕을 명분으로 기사의 고유 권한을 발동하다니, 고지식한 카론 경다운 편법이다.

본의 아니게 베르스 최강의 기사에게 욕지거리를 한 마부는 여전히 카론 경이 길을 비켜 주지 않자 눈에 핏발을 세우며 마차에서 내려 검을 뽑았다.

"너 이 자식들. 우리가 누군지 모르지?"

알다마다. 그때 마차 안에서 네 명의 칼잡이들이 더 나왔다. 분명 같은 도적들이리라. (일단 칼도 없는 나는 제쳐 놓고) 5 대 1이라. 너무 불리한데. 그러니까 어느 쪽이냐면 도적들 쪽이.

"아 짜증 나게! 우리는 빨리 암시장에 가야 한단 말이다! 아차! 두목이 그건 말하지 말라고 했었지!"

지능이 나쁜 도적들이었다. 그중 한 명이 카론 경이 뽑은 칼을 보며 휘파람을 불었다.

"호오, 그 칼 좋아 보이는데. 부잣집 도련님인가 보지?"

카론 경의 태도며 외모만 본 사람들은 십중팔구 그런 말을 한다. 그런 와중에도 카론 경은 낡은 회중시계를 바라보며 말했다.

"빨리 끝내면 열차는 놓치지 않겠군."

"아하하, 하하……."

카론 경도 어떤 면에서는 키스 경만큼이나 사람 성질 긁는 구석이 있다. 지금 그의 행동은 이마에 힘줄이 돋은 마부가 검을 꼬나 들고 뛰어들기에 충분했다.

"니가 아주 돌았구나! 살아 돌아갈 생각하……."

그것이 유언일 줄 알았다면 좀 더 신중하게 대사를 선택했을 것이다. 소리 없이 두 조각 난 마부의 몸뚱이가 절벽 밑으로 굴러떨어졌다.

카론 경은 그제야 회중시계를 탁 닫으며 그들을 바라봤다. 그 싸늘한 눈빛에 푸른 빛무리가 스미는 것만 같다.

"항복해라."

"이, 이런 제기랄! 왕실 기사였냐! 어째서 이런 곳에!"

그런데 당장이라도 도망칠 줄 알았던 그들이 서로를 바라보고 피식피식 웃는 것이 아닌가. 그러더니 마차 안에서 라이플 한 자루를 꺼내는 것이었다. 어째서 왕실에 있어야 할 총기를 저놈들이 가지고 있는 거야!

놈은 카론 경을 조준하며 썩은 미소를 보였다.

"어때, 놀랐냐? 왕실 기사라면 이놈 위력이 얼마나 대단한지 잘 알고 있겠지? 제아무리 칼을 잘 써 봐야 총 앞에선 소용없지."

카론 경은 심기 불편한 시선으로 라이플을 바라보며 중얼거렸다.

"왕궁에 귀환하는 대로 무기고 담당자를 심문해야겠군."

하여간 이 양반도 진짜 마이 페이스야.

"헛소리 집어치우고 총알구멍 나기 싫으면 당장 그 칼 버려! 그리고 그 시계, 그것도 내려놔!"

"날 맞힐 수 있을 거라 생각하나?"

"허세 부리긴! 이런 거리에서 총알을 피하시겠다?"

"궁금하면 시도해 보도록. 하지만 빗나가는 순간 넌 죽는다."

나 역시도 이것이 카론 경의 진심인지, 아니면 허세인지 알 도리가 없었다. 그런데 도적들은 후자로 받아들였나 보다.

"크하하핫! 웃기지도 않는군! 쏘기도 전에 어디로 나갈지 네 놈이 어떻게 알아? 그딴 개소리가 이 몸에게 통할 줄 알았냐! 뒈져라!"

그 순간 커다란 총성이 산 전체에 울렸고 동시에 카론 경의 날랜 몸이 노을빛에 녹듯 소리 없이 뛰었다. 잘려나간 라이플이 허공을 빙글빙글 도는 순간 도적들의 피가 분수처럼 솟구쳤다. 카론 경의 동작은 수만 번 연습한 듯 자연스레 하나로 이어졌다.

예언대로 총알은 은의 기사의 몸을 스치지도 못했다. 온몸에 전율이 올랐다.

'저, 저렇게 강하다니!'

하지만 세상에서 가장 **빠른** 검술을 가진 기사조차 미처 예상하지 못한 것이 있었다. 그것은 바로 말이었다.

"히이이이이이잉!"

 불행하게도 도적들의 말은 군마처럼 총성에 적응되지 못했던 것이다. 엄청난 총성에 까무러치게 놀란 말들이 일시에 앞발을 들며 요동을 쳤고, 마부가 없는 마차는 곧 나를 향해 전속력으로 폭주해 오기 시작했다.

 "……!"

 마차 하나가 간신히 지나갈 수 있는 좁디좁은 길. 게다가 밑은 낭떠러지. 피할 공간조차 없었다. 나는 파랗게 질린 얼굴로 나를 향해 닥쳐오는 마차를 바라봤다. 머릿속이 새하얗게 질려 어찌해야 할지 방법이 떠오르지 않았다.

 "뭐 하고 있는 건가!"

 순간 멍한 의식 속에 카론 경의 고함이 끼어들었다. 그리고 정신을 차리고 보니까, 나는 카론 경과 함께 절벽 밑으로 떨어지고 있는 중이었다.

 "사, 살았다…… 가 아니라 죽었다!"

 하필이면 태어나서 본 가장 높은 절벽에서 자유 낙하를 하게 될 줄은 꿈에도 몰랐다. 아니, 이딴 건 꿈에서도 싫다고!

 엄청난 현기증과 바람 소리 사이로 나를 품듯이 안은 카론 경의 얼굴이 보였다.

 "우아아아아! 카론 경! 이, 이, 이게 무슨 짓입니까!"

 카론 경은 나를 붙잡고 주저 없이 절벽으로 뛰어내린 것이었다. 그의 차분한 얼굴에는 미친 듯이 곤두박질치고 있는 이 와중에서도 냉정, 침착이라는 단어가 쓰여 있었다.

"이 방법이 최선이다. 나는 마차를 뛰어넘을 수 있어도 자네에겐 무리니까."

"절 구해 주려고 이렇게까지!"

"반쯤은 후회하고 있는 중이야."

"……"

십 초 후면 지면과 충돌할 상황에서 그런 말 들으니까 열 배로 서럽네요.

"하지만 이대로 있어도 죽긴 마찬가지잖아요! 뭔가 묘안이 있는 거죠? 그렇죠?"

내 기대에 찬 외침에 카론 경이 날 뚱하니 바라보며 말했다.

"내게 하늘을 나는 능력이라도 있길 기대하는 건가?"

"……그럼 어째서 그리 침착하십니까."

"당황한다고 뭐가 달라지나."

인간이라면 보통 이럴 때 당황해야 정상 아닌가요?

"지금 우리는 호수 위로 떨어지고 있다. 호수가 깊다면 아마도 죽지는 않을 것이다. 하지만 얕다면……."

"그렇다면?"

"십중팔구 죽겠지."

"……생에 마지막 순간에는 그보단 따뜻한 말을 듣고 싶군요."

그리고 우리는 호수로 추락했고 온몸이 땅속으로 빨려 들어가는 것 같은 충격 속에서 정신을 잃었다.

14.

15세의 나는 몸집이 자그맣고 금발은 여자보다도 치렁치렁한 데다가 성격까지 내성적이라 내 고객이라고는 전혀 없었다. 그런 내게 '그녀'는 나의 전부였고 또한 내 인생의 전부가 되어 주길 바랐던 여자였다. 한 번도 지명받지 못하고 축 늘어진 어깨로 집에 돌아올 때면 항상 그녀가 집 밖에 날 마중 나와 있었다.
"미온, 이제 푹 쉬어."
그것은 이 세상에서 나를 달래는 유일한 목소리. 그럴 때마다 눈물이 날 것만 같았다. 이렇게 일방적으로 기대도 괜찮을까, 싶을 정도로 내 마음의 유일한 안식처였던 그녀에게 열중했다. 어쩌면 그것은 열렬한 사랑이 아닌, 혼자서는 살아갈 수 없었던 내 절절한 피한(避寒)이었는지도 모른다. 뭐, 그런 것은 아무래도 좋다.

그런데 어째서 그녀를 놓쳤던 것일까.

그녀가 내 앞에서 사라져 버렸던 때도 그녀가 나타났을 때처럼 아무런 예상도 하지 못했다. 그저 기억 속에서 새카맣게 지워진 5분이 남아 있는 전부였다.

지금 와서 생각해 보건대, 아마도 텔레레이디들이 마시는 망각의 약물 '므네모시아'를 내가 마신 것일지도 모른다. 그녀가 몰래 마시게 만든 걸까? 아니면 누군가 내게 강제로 먹인 걸까? 그것도 아니라면 나 스스로 마셨을까.

'……라는 생각을 하고 있다는 건 내가 죽지 않았다는 뜻?'

순간 눈이 번쩍 뜨였다.

"사, 사, 사, 살았드아아아!"

나는 커다랗게 외치며 상체를 일으켰다. 차가운 밤 공기를 단숨에 몸속으로 삼켰다. 욱신거리는 온몸의 통증이 이토록 반가울 줄이야! 나는 고개를 들어 절벽을 올려다보았다. 누가 억만금을 줘도 다시 떨어지고 싶지 않을 만큼 무시무시한 높이다.

'저런 데서 떨어지고도 살아남다니, 난 악운에 강한가 봐.'

나는 온통 물에 젖은 내 몸을 훑어보며 허탈한 웃음을 짓다가 순간 입을 다물었다.

'카론 경!'

난 주변을 두리번거렸다. 뒤엉켜 있던 기억들이 폭발하듯 머릿속에서 터져 나왔다. 마차, 충격, 낙하, 추락. 분명 카론 경과 함께 떨어졌는데!

"카, 카론 경?"

멀리 갈 것도 없었다. 물에 흠뻑 젖은 제복을 입은 그가 내 옆에 쓰러져 있었던 것이다. 카론 경이 나를 물 밖으로 끌어낸 것인가.

난 황급히 카론 경을 바로 뉘었다. 체온을 잃어 가는 새하얀 피부, 얼음 조각 같은 가느다란 이목구비. 희미하게나마 숨은 쉬고 있었지만 아무리 외쳐도 눈을 뜨지 않았다. 정신을 잃은 입가에선 붉은 핏물이 흐르고 있었다.

추락 시 충격으로 내상을 입은 것 같았다. 날 감싸 안은 채 떨어졌으니까 그 충격이 엄청났을 것이 분명하다.

"제발 눈을 떠요! 집이 아닌 곳에서는 절대 눕지 않는다면서요!"

엉뚱한 소리까지 떠들면서 나는 급한 대로 목을 조이는 타이를 풀고 셔츠 단추를 풀어 줬다. 해가 이미 떨어진 검은 숲의 공기는 얼음장 같았다. 젖은 옷이 체온을 앗아갔고, 모닥불을 만들고 싶어도 성냥은커녕 부싯돌 하나 없다. 카론 경을 업고 마을로 가고 싶어도 애당초 마을이 어디 있는지조차 모른다.

내 몸도 급속도로 차가워지고 있는 것을 느끼며 입술을 꽉 깨물었다. 이런 상황에서 정신을 잃는다는 게 곧 죽음을 의미한다는 것 정도는 산사람이 아닌 나도 익히 알고 있는 사실이다.

'어, 어떻게 해야 하지? 인공호흡이라도 해야 하나.'

으이구! 정신 차려! 그건 숨을 안 쉴 때나 하는 거고! 지금 필요한 것은 불이야! 불! 벼락이라도 떨어져 달라고! 난 절망적인 기분에 커다랗게 소리쳤다.

"망할! 이제 어쩌란 말이야!"

"뭘 어쩌란 말이오?"

"으아아악!"

근처에서 들리는 느닷없는 대꾸에 난 심장이 내려앉는 줄 알았다. 그리고 부스럭거리는 소리와 함께 나무꾼으로 보이는 사내가 땔감을 등에 멘 채 모습을 드러냈다. 느릿한 말씨가 일품인 그가 두 눈이 휘둥그레져서는 우리를 바라봤다.

"댁들 이런 곳에서 대체 뭐 하고 있소?"

"사, 살았다. 아하하하하."

나는 내 악운이 무척이나 강맹하다는 사실을 또다시 깨달을 수 있었다.

15.

나는 그의 안내를 받으며 카론 경을 업고 마을까지 왔다. 항상 무거운 책임을 짊어지는 그는 내가 업을 수 있을 만큼 가벼웠다.

'어? 아까 그 마을?'

형용할 길 없이 초라한, 게다가 도적 침공 카운트다운에 들어간 이 절체절명 마을로 다시 돌아오게 된 우리에게 그는 고맙게도 빈방 하나를 내주었다. 사실 방이라기보다는 2층 창고 같은 것이지만 따뜻한 옷과 추위를 피할 수 있는 공간, 그리고 뜨거운 수프만 있다면 인테리어 따윈 아무래도 좋다.

"음, 부러진 곳은 없는 것 같구먼. 그 절벽에서 떨어져서 이 정도면 기적이지."

늦은 밤에 불려 와 카론 경의 상태를 훑어보던 노인은 예전, 군대에서 의무병이었다고 한다. 그는 카론 경의 몸 구석구석을 살피며 감탄했다. 죽지 않았다는 사실을 믿을 수 없다는 눈치였다.

걱정스러운 표정으로 카론 경을 바라보고 있는 내게 그가 말했다.

"이것 참, 안 좋을 때 오셨구려."

그는 우리를 모르는 것 같았다.

"두 날 뒤엔 도적 떼들이 여길 덮칠 거유. 이 마을도 끝장인 게지."

나는 무겁게 고개만 끄덕거렸다.

"왕실은 기사 한 명 보내 주지 않아. 하긴 보잘것없는 이런 촌구석을 높은 양반들이 신경 쓸 리가 없지."

나는 '그렇지 않습니다!' 라고 말하려다가 굳은 표정으로 입을 다물었다. 실은 그런 것이다. 귀족들은 앞산으로 사냥을 나가도, 가볍게 소풍을 떠나도 기사들과 호위병들이 벌떼처럼 달라붙는다. 그리고 그 인원을 움직이는 막대한 경비는 모두 세금으로 충당한다.

하지만 그 세금을 내는 평민들이 도움을 청하면 '아 그건 말이지. 일단 지역 영주에게 공문을 올린 뒤에 다시 왕실로 정식 탄원서를 보내서 행정부에서 결제를 받은 뒤 위원회를 조직해서 엄격하고도 공정한 심사를 거쳐 통과된 뒤에 국왕 전하의 최종 승인을 받아야 가능할 거야.' 라는 소리나 태평하게 지껄이는 것이다.

이런 상황에서 내가 기사라는 것을 밝혔다가는 도리어 마을 사람들에게 두드려 맞을 분위기였다. 나는 그 노인을 바라보며 말했다.

"너무 걱정하지 마세요. 길이 있을 겁니다. 저도 도울게요."

"허허, 고마우이. 안 그래도 이 마을을 지켜 줄 칼잡이 한 명이 마을에 묵고 있던 참일세."

칼잡이? 우리 말고 또 다른 이방인이 이미 마을에 있었다는 건가. 하지만 그렇게 말하는 그의 표정은 별로 밝지 않았다.

16.

나는 널찍한 창가에 기대어 마을을 내려다보고 있었다. 내 고향인 셀른도 이곳에 비하면 '대도시' 라는 호칭이 어울릴 만큼 작은 마을, 빠져나갈 수 없는 어둠 속에서 불빛조차 찾기 힘들다.

마을 이름이라도 있을까? 엄청난 세금을 낼 길이 없어 도시에서 살 수 없는, 오갈 데 없는 자들이 모여 숨죽인 채 살아가고 있는 곳이다. 이곳은 왕실 지도에도 기록되어 있지 않을 것 같다. 그리고 도적들은 영주의 보호를 받지 못하는 이런 곳을 주로 덮치는 것이다.

'지켜낼 수 있을까.'

가슴이 막막했다. 지금 이 마을이 앓고 있는 총체적인 시련을 정리하자면 다음과 같다.

(1) 이틀 후 도적 떼들이 마을 침공 예정.
(2) 현재 카론 경 깨어나지 못했음.
(3) 마을을 지켜 줄 칼잡이.

1번은 도적 떼들이 갑자기 하늘의 계시를 받고 개과천선하지 않는 이상 운명처럼 다가올 것이다. 그리고 2번 역시 무지몽매한 내가 어떻게 할 수가 있어야 말이지. 3번이 현재 유일한 위안이지만 역시 카론 경만큼 무시무시한 초인이 아니고서야 혼자서 도적 떼를 막는 것이 가당키나 한가.

난 손바닥으로 얼굴을 가리며 중얼거렸다.

'이것도 저것도 암울하군.'

게다가 이런 마을에 텔레마코스 센터가 있을 리가 없다. 즉, 왕실에 구원 요청을 할 수도 없다. 아니, 요청을 한다고 하더라도 그 관료주의에 찌든 헬스트 나이츠가 이틀 안에 올 리가 없지. 게다가 본의 아니게 이 지역 영주인 욕망의 백작 부인이 체포되는 바람에 현재 이 영지는 치안 공백 상태. 뭐 백작 부인이 있어도 별다를 게 없겠지만.

'더더욱 문제는 칼이 없어.'

카론 경이 가지고 있던 칼 한 자루마저 절벽에서 뛰어내릴 때 버려서 현재 우리는 그야말로 비무장 상태다. 이 마을에 이빨 빠진 검 한 자루라도 있다면 좋겠지만, 보나 마나 칼은 고사하고 곡괭이, 도리깨, 모종삽까지 이미 도적 떼들이 다 쓸어가 버렸을 것이다. 저항할 무기가 없다. 희대의 전술가가 나타나 마을 사람들을 하루 만에 일기당천의 용사로 탈바꿈시켜 준다면 고맙겠지만, 북부 콘스탄트의 대장군 키르케 밀러스 님이라면 몰라도 내겐 그럴 능력이 없다.

'역시 카론 경이 깨어나길 기다려야 하는 건가.'

나는 잠들어 있는 그를 슬쩍 바라보았다. 정말이지 집 밖에서 자는 것은 처음 보는군. 고운 얼굴, 항상 빈틈없는 기색을 품고 다녀서 그렇지, 외모 자체로만 보면 연약해 보일 정도로 섬세한 이목구비에 엄청난 동안에다가, 군살 하나 없이 균형 잡힌 몸이지만 체격은 나와 비슷하게 가느다랗다. 온몸이 강철로 뒤덮인 불사신이 아니라 나처럼 피와 살을 가진 인간인 것이다.

제 이익 찾기만 바쁜 왕실에서 얼마나 마음고생이 심했을까. 왕실 기사의 신분으로 도와주기 힘든 입장인데도 장물이 이동하는 경로를 단번에 예측해서 기어코 찾아내고야 말았다. 게다가 죽을 위기에 빠진 나를 위해서 같이 절벽으로 뛰어내려 줬고, 물에 빠진 나를 끌고올려 놓고서야 정신을 잃었다. 나라면 그럴 수 있었을까?

그런 카론 경에게 '당신도 귀족들과 똑같아!' 라는 식으로 쏘아붙였던 것은 정말로 미안한 일이다.

'하아, 키스 경이었다면 어떻게 했을까.'

불현듯 지금쯤 소파에서 잠들어 있을 키스 경이 떠올랐다. 아마 그 사람이라면 이런 상황쯤 그 엉뚱한 재치로 손쉽게 해결했을지도 모른다. 아이히만 대공도, 이자벨 님도, 알테어 님도, 무라사 씨도, 인정하기는 싫지만 쇼메 왕자도 이깟 일 별것도 아니라며 자신들의 방식으로 척척 해결했을 것이다. 다들 반칙에 가까울 정도로 대단한 사람들이니까.

'헤엥. 나도 뭐 그다지 위기라고 생각하지 않는단 말씀이야. 이 몸이 본격적으로만 나서 주면 이따위 일은 문제도 아니야!'

힘들 땐 비웃어라. 그것이 네게 답을 줄 것이다, 라는 어떤 책에서 본 구절이 떠올라 따라 해 봤다.

하지만 역시나…….

'에이이이! 이게 위기가 아니면 뭐야! 허세 부린다고 달라지는 건 하나도 없구먼! 게다가 난 항상 본격적, 필사적이라고!'

난 머리를 쥐어뜯으며 투덜거렸다. 그때, 카론 경의 엷은 신음소리가 들린 것 같았다.

"카론 경?"

난 반가운 표정으로 그에게 다가가 얼굴을 살폈다. 엷은 숨소리가 점점 정상으로 돌아오고 있었고 가느다랗게 얼굴을 찡그린 채 조금씩 몸을 뒤척이는 것이었다. 오오, 좋은 징조!

"제 말이 들리세요? 제 말이 들리시…… 엇!"

순간 그가 부스스 상체를 일으킨 것이다. 별로 고통스럽거나 힘든 기색도 없이. 그러고는 빨려 들어갈 것처럼 맑은 눈동자를 깜빡거리며 아무 말 없이 날 바라보더니 '여기가 어디?' 라는 표정으로 주변을 두리번거리는 게 아닌가. 난 안도의 한숨을 크게 내쉬며 환하게 웃었다.

"카론 경, 다행이에요. 저는 무슨 문제라도 생기는 줄로만……."

"……내 이름이 카론인가요?"

"아?"

순간 나는 웃는 표정 그대로 굳어 버렸다. 아니 이거 뭔가 익숙한 전개라는 기분이…….

"나는 누구죠? 당신은 누군가요. 그리고 여기……."

"카, 카론 경. 장난치지 마세요! 나 몰라요? 미온이라고요!"

"당신 이름이 미온?"

"……여보세요?"

머릿속에서 말로만 듣던 의학 상식 하나가 떠올랐다. 나는 힘없이 자리에서 일어나 창가로 터벅터벅 걸어가 뒷짐을 지고 휘영청 밝은 달을 올려다보았다. 내가 허탈하게 웃으며 말했다.

"어허허허. 이거 진짜 난리 났네."

최악의 상황은 항상 최악이라고 생각할 때 찾아온다. 신이시여, 대체 날 어디까지 궁지로 몰아야 속이 시원하겠습니까!

17.

카론 경의 기억을 일깨우기 위해, 나는 한참 동안 그를 붙잡고 '카론 경'이라는 인물에 대해 늘어놓았다. '은의 기사', '베르스 최강의 검술사', '범죄자들이 벌벌 떠는 천재 수사관', '헬스트 나이츠 부기사단장', '얼음 나라 왕자님', '숨소리만으로도 정체를 포착', '카론 주니어', '유부남', '시력 나쁘다', '위크 포인트는 키스 세자르'를 비롯해서 기타 등등, 그 모든 데이터베이스를 접한 카론 경이 놀란 표정으로 말했다.
"그런 사람이 존재할 수 있나요?"
"그, 그러니까 그게 당신이라니까요."
자기가 자신을 못 믿으면 어쩌자는 겁니까!
"카론…… 샤펜투스."
그는 마치 타인의 이름을 말하는 것처럼 어색한 목소리로 중얼거렸다. 그러고는 눈을 감으며 어깨를 늘어뜨린 채 말했다.
"내가…… 그런 사람이었나요."
"뭐, 뭔가 잘못된 것이라도."
"차가운 사람이로군요, 나는."

나는 흠칫 놀랐다. 자기가 자기 자신을 완전한 타인으로서 바라볼 수 있는 기회가 살면서 몇 번이나 될까. 지금 카론 경은 그럴 수 있었고 그 평가는 '차가운 사람'이었다.

"그렇지 않아요. 카론 경은 겉으로는 쌀쌀맞아도 사실은 주변 사람들을 누구보다 걱정해 주고 있다고요."

"그런가요? 카론 샤펜투스는 그런 사람인가요?"

"아니, 자꾸 남 얘기 하듯 하지 마시고······."

결국 나는 자기 자신을 부정하는 당사자의 본래 모습을 변호하는, 복잡하고도 오묘한 위치에 놓여 버렸다. 그건 그렇고 카론 경이 부드러운 목소리로 내게 존댓말을 쓰니까 이것 참 귀엽······지 않고 무서워 죽겠어! 원래 모습으로 돌아와요! 어서 눈에서 냉기를 발사하라고!

나는 한숨을 내쉬며 머리를 긁적거렸다.

"실은 이틀 후에 이 마을에 도적 떼들이 몰려온대요. 사람들 모두 당신이 막아주길 바라고 있거든요."

"하지만 난 검을 쓰지도 못하고······."

그가 자신의 손바닥을 바라보며 중얼거렸다. 아뿔싸! 기억을 죄다 잃었으니 검을 쓰는 방법까지 잊어버렸구나! 이래서야 카론 경은 기억이 돌아오기 전까지는 단순한 '동안의 미남.' 나와 별 차이가 없어져 버린다.

'어떻게든 기억을 되돌려놔야 할 텐데.'

하지만 어떻게? 다시 한 번 절벽에서 떨어져? 그랬다가 기억이 돌아오기는커녕 나까지 기억을 잃을지도 몰라. 아아, 최소한 텔레레이디라도 있었다면 얼마나 좋을까.

나는 몹시 피로해 보이는 카론 경을 눕힌 뒤에 울상이 된 얼굴로 창가에 기대어 머리를 뒤로 축 늘어뜨렸다.

'하아, 정말 올해는 운수대통이야.'

도적 침공까지, 하루

18.

"으으음."

방바닥에 아무렇게나 엎어져 잠들어 있던 나는 부스스 눈을 뜨며 손에 엉켜 있는 긴 금발을 풀었다. 어이구, 이놈의 잠버릇은 어딜 가도 따라오는군.

나는 하품을 하며 슬쩍 카론 경을 바라봤다. 고른 숨소리를 내며 잠들어 있다. 보통 때라면 이런 곳에서 저렇게 편한 자세로 숙면을 취하는 것은 상상도 못 할 일이다. 지금쯤 제복으로 갈아입고 새파란 눈매를 번뜩이며 자신의 집무실에서 수사 자료를 검토하고 있었으리라.

'이멜렌 님도 지금쯤 엄청나게 걱정하고 있겠지.'

매사에 일말의 오차도 없는 자신의 남편이 아무 연락도 없이 들어오지 않으니까. 불현듯 영원히 기억이 돌아오지 않으면 어쩌나, 하는 불안감이 들었다. 그건 그렇고 뱃속은 솔직하네. 나는 꼬르륵 소리가 나는 배를 매만지며 쓴웃음을 지었다.

그때 거창한 소리가 나면서 문이 덜컥 열렸다. 마을 사람들이 잔뜩 몰려온 것이다. 설마 벌써 도적들이 쳐들어온 거야?

나는 눈을 크게 떴고 카론 경도 잠에서 깨어나 몸을 일으켰다. 그들은 희망에 들뜬 얼굴로 우리를 바라보고 있었다. 자신을 촌장이라고 소개한 중년 남자가 대표로 내 앞에 다가와 말했다.

"대장간 할아범 말을 들어 보니까 나리께서 엄청 유명한 기사라고 합디다요!"

"아?"

그리고 촌장이 내 손을 꽉 잡으며 반짝반짝거리는 눈으로 바라보는 것이 아닌가.

"그렇게 대단한 기사 나리라면 도적쯤 막아 주는 것은 일도 아니잖소이까! 안 그렇수?"

"아?"

"이런 불쌍한 마을을 보고도 그냥 지나치지는 않으시겠지요? 네?"

난 막 달라붙으려는 촌장을 밀쳐내며 졸린 눈을 비비고 있는 카론 경을 가리켰다.

"저어, 그 엄청 유명한 기사는 제가 아니라 저쪽이걸랑요!"

순간 태도 돌변.

"그럼 그렇다고 일찍 좀 말해!"

대, 댁이 말할 기회를 안 줬잖아! 그는 내 손을 확 뿌리치고는 이번에는 카론 경 앞에 가서 무릎을 꿇는 것이었다. 아니, 이렇게 태도가 빨리 변하다니…… 촌장치고는 너무 본격적인 정치 감각이로군.

"나으리! 그 강맹한 힘을 조금만 베풀어 이 마을을 악독한 무리로부터 지켜 주시구려!"

하지만 카론 경은 곧바로 당황하며 대답했다.

"내겐 무리예요."

"그, 그러지 마시고!"

집요한 구석이 있는 촌장이 카론 경의 어깨를 잡으려고 하자 그가 흠칫 놀라며 뒤로 물러섰다. 순간 겁먹은 얼굴을 본 촌장의 표정이 굳었다.

"당신이 정말…… 세계적으로 명성이 자자하다는 기사가 맞소?"

그 말에 카론 경은 도움을 바라는 표정으로 나를 바라봤다. 나는 한숨을 내쉬며 말했다.

"어쨌든 지금은 도와줄 상황이 아니에요. 칼도 없고."

"결국 아무 쓸모도 없다는 거잖아!"

"그, 그렇게까지 딱 잘라 말할 것까진 없잖아요! 그리고 기억이 곧 돌아올 수도 있는 거고!"

"에잇! 괜히 기대했어. 대장장이 헛소릴 믿은 내가 잘못이지!"

너무해! 카론 경이 검을 쓸 수 없는 상태라는 것을 알자마자 그의 태도는 차갑게 돌변했다. 촌장이 자리에서 벌떡 일어나서는 못마땅해 죽겠다는 얼굴로 우리를 쏘아봤다.

"도와줄 힘도 없다면 당장 이 마을에서 떠나 줬으면 좋겠어! 도움도 안 되는 사람들에게 내줄 밥은 없으니까!"

마을을 구해 주고 싶은 마음이 와장창 깨지는 순간이었다. 아무리 상냥한 나라도 가만히 있을 수가 없었다.

"도적들을 막을 방법이 없으면 이 마을을 떠나면 될 거 아닙니까! 그럼 적어도 목숨은 구할 수 있잖아요!"

솔직히 지금 내가 생각할 수 있는 최선의 방법은 '도주'다. 하지만 촌장은 상대하기도 싫다는 듯이 씩씩거리며 마을 사람들과 함께 밖으로 나가 버렸다.

"쳇. 안 그래도 등골이 휘는데 나무꾼 녀석은 쓸모도 없는 놈들을 끌고 오고 난리야! 역시 기대할 수 있는 건 그 검객밖에 없겠어."

나는 심드렁한 얼굴로 그들이 와글거리며 나간 문을 쳐다봤다. 뭐야, 대체! 따스한 시골 인심 같은 건 올겨울 땔감으로 다 써 버린 거냐! 자기한테 도움 안 된다고 사람 멸시하는 건 권력자들과 똑같잖아! 이건 정말 인간의 본성 같은 건가, 라는 불편한 심기가 마음속에 가득 차 버렸다.

하지만 한편으로는 궁지에 몰릴 대로 몰린 사람들에게서 너그러움을 바라는 것도 무리라는 생각이 들었다. 희망을 잃고 마구잡이로 화를 내는 그들의 모습에 묘한 동정심이 생겼다.

"카론 경, 그래도 제가 밥은 어떻게든 구해 올…….'"

나는 애써 웃으며 카론 경을 바라보다가 입을 다물었다. 그는 축축한 자신의 제복을 처연하게 바라보고 있었다. 그가 계속 기사단 제복에 시선을 고정시킨 채 말했다.

"미온 씨, 카론 샤펜투스라는 남자에게는 저들을 구해 줄 힘이 있었겠죠?"

"그렇겠죠."

"그리고…… 사람을 죽인 적이 있었겠죠."

카론 경은 지금도 마치 다른 사람에 대해 물어보고 있는 것 같았다.

"……예."

그가 눈을 감으며 스스로를 납득시키려는 듯이 중얼거렸다.

"나는 그런 사람이었군요."

그의 목소리가 귓가에 울렸다. 왕실 기사로서, 최강의 검술사로서, 혹은 냉혹한 수사관으로서의 자신을 벗어난 그는 너무도 투명하고 연약한 보통사람이었다.

그리고 나는 문밖에서 작은 소녀가 우리를 바라보고 있다는 사실을 그제야 눈치챌 수 있었다. 여위지만 않았다면 꽤 귀여웠을 아이였다.

"누구니?"

"저어, 이거 드세요."

그녀가 들고 있는 쟁반에는 데치지도 못한 채소와 오래된 날 감자가 놓여 있었다. 이 집의 딸 정도로 보이는 그 아이는 쟁반을 내게 건네며 떨리는 목소리로 말하는 것이었다.

"드릴 수 있는 게 이것뿐이에요. 이것을 받고 우리를 지켜……."

난 주저 없이 팔을 뻗었다.

"지켜 줄게. 무슨 일이 있어도."

난 그녀의 머리를 쓰다듬으며 말했다. 그리고 그 순간 눈을 움찔했다. 익숙한 기분, 설마 이 느낌은…….

내가 황망한 눈으로 바라보고 있자 아이는 놀란 것 같았다.

"왜 그러세요?"

"아, 아니야. 아무것도."

그럴 리가 없다. 하지만 그녀를 만졌을 때 전해졌던 느낌은 분명히 내가 예전 느꼈던 그 느낌과 너무도 흡사했다. 그녀는 우리에게 꾸벅 인사를 하고는 도망치듯 나가 버렸다. 아마도 부모 몰래 이것을 갖다준 것 같았다. 나는 팔짱을 낀 채로 한숨을 내쉬었다.

"지켜 주겠다고 말하긴 했는데……."

무슨 수로?

"카론 경이 한시바삐 기억을 되찾게 하는 편이…… 으음, 역시 그 방법밖에는."

잠시 어딘가를 갔다 온 내가 앉아 있는 카론 경 뒤에 슬며시 모습을 드러내자 그가 나를 올려다보았다.
"그걸로 뭐 하시려는 건가요, 미온 씨?"
"……."
난 높이 들고 있던 부지깽이를 떨어트리며 털썩 주저앉았다. 역시 안 되겠어! 리스크가 너무 커! 이런 건 키스 경이나 할 수 있는 방법이라고!
"하아, 잠시 나갔다 오겠습니다."

19.

내가 만난 사람은 바로 도공 할아버지였다. 차가운 모루 위에 앉아 담배를 피워 문 채 내 사정을 들던 그는 씁쓸한 표정으로 말했다.
"그랬군. 카론 군이 기억을 잃은 게로군."
"기억이 다시 돌아올 수 있을까요?"
"평생 쇠만 만지던 내가 그런 걸 어떻게 알겠냐만, 언젠가는 돌아오겠지."
"그 언제냐가 문제이니까요."
난 검 한 자루 없는 대장간을 훑어보며 한숨 섞인 푸념을 늘어놓았다. 한참 동안 말이 없던 그가 문득 입을 열었다.

"카론 군의 검을 처음으로 만들어 준 것이 엊그제 같은데……."

"아? 그렇게 오래전부터 알고 지내셨어요?"

"이래 봬도 왕년에는 도시에서 꽤 이름을 날리던 도공이었네. 귀족 자제들이 자신의 검을 만들어 달라며 내게 몰려들었을 정도니 말이야. 뭐 보나 마나 평생 한 번도 뽑지 않을 장식품이 될 테니까 대충 겉만 그럴싸한 검을 만들어 주고 돈을 챙기곤 했지, 허허."

"아하하하. 그, 그러셨군요."

사기꾼!

"그런데 어느 날 정말 앳된 소년 하나가 내 공방에 와서는 무릎을 꿇고 부탁하더군. 자신의 검 한 자루를 만들어 달라고."

"그 소년이 카론 경?"

그 노인은 대답 대신 웃으며 말을 이었다.

"나는 하도 당돌해서, 내가 만든 검이 얼마나 비싼지 알고나 있냐고 물어봤지."

"그랬더니요?"

"싸구려 목걸이 하나를 내게 주더군. 어머니의 유품이고 자신에게 가장 소중하고 값진 것이라고. 그리고 누구보다 내 검을 가치 있게 쓸 자신이 있다고 주저 없이 말했어. 뭔가 복수심에 찬 것 같기도 하고 얼음처럼 차가워 보이기도 했던 그날 카론 군의 눈동자가 기억나는군."

부르는 게 값인 일급 도공 앞에 무릎 꿇고 가장 소중한 어머니의 유품과 맞바꾸면서까지 절실히 검을 부탁했던 소년의 심정이란 어떤 것일까.

"그래서 검을 만들어 주셨나요?"

"허허. 난 그렇게 너그러운 사람이 아니었네. 당연히 삼류 대장간이나 가보라며 거절했지. 그런데도 카론 군은 일어나지 않았어. 사람들이 지나다니는 공방 정문 앞, 거리에서 무릎 꿇은 채 기다리고 또 기다렸지. 아마 일주일쯤 그러고 있었을 거야."

"이, 일주일?"

안 죽은 게 다행이다. 그렇게 기다린 카론 경도 카론 경이지만 그렇다고 내버려둔 이 양반도 정말 대단하군.

"내 작업실 앞에서 어린애 송장 치우고 싶진 않았으니까 결국 정신을 잃고 쓰러져 있는 카론 군을 끌고 왔지. 그리고 검을 줘서 돌려보냈네."

"엄청 바쁘셨을 텐데 대단하네요."

내 말에 그가 귀를 후비며 무슨 소리냐는 듯이 대꾸했다.

"내가 직접 만들어 줬을 리가 없잖나. 대충 내 제자가 만들어 준 칼 하나를 던져 준 거지."

"……성격 고약하시네요."

"이봐, 젊은이. 이름도 모르는 소년의 정성에 감동받아 내 주머니를 털어 줄 만큼 세상이 만만하게 보이던가?"

그 노인은 아직도 살아 있는 눈빛으로 날 바라보며 또박또박 말했다. 난 오싹 소름이 끼쳤고 또 한편으로는 이런 완고한 장인의 손에서 어떻게 명검을 얻어냈는지가 궁금해졌다.

"그리고 며칠 후에 카론 군이 다시 찾아왔네. 내 앞에 검을 던지더니 목걸이를 되돌려달라고 하더군. 어머니의 유품과 바꿀 조금의 가치도 없는 형편없는 검이라고."

난 몸이 경직되는 것을 느꼈다. 차갑게 장인을 쏘아보는 소년의 모습이 머릿속에 그려지고 있었다. 그리고 어제 절벽에서 본 카론 경의 냉정한 눈동자가 그 위에 겹쳐졌다.

"그 순간 나는 눈을 부릅뜨고 당장 최고의 검을 만들어 줄 테니 눈 똑바로 뜨고 기다리라고 소리쳤네."

"세상, 만만하지 않다면서요."

"가치를 아는 자에게 검을 준다, 이것만큼 대장장이를 들뜨게 만드는 것도 없지. 부유한 귀족들에게 파는 검은 아무리 잘 만들어 줘도 십중팔구 칼집 속에서 평생을 잠들다가 죽어 버리네. 그런 치들에게 칼을 팔면 평생 그 칼에게 미움을 받아."

"……"

"그리고 그때 카론 군에게 만들어 준 검이 내 인생에서 가장 훌륭한 작품이었네. 그런 기분이 아니라면 도저히 만들 수가 없지."

나는 카론 경이 어째서 지금까지도 이 사람에게 자신의 검을 맡기는지 알 수 있었다.

"저어 그런데, 왜 지금은 이런 곳에 계시는 건가요."

역시 노후에는 한적한 곳에서 느긋하게 살고 싶다, 라고 생각하기에 이곳은 지나친 궁핍의 결정체이지 않은가. 그는 천천히 자리에서 일어나 느릿느릿 걸어가며 조그맣게 말했다.

"내가 만든 칼에 내 아들이 죽었거든. 칼의 미움을 받은 게지."

"죄, 죄송합니다. 그런 줄도 모르고……."

"아들의 장례를 치르고 돌아와서, 예약되어 있는 한 귀족의 검을 만들려고 망치를 들다가…… 그 순간 내 마음속에서 무언가가 무너져 버리는 소리를 들었네. 난 그대로 뛰쳐나와서 이 마을에 자리를 잡았고 다시는 그곳에 돌아간 적이 없네. 그런데도 카론 군은 용케 여기까지 찾아왔지만. 허허."

"명수사관이니까요."

난 쓴웃음을 지으며 시시한 농담을 중얼거렸다. 그가 나를 돌아보며 말했다.

"카론 군은 워낙에 정신력이 강하니까 곧 기억을 되찾을 걸세. 기억을 찾으면 내 말, 전해 주게. 지금까지 내 가치를 알아주는 유일한 친구로서 너무도 고마웠다고. 그리고 이제 다시 찾아오지 말라고."

결국 카론 경이 항상 이 먼 곳까지 온 것은 저 도공의 마음을 되살리고 싶었던 노력이었다. 모든 것을 포기한 대장장이를 위해서. 그는 언제나 남에게는 아무 말도 하지 않고 혼자 고뇌하고 혼자 싸운다.

'나는 그런 사람이었군요.'

기억을 잃은 카론 경의 쓸쓸한 목소리를 마음속으로 되뇌어 보았다.

20.

'그건 그렇고…… 얻은 게 없네.'

난 카론 경의 기억을 되돌릴 실마리를 찾지 못한 채 터덜터덜 마을 거리를 걸었다. 거리라고 해 봐야 일직선으로 되어 있는 질 퍽한 흙길이 전부로, 끝에서 끝까지 걸어가는 데 5분도 안 걸리 는, 좋게 말하자면 소박하고 나쁘게 말하자면 척박한 거리.

그리고 나는 그 거리 중간쯤에서 칼잡이를 만났다. 마을을 지 켜 주기로 했다는 그 검객. 그가 날 훑어봤다.

"엥?"

전혀 좋은 인상이 아니다. 솔직히 말해서 마을을 돕기는커녕 행패나 부리지 않았으면 좋을 분위기였다. 나이는 30대 후반쯤 되었을까? 몸은 마른 편이지만 키가 카론 경보다도 더 커서 키 스와 비교해도 될 정도였고, 몇 번이나 부러져서 매부리처럼 되 어 버린 코와 사람 비웃는 것처럼 비틀어진 입술은 '난 심사가 뒤틀린 사람이오.' 라고 광고라도 하는 것 같았다. 그리고 무엇 보다 피묻은 옷을 아무렇지도 않게 입고 다니는 사람에겐 도저히 호감을 가질 수가 없다.

한마디로 자신이 위험한 칼잡이라는 것을 온몸으로 과시하는 인간인 것이다. 그런 그가 나를 한동안 바라보다가 침을 탁 뱉었다.

"쳇. 사내놈이잖아. 계집애인 줄 알고 좋아했더니만."
"시, 시력 나쁘십니까?"
"아니, 정말로 멀리서 볼 때는 금발의 미녀라고밖에는……."
"착시입니다!"

순간 나는 내가 여자가 아니라는 사실과 이 양반이 나를 좋아하지 않는다는 사실이 천만다행이라 느껴졌다.

"아무튼 네놈은 뭐야?"
"마을 밥을 축내는 이방인 2."
"그럼 이방인 1은 누군데?"
"은의 기사."

그러자 그가 무릎을 탁탁 치며 웃어젖히는 것이었다.

"푸, 푸하하하핫! 은의 기사라고?"
"아하하하! 그럼요. 당신과는 비교도 안 되는 훌륭한…… 우악!"

어느새 뽑은 그의 칼날이 내 목에 다가와 있었다. 그가 일그러진 눈빛으로 날 바라봤다.

"야, 애송이. 별로 기분 좋은 농담은 아니로구나."
"서, 성격이 급하신 분이로군요."

난 슬쩍 한 걸음 물러나며 목을 매만졌다. 피가 조금 묻어났다. 아무튼 도적만큼 위험한 놈이라는 것 하나는 증명된 것 같군. 그건 그렇고 분명 입만 산 무지렁이는 아니다. 언제 검을 뽑았는지 보지도 못했으니까.

그는 다시 검을 집어넣으며 말했다.

"여자도 아니고 돈도 없는 놈이라면 꺼져. 볼일 없으니까."

"여자와 돈 밝히는 사람치고는 이런 마을을 잘도 도와주시는군요."

내 말에 그가 콧방귀를 뀌었다.

"흥. 그거야 보수를 받았으니까."

뭐?

"도적 떼에게 빼앗길 바엔 차라리 그 돈으로 이 몸을 고용한 거지. 난 전문 칼잡이야. 보수도 없이 미쳤다고 이 짓을 해?"

"자, 잠깐! 마을 전 재산을 당신이 가져갔다고요?"

"그게 뭐 잘못되었다는 거냐?"

그가 인상을 팍 쓰며 날 바라봤다. '그럼 그게 잘된 거냐!' 라고 소리치고 싶었지만 입 밖으로는 나오진 못했다. 결국 마을 사람들이 결정한 것이다. 왕실이나 기사에게 도움을 청할 바엔 차라리 이런 도적과 다름없는 자를 고용하는 편이 더 현실적이라고. 비참한 기분이 들었다.

"아무튼...... 도적들을 물리쳐 주시면 좋겠군요. 마을 사람들도 당신을 믿고 있으니까."

"흥. 이 루스키 님을 보기만 해도 그놈들은 꽁지를 빼며 도망칠걸? 난 이미 사람을 수십 명 넘게 죽인 몸이란 말씀이야!"

"잘났네요."

나는 내뱉듯이 말하며 걸음을 옮겼다. 한시라도 빨리 이 루스키인지 하는 작자에게서 멀어지고 싶었다.

그때 삐쩍 마른 개와 함께 예의 소녀가 모습을 보였다. 내가 방긋 웃으며 손을 흔들자 그 아이도 손을 흔들었다. 산책이라도 나온 걸까.

크르르릉!

그런데 그 개가 칼잡이를 향해 이빨을 드러내며 으르렁거리는 것이었다. 동물들도 피 냄새가 나는 자에게는 호의적일 수 없는 것이리라.

"그러지 마. 진정해."

당황한 아이의 목소리에도 그 개는 마치 자기 주인을 보호하려는 양 짖어대고 있었다. 그 순간 스르렁 검을 뽑는 소리가 등 뒤에서 들려왔다.

"그, 그만둬!"

말릴 겨를조차 없었다. 루스키가 검을 뽑으며 뛰어들었고, 그 잘난 칼부림에 순식간에 조각난 개의 몸통이 바닥을 굴렀다. 그가 검을 집어넣으며 일부러 기사 흉내라도 내려는 듯이 거만하게 지껄이는 것이었다.

"이 마을을 구해 줄 용사님도 못 알아보다니, 무례하기 짝이 없는 잡견이로군."

"무슨 짓이야! 이 자식!"

난 버럭 소리를 지르며 루스키의 멱살을 잡아 틀었다. 그때 반사적으로 그의 손이 움직이는가 싶더니 곧바로 그의 주먹이 내 복부를 세게 때렸다.

나는 숨이 콱 막혀 오는 것을 느끼며 의지와는 상관없이 무릎을 꿇어야 했다. 금방이라도 피를 뱉어낼 것 같은 고통이 몰려왔다.

"네놈도 목을 쳐 줄까? 그 금발만 잘라 팔아도 꽤 돈이 될 것 같은데?"

난 파르르 떨리는 눈으로 루스키를 노려봤다. 정말 이런 어이없는 놈에게 마을의 운명을 맡겨야 하는 거야? 이런 방법 외엔 정말로 다른 어떤 방법도 없는 거냐고!

"호오, 좋은 눈빛이네. 아까보다 훨씬 좋아졌어."

"……미친 새끼."

난 드물게도 쌍소리를 입에 담았다. 그는 뭐가 웃기는지 빨개진 내 얼굴을 히죽거리며 바라보다가 사라져 버렸다.

겨우 숨을 가다듬은 나는 고개를 돌려 소녀를 바라보았다. 그녀는 하얗게 질린 얼굴로 주검이 되어 버린 자신의 개에서 시선을 떼지 못하고 있었다.

"미안."

나는 소녀를 살짝 감싸 주며 말했다. 그리고 그녀는 그제야 펑

펑 울기 시작했다. 나는 한쪽 무릎을 꿇고 눈높이를 맞춘 뒤에 아이의 머리를 쓰다듬어 주었다.

"같이 무덤 만들자."

그때였다. 나는 이번에도 이 아이에게서 예의 '익숙한 기분'을 느낀 것이다. 두 번이나 반복된 일에 우연이나 착각이 아니라는 것을 알 수 있었다. 나는 소녀의 눈물을 닦아 주며 말했다.

"아침에 준 음식은 너무 고마웠어. 너도 마을 구하고 싶지?"

그녀는 말없이 울며 고개를 끄덕였다. 내가 조심스럽게 말했다.

"그럼 오빠 부탁 하나만 들어줄래?"

21.

"다녀왔습니다."

저녁 무렵이 다 되어서야 돌아온 내 꼴은 말이 아니었다. 무덤을 만들어 주느라고 옷은 온통 흙투성이였고, 내 고운 손가락은 화관(花冠)을 수십 개나 만드느라 왕창 벗겨져 쓰라리다. 그나마 마을 근처에 겨울꽃이 충분했으니 망정이지.

그런데 이 판국에 뭔 놈의 화관이냐고? 어째서 남은 하루 동안 화관 같은 '평화적인 장식품' 따위나 필사적으로 만들었냐면 말이지…… 열 페이지쯤 후에 알게 되지 않을까? 우후후.

"카론 경, 괜찮으세요?"

카론 경은 여전히 기억을 되찾지 못했는지 창가에 기대어 말없이 마을을 내려다보고 있었다. 하루 종일 방 안에 있었던 것일까. 항상 몸에 두르던 차가운 기운도 없이, 노을빛에 묻혀 있는 그의 모습은 쓸쓸한 유채화 같았다.

"카론 경?"

나는 신발을 벗고 그에게 다가갔다. 그가 혼잣말을 중얼거렸다.

"지켜 주고 싶어."

"예?"

평소의 카론 경이었으면 절대 입 밖으로 꺼내지 않을 말이었다.

"누, 누구를요?"

"사람들을……."

"마을 사람?"

"많은 사람들을……."

그는 말끝을 흐렸다. 나는 그런 그의 모습에 엷게 웃으며 마침 들고 온 화관을 머리에 얹어 주었다. 매화, 프리지어, 시클라멘 등을 엮어 만든 새하얀 꽃의 왕관이 그의 쓸쓸한 눈매와 묘하게 어울린다.

"아아, 이렇게 보니까 꽃의 왕자님 같습니다아."

"이상한 말투로군요."

카론 경이 눈썹을 찡그리며 반사적으로 말했다. 여, 역시 키스의 집요함에 대해선 기억을 잃었을 때마저도 반응하는 건가! 확실히 전염되는 인간이라니까.
"미온 씨. 도와주고 싶어요, 이 사람들."
"어떻게요?"
그러자 화관을 얹은 카론 경이 진지한 표정으로 말했다.
"청소라도 대신해 주는 것이 어떨까요."
"……."
아아! 빨리 원상태로 돌아오란 말입니다아아!

22.

아침 일찍부터 몰려온 도적 떼는 그 숫자가 20여 명에 이르렀으며 몇몇은 말을 타고 있었다. 그런데도 마을 사람들은 단 한 명도 도망치지 않았다. 갸륵한 의지라고 하기에는 너무도 서글픈 것이 자신들의 판돈을 모조리 루스키에게 걸었기 때문이다. 그런데,
"칼잡이가 안 보여."
촌장을 비롯한 마을 사람들이 수군거리기 시작했다. 자기 이름만 들어도 도적들이 꽁지를 빼고 도망칠 거라던 루스키가 사라져 버린 것이다. 젠장, 잔인한 줄은 알았지만 치사한 줄은 몰

랐군.

"당장 나오지 않으면 이 누더기 같은 집들을 모조리 불 질러 버리겠다!"

흑마를 탄 사내의 협박이 마을을 울렸다. 창문을 통해 밖을 내다보던 카론 경이 입을 열었다.

"저자가 두목인가요."

"아마도 그런 것 같네요."

무슨 공식이 있는 것은 아니지만, 가장 커다란 흑마에 표범 가죽을 걸친 거한은 8할의 확률로 두목이거든.

함께 숨어 있던 도공이 카론 경의 손을 꽉 잡으며 말했다.

"카론 군, 자네는 이 사람과 함께 기회를 봐서 도망치게. 자네는 이런 곳에서 죽을 사람이 아니야. 내게 말했던 꿈도 이뤄야 하지 않는가."

꿈이라고? 그때 화가 치민 촌장이 노인을 잡고 고함치는 것이었다. 아무튼 이 인간은!

"그럼 우리는 죽어도 된다는 거야 뭐야!"

"난 그런 뜻이 아니고……."

난 그를 흘겨보며 말했다.

"당신이 그 잘난 칼잡이에게 마을 전 재산을 바치지 않았다면 당신 소원대로 죽지 않을 수도 있었을 텐데 말입니다."

"이방인은 빠져!"

"당신 말이야…… 남자가 한 길을 판다는 건 좋은 거지만."

꼭 이 판국에서도 주접을 떨어야겠냐고!
"카, 칼잡이다! 나타났어!"
뭐? 루스키가? 나는 황급히 창밖을 보았다. 그리고 그곳에는 야수가 있었다.

23.

루스키는 처음, 지붕 위에 매복해 있다가 검을 뽑아들며 떨어졌다고 한다. 그러면서 한 명.

당황한 도적들이 상황을 파악하기까지는 5초 이상의 시간이 필요하다. 그 와중에 세 명.

말은 훌륭한 이동 수단이지만 (저번에도 확인했듯이)비좁은 지역에선 상상 이상의 걸림돌이 되기도 한다. 루스키가 말의 다리를 베어 버리자 마상의 도적은 속수무책으로 바닥에 쓰러질 수밖에 없다. 그리고 그는 바닥에 나뒹구는 도적의 목을 그어 버린 뒤에 집들 사이로 숨어 버린 것이다.

10초도 안 되는 시간 동안 다섯 명이 죽었고 거리는 피바다가 되었다.

"제, 제기랄! 이런 망할 새끼가!"

도적들이 우왕좌왕하며 검을 뽑아 그를 뒤쫓으려고 했다. 카론 경은 놀란 얼굴로 그 모습을 바라보며 중얼거렸다.

"정말 무서운 사람이네요."

'……실은 당신이 더 무섭거든요.'

난 떨떠름한 얼굴로 그를 바라봤다. 어쨌건 카론 경까지는 아니더라도 루스키도 일류는 일류다. 그 일류의 실력을 좀 더 가치있는 일에 썼으면 좋았을 테지만. 옆에 있던 촌장은 자신들이 고용한 루스키가 도적들을 상대로 승기를 잡자 흥분한 얼굴로 소리쳤다.

"어떠냐! 내 판단이 맞았잖아! 내 말만 따르면 아무런 문제도 없단 말씀이야!"

난 심드렁하니 그를 바라보며 중얼거렸다.

"그래요. 주접 외길 인생, 인정해 드리죠."

24.

하지만 상황은 촌장의 판단대로 흘러가진 않았다. 두목이 외쳤다.

"허둥대지 마! 어차피 놈은 혼자야. 흩어져서 뒤쫓다간 하나하나 죽는다. 내 명령 없이는 움직이지 마라."

저 녀석, 군인이었나? 다른 잡졸들과는 달랐다. 그는 순식간에 동요하는 부하들을 진정시킨 뒤에 쩌렁쩌렁한 목소리로 다시 한 번 외쳤다.

"어이! 칼잡이! 난 몰슨이다! 이오타 기병대의 장교였지! 똑같이 말을 탈 바엔 이쪽 벌이가 훨씬 신통해서 직업을 바꾼 몸이다!"

역시 군인이었다. 그런데 군인이 도적이 된 게 뭐가 직종 변경이냐! 철면피!

"네 녀석도 이 바닥 놈이겠지! 내가 지휘하는 한, 우리를 네놈 혼자 처리하는 건 무리다! 하지만 나도 널 죽이기까지 몇 명 정도는 잃을 테지."

자, 잠깐. 이건 뭔가…… 심리전?

"이따위 코딱지만 한 마을을 놓고 서로 손해 볼 필요 없지 않나. 조용히 물러나 주면 네가 마을 놈들에게 받은 보수의 두 배를 주지!"

나는 순간 그 루스키라는 자에게도 최소한의 의리라는 게 존재하길 바랐다. 물론 말도 안 되는 바람이지만.

"흐흐. 그거 구미가 당기는데?"

아니나 다를까, 멀리서 루스키가 히죽거리며 나타나는 것이었다. 촌장이 몸을 부르르 떨며 외쳤다.

"으이구! 내가 저럴 줄 알았어! 처음부터 의심스럽더니!"

그 의심스러운 인간에게 마을의 운명을 맡긴 장본인이 바로 댁이잖아! 난 그를 돌아보지도 않고 눈매를 찡그리며 중얼거렸다.

"당신, 여기서 살아남으면 정치인 하세요. 아주 적성이 있어 보이네요."

"허? 정말 그래 보이나?"

"예. 욕인지 칭찬인지도 구분 못 하는 점도 완벽해요. 이런 작은 마을에서 썩긴 아깝군요!"

난 한 번만 더 헛소리를 하면 한 대 갈겨 주겠다는 생각으로 내뱉은 뒤에 다시 밖에 집중했다. 루스키는 바보가 아니었다. 그는 충분한 거리를 유지하며 몰슨이라는 전직 기병대 장교와 거래를 시작했다.

"마을 놈들에겐 50만 셸링을 받았다! 두 배라면 100만이겠지?"

그 말에 마을 사람들이 치를 떨었다.

"우리가 준 돈은 20만 셸링인데!"

저런 작자가 공정 거래 정신을 가졌을 리가 없지 않은가. 철저하게 당한다는 것은 바로 이런 것을 두고 하는 말이로군.

거대한 흑마를 타고 있는 몰슨은 두말없이 허리춤에서 주머니 하나를 풀러 루스키에게 집어던졌다. 그런데 저 주머니, 내 거잖아! 가방 안에 있던 건데!

"금화다! 최소한 100만 셸링은 훨씬 넘을 거다!"

주머니 속을 확인해 본 루스키의 얼굴에 화색이 돌았다.

"이거 장난 아닌 액수인데! 좋아. 그럼 나도 이쯤에서 물러나 주도록 하지."

지저분한 놈들의 너저분한 거래가 끝나가고 있었다. 그때 몰슨이 말했다.

"이봐, 칼잡이. 떠나기 전에 이오타 기병대의 유명한 명언 한 마디 들어 보겠나?"

"뭐? 무슨 개풀 뜯어먹는 소리야. 그딴 걸 내가 알게 뭐야!"

루스키가 침을 탁 뱉자 몰슨이 말했다.

"너도 마음에 들 거야. 그러니까 그건, 방심한 적만큼 손쉬운 먹이는 없다, 라는 말이지."

"호오, 역시 군인 출신이라서 그런지 그럴듯한 말을 늘어놓을 줄 아는군. 그런데 누가 방심했다는 거냐?"

"너 말고 또 누가 있어?"

그리고 그 순간 총성이 울렸다. 몰슨은 명사수였다. 제법 먼 거리에 있는 루스키의 이마를 단번에 관통했으니까.

핏줄기가 곡선을 그리며 몸이 붕 떠오른 루스키가 바닥에 쓰러졌다. 돈주머니를 손에 쥔 채로.

"내가 이오타 기병대의 총술 교관이었다는 사실도 말해 줄 걸 그랬나."

몰슨은 연기를 뿜는 자신의 총을 품속에 집어넣으며 입꼬리를 올렸다. 오싹한 놈이다. 루스키는 분명 검술에 대해서는 실력자다. 하지만 도리어 그렇기 때문에 총에 대해서는 전혀 예측하지 못했던 것이다. 아직까지 총이란 소수의 정규군 외에는 접하기 힘든 물건이니까.

그런데 어째서 저런 이오타의 인간 백정 놈이 이 베르스에 와서 도적질을 하고 있는 거냐고!

"자, 그럼 이제 용기 있는 마을분들 좀 만나 보실까."

몰슨이 우리가 있는 곳을 바라보며 말했다.

25.

물론 가장 먼저 튀어나와 몰슨 앞에 큰절을 올린 자는 바로 촌장이었다.

"나으리! 저희는 단지 그 무지막지한 칼잡이에게 나리께 바칠 돈을 빼앗겼을 뿐이옵니다!"

힘내라, 촌장! 그리고 그 말 끝나면 제발 좀 어디론가 사라져 줘. 나는 도적들의 위협에 두 손을 든 채로 중얼거렸다. 도적들이 히죽거리며 말했다.

"칼잡이 하나 고용하는 데 50만 셀링이나 쓸 돈이 남아 있었다 이거냐? 그럼 우리는 500만 셀링은 받아야겠군."

"그, 그런 돈은 없습니다!"

"그럼 뒈져야지."

도적들은 마을 사람들의 질린 표정을 즐기고 있는 것 같았다. 그때 몰슨이 말했다.

"집어치워! 그딴 푼돈 벌려고 여기 온 거 아냐!"

뭐? 그럼 어째서? 아니, 나도 확실히 이상하다고 느낀 것이 몰슨쯤 되는 거물이 뜯어먹을 것도 없는 이런 마을까지 온 것은 이치에 안 맞는다. 그가 마을을 둘러보며 말했다.

"총을 만들기에 이만한 곳도 드물지. 눈에도 안 띄고 베르스는 치안도 개판이니까."

여기다 불법 총기 공장을 만들 작정이었구나! 총기류는 왕실의 허가 없이는 절대 제작도, 소유도 할 수 없는 특별 관리 물품이다. 그리고 그것을 다르게 말하자면, 암시장에서 부르는 게 값인 물건이기도 한 것이다. 물론 총기가 범죄자들에게 대량으로 납품되었을 때의 끔찍한 상황은 굳이 설명하지 않아도 알 수 있으리라. 이쯤 되면 이건 정말 국가적인 중대 범죄였다.

"그리고 무엇보다 여기에는 공짜 노예들과 뛰어난 장인도 있고 말이지."

몰슨이 우리와 도공을 바라보며 서늘하게 웃었다. 도공이 노기에 찬 목소리로 외쳤다.

"누가 그딴 짓을 도와줄 것 같아!"

"후후, 대신 귀족 버금가는 호강을 약속하마."

"흥! 호강이라면 젊은 시절 진절머리날 정도로 해 봤어! 살인마들의 무기를 만들라고? 내 아들이 무덤에서 웃을 일이군!"

몰슨은 자신의 조건이 먹혀들어가지 않자 곧바로 다음 단계로 넘어갔다.

"그래? 그럼 네 눈앞에서 마을 놈들 배를 하나하나 갈라 줘 보면 생각이 바뀔까?"

"큭! 그런 소리 한다고 내 생각이 바뀔 것 같아!"

"그래? 한번 해 보면 알겠지."

몰슨같이 죄책감이 마비된 자는 도리어 잔인한 쾌락을 즐기는 법이다. 그가 사람들을 훑어보며 말했다.

"자, 그럼 누구 배부터 갈라 줄까."

사람들이 새파랗게 질린 얼굴로 주춤거렸지만 둘러싼 도적들의 칼 때문에 도망칠 수는 없었다. 저 자식, 정말 죽일 생각이야!

"날 먼저 죽이세요."

난 깜짝 놀란 표정으로 몰슨에게 다가가는 사내를 바라보았다. 바로 카론 경이었다. 황급히 그에게 가려고 했지만 곧바로 도적의 칼이 목에 다가왔다. 난 입술을 깨물었다.

"호오, 꽤 배포가 있는 녀석이로군."

몰슨은 결심에 찬 모습으로 서 있는 카론 경을 향해 휘파람을 불었다. 카론 경! 그러면 안 돼요! 그건, 마을 사람들을 지키는 방법이 아니라고요!

"좋아, 네 용기를 가상하게 여겨 내가 직접 배를 갈라 주지."

몰슨이 말에서 내려왔고 도공이 필사적으로 소리쳤다.

"카, 카론 군! 그만두게! 나를 위해 그럴 것까진 없네!"

그때 몰슨이 굳은 표정으로 중얼거렸다.

"지금 이름이 뭐라고……."

"카론 샤펜투스다."

서늘한 목소리가 울렸다. 카, 카론 경? 그의 눈가에 냉기 서린 빛이 돌아온 것은 순간이었다. 찰나의 순간 몰슨의 칼집에서 검을 뽑은 카론 경이 몰슨의 목에 검을 가져다 댔다. 몰슨을 비롯해서 우리조차 아무런 말도 할 수 없었다.

카론 경이 차가운 미소를 보이며 몰슨에게 얼굴을 들이댔다.

"방심한 적만큼 손쉬운 먹이는 없다, 나도 항상 새겨두는 말이다, 몰슨."

"저, 정말 네놈이 은의 기사?"

"사람들은 그렇게 부르더군."

그리고 카론 경은 말에 걸려 있는 검을 뽑아서 내게 던졌다. 날 돌아보지도 않은 채로.

"엔디미온 경!"

쏜살같이 날아오는 그 검을 엉겁결에 잡아챈 내게 카론 경은 아무 지시도 없었다. 마치 내가 무엇을 해야 할지 이미 알고 있는 것처럼. 서로 충분히 작전을 짜두었던 것처럼. 나를 믿는 것처럼.

나는 칼머리를 꽉 잡으며 크게 몸을 돌렸다.

카앙 카아앙 카아앙.

연속적으로 불꽃이 터졌고 내 주변의 도적 세 명은 일격에 잘려나간 검을 든 채로 멍하니 날 바라봤다. 들고 있는 검이 기분 좋은 울음소리를 내고 있었다.

부러진 칼 조각을 내려보던 도공이 날 바라보며 신음 소리를 냈다.

"……자네도 대단한 기사였나?"

"사실 좀 다른 의미로 대단한 기사입니다만."

나는 다시 검을 꽉 쥐며 주변의 도적들을 노려봤다. 아직 검을 든 자들이 십여 명, 하지만 아무도 달려들지 못하고 있었다. 그래, 오지 마라. 나도 사람 베이는 꼴은 더 이상 보고 싶지 않고 내가 베는 건 더더욱 사양이라고!

"카론 경, 대체 언제 기억이 돌아온 거예요!"

나는 기쁨 반, 투정 반을 섞어 그에게 외쳤다. 카론 경의 답변은 역시나 사무적이었다.

"몰슨이라는 이름을 들었을 때. 잊을 수 없는 이름이지. 이오타의 총기 설계도를 훔쳐서 달아난 자로, 전 세계에 걸쳐 수배되어 있는 중범죄자다."

"……직업병이로군요."

부인도 아니고 범죄자의 이름을 듣고 기억이 되살아났단 말인가. 진짜 낭만 없는 사람이라니까! 난 어이없는 웃음을 보이며 중얼거렸다.

"연기 실력…… 많이 좋아지셨네요."

"누구 때문인데."

카론 경이 눈매를 찡그리며 날 바라보았다. 그리고 그 순간 몰슨이 총을 꺼냈다.

부웅.

바람을 가르는 소리. 동시에 총을 쥔 몰슨의 팔이 바닥에 툭 떨어졌다.

"흐아아악!"

"공연한 짓을 하는군."

카론 경은 칼을 접으며 비명을 내지르는 그를 바라봤다. 하지만 몰슨 역시 지독한 놈이었다. 그는 한쪽 팔을 잃은 채로 곧바로 달리는 것이었다. 그러고는,

"꺄아악!"

소녀를 붙잡고 단도를 꺼내 들었다. 인질이라니! 이 자식, 끝까지 악당의 패턴에 충실한 거냐! 정도껏 좀 하라고!

"오, 오빠! 살려 줘요!"

"별일 없어. 침착해. 저놈은 절대 널 죽이지 못해!"

나는 그렇게 말하며 몰슨을 노려봤다. 그는 이리저리 눈동자를 굴리며 말했다.

"명망 높은 은의 기사 나리께서 설마 이 아이의 목숨을 담보로 모험을 하진 않겠지? 못 죽일 거야, 날. 안 그래?"

카론 경은 눈썹 하나 까딱 안 하고 대답했다.

"착각하지 마라. 내가 널 죽이지 않은 이유는 널 생포해야 하기 때문이다. 넌 깃털에 불과해. 내가 관심 있는 건 네가 아니라 네놈과 엮여 있는 이오타의 범죄 조직에 대한 정보니까."

"큭큭! 누가 말해 줄 것 같아? 닥치고 그 칼 버려! 허튼짓하면 이 아이의 목을 따 주마!"

카론 경은 거절한다, 나는 그렇게 생각했다. 하지만 그는 무슨 일인지 잠시 날 바라보다가 검을 바닥에 던졌다. 나 역시 검을 떨어트렸다.

"크하핫! 진짜 버렸어! 이딴 천민 꼬맹이 하나가 그렇게 중요했냐! 물러터진 기사로군!"

그는 그렇게 비웃으며 부하들에게 소리쳤고, 곧 부하들이 뛰어와 나와 카론 경을 둘러쌌다. 몰슨은 소녀를 옆으로 던진 뒤에 피가 뚝뚝 떨어지는 몸으로 미쳐 버린 듯이 웃어젖혔다.

"꼴좋게 되었구나! 엉! 그 잘난 카론 샤펜투스를 내가 죽이게 될 줄은 몰랐어! 어떻게 죽여 줄까? 최대한 천천히 괴롭히며 죽여 주마! 용서해 달라는 말이 나올 때까지! 내 팔을 잘라먹은 대가를……."

"유감이지만, 그럴 일은 없을 것 같군."

카론 경이 차갑게 말하는 순간 그림자가 움직였다. 사람들은 잘못 본 것이라고 생각했지만, 정말 그림자가 요동치고 있었다. 마치 거대한 어둠의 파도가 몰려오는 것처럼.

몰슨 역시 멍한 얼굴로 자신의 그림자가 솟구쳐오를 듯이 격렬하게 몸부림치는 모습을 지켜봤다.

"이, 이게 무슨 개 같은……."

나는 이것이 무엇을 의미하는지 잘 알고 있다. 그리고 도적 하나가 그 그림자의 늪 속으로 빠져 들어갔다. 온몸이 녹아내리는 것 같은 기괴한 비명을 지르면서.

"살려 줘! 살려 줘! 이게 대체 뭐야!"

순간적으로 퍼져 나가며 거리를 장악한 그림자들의 망령들이 도적들을 하나둘씩 집어삼키기 시작했다. 나는 재빠르게 소녀를 끌어안았다.

피가 뽑혀나가는 소리, 뼈가 으스러지는 끔찍한 소음에 나는 나도 모르게 현기증을 느껴 그 아이를 감싸고 눈을 감았다. 그리고 잠시 후 허스키한 여성의 목소리가 들렸다.

"고작 이딴 놈들 때문에 날 부른 거냐, 미온. 모처럼의 휴가였건만."

그 악마적인 그림자 속에서 서서히 모습을 드러내는 자는 바로 귀찮아 죽겠다는 표정의 적현무 키르케 님이었다. 그 지독한 몰슨이라도 소용이 없었다. 그는 오줌이라도 싸 버릴 것 같은 얼굴로 웅얼거렸다.

"넌…… 뭐야. 악마?"

"그러는 네놈은 뭐냐. 머저리?"

키르케 님이 눈가를 찡그리며 몰슨에게 다가갔다. 지옥을 봐 버린 몰슨의 이성이 툭 끊어졌다.

"괴, 괴물이야! 악마가 지상으로 올라왔어!"

몰슨과 남은 소수의 도적들은 허겁지겁 그림자의 영역 밖으로 도망치고 있었고, 키르케 님은 '괴물이라니, 실례잖아.' 라고 중얼거리며 몹시도 고통스러울 것이 뻔한 최후의 일격을 가하려고 했다. 하지만 그 일격은 잠시 늦춰질 수밖에 없었다.

"우아아아악!"

몰슨과 도적들은 더 이상 뛰지도 못하고 바닥에 주저앉았다. 누구라도 그럴 것이다. 눈앞에 거대한 빛의 날개를 펼친 주작이 강림했으니까. 너무도 밝아서 접근할 수도 없을 만큼 눈부신 영조(靈鳥).

"……명주작 님."

"미온, 소식 듣고 급하게 달려왔어! 괜찮아? 응?"

알테어 님은 도적 따위는 관심도 없는지 곧바로 달려와서는 날 껴안는 것이었다. 자, 잠깐만요. 상봉의 기쁨을 나누기에는 지금 분위기가 전혀…….

"야, 이 계집애야. 네가 왜 여기 있는 거냐."

거의 살기에 가까운 나지막한 키르케 님의 음성이 들리자 알테어 님이 그녀를 확 쏘아봤다.

"그러는 너야말로 왜 여기에 있는 거야!"

"뭐, 오히려 잘되었네. 그럼 이 자리에서 결판을 내 볼까?"

키르케 님의 그림자와 알테어 님의 빛이 강렬하게 충돌하는 바람에 나는 사색이 되어 버렸다.

"싸움밖에 모르는 마녀!"

"소녀병에 걸린 백치!"

아아, 누가 좀 말려 줘. 두 분 모두 분기탱천이다. 생각지도 못한 위기가! 이, 이러다간 이 지역이 날아가 버릴지도 몰라. 농담이 아니라고. 두 분 모두 오실 줄이야! 나는 둘 사이에 끼어들며 최대한 환하게 웃었다.
"제가 죽일 놈이랍니다. 어쩌다 보니 모든 분들에게 다 연락을 했거든요. 아하하하."
그때 이 난데없는 팽팽한 대결 무드 사이로 귀에 익은 목소리가 끼어들었다.
"이런, 이런. 저희는 조금 늦어 버린 것 같군요."
"리, 리젤 경?"
그러니까 여전히 금발이 반짝거리는 리젤 경과 긴 가죽 코트를 입은 인트라 무로스의 특무대였다. 이자벨 님에게도 구조 요청을 보냈으니까 저 사람이 오게 되는 건가?
전혀 꿀리지 않는 여유로운 표정으로 카론 경과 아신들을 바라보는 걸로 미루어 역시 리젤 경도 뭔가 위험한 인물일 것 같다는 불길한 예감이 스치는군. 리젤 경은 바닥에서 부들부들 떨고 있는 몰슨에게 다가갔다.
"이런! 우연인가요? 우리가 애타게 찾고 있던 몰슨 씨가 이런 곳에 있다니요."
"사, 살려 줘. 악마도, 신도 다 나타나고……."
겁에 질려 실성한 몰슨에게 리젤 경이 방긋 웃으며 말했다.
"쓸데없는 말은 안 하셨겠죠? 전 몰슨 씨를 믿는답니다."
"자, 잠깐! 죽고 싶지 않…… 크으윽."
리젤 경의 손에 잡힌 몰슨의 목에서 '투둑' 섬뜩한 소리가 났다. 그리고 그는 절명했다. 나는 경직된 몸으로 그 광경을 지켜봤다. 팔짱을 낀 채 묵묵히 바라보던 카론 경이 말했다.

"증거 인멸인가."

"아니, 무슨 말씀을. 하도 흉악한 범죄자라서 즉결 처분할 수밖에 없었던 겁니다."

"그래. 그렇겠지."

이, 이게 무슨 대화야? 리젤 경이 온화한 목소리로 말했다.

"미레일 경께도 당신의 안부를 전하도록 하겠습니다. 여전히 건강하고 완고하시다고요."

"미레일이 너희들의 나쁜 피에 물들지나 않았으면 좋겠군."

"걱정 마세요. 미레일 경은 아주 성실한 기사입니다. 또 순진하기도 하고 말입니다."

순간 카론 경의 싸늘한 시선을 마주한 그의 입가에 야릇한 미소가 퍼졌다. 그러고는 내게 다가와 쪽지를 건넸다.

"크리스탄센 국장님으로부터 전언입니다."

공짜는 없어, 미온 군.

—이자벨

"어이쿠."

난 고개를 팍 숙였다. 리젤 경은 아까와는 전혀 다른 존경 어린 눈동자로 '여전히 이자벨 님의 총애를 받고 계시는 것 같군요! 부럽습니다! 이오타에 영광 있기를!' 이라는 긴 작별 인사를 남긴 뒤에 특무대와 함께 사라지는 것이었다. 뭔가…… 나에 대해 엄청난 착각을 하고 계신 것 같은데 말이야.

키르케 님이 한숨을 내쉬며 말했다.

"저놈들은 망할 놈의 인트라 무로스 아니냐, 미온. 이자벨 크리스탄센과는 가깝지 지내지 않는 편이 좋아. 인격마저 정보의 하나로 보는 여자니까."

"좋은 분이세요, 이자벨 님은."

키르케 님은 '너답구나.'라는 표정으로 날 바라본 뒤에 쓴웃음을 지었다.

"누가 보면 전쟁이라도 하려는 줄 알겠구나."

"죄, 죄송합니다."

"나는 국왕의 명령에도 쉽게 움직이지 않는다. 이 빚은 꼭 갚아라. 기대하고 있으마."

"……기대하셔도 좋습니다."

그녀는 알테어 님을 흘낏 바라보며 발길을 옮겼다.

"싸울 기분이 아니로군. 오늘은 살려 주마, 명주작."

키르케 님은 무겁게 말하며 그림자 속으로 사라져 갔고 알테어 님은…… 혀를 빼고 '메롱'이라는, 성기사답지 않은 자태를 보여 주고 있었다.

"미온, 나도 가 봐야 해. 같이 있고 싶지만…… 성하(聖下)께서 이 사실을 알면 혼나거든."

물론 교황이 알게 되면 저는 고문실로 끌려갈 겁니다. 항상 도와주셔서 정말 고마워요. 그리고 알테어 님은 아신의 자비를 담아 날 꽉 껴안은 뒤에 내 뺨에 살짝 키스하고는 떠났다.

 어떻게 떠났냐고? 날아서. 농담하는 것 아니다.

 나는 여전히 눈을 지그시 감은 채 팔짱을 끼고 있는 카론 경에게 다가갔다.

 "소란 피워서 죄송해요, 카론 경."
 "자네는 항상 나를 놀라게 하는군."
 "조, 좋은 의미인가요?"
 "반쯤은"

 그는 짧게 말했다. 그러고는 한참 동안 묵묵히 서 있었다. 뭔가를 기다리고 있는 것처럼.

 '갑자기 왜 이렇게 분위기를 잡는 거지.'

 그러던 그가 결국 참지 못하겠다는 얼굴로 외치는 것이었다.

 "다 알고 있으니까, 숨어 있지 말고 나와!"
 "예?"

 난 깜짝 놀란 얼굴로 그를 바라봤지만 카론 경은 화를 꾹 참는 기색으로 입을 다물고 있었다. 그리고 잠시 후 건물 틈에서 헤헤 웃는 사람 하나가 걸어 나오는 것이 아닌가.

 "역시 카론 경, 들켜 버렸네요오."
 "……키스."

 이젠 댁이 나타나도 놀라지 않아. 전 세계에 수만 개의 복제 키스가 퍼져 있다는 생각을 하게 되었는걸?

"여, 연락도 안 했는데 어떻게 알고 온 거예요!"

"항상 하는 말이지만 미온 경과 저는 운명의 끈으로 연결…… 이얍! 피했습니다아."

으이구! 허공에 주먹질을 한 나는 입술을 삐죽 내밀었다. 이 인간에 대해 상식적으로 판단하는 것은 그만두도록 하자.

여전히 검 한 자루 없는 녹색 평상복 차림인 키스가 생글생글거리며 말했다.

"아아, 일이 잘 해결되어서 다행이로군요. 하지만 카론 경은 기억을 잃었을 때가 훨씬 인간다워 보였는데 말입니다아."

"쓸데없는 소리 하지 마라!"

그래 쓸데없는 소리 좀…… 응? 그 말은?

"대체 언제부터 우리를 지켜보고 있었던 거야!"

"에헴! 제가 괜히 묵시의 기사라 불리겠습니까아? 묵시, 즉 빤히 바라보기만 한다!"

"키스 경, 그건 묵시가 아니라 스토킹이라고 하는 거예요!"

스토킹의 기사라니. 그건 확실히 좀 우울하지만, 어쨌거나 보고 있었으면 도와줬어야 할 것 아닌가!

하지만 키스는 잘 해결되었으니까 된 거잖아요, 라며 능글맞게 말하곤 그 빨간 눈동자로 특유의 눈웃음을 보일 뿐이었다. 즐겁기도 하고, 때로는 불길하기도 한 그 보석 같은 눈동자로 말이다.

카론이 심각한 표정으로 말했다.

"그런데 키스. 인트라 무로스가 결국……."
그러자 키스가 카론의 입을 막으며 싱긋 웃는 것이었다.
"그 일은 나 혼자로도 충분하니까 관심 끊으세요. 우리 마음씨 고운 미온 경이 들을 만한 내용도 아닌 것 같고 말입니다."
내, 내가 뭘! 카론은 '알겠다. 네게 맡기지.'라고 말하며 머리를 쓸어넘겼다. 뭔가 이 사건 이면에 위험한 계산들이 오가고 있는 것일까? 내가 물어봐도 대답해 주진 않겠지만.
그때 도공이 키스에게 다가오며 믿을 수 없다는 듯이 말했다.
"자네가 아직까지 살아 있을 줄은 몰랐구먼."
"앗! 오랜만이네요, 영감님."
이건 또 무슨 대화? 키스 경이 살아 있는 것이 그렇게 이상한가? 아니 그보다 키스 당신은 아는 사람도 참 많아.
키스가 입가에 손가락을 대고 고개를 갸웃거렸다.
"으음, 이걸 살아 있다고 해야 할까요? 그건 그렇고 언제 제 검도 한번 손 봐 주시겠습니까?"
"허허, 농담 말게. 난 그런 배짱 없어."
노인은 너털웃음을 보이며 말했지만, 그렇다고 장난으로 들리지는 않았다. 카론 경이 말했다.
"난 이만 가 보겠다."
"벌써요? 하지만 제복은요?"
"집에 많아. 아직 할 일이 많이 남았다."
일벌레!

"서두르면 열차를 탈 수 있을 것이다. 기차표는 키스, 네가 사라."

키스가 어쩔 수 없다는 듯 푹 한숨을 내쉬며 어깨를 으쓱했다.

"하아. 찢어지게 가난하군요, 카론 경은. 역시 제가 아니면 아무것도 못 하는 건가요?"

"돌아가서 갚으면 될 것 아닌가!"

카론 경은 그렇게 말하며 곧바로 걸어가기 시작했다. 노인이 말했다.

"카론 군, 칼이 무뎌지면 언제라도 다시 오게."

도공은 어떤 이유인지 자신의 생각을 바꾼 것 같았다. 아니, 포기하지 않기로 결심한 것인지도. 카론 경은 걸음을 멈추고 그 노인을 바라보며 그 무뚝뚝한 얼굴에 존경의 의미를 담아 고개를 숙였다.

"오빠! 도와줘서 고마워요!"

아직까지도 이름을 모르는 소녀가 나와 카론 경에게 다가와 인사했다. 나는 이 마을을 구한 주인공인 그녀를 활짝 웃으며 껴안아 주었다. 아아, 귀여운 녀석 같으니. 하지만 카론 경은 아저씨란다. 오빠가 아니에요.

"뭘 그렇게 중얼거리고 있나. 빨리 와라, 엔디미온 경."

"아, 갈게요. 금방."

나는 순진하게 웃고 있는 아이를 바라보며 입을 열었다.

"있잖아. 너는 크면 뛰어난 텔레······."

"……?"

"아냐, 아무것도."

말을 멈추고는 동그란 눈으로 날 바라보는 소녀의 머리를 가만히 쓰다듬어 주었다. 재능이 있어서 불행해지는 직업이 있다면, 그게 바로 텔레레이디니까. 그런 저주받은 재능 같은 건 평생 모른 채 살아가는 편이 훨씬 행복할 것이다.

"또 찾아올게. 카론 경과 함께."

26.

돌아가는 열차 안에서 키스 경이 물었다(2인실인데 키스가 같이 있겠다고 박박 우겨서 결국 세 명이나 들어앉았다. 못살아).

"미온 경, 텔레마코스 센터도 없는 곳에서 어떻게 다른 사람들에게 연락을 한 건가요?"

"다 지켜보고 있었을 테니까, 말하지 않아도 알 것 아니에요."

"저는 텔레마코스 쪽은 문외한이랍니다아."

나는 어쩔 수 없다는 듯이 한숨을 내쉬며 그 비법을 공개했다. 카론 경은 말없이 신문을 보고 있었지만, 분명 내심 궁금해하고 있으리라.

"텔레마코싱 능력이 있는 여자들의 몸에 손을 대거나 하면 묘한 기분이 느껴져요."

"아? 그런 게 있나요?"

"아니, 저도 처음에는 몰랐는데, 계속 반복되다 보니까 느끼게 되더라고요."

그러니까 그 묘한 기분은 '그녀'로부터 시작된다. 뛰어난 텔레레이디였던 그녀와 함께 있었던 몇 년 동안 나는 조금씩 그녀가 풍기는 전파 같은 야릇한 짜릿함을 느끼게 되었고, 그리고 훗날 그것이 텔레레이디들이 가지는 일종의 독특한 파장이라는 것을 알게 되었다. 그 재능이 뛰어날수록 파장도 컸다.

"그런데 그 소녀가…… 텔레레이디의 재능이 있더라고요."

"하지만 서클릿이 없었을 텐데요?"

텔레레이디들은 필수적으로 고유 넘버가 각인된 서클릿을 착용한다. (자세히는 모르지만)그 서클릿에는 해당 번호를 포함해 발신과 수신에 필요한 에너지가 담겨 있다고 한다. 물론 이것 역시 그녀에게 들은 말이다.

"서클릿을 대체할 수 있는 것이 있어요. 서클릿은 마나인젝터들이 에너지를 응축시켜 놓은 것이니까, 똑같이 생명력이 응축된 물질이라면 궁여지책으로 사용할 수는 있죠. 그게 바로 화관이라고 하더군요. 꽃에는 상당한 생명 에너지가 뭉쳐 있으니까. 물론 이론상으로 그렇다는 거고, 현실에서는 불안정해서 제대로 연결되기도 힘들고 일회용인 데다가 고유 번호가 없어서 잘해 봐야 이쪽에서 짧은 문장을 보내는 수준이지만요."

그녀가 했던 말이 있다. 만약 화관만으로 완벽하게 송신할 수 있다면, 그 사람은 상당한 재능을 가진 텔레레이디가 분명하다고. 그런데 그 소녀는 해냈다. 교육조차 받은 적이 없는데도 말이다.

"헤에, 그런 방법까지 알고 있다니, 미온 경도 참 대단하네요. 다시 봤어요."

"그럼 그전엔 대체 날 어떻게 본 겁니까."

"혹시 예전에 예쁜 텔레레이디라도 꼬드겼던 건가요오?"

"누, 누가 꼬드겼다고 그래! 난 단지!"

난 눈을 꽉 감으며 입을 다물었다. '그녀'에 대한 이야기는 되도록 꺼내고 싶지 않으니까. 키스 경은 무슨 생각에 잠겼는지 씁쓸한 웃음을 보이며 '텔레레이디라, 슬픈 재능을 가진 사람들이죠.'라고 읊조리는 것이었다.

왜 그런 말을 하는지는 모르겠지만, 그 말에는 백번 동감한다. 물론 그 재능이 없었다면 애당초 그녀와 내가 만났을 일도 없었겠지만.

그때 카론 경이 신문을 접어 옆에 두고는 창밖을 바라봤다. 아까부터 아무 말도 없는 저 과묵한 모습은 그의 기억이 완전히 돌아왔음을 의미하는 것이리라.

내가 웃는 얼굴로 말했다.

"카론 경."

"뭔가."

"몰슨이 그 아이를 잡았을 때, 제가 부른 분들이 오실 줄 알고 칼을 버렸던 건가요?"

"물론이다. 거대한 힘이 다가오는 것을 느꼈으니까."

"하지만 만약 오지 않았다고 하더라도 칼을 버리셨을 건가요."

"……."

카론 경은 무표정한 얼굴로 다시 창밖을 바라봤다. 그러고는 '모르겠군.' 이라고 조그맣게 중얼거렸다.

나는 기억을 잃어버린 카론 경이 애처로운 눈빛으로 마을 사람들을 바라보며 '지켜 주고 싶어.' 라고 말했던 그 모습을 잊을 수가 없다. 그리고 그것이 그의 차가운 겉모습 속에 숨겨진 솔직한 마음일 것이리라 믿는다.

지켜 주고 싶어.
누구를요?
사람들을…….
마을 사람들?
많은 사람들을…….

칼에게도 마음이 있다면 아마 카론 경과 같은 마음일 것이다.
"그런데 미온 경."
"예?"

"여행 가방 잃어버렸지요? 제사 도구와 지명비까지?"
"우아아! 그랬었지!"
"벌금이랍니다아. 옴팡지게 일해서 갚으세요."
"가, 갚으면 되잖아요! 갚으면! 못됐어, 아주!"

난 울상이 된 얼굴로 소리쳤다. 마을을 구한 대가가 결국 벌금이란 말이더냐! 카론 경은 그렇다 치고 이 인간의 속마음은 대체 뭐란 말인가.

제2화

작전명! 접대 최전선! 上

1.

"아아 싫다. 싫어."

빨랫감이 수북한 바구니를 들고 세탁소로 향하고 있는 내 입에서 한숨이 저절로 나왔다. 그렇다, 최근 나는 키스에게 본격적으로 미움받고 있었다. 안 그래도 지명이 산처럼 쌓여 있건만 며칠 전부터 내게 계속 신전 청소라든가, 귀빈 접대라든가, 빨래 같은 자질구레한 노동만 줄기차게 시키고 있었다.

그런데 가장 답답한 것은 어째서 나를 괴롭히는지 알 길이 없다는 것이다! 난 원망스러운 표정으로 말했다.

"내가 최근 키스 경에게 미움받을 짓 한 거 있어요?"

"글쎄다."

옆에서 내 두 배는 되는 빨래 바구니를 안은 채 담배까지 피워 물은 쇼탄 경이 '키스의 머릿속은 귀신도 모를 거야.'라고 웅얼거렸다. 물론 이쪽은 빚을 갚기 위해 자청해서 기사단의 빨래를 떠맡은 입장이다. 쇼탄이 담배 연기를 뱉으며 말했다.

"키스 경은 기본적으로 남을 미워하지 않아. 대신 좋아하지도 않지. 무슨 일인지는 모르겠지만 널 미워하는 것은 아닐걸? 그렇게 손쉽게 키스의 미움을 받아낼 수 있다면 넌 진짜 대단한 놈이야."

별로 그런 식으로 대단한 놈이 되고 싶지는 않지만, 사실 나도 그 말에 동의한다. 누군가를 미워하거나 좋아한다는 감정이 상대에게 전해지려면 그만큼의 진심을 내보여야 한다는 건데, 애당초 키스 경은 절대 진심을 보이지 않으니까.

정확하게 말하자면 아이히만 대공 외에는 미워하지 않고 카론 경 외에는 좋아하지 않는 것이지만, 아니, 그럼 미워하는 것도 아닌데 바빠 죽을 지경인 나한테 이런 잡일만 시키는 건 더 이상하잖아! 즐기는 거야? 대체 뭐냐고!

"알게 뭐야. 빨래나 하자."

쇼탄 경이 심드렁한 표정으로 앞장섰다.

2.

왕실 세탁소에 대해 짧게 소개해 보자면 다음과 같다.

(1) 왕족의 옷을 제외한 왕실의 모든 세탁물을 처리하는 곳이다.
(2) 이오타에서 수입한 수동식 세탁기 백여 대가 배치되어 있는 거대한 건물.
(3) 무료지만 당연히 셀프서비스다.
(4) 이용객 99퍼센트가 여성이며 그들은 거의 귀족들의 빨랫감을 들고 오는 시녀들이다.
(5) 뭐…… 남자는 이용하지 말라는 규칙 같은 건 없다.

"……그건 그렇고"
아니, 그런데 세탁소에 원래 이렇게 사람이 많았던가. 오늘은 이상하게도 세탁소가 시녀들로 만원사례였다. 설마 오늘이 무슨 '빨래의 날' 이야?(그런 날 없다) 나와 쇼탄은 빨래 바구니를 든 채 빽빽하게 들어찬 시녀들을 멍하니 바라봤다. 그런데 이 아가씨들이 힐끗힐끗 우리를 바라보며 소곤거리는 것이 아닌가.
"봐! 봐! 내가 온다고 했지? 오늘은 둘이 같이 왔어."
오싹한 시선을 온몸에 받으며 우리는 세탁소에 입성했다. 한 걸음 한 걸음.

"쟤가 미온이래. 머리카락 좀 봐. 무지 예쁘게 생겼어."

"난 실제로 처음 봐. 진짜 피부가 뽀얘. 몸도 되게 가늘다."

"귀여워. 요정 같아. 정말 눈동자가 보라색이네? 가짜 눈 아냐?"

기, 기사에게 서슴없이 '쟤'라니! 남자에게 예쁘고 뽀얗고 가늘다는 수식어는 전혀 칭찬이 아니야! 그리고 가짜 눈일 리가 있겠냐!

뭉쳐 있는 여자들은 무섭다. 나는 이 음흉한 분위기 속에서 그 사실을 새삼 실감할 수 있었다.

"그런데 기사가 빨래하러 오네? 할 일 없나 봐."

"……."

"오르넬라 님이 밤마다 부른대."

아냐!

"임금님도 부른대."

아니라니까! 키스 경, 당신이 날 괴롭히려는 것이 목적이었다면 확실히 성공했습니다. 지금 나는 호기심 가득한 아이들에게 온몸을 적나라하게 관찰당하는 개구리의 심정, 내가 무슨 동물원 판다도 아니고! 아무리 수많은 여성들의 패턴에 단련된 나라고 하더라도 이런 밀폐된 공간에서 백 명도 넘는 빨래터 처녀들의 시선을 한몸에 받게 되면 확실히 긴장된다. 의외로 나, 무대 체질 아니거든.

'그런데 쇼탄 경은?'

후후. 전직 호스트인 나마저 몸 둘 바를 모를 이런 상황에서 당신은 분명 어쩔 줄 몰라 할 것이 뻔…… 얼레?

"왜 그래, 미온?"

쇼탄 경은 이 엄청난 공격 속에서도 끄떡없는 모습으로 당당히 빨랫감을 분류하고 있었던 것이다.

"어, 어째서 그렇게 태연한 거죠?"

"그거야 뭐…… 면역되었으니까."

쇼탄 경은 제발 그런 쓸쓸한 질문은 하지 말아 줘, 라는 얼굴로 중얼거렸다. 그렇다. 빚을 갚기 위해 불철주야 세탁소에 들락거려야 하는 쇼탄 경은 이런 상황에 이미 '무감' 해져 버린 것이다. 세상에 찌든 불우한 젊은이 쇼넨베르트, 25세.

'웃자니 슬프고 울자니 웃기는군.'

쇼탄 경은 스왈로우 나이츠 중에서 몸집이 가장 크다. 건강미 넘치는 외모와 단단한 몸매 때문에 둔해 보이지는 않지만 확실히 격투가를 연상시키는 커다란 구릿빛 몸의 소유자인 것이다. 그런 양반이 한숨 폭폭 내쉬면서 색이 있는 빨래와 흰색 빨래, 속옷 따위를 구분하고 있는 궁상맞은 모습을 보고 있노라니 나까지 가슴이 미어진다.

"미온, 뭐 하고 있냐. 너도 빨리 해."

"넵."

아니 뭐, 나도 남 동정할 처지가 아니로군. 기사단에 들어온 뒤로 점점 훌륭한 가정부가 되어 가고 있다는 기분이…….

'그러니까 죄다 키스 경 탓이야!'

3.

뭐 생소하게 들릴지도 모르겠지만 이 시대의 '세탁기'란 그러니까…… 이거다!

사실 나는 이 세탁기가 무섭다. 보통 때는 목욕탕에 쭈그려 앉아 빨래를 하는 이유도 그것 때문이다. 이 거대한 빨래통에 옷을 집어넣고 손잡이를 돌릴 때마다 들리는 그 드르르륵, 그르르릉 거리는 기계음이 어려서부터 아주 소름 끼쳤던 것이다. 물론 그 발단은 아버지가 내 머리를 쓰다듬어 주며 말했던 '사람을 안에 넣고 돌려도 똑같은 소리가 난단다.' 라는 헛소리 때문이었지만 (교육 한번 잘 시키셨습니다!).

하지만 이렇게 대량의 빨랫감이 몰려들 때는 어쩔 수가 없는 노릇. 하루 종일 목욕탕에서 방망이질을 하다가 레녹 경에게 '시끄러워! 거슬려!' 라는 소리 듣고 싶지는 않았다.

"그, 그럼 해 볼까?"

나는 비누칠을 한 옷들을 공포의 세탁기 안에 집어넣은 뒤에 마음을 진정시켰다. 사방에서 들려오는 드르르르르르륵, 하는 '사람 갈아 마시는' 소리 덕분에 이미 기분은 초긴장 상태. 어린 애라고 비웃어도 어쩔 수 없어. 이거, 정말 무섭다고!

빨랫감을 손에 꼭 들고 빨개진 얼굴로 안절부절못하는 나를 보고 쇼탄이 떨떠름한 목소리로 말했다.

"미온, 세탁기한테 프러포즈라도 하게? 상냥하게 돌려 주면 너한테 반할지도 모르지."

"무, 무, 무섭다고요."

"나 참. 훌륭한 기사라면 당당하게 빨랫감을 넣고 돌리라고!"

훌륭한 가정부겠지. 에이! 마음을 강하게 먹자! 이건 그냥 세탁기야. 고문 도구도 뭣도 아니야. 나는 머릿속으로 중얼거리며 심호흡을 하고 세탁기의 손잡이를 잡았다. 그리고,

드르르르륵.

"흐히히힉!"

난 결국 귀를 틀어막은 채로 주저앉아 버리고 말았다. 모, 못 하겠어. 듣는 것만 해도 무서워 죽겠는데 나보고 돌리라고? 사람 뼈를 갈아 버리는 것 같은 감촉이 온몸으로 전해져 온다고! 그러거나 말거나 주변의 아가씨들은 여전히 내 이런 모습을 감상 중이셨다.

"어머. 빨래 못 하나 봐."

"우리가 도와줄까?"

응! 도와줘! 제발!

"아냐. 지켜보는 게 더 재미있겠다."

······마녀들.

"어이, 미온. 이번엔 세탁기에게 바람 맞았냐? 네가 그러니까 저 아가씨들이 더 즐거워하잖아."

"즈, 즐거우라고 이러는 거 아니에요."

농담 아니야. 무서워 죽겠다고! 쇼탄이 어쩔 수 없다는 듯이 어깨를 으쓱한 뒤, 다부진 팔을 걷어붙였다. 그가 손잡이를 꽉 잡고는 말했다.

"잘 봐. 이런 건 이렇게 힘차게 돌리면!"

빠드득.

"엉? 빠드득?"

무언가가 갈가리 찢겨나간 것 같은 이 불안한 소리는 뭐야?

나는 하얗게 질린 얼굴로 세탁기를 열었고 그 안에는 너덜너덜 해진 셔츠가 기계 장치 사이에 끼어 죽어 가고 있었다. 어찌나 세게 돌렸으면…… 난 그걸 꺼내 들고 바들바들 떨었다.

"당신, 지금 무슨 짓을 저질렀는지 아십니까?"

"그, 그거 누구 건데?"

"……지스킬 윈터차일드 씨."

순간 마른침 삼키는 소리가 커다랗게 들려왔다. 쇼탄이 담배를 물며 중얼거렸다.

"우린 죽었다."

"어째서 우리야! 댁이지! 죽으려면 혼자 죽어!"

"야아. 냉정하게 굴지 마! 같이 죽자아."

"할 말이냐!"

걸레가 되어 버린 지스의 셔츠를 서로 주거니 받거니 하며 옥신각신. 아아, 싫어, 우울해, 지명도 못 가고 아침부터 이게 뭐야. 집요해서 미안하지만 따지고 보면 이게 죄다 키스 경 탓이야! 나타나기만 해 봐라! 내 아주 이 인간을…….

"미온 경."

아하. 등 뒤에서 들려오는 키스의 목소리. 말이 씨가 된다고 했던가. 호랑이도 제 말 하면 온다고 했던가. 난 부르르 떨며 그를 향해 몸을 돌렸다.

"키스 경! 대체 언제까지 나한테 이런 일을 시키…… 우아아 아앗!"

피? 난데없이 피투성이가 된 키스가 내 몸 위로 쓰러지는 것이었다.

"무, 무, 무, 무슨 일이에요! 이거!"

왕실 한복판에서 이게 무슨 날벼락이야! 나와 쇼탄 경 모두 소스라치게 놀랄 수밖에 없었다. 뭐가 뭔지는 모르겠지만 일단 병원이 급해! 난 그를 부축한 채 소리쳤다.

"정신 차리세요! 눈 감지 말아요! 죽지 말아요!"

"……미온 경."

"말하지 말아요! 내가 병원까지 데려갈게요! 조금만 참아요!"

키스의 입술이 파르르 떨리고 있었다. 그가 희미하게 웃으며 말했다.

"미온 경, 부탁이 하나 있어요. 들어줄 거죠?"

"죽지 않는다면 뭐든지 들어줄게요!"

"다행이군요."

사그라지는 목소리. 눈동자가 떨려왔다. 그가 내 손을 힘없이 잡으며 말했다.

"제 부탁은 바로, 내일도 신전 청소를 해 줬으면……."

그때 멍하니 바라보던 쇼탄 경이 말했다.

"그런데 말이야. 이 피, 묘하게 먹음직스러워 보이지 않아?"

순간 정적.

"그러니까 피 냄새도 안 나고. 달콤해 보이는 것이……."

나는 굳은 표정으로 '피'를 손가락으로 쿡 찍어 입에 넣었다.

흡! 이, 이건!

"……달아."

난 식은땀을 흘리는 키스를 물끄러미 바라봤다. 이제 집어치우지, 응?

"미, 미온 경. 실은 제가 당뇨병이라서……."

"시럽이잖아! 이 멍청아!"

빠악.

"너무해요! 상관을 있는 힘껏 때릴 것까진 없잖아요!"

내 인내심은 이미 임계점을 넘어간 상태였다.

"닥쳐!"

내 싸늘한 표정에 키스가 움찔하며 어깨를 움츠렸다.

"아하하하. 뭐, 뭘 그렇게 화를 내는 거예요."

빠악.

"또 때렸어!"

"시끄러워! 허구한 날 잠만 자고 속마음을 안 보여 줘도 좋아! 나한테 빨래를 시켜도 좋고 심심하다고 장난치는 것도 좋아! 하지만 그런 짓만은 하지 마! 화가 나! 그런 건 최악이야!"

난 눈물까지 글썽거리는 얼굴로 그를 쏘아봤다. 정말 싫다. 주변의 누구라도 사라지는 것은. 상상하는 것만으로도 싫어. 세탁기 소리보다도 수만 배 싫다고!

"미안해요."

그가 빨간 눈동자에 난감한 눈웃음을 담으며 말했다.

"풀이 죽어 있는 것 같아서 재미있게 해 주려고 했는데, 이렇게 싫어할 줄은 몰랐네요."

"가까운 사람이 피투성이가 된 걸 보고 좋아할 사람이 있겠냐고!"

난 눈을 꽉 감으며 또 커다랗게 소리쳤다. 어른이 된 다음부터는 헤어지는 것에 익숙해져야 한다고 다들 말하지만, 난 아직 인정하기 싫다. 중요한 것을 잃으면 화가 나고 눈물이 난다. '누구나 언젠가는 헤어지게 되어 있어.'라고 담담히 말할 수가 없는 것이다.

"걱정 말아요. 저는 이미 사라진 존재니까, 다시 사라지는 일은 없답니다."

키스는 정말 진심을 보기 힘든 사람이다. 그런데 지금 살짝 본 것도 같다.

4.

"헤에. 정말 키스 경이 사과했다고? 그러는 척한 거겠지."

"아냐. 진심이었다니까? 나 그런 모습 처음 봤어."

쇼탄 경은 뭐가 그렇게 신기한지 빨래터에서 돌아오자마자 '시립 난동'을 화제에 올렸고 테라스에서 뒹굴거리며 놀던 랑시가 '의외네. 키스 경에게 빈틈이 있다니.'라고 맞장구치고 있었다. 그게 어째서 빈틈이냐!

'하지만 뭐, 나도 의외긴 했어.'

내가 화를 낸다고 당황한 기색을 보이는 건 처음이었으니까. 그래도 그건 정말 심했다. 아무리 장난이라지만, 자신의 죽음을 소재로 삼는 건 끔찍해! 그건 그야말로 자해(自害)이며 자조(自嘲)다. 아아, 덕분에 세탁소가 더 싫어져 버렸어. 아직도 머릿속에서 그 공포의 '드르르르륵'이 울리는 것 같아.

"미온 경, 내 셔츠는 다 빨았겠지?"

그때, 지스가 퉁명스러운 표정으로 지나가면서 물었다. 올 게 왔다.

"아. 그, 그거 말이지······."

내가 쇼탄 경을 쓰윽 바라보자 그는 빵과 차를 들고 자기 방으로 잽싸게 뛰어들어가 버렸다. 도망치지 마! 이 배신자!

"빨리 줘. 갈아입고 싶어."

미안해. 네 셔츠는 유명을 달리했어. 최선을 다했지만 살릴 수가 없었어! 그리고 그 녀석은 너와의 추억을 잊지 않겠다는 유언을 남겼지, 라고 개그를 했다간 정말 곱게 죽지 못하겠지?

"아하하하. 보, 보고 놀라지 마아?"

난 '짠!' 하고 환하게 웃으면서 너덜너덜해진 천 조각을 꺼내 보여줬다. 그러나 아무리 애교를 부려 봐야 지스 경의 싸늘한 표정은 눈곱만큼도 호전될 기미가 안 보인다.

"······주, 죽이지만 말아 주세요."

그러자 지스가 날 향해 방긋 웃었다.
"괜찮아. 실수할 수도 있지."
"아? 정말? 용서해 주는……."
부욱.
지스는 곧바로 내 셔츠를 꺼내 매몰차게 찢어서 내게 던졌다.
"다음부터 똑바로 해."
"우아아! 내가 잘못한 것도 아닌데! 그거 쇼탄 경이 실수한 거라고!"
부욱.
그러자 지스는 주저 없이 쇼탄의 셔츠도 꺼내서 똑같이 찢어 버리고는 뒤도 안 돌아보고 2층으로 올라가는 것이었다. 랑시가 쿠션으로 얼굴을 가리며 중얼거렸다.
"성격 진짜 아름다워. 정말 비단결 같아. 같이 사는 미온 경이 존경스럽네요."
"그, 그래도 잘 찾아보면 귀여운 부분도 있어."
어디가? 나는 능지처참당한 내 셔츠를 바라보며 볼을 실룩거렸다.
"카론 샤펜투스 헬스트 나이츠 부기사단장님께서 방문하셨습니다."
"아?"
시종들의 차분한 목소리와 함께 카론 경이 나타났다. 나는 히죽 웃으며 말했다.

"최근에는 자주 오시네요? 심심하신가 봐요?"

"그럴 리가 있겠나. 나도 오고 싶어서 오는 거 아니야."

그는 특유의 기분 나쁠 것도, 좋을 것도 없다는 사무적인 목소리로 말한 뒤에 주변을 두리번거렸다. 키스 경을 찾고 있는 것이리라. 아니, 그런데 확실히 카론 경이 여기 오면 뭔가 굵직한 일이 터진단 말이야.

"키스 경 찾으세요?"

"지금쯤 자고 있을 시간인데, 어디로 사라진 건가."

으음, 옛날부터 그랬나 보군. 내가 말했다.

"아마, 욕실에 있을 거예요. 온몸에 시럽이 잔뜩 묻었을 테니까!"

"시럽?"

"그렇게 해서라도 달콤한 인간이 되고 싶었나 보죠. 쳇."

난 아직도 화가 조금 나 있는 상태라서 삐죽거리며 말했고 카론 경은 조용히 자리에 앉았다. 그가 시종들이 내온 차를 반쯤 마시고 나서야 지하 목욕탕에서부터 키스가 올라왔다. 그가 눈을 반짝 뜨며 환하게 웃었다.

"와하하하! 카론 겨엉!"

키스가 두 팔을 활짝 펴며 카론 경에게 달려갔다.

"절 보러 와 주셨군요오!"

확실히 키스는 특별히 가꾸지 않아도 반짝거리는 혜택받은 미남자다. 특히 목욕 후에는 잘 가공된 보석처럼 청결한 빛이 난다. 솔직히 내가 봐도 조금 질투가 생긴단 말이야. 저 속옷만 입고 방방 뛰는 추태만 빼면! 머리 양 갈래로 땋지 마! 옷 입어!

순간 벌떡 일어선 카론 경이 검을 빼며 엄청난 빠르기로 휘둘렀고 키스를 비롯해서 나와 랑시 모두 깜짝 놀라 바닥에 엎드렸다. 머리 위로 '휘이잉!' 하는 날카롭고도 서늘한 바람이 지나갔다.

"주, 죽을 뻔했다!"

우아아아! 갑자기 이 무슨 암습(暗襲)입니까! 카론 경의 용서 없는 검격 안에 걸려든 꽃병이며 조각들이 두 동강이 나서는 와르르 쏟아졌다. 화를 꾹 참는 표정으로 단숨에 검을 집어넣은 카론 경이 말했다.

"키스, 기사는 그런 불량한 복장만으로도 처벌받을 근거가 된다. 주의하도록."

"며, 명심하겠습니다아."

아무튼 카론 경도 유독 키스 일이라면 엄청 화를 낸단 말씀이야. 아니, 이미지 관리상 묘사를 하지 않아서 그렇지, 사실 리더구트에서는 다들 '대충' 입고 다닌다. 지명 갈 때 한껏 빼입는 것만으로도 진이 빠지기 때문에 누가 볼 일도 없는 이곳 '대기실'에서까지 차려입고 다니고 싶진 않은 것이다. 특히 여름철은 죄다 흐늘흐늘해져서 대충 반바지만 입고 좀비처럼 테라스를 어슬렁거리고는 한다(루시온, 레녹 제외).

뭐, 남정네들만 있으니 별문제 될 것도 없고 그 '복장 불량'을 지적해야 할 기사단장부터 솔선수범해서 늘어지고 있으니까 그러는 거지만 왕실의 살아 있는 기사도, 카론 경이 보기엔 모조리 참수감인 불경죄인 것이다.

키스가 '조금만 늦었으면 목이 날아갈 뻔했다고요.' 라며 입술을 삐죽 내밀고 머리를 긁적거렸다.

"그럼 옷 입고 오면 되잖아요. 어차피 이제부터 하루 종일 잘 테니까 잠옷으로……."

"아니, 그럴 것 없어."

다시 자리에 앉은 카론 경이 찻잔을 들며 말했다.

"외출복을 입고 왕궁을 떠날 준비를 해라."

뭐? 뜬금없이 무슨 외출복? 게다가 왕궁을 떠나라고?

"아아, 절 그렇게 내쫓아버리고 싶은 겁니까아?"

"능청부리지 마라, 키스. 무슨 의미인지 잘 알고 있을 텐데?"

카론이 슬쩍 그를 바라보자 키스는 어깨를 으쓱하며 '네에, 네에. 알아 모시죠.' 라는 좀 토라진 표정으로 자기 사무실로 들어가 버렸다. 내가 화병 조각을 치우며 물었다.

"카론 경, 또 무슨 일이 생긴 건가요?"

"오늘 중으로 발표가 있을 것이다. 전 세계 평화 회담이 내일부터 수도 아스말에서 열리게 된다."

"아? 세계 평화…… 회담?"

처음 들어, 그런 말. 카론이 찻잔을 내려놓자 시종이 잽싸게 와서 뜨거운 차를 부어 주었다.

"말 그대로다. 실은 왕실에서 몇 달 전부터 준비해 오던 기밀 계획이야. 현재 험악해지고 있는 강대국들의 분위기를 진정시키기 위해 마키시온과 이오타, 콘스탄트의 수장들이 이곳에 모일 예정이다."

"하하하. 그렇군요. 그럼 황제나 교황, 쇼메도 오겠…… 우앗! 정말입니까!"

"아이히만 대공께서 직접 말씀하셨으니 실언은 아니겠지."

카론 경은 차분하게 말하고 있었지만 실은 엄청 놀랄 만한 사실이지 않은가! 세계 강대국의 지도자가 한곳에 모이는 일은 지금까지 유례가 없었다. 이건 정말 꿈의 콘서트, 아니, 꿈의 회담인 것이다! 까딱 잘못하면 악몽의 회담이 되겠지만.

"어, 어떻게 그런 일이 가능하게 된 거죠?"

"몇 달 동안 마키시온 제국은 아이히만 대공이, 콘스탄트 왕국은 오르넬라 성녀님이, 이오타 왕국은 위고르 공이 설득한 결과다. 사실 강대국 측에서도 서로 만날 만할 기회를 바라고는 있었다지만, 지도자들이 직접 나설 줄은 나도 짐작 못 했어."

"그런데 어째서 이 베르스 왕국에서……."

"아이히만 대공의 정치 능력이라고 해야겠지."

난 눈이 번쩍 뜨였다. 생각해 보니까 그런 것이다. 우리 베르스 왕국은 교황청의 도움을 받으면서 콘스탄트 왕국과도 거래하고 있다. 또한 이오타와 무역을 하면서도 마키시온 제국과도 적대적인 관계가 아닌 것이다. 즉, 누구와도 싸우지 않는 중립 지역. 강대국의 대표가 모여야 한다면 누구의 영역권도 아닌 데다가 너무 허약해서 누구의 위협도 될 수 없는 우리나라가 최적인 것이다.

만약 한 군데와라도 불편한 관계가 되었다면 힘이 미약한 우리나라로서는 도저히 자립하기 힘들었으리라. 그러니까 아이히만 대공의 정치적 수완으로 서로가 서로를 견제하게 만들며 노련하게 국권을 유지하고 있었던 것이다. 힘만 세다고 능사가 아니다. 적을 제압할 정도의 힘이 아니라면 차라리 없는 것이 좋다. 그게 아이히만의 정치관이다. 왜 성격 괴팍한 그를 강대국들이 그렇게 모셔가려는지 새삼 알 것 같았다.

카론 경이 말했다.

"이번 회담이 성사되면 베르스는 세계적인 중립국으로 인정받겠지."

"그렇겠죠. 강대국의 수장들이 모인 최초의 나라로 기록될 테니까요."

중립국으로 인정받는 것은 국력이 약한 우리나라로서는 몹시 환영할 만한 일이다. 아이히만 대공 역시 아마 몇 년 넘게 이 계획을 추진해 왔으리라.

"그렇기 때문에 이번 회담은 무슨 일이 있어도 성공적으로 끝마쳐야 해. 실수로라도 불미스러운 일이 발생한다면 그 뒷감당은 베르스가 지게 될 테니까."

오싹한 기분이 들었다. 사실 평화 회담이라고는 하지만 콘스탄트 국왕 바쉐론 콘스탄틴과 교황의 사이가 좋을 리가 없다. 이오타 국왕이나 쇼메 왕자와 마키시온의 마라넬로 황제는 말할 것도 없고, 누구 하나 서로 못 잡아먹어서 안달인 그들이 한곳에 모인다면 '허허! 지난 일은 다 잊고 우리 잘 한번 해 보세!' 라는 구수한 상황이 연출될 리가 없는 것이다.

'게다가……'

물론 대군을 이끌고 오지는 않겠지만 수장들이 온다면 그들을 경호하는 아신들도 함께일 거다. 알테어 님과 키르케 님만 만나도 불꽃이 터지는 판국에 진청룡 라이오라까지 온다면 무슨 일이 벌어질지 짐작도 못 할 상황이 되어 버리는 것이다. 그리고 일촉즉발의 회담을 진행해야 하는 쪽이 바로 우리나라, 카론 경의 등골이 휘는 것도 당연한 일이리라.

그때 사무실 문이 열리며 키스가 나왔다. 난 무심코 그를 보다가 흠칫 놀라고 말았다. 나를 비롯해서 랑시와 카론 경마저도 잠시 말을 잊고 키스를 바라봤다.

"의, 의외네요. 키스 경."

"뭐가요오?"

그러니까 댁의 모습이. 고급스러운 회색 스트라이프 슈트에 니트로 된 겨자색 타이를 목도리 대신 두르고 손에는 오래된 갈색 가죽 가방을 들었다. 그리고 항상 반쯤 헝클어진 채로 놔두던 곱슬머리를 깔끔하게 넘긴 모습은 흠 잡을 곳 없이 샤프해 보였다. 역시 옷걸이가 좋으니까 뭘 입어도 태가 나긴 하는군.

키스가 날 보고 헤헤 웃으며 말했다.
"어때요? 오랜만에 꺼내 입었는데."
"호, 호스트 같아."
"……."
아니, 정말 그렇다니까? 마담이 봤다면 당신, 그냥 안 놔뒀을 거야.
카론 경이 '평소에도 그렇게 좀 입고 다니면 좋겠군.'이라고 중얼거린 뒤에 자리에서 일어났다.
"회담은 2주 후에 끝난다. 미안하지만 그때까지 어디 여행이라도 다녀와."
어째서 키스는 회담 중에 있어서는 안 되는 것일까.
"하아, 난 왕실로부터 미움받는 존재로군요오."
"그게 아니야. 단지……."
키스가 카론 경의 입을 막으며 싱긋 웃었다.
"당신 힘들게 만들고 싶지는 않으니까 조용히 사라져 드리죠."
그리곤 나를 보며 지시를 내렸다.
"그리고 미온 경은 그 사자와 호랑이와 너구리들을 잘 접대해 주세요. 미온 경은 그런 쪽으로는 꽤 믿음직스러우니까요."
뭐, 뭐가 '그런 쪽'이야! 아니 잠깐. 그 말은 처음부터 회담이 진행될 것을 알고서 날 왕실에 계속 묶어 두고 있었다는 거?
"……처음부터 말해 줬으면 좋았잖아요."

키스는 대답 대신 '그럼 수고하세요.'라고 내 머리를 쓰다듬은 뒤에 웃으며 문밖으로 나섰다. 그가 우리를 향해 장난스럽게 고개를 숙였다.

"그럼 지명 다녀오겠습니다아."

헤에, 키스 경 입에서 저런 말 듣게 될 줄은 몰랐네.

"뭐, 부르는 사람은 없지만서도."

안 해도 좋을 사족을 중얼거린 키스가 문을 열고 밖으로 나서려다가 멈칫했다. 왜 저래? 그가 무언가 중요한 사실을 하나 느낀 얼굴로 말했다.

"카론 경. 아무래도 이상해요."

"뭐가 말인가."

키스가 정색을 하며 말했다.

"생각해 보니까 이번 권에서 제 비중이 너무 적다는 생각 안 들어요? 저는 좀처럼 안 나오는데 당신은 이상하게 자주 등장하고! 서, 설마 카론 경! 혼자 튀고 싶어 무슨 수작을 부린 것은!"

빠직, 빠직, 빠직. 카론 경 수명 줄어드는 소리가 들려왔다.

"빨리 꺼져!"

아, 결국 욕 나왔다.

"넵."

키스는 휭하니 문밖으로 나가 버렸다. 주인공인 나도 가만히 있는데 작작 좀 투덜거리라고! 카론 경은 어째서인지 속상한 표정으로 키스가 나간 문을 바라보다가 우리를 향해 고개를 돌렸다.

 "그리고 키스가 없는 동안 내가 임시로 스왈로우 나이츠의 기사단장 대행을 맡게 되었다."

 뭐라고!

5.

 현재 리더구트에 남은 멤버는 나와 지스, 랑시와 쇼탄, 루이다. 나머지는 현재 지명 중이며 곧 돌아와 기사단장이 바뀌어 버린 이 놀라운 사실을 알고 경악을 금치 못하겠지.

 키스의 소파에 앉은 카론 경이 안경을 낀 채 브리핑 서류를 넘기며 차가운 목소리로 말했다.

 "모든 지명 업무는 회담 기간 이후로 보류되며 기간 중 귀관들은 진행 요원으로 임시 업무를 부여받게 될 것이다."

 물론 그래 봐야 접대다. 파티 음식을 나른다든가 길 안내를 한다든가 울적한 내빈들의 말상대가 되어 준다든가. 강대국 지도자들 사이에서 회의를 주관하는 중책 따위는 죽었다 깨어나도 없을 것이다.

 그때 카론 경이 말없이 서류를 넘기던 중 눈썹을 움찔하는 것이었다.

 "쇼넨베르트 경."

"우아악!"

쇼탄은 카론 경의 목소리가 너무 서늘해서 대답 대신 비명을 지르고 말았다.

"이 액수는 뭐지? 왕실에 빚이 있는 건가."

오오, 저 눈빛은 사냥감을 노리는 맹수의 그것! 쇼탄 경은 한 마리 연약한 토끼가 되어 바들바들 떨고 있었다.

"고, 곧 갚을게요."

"일주일의 말미를 주겠다."

"우아악!"

그래, 비명이 나올 만도 하지. 댁은 잘 모르겠지만, 카론 경이 이런 일에 얼마나 박정한 인간인 줄 알아? 사채업자 뺨 때릴 냉혈한이라고.

그가 주저 없이 '사형 선고'를 내렸다.

"일주일 후에도 부채(負債)가 남아 있다면, 스스로 부채를 청산(淸算)할 수 있는 능력을 상실했다고 판단, 그 차액분(借額分)에 대하여 경의 자산(資産)을 압류(押留)할 것이며 유동자산(流動資産)에 대한 소유권을 박탈하겠다. 이상."

그러니까 짧게 줄이자면 '거지는 인권이 없다.' 정도랄까.

쇼탄 경은 이 난해하고도 가혹한 염라대왕의 판결문에 '살려주세요!'라는 항변을 했지만 새로운 기사단장 카론 경은 '이의가 있다면 행정부에 탄원서를 제출해라.'라고 일말의 동정도 없이 말한 후에 다음 사냥감을 노렸다.

"그리고 루이블랑 경."

"허억!"

루이 경은 단 한마디에 저격이라도 당한 것처럼 축 늘어져 버렸다.

"오늘 새벽 두 시경 기사단장 키스 세자르의 허가 없이 펠리오스의 무녀와 접촉한 사실이 있군. 시인하나?"

"그, 그건 그냥 친분을 다지기 위해서……."

"불법이라는 사실을 알고 있겠지? 벌금형에 처한다."

"너, 너무해요!"

"그리고 접촉 후 벌어진 모든 대화에 대해 빠짐없이 조서(詔書)를 작성해서 오늘 업무가 끝나기 이전까지 헬스트 나이츠 본부에 제출해라. 위증(僞證)이 발견될 시엔 가중 처벌하겠다. 이상."

"아이, 참. 카론 경도. 남녀가 밤에 만나는데 무슨 대화가 필요하겠…… 죄송합니다."

루이 경은 말없이 바라보는 카론 경의 눈빛에 기가 죽어 입을 다물었다.

"하, 하지만 카론 경. 그걸 까발렸다간 아가씨들이 날 살려 두지 않을 거예요! 제발 자비를!"

바람둥이의 말로는 비참했다.

"루이블랑 경."

"예?"

"나는 살려 둘 것 같나?"

"……."

무서워, 압도적이다. 헬스트 나이츠는 항상 이런 브리핑을 받는 건가? 지스 경마저도 '저 사람 무서워.'라는 질린 표정으로 고개를 숙이고 있었다. 확실히 공권력 앞에서 움츠러드는 것이 소시민의 본능이라지. 키스 경, 당신의 빈자리가 절실히 느껴져요. 빨리 돌아오세요!

그렇게 명이 줄어 버리는 것 같은 공포의 브리핑은 30분이나 더 이어진 뒤에야 끝이 났다.

"마지막으로 엔디미온 경."

카론 경이 안경을 벗고 브리핑 서류를 테이블에 내려놓으며 날 바라봤다.

"예?"

"자네는 아이히만 대공에게 가 봐라. 늦지 않는 편이 좋을 것이다."

"무, 물론이죠."

오늘 내 운세는 무서운 사람들에게 끌려다니기로 결정된 것 같군.

6.

시침 뚝 떼고 이런 거대 회담을 준비한 아이히만 대공은 왕실 내의 고풍스러운 노천 식당에서 점심식사 중이셨다.

"이리 오게, 엔디미온 군."

식당을 두리번거리는 나를 그가 냅킨으로 입을 닦으며 불렀다. 자신만만한 미소를 지으며 손가락을 까딱거리는 대공 특유의 모습은 언제나 당당해 보여서 매력적이다. 좀 위험해 보이기도 하지만.

"식사했나?"

"아, 저는 괜찮습니다."

"든든히 먹어 두게. 이제부터 전쟁이니까."

"아하하하."

그러니까 저도 그 전쟁에 동참시키겠다는 건가요? 아닌 게 아니라 아이히만 대공은 실로 대식가다. 앉은 자리에서 송아지 한 마리를 통째로 삼켜버릴 것 같은 왕성한 식욕, 그럼에도 나이를 잊게 만드는 늠름한 체구를 유지할 수 있는 비결은 그 엄청난 열량을 모조리 소비해 버리는 그의 활화산 같은 행동력 때문이리라.

나는 '살 좀 찌워! 남자가 대체!'라는 대공의 성화에 못 이겨 왕실 특제 크림 케이크를 티스푼으로 자르며 쓴웃음을 지었다.

"조금 놀랐어요. 대공께서 그렇게 세계 평화를 걱정하고 계실 줄은……."

이상주의 따위는 개나 갖다 주라는 식의 아이히만 대공이 대규모의 평화 회담을 성사시키기 위해 동분서주할 줄이야. 역시 나이가 들면 온화해지기 마련…… 그때 강철의 할아범이 말했다.

"무슨 개풀 뜯어먹는 소릴 하는 게야? 내가 그딴 것을 왜 신경 써?"

"그, 그딴 것이라니요?"

평화…… 싫어하십니까? 아이히만 대공이 굵직한 담배를 피워 물며 말했다.

"그 탐욕스러운 괴물들이 이 나라에 모여 맘에도 없는 평화를 운운해 주기만 하면 되는 걸세. 물론 자기 나라로 돌아가면 가장 먼저 내던져 버릴 서 푼 가치도 없는 평화겠지만 그건 내 알 바 아니고, 단지 이 나라가 당분간 평화 회담이 열린 중립국으로서 안전을 보장받기만 하면 되는 거야. 페르난데스가 성인이 되어 왕위에 오를 때까지만. 내 목표는 그거 하나야."

아아, 이것이 정녕코 평화 회담을 추진한 당사자의 입에서 쏟아져 나오는 독설이란 말인가. 나는 이 순간 아이히만 대공이 적이 아니라는 사실에 무한히 감사하고 있었다.

"평화? 세상을 수백 번 쪼개고도 남을 군대를 키우는 정복자들이 서로의 눈을 부라리며 평화를 논해? 그렇게 쉽게 평화라는 것이 이뤄졌다면 전쟁이라는 단어는 애저녁에 세상에서 사라졌어야 해. 그것참, 사자 풀 뜯어 먹을 소리로군."

그의 거친 목소리가 이상하게 슬프게 들려왔다. 어쩌면 노련한 그에게도 평화란 갈구하기에는 너무도 희박한 소망이라서, 아예 포기해 버린 것인지도 모른다. 어쩌면 페르난데스 왕자님에게 자신의 사후(死後)를 걸고 싶은 것일지도.

"그럼 평화에는 관심도 없으면서 왜 모이는 거죠?"

"그거야 이익이 되니까."

"이익?"

"서로를 탐색하고 견제할 수 있는 좋은 계기가 되겠지. 이번 회담은."

아이히만 대공이 씨익 웃으며 담배 연기를 뿜었다.

"하지만 지도자들이 직접 올 필요까지는 없지 않나요?"

콘스탄트와 이오타의 국왕, 교황과 황제가 직접 대면한다는 것은 내가 생각해도 너무 엄청난 일이었다. 하지만 그것에 대한 아이히만의 답변은 간단명료했다.

"후후, 얼굴도 모르는 적과 한평생을 싸워오다 보면 한 번쯤은 서로의 상판을 보고 싶기 마련이겠지."

그리고 그 싸움꾼들의 심리를 자극한 자가 바로 아이히만 대공일 것이다. 그 자신도 누구 못지않은 싸움꾼이니까.

"아무튼, 우리로서는 이번 회담을 성공리에 끝마쳐야만 해. 실수로라도 불미스러운 일이 발생해서 불똥이 튄다면, 이 쬐끄만 나라는 삽시간에 타 죽어 버릴 테니까."

그가 반짝거리는 나이프로 내 얼굴을 가리키며 말했다.

"제, 제가 도울 일이 있다면요?"

"자네는 딴 건 몰라도 접대 하나만큼은 세계 최고가 아니던가?"

"아하하. 황공하옵니다."

우씨!

"만찬에 참석하게. 그리고 어떤 문제라도 생길 것 같으면 수단과 방법을 가리지 말고 막아. 말하자면 화재 감시 요원이라고나 할까."

"최선을 다해 접대하라…… 이건가요?"

"아니, 목숨을 걸고 접대하게. 기대하지."

그의 입꼬리가 무섭게 올라가는 것을 보며 나는 이 왕실에 남아 있는 이상 곱게 죽지 못할 것 같다는 운명을 느꼈다. 이른바 작전명 접대 최전선(接待 最前線)! 어째서 예전부터 기사도는커녕 호스트의 혼(魂)을 불태울 일만 생기냐고! 망할!

7.

'세계 평화 회담'은 기습적으로 발표되었다. 물론 우리 만두 임금님은 (돈을 벌기 위해서)빨리빨리 알리고 싶어 죽을 지경이었겠지만, 보안 문제로 그럴 수는 없었던 것이다.

발표와 함께 아스말의 물가는 (속이 뻔히 보이는 누군가의 치졸한 상술 덕분에)다섯 배나 상승했다. 4대 강대국의 지도자들이 모이는 이 엄청난 흥분 속에서도 묵묵히 자신의 길을 걷는 임금님께 가끔씩은 경탄을 금할 수가 없다. 그 초지일관…… 조금만 덜 추잡한 쪽에 쓰시면 당신도 성군(聖君)인데 말이야.

"뭐 하고 있는 거야! 이쪽에도 나무를 심어! 빨리!"

그렇다. 현재 왕궁은 그야말로 꽃단장 중. 왕궁 세아스말이 분명 베르스에서는 가장 화려한 곳이라고는 하지만, 마키시온이나 콘스탄트, 이오타 같은 강대국에서 본다면 '귀여운 별장' 수준일 것이다.

뭐, 나는 분수에 맞게 사는 것이 좋다고 생각하지만, 지고는 못 사는 왕비 마마의 생각은 전혀 달랐나 보다. 1년 국고를 거의 탕진할 수준의 왕궁 조경 예산이 긴급 통과되었고, 제멋대로 증축되어 오던 왕궁은 현재 수만 명의 인부들이 들러붙어 시시각각 회춘(回春)하고 있는 중이었다.

"저기 벽을 허물어! 그리고 중정이 산뜻하게 보이도록 저 칙칙한 대리석들도 깨끗이 밀어 버려!"

"하, 하지만 저 칙칙한 대리석은 대대로 이어져 오는 왕실의 무덤……."

"에이이! 알게 뭐야! 죄다 밀어 버리고 꽃으로 도배해 버려! 정원에는 운하를 파고 배를 띄워! 하는 김에 못생긴 순금상도 치워 버려!"

그 변화가 너무 무자비하다는 것이 문제긴 하지만 말이다.

"미, 미온 경. 이게 대체 어떻게 된 거예요?"

심란한 표정으로 엄청난 대공사를 지켜보고 있던 내게 여행가방을 들고 돌아온 크리스 경이 떨리는 목소리로 물었다. 놀랄 만도 할 것이다. 건국 이래, 이 나라가 이토록 부지런했던 적은 없었으니까.
내가 히죽 히죽 웃으며 말했다.
"……전쟁 준비."

8.

그리고 열흘 후. 반짝반짝 재오픈을 한 (물론 그 이면에는 한곳에 쌓여 있는 선조들의 묘비가 서글픈 울음을 토해내고 있는)왕궁 세아스말로 강대국 지도자들의 마차가 도착할 시간이 되었다. 물론 수도의 교통은 엄중히 차단되었으며 (반강제로) 깃발 든 시민들이 거리를 가득 메운, 약소국다운 환영 행사까지 준비되었다.
그리고 장기 지명자와 기사단장을 제외하고 전원 집합한 우리 스왈로우 나이츠의 기사들은 모두 제복을 차려입고 아름다운 모습으로 입구에 사열해 있었다. 말하자면 정문 앞에 심어 두는 꽃과 비슷한 기능을 담당한다고나 할까. 나 스스로도 이런 말 하는 거 싫지만 사실이 그렇다고.
왕실 장식품의 일부가 되어 정문 앞에 대기한 지 어언 네 시간 쯤 지났을까, 웅장한 팡파르가 울리며 가장 먼저 무지막지하게 화려한 마차들과 기병대의 행렬이 모습을 드러냈다.

"헤에, 이오타가 먼저 왔네."

지축을 울리는 굉음과 함께 우리 앞을 지나가는 그 화려한 행렬 앞에서 랑시 경이 신기한 듯이 중얼거렸다. 사실 이오타는 늦어도 3일이면 왕궁에 도착할 수 있지만, 강대국들의 자존심이랄까, 모두 같은 날 도착하려고 늦장을 부렸던 것이다. 솔직히 되게 치졸하다.

내 옆에 서서 끝도 없이 왕궁 안으로 들어가는 이오타 측의 행렬을 보던 지스가 흙먼지에 콜록거리며 독설을 퍼부었다.

"남의 집 문 앞에서는 조용히 해야 한다는 예의도 모르나. 멍청이들!"

"어쨌든 아쉬운 건 우리나라 쪽이니까 말이지."

나는 인트라 무로스 특무대에 둘러싸인 채 입성하는 거대한 마차를 시선에 담으며 조그맣게 말했다. 저 은색으로 빛나는 마차 안에 이오타의 국왕 빌헬름 블룸버그와 망할 쇼메 왕자가 타고 있으리라.

'설마 쇼메가 여기서도 난리를 피우진 않겠지.'

어려서 마키시온 제국의 볼모였던 쇼메가 마라넬로 황제를 죽도록 미워한다는 것은 익히 알고 있는 사실. 그 성질머리 어딜 가겠냐만, 제발 이번만큼은 참아 줬으면 하는 바람이 있다. 아니면 스승 아이히만의 총알 세례를 맛보게 될지도 모르니까.

"와아, 이번에는 콘스탄트 국왕과 교황이네?"

십여 분의 간격을 두고 나타난 행렬은 바로 콘스탄트에서 북상한 국왕과 교황의 행렬이었다. 국왕을 경호하는 '임모탈' 제7 무장전투여단과 교황을 경호하는 성 아우리엘레 신전기사 연합의 행렬이 나란히 오고 있는 모습은 의외였다. 아아, 저들도 사실은 저렇게 사이좋게 지내고 싶었던…….

"허헉! 경주하고 있는 거잖아!"

나는 경악하고 말았다. 두 행렬이 절대 지지 않겠다는 듯이 전속력으로 달려오고 있었던 것이다. 미친 듯이 땅이 울리고 있었다. 이, 이, 이런 치졸한 것들!

"헉! 피해!"

그들이 거의 돌격에 가까운 속도로 왕궁으로 몰려 들어오는 것을 보며 우리는 슬라이딩으로 간신히 정문에서 탈출했다. 조금만 늦었으면 저 광란의 폭풍에 휘말려 넝마가 될 뻔했다고! 어디가 평화 회담이야!

"어흐흑. 약소국이란 비참하구나."

먼지를 뒤집어쓴 루이 경이 털썩 쓰러진 채 중얼거렸다.

마지막 행렬은 역시 마키시온이었다. 전체를 검은색으로 도배한 마차들과 제국 전위대 프론티어 뱅가드의 행렬은 웅장하다기보다는 위압적이었고, 신성하다기보다는 차라리 악마적으로 보였다. 그리고 그 중심에 공포의 황금 키마이라 문장이 새겨진 마차가 보였다.

자그마치 열 필의 육중한 군마가 끌고 있는 팔륜(八輪)마차는 그 안에 타고 있는 자가 세계 최강의 지배자라는 사실을 말없이 강조하고 있었다. 나는 왕궁 안으로 들어가는 그 마차를 멍하니 바라보며 중얼거렸다.
'……남색가.'
절대 막강 황제에 대한 내 유일한 감상은 그것뿐이다.

9.

회담 대표들이 데려올 수 있는 경호 병력은 1천 명으로 제한되어 있다고 한다. '에게, 고작 천 명?'이라고 생각할지도 모르겠지만, 아신을 포함한 최정예 병력 1천이라면 모르긴 해도 이런 나라쯤 단숨에 집어삼킬 전투력일걸?
게다가 문제는 사이가 극도로 나쁜 그 정예 부대들이 한곳에 모여 있다는 것이다. 아무리 평화 회담을 위해 모였다고는 해도 그 일기당천의 호전성을 잠재우는 것이 쉬울 리가 없지. 그러니까 이건 마치 화약고 앞에서 계속 부싯돌을 때리는 짓과 같다.
'카론 경이 있었으니 망정이지.'
아직 업무에 복귀하지 못하는 헬렌 경을 대신해서 왕실 내부의 치안을 담당하게 된 카론 경이 아니었다면, 오늘 송장 수십 구 치웠을 것이다. 카론 경은 시비가 붙거나 결투가 벌어질 때마다 나타나서 특유의 침착함과 배짱으로 사태를 진정시켰다고 한다.
 하지만 제아무리 물러서지 않는 카론 경이라도 최근 열흘 동안 수도 치안을 재정비한 데다가 오늘 왕실까지 수호하다 보면 지치기 마련. 그런 그가 저녁이 되어서야 삐걱, 문을 열고 리더 구트로 돌아왔다. 생각해 보니까 카론 경, 스왈로우 나이츠 기사단장 대행도 겸직하고 있거든.
 "카, 카론 경. 괜찮아요? 안색이 안 좋아요."
 "조금 피로한 것뿐이다."
 그는 힘없는 목소리로 말하며 저녁 브리핑을 위해 서류를 들었다. 아니, 정말 죽을 것 같은 얼굴인데요. 피곤이 산처럼 쌓여 보인다고요.
 "눈은 괜찮으세요? 너무 피로하면 또 시력이……."
 "괜찮아."
 그가 조금 표정을 찡그리며 말했다. 안 괜찮아 보이는데…… 그가 마지막 힘을 짜내 눈을 번쩍 뜨며 우리들을 바라봤다. 역시 초인은 초인이다.
 "그럼 지시를 내리겠다."
 전원 집합한 우리들은 첩보 작전을 방불케 하는 카론 경의 자세한 임무를 하달받았다. 누구는 어떤 위치에 있어야 하고, 또 누구는 어떤 지역을 수비하고 있어야 하는지, 그야말로 조직적이고 치밀한 접대다. 만약 키스 경이었다면 '올 때 맛있는 것 좀 싸오세요오.' 같은 나사 빠진 소리만 한 뒤에 그대로 소파에 쓰러져 잠들어 버렸을 것이다.

"그리고 엔디미온 경, 자네가 선봉이다. 전하와 아이히만 대공의 기대를 저버리지 말도록."

"예!"

카론 경은 마치 출진을 앞둔 장수와 같았다. 아아, 이것이야말로 내가 바라던 막중한 기사의 임무……가 아닌 막중한 접대의 임무라는 것이 맥 빠지긴 하지만, 왕국의 미래가 걸린 일이라는데 어쩔 수 없지.

"잠시 욕실을 좀 빌리겠다."

카론 경은 당장이라도 '아! 빈혈이!' 하고 쓰러져 버릴 것 같은 위태로운 기색으로 그렇게 말한 뒤에 지하로 내려갔다. 카론 경은 보안 책임자이기도 하니까 만찬 때도 쉴 수 없는 신세. 저 모습을 이멜렌 님이 봤다면 '내 서방님 죽어요!' 라는 쪽지를 들고 울먹울먹거렸을 것이 뻔하다.

그리고 정확히 10분 후 카론 경이 올라왔다. 나와 모두는 카론 경의 얼굴을 멍하니 바라볼 수밖에 없었다.

"왜 그렇게 바라보지?"

"아, 아뇨. 그런데 정말 안 피곤해요?"

"끈질기군. 괜찮다고 하지 않았나."

그러니까 재충전. 완전히 평소의 단정한 얼굴로 돌아왔잖아? 딱 10분 샤워로?

혹시 신체 내부에 충전 장치라도 있어서 유사시에는 비축해

둔 힘을 개방하는 것…… 같은 공상 과학이 이런 소설에 적용될 리가 없겠지만, 아무튼 불가사의로군. 하긴, 검으로 총알을 막고 눈 감고 다녀도 생활에 지장 없는 초인에게 그 정도 능력은 사소한 부록이라고 해 두자고.

10.

초대형 샹들리에가 열 개도 넘게 천장 위에 군림하는 호화판 연회장은 실은 전하의 알현실을 긴급 개조한 것이다.

그럼 앞으로 알현은 어디서 하냐고? 글쎄, 나도 모르겠네. 아무튼 이번 회담에 간, 쓸개 다 내줄 것 같은 임금님의 지극 정성에 감탄과 불평이 동시에 몰려온다. 뭐, 회담이 무사히 끝나기만 한다면 우리나라의 위상도 꽤 올라가긴 하겠지만.

'그래도 이렇게 본격적으로 강대국 비위 맞추는 짓은 좀 눈꼴 사납단 말이야.'

나는 그렇게 중얼거리며 주변을 둘러봤다. 하나같이 잘나가는 강대국 귀빈들이 1년 내내 먹어도 다 못 먹을 것 같은 음식과 술을 음미하며 파티를 즐기고 있었다. 그들과 인사를 나누고 있는 전하와 왕자님도 보이고 물론 아이히만 대공과 위고르 공, 오르넬라 님도 참석했다.

'다행이다.'

나는 이들 중에 4대 권력자가 없다는 사실에 안심했다. 아무리 봐도 교황이나 콘스탄트, 이오타 국왕, 마키시온 황제는 나타나지 않은 것 같았다. 그들은 여독이 쌓였다는 핑계로 자신의 거처에 머물고 있지만—아이히만 대공의 말을 빌리자면 '이 몸이 이딴 시시한 파티 따위에 참여할 것 같아?' 라는 권력자 본연의 오만함이랄까. 누군 죽을힘을 다해 준비했구만!

좀 아니꼽긴 해도 그들이 없는 편이 경호에도, 접대에도 수월하니까 나로서는 행운. 만약 그 앙숙들이 한데 모여 시비라도 붙어 봐. 당장 분위기 싸늘해지고 말릴 겨를도 없이 자기 나라로 돌아가 버릴걸?

그러니까 나로서는 그들이 회담 직전까지는 되도록 서로 얼굴 보지 말기를 바랄 뿐이다. 거기까지 생각했을 때였다.

"이봐, 홍차 한 잔 부탁해도 될까."

낮은 톤의 매력적인 목소리가 들려오자 난 영업용 스마일을 반짝 보이며 고개를 돌렸다.

"예, 잠시만 기다리시면…… 윽!"

쇼메였다. 매력적이라는 말 취소. 얼굴을 확인한 즉시 기분이 나빠졌어. 어디서 구했는지 신기할 정도로 화려한 실크 셔츠를 입고 있는 그는 날 보자마자 히죽 입꼬리를 올리는 것이었다.

아아, 싫어. 이런 시건방진 녀석, 접대하고 싶지 않아!

"여어, 오랜만이네? 잘도 안 죽고 살아 있구나, 천민."

대체 어떤 환경에서 자라면 저렇게 아무런 주저도 없이 상대를 빈정거리는 대사를 떠올릴 수 있는 것일까. 어쩌면 저 인간은 아침에 국왕 문안을 할 때도 '그 왕관 언제 물려줄 겁니까? 대충 좀 해먹고 물러나시죠.' 라고 말할지도 몰라.

난 장난감이라도 보는 듯한 그의 시선을 쓱 피하며 삐죽거렸다.

"흥. 살아 있어서 미안하네요. 천민은 본래 악운에 강하거든요."

"여전하군. 그런데 네 녀석, 이름이 뭐였지?"

빠직.

대체 몇 번을 가르쳐 줘야 하는 거야! 가슴에 문신이라도 해줘야 하냐!

"또 잊어버릴 것이 뻔한 사람한테 가르쳐 드릴 이름은 없네요!"

"아아, 기억났다. 엔디미온이었지?"

알고 있었잖아, 이 자식!

그가 들고 있던 와인을 훌쩍 마신 뒤에 입을 열었다.

"내빈들의 기분을 상하게 만들면 안 된다는 명령, 받았을 텐데?"

이 더티 쇼메, 남의 약점을 걸고넘어지다니. 사실 현실적으로 이 녀석과 내 신분은 하늘과 땅 차이, 게다가 특급 귀빈이기 때문에 내 태도를 빌미로 행패를 부렸다간 난 아이히만 대공에게 총살당한다. 젠장, 굴욕이란 이런 거로군.

"큭. 뭐 필요하신 것이라도……."

나는 눈썹을 바르르 떨며 안 움직이려는 얼굴 근육에 최대한 힘을 줘서 미소를 '만들었다.'

"후후, 이딴 보잘것없는 나라에 내가 필요한 것이 있을 리가 없지. 안 그래?"

"그, 그렇겠네요. 아하하."

아까는 홍차 달라며!

"아 뭐, 굳이 필요한 것이 있다면……."

그가 뜸을 들이며 나를 보고 슬쩍 웃었다. 뭐든 말만 해라. 당장 갖다준 뒤에 사라져 드릴 테니까!

"불꽃놀이."

"……예?"

지금 잘못 들은 건가?

"폭죽 좀 가져와. 여기서 터트리면 아주 신 날 것 같지 않아? 마키시온 놈들을 향해 한 방 쏴 주면 후련하겠군."

난 허허 웃으며 조용히 눈을 감았다. 이렇게라도 정신 통일을 하지 않으면 당장 한 대 후려쳐 버릴 것만 같아. '그딴 건 혼자 해!'라는 말이 목 끝까지 올라왔다.

"……신 날 것 같긴 하군요. 연회장도 불바다가 될 테고. 하지만 공교롭게도 왕실은 화기 엄금입니다만."

내가 고개를 돌린 채 짜내듯이 말하자 그가 큭큭 웃으며 어깨를 으쓱했다.

"뭘 그렇게 화를 내는 거야? 농담도 못 알아듣는 거냐? 이래서 천민하고는 같이 못 놀겠어."

"아…… 하하. 그렇겠네요. 고상하신 왕자님."

누, 누군 같이 놀고 싶대? 영업에 지장 생기니까 썩 홍차 처마시고 꺼져 주세요!

그때였다. 누군가 뒤에서 내 손을 꼭 잡았다. 난 무심코 고개를 돌리다가 깜짝 놀랐다.

"아, 알테어 님?"

그렇다. 교황이 왔다면 알테어 님도 오는 것이다. 그녀는 동그란 연두색 눈동자로 날 빤히 바라보며 헤헤 웃는 것이었다. 잠시 내 손을 만지작거리던 그녀는 '성하께 가봐야 해. 그럼 수고해.'라고 속삭이며 사라졌다. 난 멍하니 그녀를 바라봤다.

'아 참. 나하고 있으면 안 되지.'

아신이자 순결한 성기사인 그녀가 나와 붙어 있는 것이 목격되면 교황청으로부터 아주 곤란한 일을 당하게 된다. 그러니까 그녀보다는 내 쪽이…… 덕분에 지금도 잠깐 만나 손을 만지작거린 것이 고작. 아아, 이거 뭔가 비운의 연인 같네요. 힘내세요, 알테어 님. 저도 열심히…… 흐헉!

"너, 명주작과 아는 사이냐?"

"뭐, 뭐, 뭐 하는 짓입니까!"

쇼메가 내 턱을 잡고 날 불쾌한 시선으로 바라보며 말했다. 천국에서 지옥으로 떨어지는 데 1초도 안 걸렸다.

"얼굴값 하네."

뿌득.

그래서 뭐! 정말 이 녀석에게만큼은 지고 싶지 않다는 기분이 솟구친다. 하지만 권력으로는 무리고, 재산은 말할 것도 없고, 검술로도 힘들겠고, 머리라면…… 모사꾼 같은 이놈을 이길 수 있을 리가 없고. 아 그래! 정말 미모로는 이길 수 있어! 그건 내가 우세!

'……하나도 안 기뻐.'

난 퀭한 표정으로 이 녀석이 명령한 음식을 만들기 위해 음식이 쌓인 테이블로 걸어갔다. 게다가 아주 취향도 고상한 것이, 얇게 자른 호밀빵에 후추와 겨자씨로 향을 낸 거위간 파테(pate)를 발라 오란다. 그냥 맨빵에 쨈이나 발라 처드실 것이지!

'대체 이게 무슨 맛인지 알 수가 없어.'

10대 내내 상류층 고객들을 상대하며 별의별 요리를 다 먹어봤지만, 사실 내 입맛은 꽤 서민적이다. 그러니까 이해하기 쉬운 맛이 좋은 것이다. 그래서 거위간이든 송로버섯이든 낙타의 혓바닥이든 누가 칼을 들이대고 먹으라고 하지 않는 이상은 전혀 먹고 싶지 않다고.

말은 그렇게 했어도, 쇼메에게 더 이상 트집잡히고 싶지는 않기 때문에 나는 최선을 다해 빵에 핑크색 거위간을 바르고 있었다.

"간이라. 이것을 먹는다는 것은 일종의 의식이지."

나직한 목소리에 시선을 돌렸다. 내 옆에는 고풍스러운 정장을 입은 한 노인이 서 있었다. 백발을 길게 내리고 있었는데, 청년의 것 같이 맑은 눈동자가 빛을 품고 있는 사람이었다. 모르긴 해도 강대국의 귀족쯤 되는 모양이다.

나는 그를 향해 정중히 고개를 숙여 보인 뒤 엷게 미소 지으며 되물었다. 접근한 상대를 심심하게 만드는 것은 최악의 접대다.

"처음 인사드리옵니다. 헌데 의식이라 하심은 어떤 의미이신지요."

그는 내가 마음에 들었는지 부드러운 목소리로 말했다.

"간은 힘으로 충만한 생명의 상징이지. 즉, 간을 먹는다는 것은 그 대상의 생명력을 삼키는 의식이라네. 그래서 예부터 전사들도 싸움에 나가기 전 말의 배를 갈라서 뜨거운 간을 꺼내 나눠 씹었지."

그는 마치 옛이야기를 하듯이 편안하게 이어 나가고 있었지만 어조에는 힘이 있었다. 노인이지만 노쇠함을 찾을 길이 없는 강인한 모습은 마치 아이히만 대공을 보는 것 같았다. 그가 거위 간을 흘낏 보며 말을 이었다.

"하지만 그건 틀렸어. 그런 것을 즐기는 자는 결국 거위의 배짱밖에 없는 거야."

"아하하하."

헤헹. 쇼메, 들었어? 거위 배짱이란다.

"내게 가장 만족을 주는 간은 어떤 것인지 알고 있나?"

"잘 모르겠습니다만, 아마도 사자? 늑대?"

"아니, 바로 증오하는 사람의 간이야. 그걸 맛보는 것이야말로 최고의 의식으로 부족함이 없네."

오싹했다. 참 재미있는 농담입니다, 라고 받아치기에는 그의 웃음이 너무 무서웠다. 이 사람, 정말로 사람 간을 뜯어먹은 적이 있는 거야?

"이름이 뭔가."

"물어봐 주셔서 영광이옵니다. 엔디미온 키리안이라고 합니다."

"좋은 이름이군, 젊은이."

그는 내 어깨를 톡톡 친 뒤에 사람들을 향해 걸어갔다. 난 그를 빤히 바라봤다. 절대 평범한 사람은 아닐 것이라는 인상이 느껴진다. 게다가 사람 간이라니! 실수로라도 그런 것을 먹었다간 평생 거식증에 걸려 버릴 거라고!

"저놈이 누군지 알고나 있는 거냐?"

그렇게 말하며 다가온 쇼메를 바라보자마자 난 깜짝 놀랐다. 항상 오만방자한 자신감으로 가득했던 얼굴이 거의 증오에 얼룩져 있었던 것이다. 난 그의 엄청난 살기에 나도 모르게 몸을 움찔했다.

"누군데요?"

"적의 인육을 뜯어먹고 나서야 성이 차는 괴물은 세상에 마라넬로밖에 없지."

그의 목소리가 숨기지 못한 두려움에 파르르 떨리고 있었다.
"마, 마라넬로 황제?"
눈이 커다랗게 뜨였다. 난 황급히 고개를 돌려 그의 뒷모습을 바라봤다. 저자가 페르난데스 왕자님을 암살하려 한 바로 그 황제란 말이야?
그것을 증명이라도 하듯이 그의 곁에는 황금색의 눈동자를 가진 긴 금발의 사내, 진청룡 라이오라가 서 있었다. 사람의 간을 먹는다는 농담은 더 이상 농담으로 들리지 않았다.
'우아아! 저건 안 돼!'
나는 황제와 페르난데스 왕자님의 눈이 마주친 것을 보며 심장이 내려앉는 것 같았다. 무슨 짓을 할지 몰라! 나는 입술을 꽉 깨물며 그쪽을 향해 빠른 발걸음을 옮겼다.

제3화

작전명! 접대 최전선! 下

11.

 그야말로 예고도 없이 연회장에 나타난 황제의 모습에 나를 비롯한 모두는 눈사태를 만난 산악인의 심정으로 온몸이 굳어 버렸다. 누구는 '죽고 싶지 않아!' 라는 표정으로 고개를 돌렸고, 또 누구는 시한폭탄을 발견한 것처럼 천천히 뒤로 물러서서 벽에 바싹 붙었는가 하면, 심지어는 적대감을 노골적으로 드러내며 칼집으로 손을 옮기는 자들마저 있었다.

 황제도 황제지만 일단 묵묵하게 황제 옆에 서 있는 진청룡 라이오라가 무지하게 신경 쓰여. 등짝에 '접근 금지. 목숨 보장 못 함.' 이라고 쓰여 있는 것만 같아.

'와, 완전 재앙이로군.'

내 머릿속에도 사람 간을 파먹어, 사람 간을 파먹어, 사람 간을 파먹어, 라는 무시무시한 에코가 빙글빙글 캉캉 춤을 추며 돌아다니고 있었다.

당연한 말이지만 내 신체 일부를 황제의 맛있는 디저트로 기증하고 싶은 생각은 추호도 없다. 접대고 뭐고, 당장 황제의 공격 범위 밖으로 도주하고 싶다고!

그러나 세상 일이 언제 뜻대로 되는 적이 있던가?

'큭! 왕자님이!'

하필이면 마라넬로 황제의 타깃은 왕자님! 파먹을 거면 쇼메간이나 처드시란 말이다!

나는 녹슨 칼 한 자루 꼬나 들고 악룡에게 뛰어드는 기분이 되어 왕자님에게 향했다. 하지만 곧 싸늘한 빛을 발하는 라이오라의 황금색 눈동자가 나를 관통했다.

가까이 오지 마라.

차가운 칼날에 찔린 기분이다. 엄청난 위압감이 나를 막아섰다. 무형의 족쇄가 두 다리를 얽어맸다. 그리고 그 순간 황제는 페르난데스 왕자님 앞으로 다가섰다.

곱슬머리의 왕자님은 '자신을 암살하려고 했던' 황제를 한동안 말없이 올려봤고, 황제 역시 그런 그의 얼굴을 내려다보았다.

지켜보는 사람들 사이에 숨 막히는 정적이 흘렀고, 우리 모두 팽팽한 긴장감을 느끼고 있었다.

하지만 놀랍게도 먼저 입을 연 쪽은 왕자님이었다.

"처음 뵙겠습니다. 저는 이 나라의 왕자 페르난데스 라스팔마스라고 합니다."

정중한 미소, 얄미울 정도로 흐트러짐이 없는 예법, 당당한 눈빛, 올해로 고작 열세 살이 되는 자그마한 왕자님의 어디에 저런 기죽지 않는 위엄이 숨어 있는 것인지 경탄을 금치 못했다.

분명 황제가 원했던 모습은 겁에 질려 몸을 떨거나, 아니면 자신을 죽일 듯이 노려보는 분노에 찬 얼굴이리라. 하지만 왕자님은 휘둘리지 않았다. 솔직히 나였다면 도저히 저럴 배짱이 없었을 것이다.

아아, 왕자님 나이스. 소인은 탄복했사옵니다.

"이토록 귀여운 소년일 줄은 몰랐소. 마음에 드오."

외모가 마음에 든다는 것인지, 태도가 그렇다는 것인지 (전자라면 아주 곤란하지만) 황제는 여유로운 웃음을 보이며 그렇게 말하는 것이었다. 죽이려고 한 주제에 저 웃음의 의미는 뭐야? '흥! 잘도 살아 있구나!' 라고 협박을 늘어놓는 것보다 저러는 편이 훨씬 무섭다고.

한편 왕자님 곁에 다가온 우리의 임금님은······.

"아이고. 이거, 마음에 드신다니 다행입니다. 제 자식을 잘 부탁드립니다. 하하핫."

시집 가냐! 아들을 팔아 치울 생각이야?

눈매가 마치 맹수 같은 백발의 마라넬로 황제는 임금님의 너스레에 엷은 웃음으로 응답하며 입을 열었다.

"본인도 이 소국과 좋은 관계를 유지하고 싶소이다."

"어이쿠. 이거 말씀만으로도 가슴이 벅찹니다. 필요하신 것이 있으시면 언제라도 말씀만 하십시오."

손바닥을 비벼대는 저 모습은 그야말로 악덕 장사치의 모범! 나는 가끔…… 왕자님은 다른 사람의 자식이 아닐까, 심각하게 고민될 때가 있다.

황제는 곧장 회답했다.

"그럼 우호의 의미로 이 소년을 내 나라로 보내 줄 수 있겠소? 물론 교육 차원에서 말이오."

볼모! 그게 평화 회담에서 할 얘기냐!

너무도 태연하고 뻔뻔스럽게 튀어나온 황제의 요구에 심장이 덜컥 내려앉았다. 전하의 헤죽거리는 표정이 굳어 버린 것은 순식간이었다.

"……아, 아바마마."

왕자님은 절박한 표정으로 자신의 아버지를 바라봤다. 이것은 분명 외교다. 즉, 전하가 결정할 일이지, 왕자님 자신에게는 결정권이 없는 것이다. 왕국의 안전을 이유로 아들을 팔 수가 있는가? 하지만 거절한다면 세계 최강의 지배자의 심기를 거스르는 꼴이 된다. 이오타의 왕 빌헬름조차도 굴욕을 삼키며 황제에게 쇼메를 보내지 않았던가.

"자아, 어서 결정해 주시겠소?"

결정이라니! 자신의 아들을 볼모로 넘기겠다는 말을 그렇게도 듣고 싶은 거냐!

마라넬로 황제는 마치 당연한 것을 넘겨받는다는 얼굴로 전하를 재촉했다. 한참 동안 황제와 왕자님을 번갈아 보던 임금님은 결심이 선 듯 당찬 눈매로 황제를 바라보며 말했다.

"마키시온에 가게 되면 호화롭게 살 수 있겠죠?"

"물론이오. 당신은 경험해 본 적도 없는 호사를 약속하겠소."

"미녀들도 많겠죠?"

"……그렇소만."

"흐음! 그렇다면 말입니다!"

아니, 지금 무슨 말을 하시려는 거야?

"아들 녀석보다 절 데려가시면 안 되겠습니까?"

으이구! 순간 전력을 다해 임금님에게 태클을 걸어 넘어트린 뒤에 '우어어어! 죽어라!' 라고 외치며 마구 두들겨 주고 싶었다.

우리 임금님에게는 개념이라는 것이 있기는 있는 걸까. 국왕이 어떻게 볼모로 잡혀간다는 거야! 그런 일이 가능할 리가…… 그러니까 절대로 불가능한…… 아? 나는 조금씩 전하의 속마음을 파악할 수 있었다.

"그러니까 절대 아들을 보내지 않겠다는 의미요?"

"아하하하. 그렇게 들렸습니까?"

웃는 낯으로 만두를 닮은 머리를 긁적거리는 전하를 황제는 말없이 바라봤다. 그의 말대로 국왕이 볼모로 잡혀가는 경우 따위는 없다. 그건 나라를 빼앗긴다는 것을 의미한다.
 즉, 그 엉뚱한 말은 자신의 목을 내주는 한이 있더라도 절대로 왕자님은 내주지 않겠다는 의지였던 것이다. 순금상 하나에도 벌벌 떨던 전하에게 그런 용기가 있었던가?
 "아바마마, 제가 가겠습니다!"
 "괘, 괜찮다니까. 아하하."
 전하는 자신을 만류하는 왕자님의 머리를 쓰다듬었다. 괜찮을 리가 있을까? 상대는 세계의 4분의 1을 지배하고 있고 백만이 넘는 대군을 움직이는 절대자다. 그런 그의 말 한마디면 자신은 물론, 이 나라가 지도에서 사라져 버리게 된다.
 황제는 무서운 눈빛으로 전하를 바라봤지만 전하는 통통한 두 볼에 굳은 미소를 보이면서도 그의 시선을 피하지 않았다. 황제가 곧 실웃음을 보였다.
 "참으로 형편없는 소국의 왕이오. 정치를 모르는군."
 "아바마마를 욕되게 하지 말아 주십시오!"
 의연하던 왕자님의 눈가에 처음으로 숨길 수 없는 격한 분노가 스몄다. 작은 주먹을 꽉 쥐고 있는 그의 모습은 솔직하고 또 위험했다. 한동안 도리어 즐거운 듯 그 표정을 지켜보던 황제가 말했다.
 "왕으로서는 실격이지만 아버지로서는 더없이 훌륭하오. 나와는 정반대로구려."

그리고 마라넬로 황제는 한쪽 팔로 가슴을 감싸는 시늉을 하며 살짝 고개를 숙였다.

"부자간의 정을 자극할 생각은 없었소. 심란케 하여 미안하오."

사람들은 놀란 표정으로 수군거리기 시작했다. 비록 형식적이기는 하지만 다른 누구도 아닌 황제가 먼저 사과를 했던 것이다. 그것도 이런 소국의 왕에게. 이건 이전에도 없었고 앞으로도 없을 일이었다. 속을 알 수 없는 자였다.

"대신……."

엥? 대신?

아이히만 대공만큼이나 키가 큰 황제가 몸을 숙이더니 전하의 귓가에 뭐라고 속삭이는 것이 아닌가. 그 말을 들은 전하의 얼굴에 단박에 화색이 돌았다.

"아아! 그쯤이야 어렵지 않습니다!"

뭐, 뭐가 어렵지 않다는 거야? 지금 무슨 말을 한 건데?

"후후, 그럼 약속한 것으로 알겠소."

"아이고, 여부가 있겠습니까."

나도, 왕자님도, 장내의 모든 사람들도 의아한 표정으로 그 광경을 지켜보았다. 지금 무슨 '거래'를 한 거지? 왕자님을 포기해도 좋은 제안이라면 대체 뭐냐고?

붉은 와인으로 목을 축인 백발의 마라넬로 황제는 왕자님을 향해 의외의 말을 던졌다.

"부디 그 모습 그대로 왕의 자리에 오르길 기대하오. 그래야 꺾을 만한 보람이 있으니까."

이미 노년에 접어든 마라넬로 황제가 페르난데스 왕자님이 왕위에 오를 때까지 살아 있을 수나 있을까? 하지만 그는 마치 스스로 불사(不死)를 자신하는 듯한 강인한 눈빛으로 왕자님을 내려봤고 왕자님도 피하지 않고 그를 올려다보았다.

지금쯤 쇼메는 기묘한 패배감에 젖어 있으리라. 대놓고 이를 드러내는 자신을 완전히 애송이 취급하는 황제가 이상하게도 약소국의 작은 소년은 스스로 인정했으니까.

용건을 마친 황제가 자리를 뜨려던 차에 또다시 문제가 발생했다. 경비 책임자인 카론 경과 눈이 마주친 것이다. 물론 둘이 만난 것은 이번이 처음이겠지만 황제는 단번에 카론 경의 정체를 알아챘다. 확실히 카론 경 주변에는 서늘한 위광 같은 것이 있어 보이니까 말이다.

"자네가 바로 그 용맹하다는 은의 기사인가."

"허명(虛名)일 뿐입니다."

청결한 제복의 매무새가 유달리 도드라지는 카론 경은 그 특유의 금욕적인 성격대로 무례하지도, 옹졸하지도 않은 간결한 대답을 했다.

"아니지. 잔인한 암살자로부터 자신의 주군을 지키기 위해 목숨을 걸었는데, 어찌 기사의 귀감이 아니겠나. 안 그런가, 라이오라 군?"

 뭐야. 카론 경을 일부러 자극하려는 거야?

 하지만 황제의 악취미적인 말에도 카론 경은 도도한 눈매로 슬쩍 라이오라를 바라볼 뿐 별다른 말이 없었다. 하긴, 저 정도 도발에 표정이 흐트러질 양반이 아니지. 그런데 다음 공격에 결국 얼음장 같은 표정에도 금이 가고 말았다.

 "오늘 밤 내 침소로 와 주겠나?"

 으아아악! 거두절미하고 수청을 들라는 거야? 직구다! 스트레이트야! 수많은 사람들 앞에서 갑자기 저런 말을 꺼내다니! 허허, 솔직하셔서 보기 좋네요, 라고는 입이 찢어져도 말 못 해! 황제, 망측한 인간아! 그게 부인 있는 남의 나라 기사에게 할 소리야?

 하지만 카론 경 역시 언제나 각오를 단단히 하고 다니는 사람이었다.

 "일전 라이오라 씨와 검을 마주한 것을 책망하시려는 의도라면 이 자리에서 정중히 사과드리겠습니다. 그리고도 심기가 풀리지 않으신다면 제 기사 작위를 영구히 버리는 것으로 사죄하겠습니다."

 진심이라고밖에 할 수 없는 무서운 응수가 아무런 주저도 없이, 또박또박 나왔다. 그것은 기사가 할 수 있는 최대의 사죄인 것이다. 하지만 황제의 생각은 달랐나 보다.

 "뭔가 착각하고 있군. 과인은 기사로서의 자네에게는 아무런 흥미도 없네. 이런 약소국 기사의 작위 따위가 황제인 내게 무슨 가치가 있겠나. 내가 자네의 가치를 인정하는 부분은 다른 쪽이네만."

기사로서의 카론 경에게는 어떤 가치도 없다. 물론 마키시온 제국이라면 카론 경 수준의 실력을 가진 기사가 남아돌지도 몰라. 하지만 그게 문제가 아니잖아! 누구보다도 기사도에 충실한 카론 경에게 그것은 정말 지독한 모욕이었다.

사람들은 기사 중의 기사라는 카론 경이 당장이라도 칼을 뽑아들 것이라고 예상했다. 나마저도 그렇게 생각했다. 하지만 그는 전하와 왕자님을 바라본 뒤에 겨울바람처럼 차가운 표정으로 입을 열었다.

"그럼 원하시는 대로 하십시오."

쌀쌀맞은 목소리가 귀를 찔렀다. 기사의 자부심을 접으면서 스스로 굴욕을 삼켰다. 나는 황급히 아이히만 대공을 바라봤다. 하지만 대공은 이곳을 바라보지도 않고 있었다.

평화 회담만 성사된다면 카론 경을 황제의 손에 넘기는 것쯤 손해 볼 일도 아니라는 의미인가? 본래 냉혹한 사람이라는 것은 알고 있었지만 그렇게 피도 눈물도 없는 줄은 몰랐어!

"자, 잠깐만요."

도저히 참을 수 없어!

나는 나도 모르게 황제 앞에 끼어들었다. 황제는 힐끗 나를 보며 말했다.

"엔디미온 군이라고 했던가. 감히 내 말을 끊을 정도로 중대한 용건이길 바라네."

카론 경의 얼굴에 당황의 빛이 서렸다. 침이 꿀꺽 넘어간다. 울컥하는 마음에 일단 끼어들긴 했는데…… 내게 이 절체절명의 순간을 말릴 방법이라는 것이 있을 리가…… 아니, 하나 있긴 하지만…… 그건 말이지.

"제, 제가 가겠습니다!"

내, 내, 내가 지금 무슨 소리를 한 거야? 이봐, 미온 군? 지금 자네가 한 말의 의미를 알고나 있어? 농담이라도 '에헤헤, 없었던 얘기로 해 주세용.' 이라고는 둘러댈 수가 없는 상대라고!

내 목숨을 건 희생에 황제는 날 빤히 바라보다가 아무렇지도 않게 말했다.

"뭐 그럼 같이 오게나."

"……!"

자, 자충수다! 병살타야! 호색한의 기본 마인드가 다다익선(多多益善)이라는 것을 깜빡하다니! 난 너무 당황한 나머지 초보적인 실수를 해 버리고 말았던 것이다.

"아, 아니 소인의 뜻은 그게 아니라……."

망했다. 자폭 스위치를 힘차게 누르며 일어난 대폭발이 마음속에 버섯구름을 피워 올렸다. 이 와중에 '폐하, 저를 맛보시면 다른 남자는 눈에도 들어오지 않으실 겁니다.' 라고 교태를 부릴 수 있을 정도로 닳고 닳진 못했어. 아니, 일단 경험도 없고.

으아아! 몸도 마음도 녹아내리는 것 같아! 대체 일이 어쩌다가 이 지경이…….

"부디 용건이 있으시다면 제 선에 끝내 주십시오."

그때 카론 경이 새파랗게 달아오른 눈으로 황제를 바라보며 말했다. '장난질도 정도껏 해!'라고 외치는 눈빛이다.

나는 아차 싶었다. 카론 경이 워낙 내색이 없어서 그렇지, 한번 화가 나면 키스 경이 뜯어말려도 검을 뽑고야 마는 말고집, 황소고집, 고래 심줄이다. 설령 상대가 세계 최강의 지배자라고 하더라도. 그 눈과 마주친 황제의 입꼬리가 무섭게 올라갔다.

"정말이지 이 소국에는 처세를 모르는 건방진 애송이들이 너무 많군."

으으, 황제 화났다. 이제 '이 나라를 지도에서 지워 버려!'라고 명령할 차례인가. 하지만 황제는 다른 말을 꺼냈다.

"내가 태어나서 하루에 두 번이나 거절당한 적은 이번이 처음이자 마지막일 것이다. 살아남은 것에 감사하도록 해라."

설마 그냥 놔주겠다는 건가. 그제야 아이히만 대공이 마라넬로 황제에게 다가왔다.

"어떻소. 재미있는 나라 아니오?"

"자네가 아직까지도 이런 작은 나라에 붙어 있는 이유를 알 것도 같네."

"본래 가장 귀중한 향수는 가장 작은 병에 들어 있는 법이오."

"후후. 악마의 피마저 짜낸다는 아이히만 그나이제나우가 그런 낭만주의자일 줄은 몰랐구만."

"이 나이 먹고 낭만마저 없으면 죽어야지. 안 그렇소?"

대공은 빈틈없는 미소와 함께 그렇게 말하며 들고 있던 술잔을 단숨에 비우는 것이었다.

대공과 황제가 이토록 가까운 사이라는 충격은 둘째 치고, 그럼 저토록 태연한 것은 황제가 본심이 아니었다는 것을 처음부터 알고 있었다는 의미? 그럼 그렇다고 말 좀 해 주세요! 난 죽을…… 아니, 잃을 각오였단 말이얏!

"라이오라 군. 먼저 갈 테니 자네는 좀 더 즐기다 오게나."

"예? 하지만……."

"괜찮아. 홀로 강한 자는 결국 외로움에 굴복할 수밖에 없네. 사람과 섞이는 법도 배워 두게."

황제는 의외로 자식을 대하는 것처럼 인자한 말을 남기며 프론티어 뱅가드들에게 둘러싸여 자리를 뜨는 것이었다. 아니, 그 전에 발걸음을 멈추며 날 바라봤다.

"그런데 엔디미온 군. 자네, 온다고 하지 않았던가?"

난 영업용 스마일을 방긋 보이며 대답했다.

"황공하오나, 저 역시 처세를 모르는 낭만주의자라서 청을 받들기 곤란할 것 같사옵니다."

"후후. 입담이 제법이군."

황제는 마치 강자의 자비 같은 웃음을 보이며 사라졌다. 아아, 위험해. 아이히만 대공을 좀 더 도덕적으로 비틀어 놓은 것 같은 느낌이야. 딱 잘라 악당이라고 하기도 좀 묘하지만 왕자님을 암살하려 한 것만으로도 호감이 가질 않는다고. 게다가 취향의 문제도 엄청 위험천만하고!

쇼메가 황제와 대공 사이에서 유년기를 보냈다고 했지? 오늘만큼은 쇼메 왕자를 동정해 주고 싶었다.

12.

폭풍이 지나간 것 같았다. 내가 무슨 접대 전용으로 만들어진 인조인간도 아니고, 이런 일을 당하다 보면 몸도 마음도 지쳐 버려서 울상이 될 수밖에 없었다. 나는 허리를 꺾으며 중얼거렸다.

'어흐윽. 무지 힘들어.'

대공의 명령대로 목숨 걸고 접대하라니까 하기는 하지만, 이대로라면 오늘 중으로 목이 날아가든가, 순결이 날아가든가…… 하아, 쉬고 싶어라.

하지만 저쪽에서 무표정한 얼굴로 경비를 하고 있는 카론 경을 보고 있노라면 이런 푸념도 사치 같다. 아니, 확실히 비정상은 저쪽이지만. 방금 전 그런 위기를 겪어 놓고도 '몰라. 난 일이나 할래.'라는 표정을 어떻게 만들 수 있는지 무척이나 경이롭다.

예전 키스가 한 '카론 경은 죽기 전에도 그걸 보고서로 작성해서 제출하기 전까지는 못 죽을 사람이랍니다아.' 라는 말이 농담만으로 들리지는 않는다.

한편, 나는 이제 막바지에 접어든 이 연회에서 뭔가 너무나도 어색하기 그지없는 이질감을 발견했다. 아니, 발견하고 자시고도 없이 그 사람 주변에는 그 누구도 접근하지 않는걸?

그는 바로 황제가 남겨 놓은 진청룡 라이오라 란다마이저였다.

'으음. 솔직히 나도 가까이 가기 무서워.'

나는 조금 찡그린 표정으로 서 있는 그를 바라봤다. (같은 금발인 내가 봐도 신기할 정도로)순도 높은 금을 실로 뽑아낸 것 같은 머리칼에 그와 똑같은 황금빛 눈동자, 키도 크고 몸집도 사내다워 그야말로 '이국의 보석'이다.

만약 그가 아신만 아니었다면 당장 귀부인들에게 둘러싸였을 것이다. 그러나 그 주변에는 무형의 벽이라도 있는 것 같았다. 아무도 근처로 접근하려고 하지 않고, 함부로 바라보지도 못하고 모른 체 모두 등을 돌리고 있다. 하긴 솔직히 누가 눈 깜짝할 사이에 이 연회장에 있는 사람 모두의 생명력을 빨아들일 수 있는 '괴물' 근처에 가고 싶을까.

공포심이라는 것은 무섭고 집요한 것이라서, 라이오라 씨가 밑도 끝도 없이 그런 흉악한 짓을 할 리가 없다는 것을 알면서도 아무도 가까이 가지 않는다. 아무튼 이래서야 황제가 말한 '사람과 섞이는 법'은 애당초 시작도 못 할 판국이었다.

'으음. 나라도 말상대가 되어 줄까?'

확실히 왕자님을 죽이려고 들었고(명령 때문이긴 하지만) 카론 경의 눈에도 상처를 입힌 사람이라서 호감이 가지는 않았지만— 그것과는 별개로 파티에서 혼자 동떨어져 있는 모습은 역시 보고 싶지 않았다. 뭐, 내 임무가 접대라서 혼자 있는 사람을 못 본 척하는 것은 업무상 죄악이기도 하고.

'하지만 역시 무서워.'

키스 경과 무섭게 싸우던 그의 모습이 머릿속에 떠오르자 등골에 식은땀이 맺혔다. 키스의 말마따나 그가 전력을 다했으면 무슨 일이 벌어졌을지 모를 일이었다. 모르긴 해도 나는 눈치채지도 못한 채 생명의 전부를 빼앗겨 버렸으리라. 나도 인간이라서 그런 상상까지 해 버리니까 그를 향해 쉽게 발걸음이 떨어지질 않는다.

그는 주변을 연신 두리번거리고 있었다. 사람들과 섞여 보라는 황제의 조언을 실천해 보려는 것일까? 하지만 모두들 자신에게 등을 돌리고 있다는 것을 알고는 조금 난감한 표정으로 머리를 긁적거리며 음식 테이블에 시선을 고정시키는 것이었다.

(어차피 몇 번 본 적도 없지만)의외의 모습이었다. 완전 무감정한 사신(死神)인 줄로만 알았는데. 나는 그 모습에 용기를 내서 다가가 말을 건넸다.

"저어. 기억하시는지 모르시겠지만…… 우악!"

내 입에서 비명이 튀어나온 이유는 그가 집어든 살구 때문이었다. 꿀과 향초로 마리네이드되어 있는 살구였는데 '앗! 저걸 손으로 집으면!' 이라고 생각하던 찰나, 갑자기 그 주황색의 과실이 파스슥 소리를 내며 재가 되어 버리는 것이 아닌가! 그 믿을 수 없는 광경은 마치 '살구의 인생'이 아주 빨리 흘러가 버린 것 같았다.

새, 생명력 빼앗아 버린 거야? 그런 거야?

"……너는?"

"아하하하. 도, 독특한 방법으로 식사를 하시네요."

"식사 같은 것은 필요 없어. 이미 죽은 육체니까."

여, 역시 말 걸지 않을 걸 그랬나.

그는 방금 전까지 살구였던 회색 재를 모래처럼 흘리며 날 바라봤다. 사람들이 수군거리며 이쪽을 쳐다보고 있었다. '저 녀석, 무덤 속에 제 발로 들어갔네.' 라는 표정들이다.

아아, 또 상상해 버렸다. 내가 저 살구 꼴이 되어 버린 끔찍한 상황을. 라이오라 씨가 잠시 날 바라보며 말을 흐렸다.

"넌 그때 카론과 함께 있던……."

그는 왕자님을 죽이려 왔을 때를 말하고 있었다. 나는 최대한 정중하게 몸을 숙이며 답했다.

"엔디미온 키리안입니다."

"여자가 아니었군."

"……."

괘, 괜찮아. 화, 안 나. 한두 번 겪는 일도 아닌걸.

"저, 이래 봬도 기사네요. 못 믿으시겠지만."

결국 콤플렉스가 발동한 나머지 삐죽거리며 대답해 버리고 말았다. 어째서 항상 날 소개할 때마다 '믿기 어려우시겠지만'이라든가 '정말 거짓말이 아닙니다만' 이라는 수식어를 붙여야만 하는 것일까. 칼을 차고 머리를 짧게 자른다면 좀 더 나를 소개하기가 수월해질지도 모른다.

"기사?"

"네. 비록 말 타고 칼 쓸 일은 별로 없지만. 헤헤."

"다행이군."

"뭐가요?"

"그때 네가 기사라는 것을 알았다면 죽였을 거다. 난 왕자의 시녀인 줄 알았거든."

"여, 여자로 착각당해 참으로 다행이네요, 아하하하."

지금이라도 돌아갈까? '아이고. 전 일찍 잠자리에 드는 체질이라서!' 라고 둘러대고 연회장 밖으로 도주해 버리고 싶은 기분을 꾹꾹 누르며 애써 반짝반짝 웃어 보였다. 스스로도 내 용기가 가상할 따름이다.

"그럼 너는 폐하를 좋아하지 않겠구나."

라이오라 씨는 회색 가루에 엉겨 있는 자신의 손가락을 바라보며 무덤덤하게 말했다. 갑자기 왜 그런 말을? 아무튼 황제의 심복인 이 사람에게 본심을 말한다면 무척 화를 낼지도 모를 일이지만, 나는 그것까지 거짓말을 하고 싶지는 않았다.

"예. 싫어합니다. 좋아할 수가 없잖아요."

라이오라 씨는 적어도 옹졸한 사람은 아니었다.

"그런가. 자신의 주군을 잃을 뻔한 시녀…… 아니, 기사로서는 당연한 감정일지도."

그는 내 긴 금발을 힐끗 보며 그렇게 말했다. 그의 말은 의외였다. 약자의 심정 같은 것엔 관심도 없을 사람인 줄 알았는데.

"본래 적이 많은 분이긴 하지만 그래도 폐하를 너무 미워하지는 말아 줬으면 좋겠어."

예전부터 꺼내고 싶었던 말이었는지 그는 흘러가듯이 말했다. 그가 금빛의 눈동자를 살짝 감으며 다시 입을 열었다.

"사실 폐하께서는 너희 왕자를 죽이라는 어명 같은 건 내리지 않으셨으니까. 만약 진짜 죽이려 했다면 너흰 막을 기회도 없었을 거다."

"예?"

난 그의 말에 눈이 번쩍 뜨였다.

"하, 하지만 분명 죽이려고 당신을 보내서……."

"죽지 않을 정도로만 시험해 보라고 하셨던 것뿐이야. 왕자의 마음이 진정한 용기인지 단순한 망상인지. 너희 왕자가 내게 겁을 먹고 목숨을 구걸했다면 폐하는 실망하셨겠지. 하지만 그것뿐이야. 검을 겨눠 그 속마음을 알아보고 돌아오라고 하셨지."

"그런데도 카론 경을 죽을 정도로 몰아붙였어요?"

"그렇게 보였나? 내가 정말 죽일 생각이었다면 그렇게 오래

끌 이유는 없었을 거다."

나는 괜히 그에게 진청룡이라는 이름이 붙은 것이 아니라는 걸 새삼 느꼈다.

"그럴 수가……."

황제 정도 되는 자가 아신까지 보내서 약소국의 왕자 하나를 죽이려고 한 짓은 사실 너무 치졸해서 이해가 되질 않았지만, (아니 그보다 그 이후에 왕자님을 건드린 적이 없다는 점이 더 의아했지만)당사자의 입에서 이런 말을 듣게 될 줄은 몰랐다. 그렇게 엄청난 싸움이 별로 죽일 생각도 없는 정도라면, 대체 이 사람의 힘은 어느 정도라는 것일까. 짐작도 안 갈 노릇이었다.

"물론 그것 자체도 제법 고약한 짓이라고 할 수는 있지만 적어도 어린아이를 개인적인 질투로 죽일 정도로 그릇이 작은 분은 아니야. 그 점만은 알아주길 바란다."

나는 무겁게 고개를 끄덕였다. 라이오라 씨가 진짜 암살 명령을 받았을 때를 상상하니까 머리가 다 찔했다. 아아, 봐주면서 싸워 줘서 다행입니다. 응? 그건 기사에 대한 모욕? 그런 거 몰라. 그런데 한 가지 의문이 남는다.

"어째서 그런 이야기를 제게 해 주시는 거죠?"

카론 경 정도까지는 아니지만 라이오라 씨 또한 전혀 수다스러운 성격으로는 보이지 않는다. 그런 자가 어째서 나 같은 사람에게 그 사실을 토로하는 것일까. 그가 잠시 머뭇거리다가 입을 열었다.

"그건……."

그때였다. 거친 숨소리와 함께 날 밀치며 거구의 사내가 끼어들었다. 아니, 정확하게 말하면 라이오라 씨에게 용건이 있는 것 같았다. 그 험악한 표정을 보건대 최소한 안부를 전하려는 것은 아니리라.

"진청룡!"

고함 소리에 가까운 목소리가 연회장을 울리자 연회장의 모든 시선은 단번에 우리들에게 집중되었다.

나는 깜짝 놀라 그를 바라봤다. 저 제복은 분명 키르케 님이 지휘하는 콘스탄트 '임모탈' 제7무장전투여단!

말릴 사이도 없이 품속에 숨겨 놓은 권총을 꺼낸 그가 라이오라 씨의 얼굴에 총을 들이대는 것 아닌가. 우아악! 난데없이 총이라니! 또 엄청 위험한 상황이잖아!

"무슨 용건이냐."

하지만 라이오라 씨는 눈매를 조금 찡그릴 뿐 도리어 귀찮다는 목소리로 되묻는 것이었다. '총을 들이댔는데 어째서 살려달라고 빌지 않지?' 라는 인간의 상식에서 이 사람은 철저한 예외였다.

"무슨 용건?"

그의 입술이 단번에 일그러졌다.

"내 형을 죽인 주제에 무슨 용건? 뻔뻔한 자식!"

"무슨 말을 하는 거냐."

"믿을 만한 정보통이 내게 말해 주더군. 형을 죽인 놈이 바로 너라고!"

믿을 만한 정보통이라고?

"으음. 형이라……."

심각한 표정으로 생각에 잠겨 있던 라이오라 씨가 그를 바라보고는 입을 열었다.

"전혀 모르겠군. 그러니까 내가 너의 형을 언제 죽였는지 자세하게 말해 줄 수 있겠나."

아하하. 이제야 라이오라 씨도 황제가 말한 '사람들과 섞이는 법'을 터득했구나…… 라고 말할 수가 있겠냐! 으윽! 라이오라 씨! 그런 식으로 말하면 도리어 상대를 자극한다고요!

아니나 다를까, 총을 들이댄 여단 장교는 방아쇠를 당기기 일보직전까지 와 버렸다.

"크윽! 네놈이 날 무시해! 죽여 버리겠다, 진청룡!"

이미 죽어 있는 분인뎁쇼, 라는 농담을 꺼낼 상황이 아니었다. 이건 정말 커다란 문제였다. 아무리 최정예 여단 소속이라고 해도 아신을 상대로 승리할 수야 없을 것이다. 아니, 누가 이기느냐 지느냐를 따지기에 앞서 이대로 가다간 자칫 양국 간의 험악한 외교적 충돌로까지 이어져 버린다. 그것도 평화 회담을 앞두고!

'전쟁이란 작은 불씨에서 시작된다.'는 케케묵은 격언을 굳이 들춰내지 않아도 이건 일촉즉발의 상황이었다. 난 힘들게 웃어 보이며 당장이라도 방아쇠를 당길 것만 같은 장교 앞을 막아섰다. 접대로 얼룩진 10대를 보냈건만 접대가 이토록 위험천만한 것인지 오늘 처음 알았다.

"저어 일단 고정하시고······."

"넌 뭐야! 시녀 주제에!"

"으이구! 시녀 아니라니까!"

아차! 내가 버럭 화를 내면 어쩌자는 거야!

그때 나타난 구원의 천사는 역시 경호 책임자 카론 경이었다. 아신 중 최강이라는 진청룡 라이오라 씨와 전쟁의 피바람을 몰고 다니는 임모탈 전투여단의 장교 앞에서도 카론 경은 여전히 포커페이스였다.

"이 이상의 소란은 묵과하지 않겠습니다. 총을 내려 주십시오."

"은의 기사······."

장교의 이마에 힘줄이 돋았다. 정말 마음에 안 든다는 표정이다.

"네 녀석도 진청룡에게 원한이 있는 걸로 아는데, 말릴 생각이냐? 자존심도 없나?"

"적어도 공과 사를 구분할 줄 아는 판단력은 있습니다."

"큭!"

카론 경은 결코 물러서지 않는 태도로 그를 바라봤고 그는 겨우겨우 분을 참는 표정으로 몸을 돌렸다.

"나는 너를 같은 무인으로 존중하고 있다. 분하지만 너의 얼굴을 봐서 참아 주지."

'다, 다행이다.'

역시 카론 경의 명성은 글로벌하구나. 유혈 충돌 없이 끝나서 다행이야…… 라고 생각하는 찰나, 라이오라 씨가 그의 등에 말을 던졌다.

"누군지는 모르겠지만, 내가 죽였다면 죽일 이유가 있어서 죽였을 것이다. 싸움에서 패배해 죽은 것을 원한으로 삼는 소인배가 함부로 무인을 입에 올리는 건가?"

"뭐라고!"

맙소사! 머리끝까지 이성을 잃은 장교가 몸을 돌린 것은 순간이었다. 그와 함께 연회장을 가득 뒤덮는 총성이 울렸고 라이오라 씨의 몸에서 시뻘건 핏물이 터졌다.

"초, 총을 쐈어! 가슴을 뚫었다고!"

사람들이 경악에 찬 목소리로 외쳤고 카론 경은 미간을 찡그리며 칼집으로 손을 옮겼다. 총을 쏜 장교는 여전히 분이 안 풀리는 듯이 손에 든 총을 떨어트릴 정도로 부들부들 떨고 있었지만 라이오라 씨는 쓰러지기는커녕 미동조차 없었다.

예전 키스 경과의 싸움을 지켜본 적이 있는 나는 그가 지금 어떤 상태인지 충분히 예측할 수 있었다.

"아깝군. 이번에 새로 맞춘 제복이었는데……."

라이오라 씨가 총알구멍이 뚫린 자신의 셔츠를 바라보며 무덤

덤한 목소리로 말했다. 피는 이미 멈춰 있었다. 사람들은 또다시 경악했다. 말로만 듣던 불사의 기적을 실제로 목격한 것이다. 장교가 떨리는 목소리로 중얼거렸다.

"괴, 괴물 같은 자식!"

"괴물 같은 것이 아니라 실은 괴물이지. 내가 봐도 정이 안 가는 몸이야."

라이오라 씨가 차갑게 웃으며 그렇게 말했다. 그러고는 그 금빛 눈동자를 천천히 들어 올려 자신을 쏜 장교를 바라보는 것이었다.

"그럼 이제 내 차례인가."

상대의 생명력을 단번에 빼앗을 수 있는 그의 손에 자색의 빛무리가 서서히 휘감기기 시작했다. 역시 그는 자신에게 총을 쏜 사람을 얌전히 돌려보낼 정도로 인자한 사람이 아니었다.

"순순히 죽어 줄 것 같으냐!"

그 즉시, 연회장에 있던 콘스탄트의 무장전투여단 소속 군인들이 칼과 총을 뽑아들고 몰려들었다. 그것만이 아니었다.

"콘스탄트의 오합지졸들이! 감히 마키시온 제국에 총을 들이대고도 살아남을 줄 알아?"

라이오라 씨 뒤로 프론티어 뱅가드들 역시 검을 뽑으며 일렬로 섰다. 상황은 말 그대로 칼부림 일보직전, 순식간에 걷잡을 수 없이 불이 붙었다. 평소부터 적대적이던 두 강대국이 이빨을 드러낸 것이다. 카론 경조차도 말릴 길이 없었다.

나는 하얗게 질린 얼굴로 주변을 둘러봤다. 그런 내 눈에 저 멀리서 묘한 미소를 지으며 이 대치 상황을 지켜보는 여자가 들어왔다.

'이, 이자벨 님?'

평소와 달리 검은 가발을 쓰고 있어서 몰라볼 뻔했지만 와인 잔을 들고 있는 은테 안경의 여성은 분명 이자벨 크리스탄센 님이었다. 그리고 분위기에 어울리지 않는 저 미소의 의미는…….

'설마 이자벨 님이 뒷조종을 하고 있는 건가요?'

그렇다면 형을 죽인 자를 알려 줬다는 믿을 만한 정보통이라는 사람이 바로?

그때 내 시선을 알아챈 그녀가 손가락으로 바깥쪽으로 가리켰다. 여기서 빠져나오라는 의미다. 난 원망스러운 눈빛으로 그녀를 바라봤다. 그때였다.

"이런. 제 부하가 실례를 저질렀나 보군요, 진청룡 씨."

고혹적이지만 위험하게 들리는 허스키 보이스. 제복을 입은 큰 키의 여성이 나타나자 콘스탄트 소속 군인들이 일시에 부동자세를 취했고 험악해지던 분위기도 가라앉아 실내는 삽시간에 정적에 휩싸였다. 두려움에 신음 소리를 내는 자도 있었다. 라이오라 씨가 말했다.

"키르케 밀러스. 오랜만이오."

"라이오라 씨. 당신은 변한 게 없군요. 하긴 시체니까."

키르케 님의 입가에 무서운 미소가 드러났다. 라이오라 씨를 바라보는 그녀의 눈빛에는 섬뜩한 생광이 맺혀 있었다. 노, 농담이 아니다. 단언하건대 라이오라 씨보다도 몇백 배는 더 위험해. 상대가 진청룡이라고 물러날 리가 없다고!

하지만 금세라도 달려들 거라는 우려와는 달리 키르케 님은 슬쩍 이자벨 님을 바라본 뒤에 나직하게 말했다.

"싸움에서 물러나는 것은 내 성격이 아니지만…… 그렇다고 남의 손에 놀아나는 것은 더욱 질색이라서 말이지요."

"그럼 어떻게 해결하겠다는 거죠."

라이오라 씨의 말에 키르케 님은 이 소동의 원인이 되어 버린 사내를 바라봤다. 방금까지도 난동을 피우던 거구의 장교가 그녀 앞에서는 미동조차 없었다. 키르케 님이 물었다.

"각오하고 한 행동이겠지?"

"예. 그렇습니다."

그리고 그 순간 나는 내 눈을 의심했다. 장교의 그림자가 칼날처럼 솟구쳐올랐고 그 즉시 잘려나간 팔이 총과 함께 바닥에 떨어진 것이다.

"흐으읍!"

그는 입을 틀어막아 비명을 삼켰고 시뻘건 피가 엄청난 기세로 카펫을 물들이기 시작했다. 키르케 님은 경고 섞인 눈웃음으로 라이오라 씨를 바라보며 또박또박 말했다.

"이 정도로 제 부하의 무례를 용서해 주시길 바랍니다, 라이오라 씨."

그녀의 붉은 입술에 퍼지는 광기 어린 웃음의 의미는 '이래도 물러나지 않겠다면 황제고 뭐고 다 쓸어 버리겠어.' 였다. 그 모습을 보자 온몸에 소름이 끼쳤다.

어쩌면 그것이 이 상황에서 가장 적은 손실로 큰 난리를 막을 수 있는 방법일지도 모르겠지만—어, 어떻게 부하의 팔을 주저 없이 잘라 버릴 수가 있어! 참으로 '그녀다운 해결 방법'이라고 밖에는 달리 말할 도리가 없지만 그게 칭찬인지 욕인지 구별이 안 된다. 라이오라 씨가 바닥에 떨어진 팔 조각을 힐끗 바라보며 중얼거렸다.

"싸움을 피하려는 것인지 원하는 것인지 알 수가 없군요. 하지만 내일은 평화 회담이고 하니 그 사과, 접수하도록 하지요."

"후후. 현명한 판단이에요, 라이오라 씨."

키르케 님의 부하들은 물론, 프론티어 뱅가드들마저도 그녀의 기백에 기가 질려 버린 표정이었다. 선혈의 마녀라는 별명은 정말 괜히 붙은 것이 아니었다.

묵묵히 상황을 지켜보던 카론 경이 심란한 기색을 숨기며 입을 열었다.

"중재해 주서서 감사합니다. 하지만 이것은 공연한 피로군요."

카, 카론 경. 제발 키르케 님 성질 건드리지 말아 주세요.

"호오. 당신이 바로 그 명성이 자자한 카론 샤펜투스 경이로군요?"

다른 사람이었다면 당장 '누가 끼어들어도 좋다고 했지?' 라면서 그림자의 지옥 속으로 처넣어 버렸을 키르케 님이었지만, 놀랍게도 카론 경에게는 꽤나 너그러웠다. 그녀는 눈웃음을 치며 검은 실크 장갑을 낀 손으로 그의 뺨에 손을 댔다.

"정말 남자도 반할 만한 미남이로군요. 나 역시 기사로서의 당신보다는 다른 쪽에 관심이 생기는걸요?"

"……."

그러나 카론 경은 '이 손 치워.' 라는 쌀쌀맞은 얼굴로 그녀를 바라볼 뿐이었다. 기, 긴장감 때문에 쓰러져 버릴 것만 같아. 그녀는 짓궂은 시선으로 나를 바라보며 말했다.

"후후. 미온 군도 조금은 분하겠구나."

벼, 별로 그렇지도 않네요!

"하지만 기억해 두세요, 고귀한 은의 기사님. 이 세상 모든 유혈은 다 공연한 것이랍니다. 설령 그것이 정의라는 이름으로 행해졌다고 하더라도."

경고인지 조언인지 모를 말을 속삭인 키르케 님은 라이오라 씨를 향해 '그럼 전쟁터에서 만날 날을 기대하고 있겠어요.' 라는 무시무시한 인사를 남긴 뒤에 부하들과 함께 사라졌다.

이 순간, 그나마 다행이라고 여기는 것은 알테어 님이 나타나지 않았다는 사실 정도이리라. 그분마저 나타났다면 키르케 님은 완전히 이성을 잃어버릴 테고, 그럼 그 이후에 무슨 악몽이 벌어지게 될지는 굳이 설명하지 않아도 잘 알 수 있을 테니까.

나는 한숨을 내쉰 뒤에 살짝 이자벨님이 있던 자리를 바라봤다. 그녀는 이미 사라지고 없었다. 대체 이 평화 회담 이면에서는 무슨 일이 벌어지고 있는 걸까.

13.

곱게 지나갈 것이라고는 생각하지 않았지만, 정말 이번 연회는 매시간 명이 줄어드는 것만 같다.
'헤요오오. 설마 또 무슨 일이 벌어지진 않겠지?'
거의 모든 사람들이 자리를 떠난 연회의 끝자락에서야 나는 흐느적거리는 몸을 이끌고 남은 음식들로 대충 허기진 배를 채우고 있었다. 카론 경도 슬슬 빠져도 괜찮을 텐데, 역시 철두철미한 성격답게 마지막까지 연회장에 남아 있었다. 나는 새하얀 기둥에 기대어 생각에 잠겨 있는 그에게 다가갔다.
"배고프면 뭐라도 만들어 드릴까요? 음식도 엄청 많이 남아 있고……."
그는 천천히 고개를 저었다.
"아니. 대신 차 한 잔 부탁해도 될까. 되도록 진하게."
목소리에는 전혀 힘이 없었다. 애당초 키스 경처럼 365일 활력이 넘쳐흐르는 사람이 아닌 것이다.
"그런데 카론 경, 정말 괜찮으세요?"

카론 경의 눈가에 '지쳤습니다.' 신호가 깜빡거리는 것을 보고 걱정스럽게 물었다. 솔직히 일주일도 넘게 격무에 시달리고 오늘 같은 일까지 당했으니 지금 눈 상태도 좋을 리가 없다. 나였다면 '으아악! 망할 놈의 평화 회담! 운석이나 떨어져 버리라지!' 라고 소리치며 아무렇게나 쓰러져 잠들어 버렸을 것이다.

카론 경은 눈을 지그시 감고 어깨를 축 늘어트리며 마치 불꽃이 사그라지는 듯한 목소리로 말했다.

"……쉬고 싶군."

이 사람 입에서 이런 말이 나올 줄이야. 가끔 무패의 검술사 카론 경을 쓰러트릴 유일한 적은 과로가 아닐까, 하는 생각이 든다.

그때 금발의 사내가 우리에게 다가왔다. 난 살짝 고개를 숙였다.

"아, 라이오라 씨."

그를 바라보는 카론 경의 눈빛은 결코 호의적이지 못했다. 사자를 닮은 샛노란 눈동자로 카론 경을 바라보던 그가 말했다.

"프론티어 뱅가드로 들어오라는 제안은 아직도 거절인가? 폐하도 자네라면 서운하지 않은 대우를 해 줄 것이 분명한데……."

어? 카론 경이 그런 제안을 받은 적이 있었다니! 솔직히 마키시온 제국, 그것도 프론티어 뱅가드의 기사라면 베르스의 기사에 비해서는 하늘과 땅, 귀족과 천민, 쥐며느리와 드래곤의 차이 정도라고 할 수 있다. 베르스 사람으로서 이런 말 하기 좀 그렇지만, 사실이 그렇다. 아마 세상 어떤 기사라도 죽었다 깨어나도 거절하지 못할 달콤한 제안일 것이다. 단 한 명, 카론 경만 제외하면.

"관심 끊어 주시죠."

카론 경은 쌀쌀맞기 그지없는 목소리로 대답했다.

"눈은 괜찮은가?"

자기가 그렇게 만든 주제에 라이오라 씨가 걱정을 해 주자 카론 경은 '흥! 관심 끊으라니까!' 라는 표정으로 시선을 확 돌리며 저쪽으로 걸어가 버리는 것이었다.

"……."

얼레? 화난 건가? 뭐, 나라도 자기 눈을 실명 직전까지 몰고 간 사람에게 좋은 감정 가질 수야 없긴 하겠지만, 거참 지금은 묘하게 예민하네. 역시 스트레스가 누적된 탓일까? 카론 경이 사라지자 나는 라이오라 씨에게 조심스럽게 물었다.

"저어, 어째서 카론 경과 싸웠던 거죠?"

내 주제에 물어보기에는 상당히 무례한 질문일 수도 있겠지만, 나는 단순히 적이라고는 할 수 없을 것 같은 둘 사이의 관계가 무척이나 궁금했다(솔직히 키스와의 관계는 궁금하다기보다는 정말 무섭다).

"나는 싸워야 할 이유가 있어서 싸웠고 그는 막아야 할 이유가 있어서 막았던 것뿐이야."

라이오라 씨의 대답은 간결하지만 모호했다. 이번에는 그가 물었다.

"그는 지금 여기에 없나?"

"예? 누구요?"

하지만 나는 곧 라이오라 씨의 표정을 통해 '그'가 바로 키스 세자르라는 것을 짐작할 수 있었다.

"아 예. 잠시 왕궁을 떠났어요."

사실 떠났다기보다는 떠밀린 셈이지만.

"다행이군. 아니, 불행이라고 해야 하나."

무, 무슨 의미지? 설마 여기 있었다면 또다시 사투를 벌이기라도 할 셈인가. 그것만은 절대 사양이다. 나는 분위기를 환기시켜 볼 생각으로 말했다.

"아무튼 마라넬로 황제께서 왕자님을 죽일 생각이 없었다는 것을 알게 되니까 조금은 기쁘네요. 사실 방금 전에도 카론 경과 일이 얽혀서 얼마나 마음 졸였는데요."

"걱정 마라. 무가치한 자에게는 일말의 동정도 없는 분이지만 가치 있는 사람은 누구보다 존중하는 분이니까."

"헤헤. 설마 카론 경의 가치가 아까 말한 그것은 아니겠죠?"

"……으음. 글쎄?"

아니, 왜 고민을 하는 거야!

"충성이 기사의 덕목이긴 하지만, 이런 소국에 있기에는 아까운 인재야."

사실 사람을 가치와 무가치로 판단하는 것 자체가 내겐 불편한 잣대지만 그것까지 뭐라고 빈정거릴 수야 없었다.
"하지만……."
라이오라 씨가 먼저 발걸음을 옮기며 흘리듯이 말했다.
"폐하는 자신이 원하는 것을 소유하고자 하실 때는 상대의 의견 같은 것은 물어보지 않는 분이시다. 그러니까 주의해라."
예? 어, 어째서 제가 주의해야 하나요?

14.

"예? 전하께서 나를?"
늦은 밤이 되어서야 겨우겨우 끝난 연회, 완전히 지친 탓에 리더구트로 돌아가 곧바로 잠들어 버리고 싶은 내 간절한 희망이 산산이 깨져 버리는 순간이었다. 임금님이 내게 무슨 볼일이 있다는 걸까.
"나도 몰라. 빨리 가 봐. 졸려 죽겠네."
용건을 전한 관리는 하품을 늘어지게 하며 손을 내저었다. 으이구! 나도 졸려 죽겠는데! 하지만 국왕 전하가 부르는데 '아아 몰라요. 아침에 찾아갈게요.' 라고 말할 수야 없는 노릇이지 않은가.
'그런데 왜 나만 부르시는 거지?'

설마 일을 잘했다고 상을 주려는 것은…… 절대 아닐 테니까 기대도 하지 말자.

나는 쌀쌀한 밤을 뚫고 본궁으로 총총걸음을 옮겼다. 회담을 앞둔 밤은 기이하리만큼 고요했다.

15.

"오오, 왔나? 이리 오게나. 이쪽으로."

트레이드마크인 촌스러운 녹색 가운으로 통통한 몸을 둘둘 말고 있는 전하가 날 기다리고 있었다. 나는 대체 영문을 알 수가 없어 떨떠름한 표정으로 예를 올린 뒤에 그가 손짓하는 테이블로 다가갔다.

"앉게나."

"아, 아닙니다. 제가 어찌 감히 동석을……."

"괜찮다니까. 어서 앉게."

'왜 이러시나. 정말.'

아니, 이거 뭔가 불안한데? 갑자기 구두쇠 임금님의 성품이 후덕하게 변해 버려 내게 금일봉을 하사할 리도 없다. 만에 하나 그렇다고 해도 최소한 오밤중에 잠옷 차림으로 건네주지는 않는다. 혹시 제냐 공주님과 나를 결혼시키려는 것은…… 내가 생각해도 웃기니까 집어치우자.

"요즘 고생 많지?"

방글방글 웃는 임금님의 표정에서 나는 '이거 뭔가 있다!' 라는 직감을 느꼈다. 이유 없는 친절은 이유 없는 미움만큼이나 신경 쓰이기 마련이니까. 그렇다고 전하에게 삿대질을 하며 '이 자식! 뭘 숨기고 있는 거야!' 라고 소리칠 수도 없잖은가.

"아니, 왜 그렇게 식은땀을 흘리나?"

"그, 그럴 리가요. 아하하하."

한밤중에 전하와 함께하는 오붓한 티타임이라니, 이거 진짜 가시방석이네. 보통 회사였다면 곧바로 '섭섭하게 듣지 말게나. 내일부터 출근하지 않아도 되네.' 라는 말이 튀어나올 분위기였던 것이다.

궁녀가 와서 전하와 내게 차를 따라 주었다. 나는 꿔다놓은 보릿자루처럼 마냥 어색하게 앉아 있을 수밖에 없었다.

"어서 들게나."

"괜찮습니다."

"에이. 날도 추운데 그러지 말고 들어."

"아 예. 그럼."

나는 조심스럽게 하얀 찻잔을 들고 진한 향기가 감도는 차를 마셨다. 전하는 그런 내 모습을 히죽히죽 웃으며 바라볼 뿐이었다. 이 밑도 끝도 없는 상황은 뭐야. 진짜 무섭다.

"자네, 엔디메론 경이라고 했지?"

"에, 엔디미온입니다."

그럼 제 별명은 '메론 경'이란 말입니까! 부하 이름 정도는 기억해 주세요!

"응. 그래, 엔디메론 경. 짐은 자네의 희생정신을 영원히 잊지 않겠네. 고마우이."

"예?"

아니, 뭐가 고맙다는 거야? 내가 무슨 희생을 했는데?

그때 갑자기 눈앞이 흐릿해지며 몸이 균형을 잃었다. 전신에 힘이 빠져나가면서 들고 있던 찻잔이 바닥에 떨어졌다. 난 급속도로 혼미해져 가는 정신 속에서 테이블을 꽉 잡아 최대한 쓰러지는 몸을 추스르며 중얼거렸다.

"차에 무슨 약을 넣은……."

……거냐! 이 망할 만두 임금아!

"고맙네. 자네가 짐의 심정을 이해해 줘서 정말 다행이야."

임금님은 지 혼자 멋대로 지껄이고 있었다.

"너무 겁먹지는 말게나. 황제도 알고 보면 좋은 사람이야. 허허."

"……!"

순간 엉켜가는 머릿속에 연회장에서 황제가 전하의 귀에 뭐라고 속삭였던 장면이 주마등처럼 지나갔다. 분명 임금님은 그걸 흔쾌히 수락했고…… 그건 그러니까…… 지금 날 황제에게 팔아넘기려는 거냐!

"나는 자네가 거절하면 어쩌나 걱정했지 뭔가."

거절이고 나발이고 물어본 적도 없잖아! 믿을 수가 없어. 대체 이놈의 나라에는 상식이라는 것이 있기나 한 거야? 누가 순순히 팔려 가 줄 것 같아!

나는 분노로 눈을 부릅뜨며 최대한의 정신력을 긁어모아 벌떡 일어섰다.

"우어어어어! 죽어라! 이 인신매매 임금!"

그러나 임금님은 등 뒤에 숨기고 있던 고무 방망이를 슬며시 꺼내서는…….

"허허. 자네 참 끈질기군."

따아악.

난 곧바로 바닥에 풀썩 쓰러졌다.

"자네의 자발적인 애국심에 짐은 감탄하고야 말았네, 엔디메론 경."

엔디미온이라니까! 그리고 약을 먹이고 고무 방망이로 후려쳐서 기절시킨 뒤에 팔아 치우려는 이 흉악 범죄의 어디가 자발적이야!

여기까지 생각한 후에 나는 정신을 잃었다.

16.

그래, 차라리 계속 정신을 잃고 있었더라면 좋았을지도 모른다.

"아야야야."

묵직한 두통과 함께 눈을 떴을 때 나는 제복 차림 그대로 침대 위에 누워 있었다.

가장 처음 눈에 들어온 것은 침대에 새겨진 황금 키마이라 인장. 아니, 그럼 황제는 마키시온에서 여기까지 이 거대한 전용 침대를 가져왔다는 거야? 거 노인네 진짜 어지간히도…… 아니, 그게 중요한 게 아니지! 이게 황제의 침대라는 의미는 바로!

나는 벌떡 자리에서 일어났지만 아직 사라지지 않은 약 기운에 현기증을 느끼며 다시 쓰러졌다.

"그대로 있어. 10분쯤 지나면 마비가 풀릴 거야."

익숙한 목소리에 고개를 돌려 보니 찻잔을 들고 있는 라이오라 씨가 서 있었다. 또 만났네, 또 만났어. 이번엔 침실에서. 죽고 싶은 기분이란 이런 것이로군.

"소드람에서 특별히 만든 마취약이라 후유증은 없을 거야."

"하! 하! 하! 고맙기도 하네요!"

그런 것을 두고 '엉뚱한 배려'라고 한답니다! 그때 문득 생각난 것이 있었다.

"그런데 이 마취약 만든 사람이 설마 냉혈마녀 메데이아 교수……."

"맞아. 그녀는 이 분야 최고의 권위자…… 응? 그런데 너, 메데이아를 어떻게 알고 있지?"

아차! 실수우우우!

"워, 워낙에 유명한 분이니까요. 아하하하."

라이오라 씨는 '흠. 그렇게 유명했나?' 라는 표정으로 찻잔을 들었다. 그러고는 이 억울하기 짝이 없는 폭거에 울상이 되어 버린 내 표정에 차를 조금 마시고는 쓴웃음을 보였다.

"그러게 내가 주의하라고 했지? 폐하는 갖고 싶은 것이 있을 때는 상대 의견 같은 것은 물어보지 않는다고."

"네, 네. 소인의 주의력이 부족했습니다. 설마 임금님까지 한패일 줄은 몰랐네요. 쳇!"

"이것도 일이라고 생각해라."

남의 재난이라고 참으로 쉽게 말씀하시는군요! 난 조금 울컥해서는 빈정거리고 말았다.

"라이오라 씨가 지금 이 자리에 있다고 해도 '이건 일'이라고 생각할 수 있을까요?"

그가 후룩 차를 마시며 대답했다.

"아니. 확실히 어렵지 그건."

이 인간, 뭔가 좀 얄미운 구석이 있어.

"너무 겁먹지는 마라. 연로하신 폐하께서 몸소 무슨 짓을 하실 거라 생각하나?"

"모, 몸소 하는 것이 아니라면…… 설마 라이오라 씨가 대신?"

난 사색이 되어선 주춤주춤 뒤로 물러섰다. 이야아, 젊은 사람이라 다행이야, 라는 포지티브한 사고방식은 도저히 무리라고!

그러자 그가 정색을 하며 말했다.

"대체 무슨 상상을 하고 있는 건가. 보기보다 음란한 구석이 있군."

울컥! 상상의 빌미는 댁이 제공했잖아!

"이제야 눈을 떴나."

그때 문이 열리며 백발을 내린 황제가 침실로 들어왔다.

'자, 잠시 잊고 있었다. 그래, 나 '일하는' 중이었지.'

나이를 잊게 만드는 풍모를 지닌 황제는 그 맹수 같은 눈빛으로 잠시 동안 날 바라보았다. 이 늦은 시간까지 정사(政事)를 보고 있었는지 손에는 잉크 자국이 남아 있었다. 하지만 잠시 후면 그것이 정사(情事)로 돌변하게 될 것 같다는 말장난은…… 지금 내게는 그다지 웃기지 않는군.

"자색…… 신비로운 눈동자로다. 보석을 녹여 만든 것 같군. 보는 것만으로도 사람을 홀려 버릴 것 같은 색안(色眼)이야. 가끔 아름다움을 시기한 요정들이 성별을 뒤바꿔 태어나게 만든다는데, 그게 사실인지도 모르겠어. 계집애로 태어났으면 나라를 후렸을 놈이로고."

그 말은 마치, '이런 일을 당하는 것은 그런 눈을 가진 네놈 탓이야!' 라는 소리로 들리는군. 그래요! 나라를 후릴 눈동자라서 정말 미안하게 되었네요! 너무 억울해서 눈물도 안 나와. 게다가 그런 내게 민망한 감상평을 늘어놓는 주제에 연회장에서는 시침 뚝 떼고 '좋은 이름이군, 젊은이.' 라고 했단 말이지?

나는 거미줄에 휘감긴 여린 풀벌레의 고독한 심정으로 파닥거려 봤지만 몸은 아직도 반마비 상태였다.

그때 황제가 정말 예상치도 못한 말을 던지며 침대 앞 의자에 앉았다.

"그런 요사스러운 눈을 가진 또 다른 녀석을 자네도 잘 알고 있겠지, 엔디미온 군?"

"……예?"

누, 누구? '보석을 녹여 만든 것 같은 나라를 후릴 만한 눈동자' 라면…….

"지금은 자네의 상관이겠지? 그 스왈로우 뭔가 하는 기사단 말이네."

그렇다. 황제는 키스에 대해 말하고 있었다. 어째서 키스에게 관심을? 아니, 카론 경에게 찝쩍거리고 나를 이렇게 납치해온 것으로도 부족해서 이제는 키스 경까지 손에 넣겠다는 겁니까? 어이구, 욕심도 많아요. 난 눈썹을 가늘게 떨며 황제에게 말했다.

"참고로 말씀드리자면 키스 경은 도망치는 데 선수인 데다가 힘도 세요. 저처럼 이렇게 쉽게 잡혀 오지는 않을……."

그때 황제의 쓸쓸한 목소리가 내 말을 갈랐다.

"말해 주게. 내 못난 아들이 지금 어떻게 지내고 있는지."

그 순간 내 사고가 멈췄다. 비현실적인 그 물음이 내 귀를 곁

돌았다. 라이오라 씨는 이미 이 내막을 알고 있었는지 찻잔을 든 채 말없이 창밖을 바라보고 있었다. 창밖에는 어둠 외엔 아무것도 없었다.

17.

머릿속의 사고가 뿌옇게 되어 버린 것은 비단 약 기운 때문만은 아니었다.

'키스 경이 황자(皇子)?'

이것이 황제의 입에서 직접 나온 말만 아니었다면, 이 세상 누가 이 말을 했더라도 커다랗게 웃었을 것이다. '농담도 그쯤이면 재미없어!' 라고. 아이히만 대공이 실은 여자, 라는 말도 이것보다는 덜 어이가 없을 것이다. 하지만 황제의 말은 분명 농담도, 장난도 아니었다.

"저, 정말인가요. 정말로 키스 경이……."

"키스? 이제는 그 이름을 쓰는 건가. 하긴, 내가 내려 준 이름으로 불리는 것은 죽기보다 싫을 테지."

황제는 씁쓸한 표정으로 혀를 찼고, 그 표정은 내 마음을 더욱 뒤흔들어 놓았다.

"믿기지 않는다는 표정이로구나. 자네가 믿든 말든 그건 중요한 게 아니지만 말이야."

마라넬로 황제에게는 아들이 없다. 이것은 이 세상 누구나 알고 있는 사실이다. 다섯 명이라던 아들들은 마치 가문에 저주라도 내린 것처럼(혹은 누군가의 음모에 의해서) 병으로 죽거나 의문의 살해를 당하거나 실종되었고, 그나마 적자의 피가 섞여 있는 아메데오 황손 역시 제국을 이어가기에는 병약하고 유약하기 그지없다. 그래서 황제가 후계자 없이 붕어(崩御)하면 마키시온 제국이 분열될지도 모른다는 추측마저 나돌고 있는 것이다.

그런데 이 상황에서 키스 세자르가 숨겨진 황자라는 것인가? 치 떨릴 만큼 극적이라고 그런 건! 아니, 그보다 황제는 이제 죽을 날을 손꼽아 봐야 하는 고령인데 키스와는 애당초 나이대가 맞질 않는다. 눈동자 색도 다르고 기사 수업조차 베르스에서 받았다. 앞뒤를 짐작하기 힘든 퍼즐의 파편들이 머릿속을 쿡쿡 쑤시고 돌아다녔다.

"그래, 건강하던가?"

황제의 그 짧은 물음에는 복잡한 감정이 담겨 있었다. 나는 '건강하다.'라며 쉽게 입을 열 수가 없었다.

키스의 싱글거리고 푼수 같고 얄밉고 때로는 무서웠던 모습들이 마치 팔랑팔랑 넘어가는 그림책처럼 쏜살같이 지나갔다. 이 세상에서 가장 막강한 황제의 아들이 대체 어떤 잔인한 운명의 격류에 휘말려 이 작은 나라의 기사로 떠밀려온 것일까.

"……카론 경도 알고 있는 사실인가요?"

"일일이 설명해 줄 기분이 아니로군. 내 물음에만 대답하게

나."

"어째서 이렇게 된 거죠. 키스 경에겐 무슨 일이 있었던 건가요."

"엔디미온 군, 한 번만 더 멋대로 입을 놀리면 그 혀를 자르겠네."

나는 황제와 라이오라 씨를 동시에 바라봤다. 그와 키스 경이 사투를 벌였던 모습이 피비린내와 함께 다시 의식 위로 떠올랐다. 그때 달아오른 키스의 시뻘건 눈동자에 담긴 건 분명 증오였다. 스스로도 주체할 수 없는 뜨거운 적대감이 그날만큼은 상냥한 가면을 뚫고 용암처럼 흘러나왔다.

라이오라 씨가 내가 던진 시선을 끊으며 말했다.

"폐하께서는 그분이 건강하시냐고 물으셨다."

그분? 그분이라고?

"그래요. 건강해요. 항상 웃고…… 즐거워하고."

내 목소리는 공허했다.

'너에게 이 왕궁은 시작이겠지? 하지만 키스에겐 마지막이야.'

예전 카론 경이 내게 꺼냈던 그 말이 계속해서 머릿속을 울렸다. 키스가 등에 짊어진 어지러운 상흔들이 떠올랐다. 계단에서 굴러떨어져 생겼다는 깊은 자상(刺傷)들이 눈앞에 어른거렸다.

"설마…… 당신들, 키스 경을 죽이려는……."

"라이오라 군."

작전명! 접대 최전선! 下 197

황제가 볼일을 마쳤다는 표정으로 손짓을 하자 라이오라 씨가 작은 약병을 하나 내 앞에 내밀었다.

"마셔라."

"이것은……."

"너는 감당할 수 없는 진실이다. 잊어버리는 것이 좋아."

므네모시아, 이것은 분명 텔레레이디들이 마시는 망각의 물약이다.

"시, 싫어. 멋대로 날 휘두르지 말아요!"

"널 위한 폐하의 배려다. 잊지 않는다면 죽일 수밖에 없어."

황제가 자리에서 일어서며 말했다.

"라이오라 군, 말이 너무 많아."

"예, 곧 끝내겠습니다."

내 귓가에 '어서 마시세요오.'라고 재촉하는 키스의 목소리가 들리는 것 같았다. 분명 그는 그랬을 것이다. '엉뚱한 배려'가 계속 나를 집어삼키고 있었다. 화가 치밀어올랐다. 멋대로 잡아와서 또 멋대로 엄청난 비밀을 늘어놓고, 이제는 멋대로 잊어버리게 만들어 주겠다는 건가?

그때였다. 밖에서 소란스러운 고함과 비명 소리가 들려오는 것이 아닌가. 순간 라이오라 씨의 황금빛 눈동자가 칼날처럼 굳었다. 그가 말했다.

"분명 이것은 아신의 기운입니다. 아신 중 한 명이 이곳으로 접근하고 있습니다."

설마 알테어 님? 내가 이곳에 잡혀 있는 것을 알고? 오, 오면 안 돼요! 알테어 님이 엄청나게 강한 것은 알지만 그래도 라이오라 씨와 싸우게 된다면 감당할 수가…….

그 순간 침실 문이 엄청난 굉음과 함께 박살이 나 버렸다. 난 그 장본인을 보며 믿기지 않는 목소리로 중얼거렸다.

"무, 무라사 씨?"

하얀 털 코트를 입은 회색 머리칼의 사내. 거칠게 기른 머리칼이 예전보다 더 길어진 것만 제외하면, 강철같이 단단한 몸과 위압적인 기색 모두 예전 그대로였다……가 중요한 것이 아니라, 아니 지금 견백호 씨가 날 구하러 온 거야?

그는 동그랗게 된 눈으로 사람들을 바라보더니만 이를 부득갈며 으르렁거렸다.

"키스, 이 자식! 날 속였구나!"

얼레? 키스?

"황제 놈이 내 동생을 납치했다고 해서 한걸음에 달려왔더니만 저건 마스코트잖아!"

도, 동생이 아니라 미안하게 됐네요! 그때 검을 뽑아든 프론티어 뱅가드가 무라사 씨의 등을 내리쳤다.

"조심하세요!"

라는 외침은 물론 필요도 없었다. 무라사 씨는 뒤도 돌아보지 않고 맨손으로 칼날을 잡아챘고, 곧바로 썩은 나뭇가지를 꺾어 버리듯 툭 소리를 내며 검을 끊어 버렸다. 보면서도 믿기지 않는 광경이란 이런 것이로군.

"으이구, 짜증 나. 진짜 가지가지 귀찮게 하네."

그는 부러진 칼날을 바닥에 던지며 투덜거렸다. 세계 최강이라는 프론티어 뱅가드였지만 무라사 씨에게는 완전히 기가 질려 근처에 가지도 못했다. 황제는 이런 분위기 속에서도 놀랍도록 태연한 목소리로 물었다.

"자네가 바로 견백호로군. 소문 이상이로구나."

무라사 씨가 입술을 삐죽거리며 되물었다.

"뭔 소문?"

"다혈질에 단순하기 짝이 없는 모습이 덩치 큰 강아지 같다고 들었네만."

무라사 씨는 '소문'을 증명이라도 하려는 듯 곧바로 발끈했다.

"어이, 황제 씨. 이 단순한 주먹에 처맞고 싶으셔?"

"허허, 말버릇까지 귀여운 녀석이로고."

순간 '파앙!' 하고 공기가 폭발하는 소리와 함께 굉음을 격하게 터트리는 그의 주먹이 황제에게 날아들었다. 그러나 백발의 황제는 도망치기는커녕 눈 하나 꿈쩍하지 않았다. 곧바로 라이오라 씨가 그의 팔을 잡아챈 것이다. 그 반동으로 강철이 찢겨나가는 소리와 함께 내 머리칼이 휘날릴 정도로 공기가 역류했다.

'무, 무라사 씨의 주먹을 막았어?'

둘의 눈빛이 서로 부딪쳤다.

"여전히 어린애 같구나, 견백호."

"너도 여전히 충실한 황제의 개로구나, 진청룡."

둘의 기운이 충돌하며 방 전체가 격하게 뒤흔들렸다. 그 강대한 투지에 숨이 멎을 것만 같았다. 무라사 씨는 요동치는 화산처럼 폭발할 것 같았고, 라이오라 씨는 정반대로 어떤 생명체라도 잠재워 버릴 것 같은 음산한 살기를 흘렸다. 무라사 씨의 눈빛에 위험한 빛무리가 맺혔다.

"오랜만에 내 힘을 개방해 볼까? 예전에 못다 한 대결을 여기서 끝내자고. 응?"

역시 나는 어찌 되든 안중에도 없었다.

"감히 어전(御前)을 더럽힐 생각인가. 난 그런 무가치한 결투에는 아신의 힘을 쓰지 않아."

"저 노인네가 네 주인이지 내 주인이냐. 넌 싸움도 허락받고 하나? 난 싸우고 싶은 곳에서 싸워!"

두 사람도 알테어 님과 키르케 님만큼이나 앙숙인 걸까? 솔직히 내가 보기에는 라이오라 씨는 별 관심도 없는데 무라사 씨 혼자 일방적으로 싫어하는 것 같지만.

"폐하, 명령을……."

라이오라 씨가 어쩔 수 없다는 표정으로 나직하게 말했다. 명령만 떨어지면 단번에 강대한 호랑이와 용의 화신이 엉켜 버릴 것만 같았다. 무라사 씨가 희열에 찬 미소를 보이며 전의를 드러냈다.

"호오. 이제야 진심으로 싸울 생각이 드는 거냐?"

"죽는 것이 소원이라면······."

그 사형 선고 같은 말과 함께 라이오라 씨의 황금색 눈동자가 마치 유리알처럼 불길하게 변해 갔다. 그는 팔을 뻗어 근처에 있던 자신의 흑검을 집어 들었다. 둘의 몸에서 뿜어져 나오는 아신의 힘이 격렬하게 대립하기 시작했다. 무라사 씨의 주변이 막대한 에너지에 용암처럼 녹아내렸고, 라이오라 씨 근처에 있던 화초들은 모조리 생명을 잃고 재로 변해 가고 있었다.

두 힘이 충돌한다면 이 방은 물론, 왕궁 일부쯤은 삽시간에 날아가 버릴 것만 같았다. 그러나 황제는 도리어 즐거운 듯이 그 모습을 지켜보다가 말했다.

"아신들의 싸움을 지켜보는 것은 최상의 여흥일 테지. 하지만 아쉽게도 장소가 어울리지 않는군. 그만 됐어. 놔줘라."

황제는 느긋하게 말을 이었고, 그 순간 라이오라 씨의 눈빛도 다시 평소처럼 돌아왔다.

"하지만 무라사 군, 저 아이의 기억을 지우는 일은 눈감아 주길 바라네. 내 아들에 대해 아는 사람이 늘어나는 것은 자네도 바라지 않겠지?"

무라사 씨가 슬쩍 날 바라보며 황제에게 물었다.

"어디까지 알려 준 거요?"

"그 녀석이 내 아들이라는 정도만."

그 말은, 그보다 더한 비밀이 숨겨져 있다는 거야? 대체 키스 경은…….

무라사 씨는 잠시 생각에 잠겨 있다가 입을 열었다.

"야, 마스코트. 황제에게 협조하고 싶은 생각은 털끝만큼도 없다만…… 그래도 약을 먹는 편이 좋을 거야."

"하, 하지만!"

"내 말 들어!"

난 그의 커다란 고함 소리에 움찔했다.

"보통사람이 끼어들 일이 아냐. 네가 알아봐야 그 녀석을 괴롭게 만들 뿐이야. 솔직히 그놈이 어떻게 되든 내 알 바 아니지만, 일이 꼬이는 것만큼은 질색이거든."

대체 감춰져 있는 게 뭐기에 무라사 씨마저 저러는 것일까. 라이오라 씨가 내게 다가왔다.

"고집부리지 마라. 모르는 편이 좋을 때도 있는 거다."

마비가 덜 풀린 몸에는 힘이 없었다. 그는 강제로 내 입에 그 붉은 물약을 흘려 넣었다. 그것은 눈물처럼 짜고 피처럼 썼다. 내가 예전에도 이 잔인한 약물을 마신 적이 있던가?

"……!"

내 눈앞에 망망대해가 펼쳐졌다. 그것은 과거의 기억들이 용해되어 있는 거대한 수프였다.

그 혼돈의 바다에서 의식과 무의식이 역전되었다. 지금까지의 기억들이 바닥으로 침강하고 깊은 무의식 속에 '5분'이 융기하기 시작했다. 마치 까맣게 잊고 있던 일들이 벼락처럼 갑자기 떠오르는 것 같다.

'그녀'가 말했듯이 므네모시아는 기억을 소거하는 약이 아니라 기억 위에 시커멓게 덧칠을 해서 스스로 알아보지 못하도록 만들 뿐이었던 것이다. 약이 내 몸을 녹이는 순간, 그 덧칠이 벗겨졌고 내가 그 '5분' 동안 무슨 일을 당하고 또 무슨 일을 저질렀는지를 기억해냈다. 역시 나는 그녀를 잃었던 그때, 이 물약을 마셨던 것이었다. 그것도 내 스스로.

"……믿을 수 없어."

나를 떠나는 그녀의 모습이 기억났다. 그래, 괴한들이 집에 들이닥쳤고, 그녀는 납치당했던 것이다. 그리고 그때 그녀를 납치하고 내게 물약을 줬던 자는 바로…….

순간 마음속에 시커먼 폭우가 쏟아져 모든 것을 덮어 버렸다. 잠시 열렸던 무의식의 두터운 문이 쾅 소리를 내며 닫히는 소리가 들렸고, 나는 정신을 잃었다.

18.

얼마의 시간이 흘렀을까?

나는 다시 눈을 떴다. 눈앞에는 술잔을 든 긴 흑발의 사내가 앉아 있었다.

"카, 카론 경?"

"정신이 든 건가."

몽롱하던 내 의식이 조금씩 제자리를 찾아가자 나는 내가 리더구트 1층 소파에 앉아 있다는 것을 알 수 있었고, 영문을 알 수 없는 눈물을 흘리고 있다는 것을 알 수 있었으며, 그런 나를 카론 경이 바라보고 있다는 사실을 알았다.

"약을…… 먹은 건가."

나는 내 입가를 매만졌다. 황제의 침실에 있었던 것까지는 기억이 나는데, 그 이후는 완벽한 망각이다. 맞은편 소파에 앉아 있던 카론 경이 재차 말했다.

"너는 망각의 물약을 마셨다. 몸에 이상은 없나?"

"없는 것…… 같아요."

나는 눈물을 닦으며 얼떨떨하게 대답했다. 그리고 점점 내 사고 능력이 제자리로 돌아오기 시작했고 이내 화들짝 놀라며 몸을 떨었다.

"서, 서, 설마! 황제가 나한테 무, 무슨 엄청난 짓을 저지르고 기억을 지워 버린 것은!"

기억나도 끔찍할 판국에 기억이 안 나니까 더 끔찍해! 이것은 완전히 거대 기업의 횡포에 불가항력으로 당해 버린 소시민의 심정! 내 순결, 아니 인권은 어디로 가고 있는 거야!

"어이, 그런 일 없으니까 걱정 붙들어 매라, 마스코트."

옆에서 들리는 묵직한 소리에 난 시선을 돌렸다.

"얼레? 무라사 씨가 왜 여기 있어요?"

"하아. 그 말, 오늘 두 번 듣게 되는군."

바닥에 털썩 주저앉아 머리를 긁적거리고 있는 덩치 큰 남자는 분명 무라사 씨였다. 그는 뭐가 불만인지 잔뜩 인상을 찡그리고 있었다.

"키스 녀석에게 속아서 여기까지 온 것도 짜증 나 죽겠는데 결국 라이오라 놈과 싸우지도 못하고 찝찝한 일에만 얽혀들었어. 이래저래 욕구 불만이로군."

"예? 어, 어째서 라이오라 씨와 싸우려는 거죠?"

무라사 씨는 '싸우는 데 이유가 필요해?'라는 표정으로 날 바라보며 말했다.

"예전 그 녀석과 3일 밤낮을 싸운 적이 있거든."

그게 이유?

"그래서…… 누가 이겼는데요?"

"스, 승패 같은 건 중요하지 않아!"

무라사 씨는 빨개진 얼굴로 고개를 돌린 채 말을 흐렸다. 졌군…… 그가 울분을 토했다.

"그 자식은 통상적인 방법으로는 흠집도 안 나는 불사신이라고! 1년 넘게 그 녀석을 꺾을 방법만 궁리했는데, 결국 써먹지도 못했어! 제길!"

아니, 애당초 그런 무적 초인과 왜 싸우려는 겁니까? 역시 싸움꾼의 심리라는 것은 손쉽게 이길 수 있는 아흔아홉 명보다는 도저히 꺾을 수 없는 한 명에게 집착하게 되는 걸까? 알다가도 모를 일이네.

"쓸데없는 짓 좀 하지 마라. 키스 하나만으로도 골치가 아프니까."

카론 경이 한숨을 내쉬며 점잖게 꾸짖자 무라사 씨는 억울한 표정으로 바라보며 '그러는 댁이야말로 나보다 훨씬 훠얼씬 무모하면서…….'라고 조그맣게 투덜거렸다.

겉만 보면 전혀 알 수 없지만 카론 경도 투쟁심이 강한 사람인 것이 사실이다. 무라사 씨는 곧 자리에서 일어났다.

"그럼 난 가 보마. 키스 이 자식, 만나기만 해 봐. 그냥 안 놔둘 거야! 감히 날 속이다니!"

(실례되는 말이겠지만)무라사 씨는 나도 속일 수 있을 것 같아.

"오신 김에 랑시 경, 보고 가시죠?"

동생의 이름에 잠시 멈칫하던 그가 말했다.

"됐어. 자고 있을 거 아냐. 예전부터 그 녀석은 잘 때 깨우면 무섭게 짜증 냈다고."

아신이 두려워할 정도의 짜증이란 대체 어느 정도일까?

"아침에 안부나 전해 줘."

말은 그렇게 하면서도 동생을 엄청나게 아끼고 있다는 것을 느낄 수 있었다.

"그런데 내 동생은 건강하지?"

"아 예. 물론 건강…… 아?"

"왜 그런 표정이냐?"

"아, 아뇨. 조금 전에도 똑같은 질문을 받은 것 같아서요."

건강하냐고? 분명 누군가 나한테 그런 질문을 했던 것 같은데…….

"잊어버리는 것이 좋다니까. 감당할 수 없는 일은 그냥 모르고 사는 편이 좋은 거야."

무라사 씨는 알 수 없는 혼잣말을 남기고는 새하얀 털 코트를 몸에 두르며 문밖으로 사라졌다. 그것은 마치 커다란 늑대가 밤의 어둠 속으로 스며드는 것처럼 보였다.

나는 계속해서 흘러나오는 눈물을 훔치며 마음 한편을 도려낸 것 같은 기묘한 공허감에 시달렸다. 황제가 대체 무슨 이유로 내게 므네모시아를 마시게 했는지 알 길이 없지만, 망각의 물약, 그 이름 뒤에 또다시 그녀가 떠올라 잘려나간 기억의 상처들이 더욱 쓰라렸다.

팔이 잘린 사람은 오랫동안 없어진 팔이 있던 부위가 아프다던데, 어쩌면 나도 그런 환통(幻痛)을 겪고 있는 것일까.

"닦아라."

말없이 날 지켜보던 카론 경이 손수건을 건네줬다.

"앗. 고마워요."

이번에도 어김없이 이니셜이 곱게 새겨진 실크다. 이멜렌 님이 정성스럽게 수놓은 것이리라.

나는 청결한 냄새가 묻어나는 손수건으로 눈가를 닦으며 카론 경을 바라봤다. 그의 몸에서 살짝 알코올의 향내가 느껴졌다.

"왜 갑자기 술을……."

확실히 쓸쓸한 눈빛으로 술잔을 기울이는 모습이 카론 경에게 어울리긴 한다만, 안 그래도 격무에 시달려 엄청나게 피곤한데도 굳이 술을 찾아 마실 애주가는 아니었다.

"피곤하지 않아요?"

"조금."

그는 무언가를 꿰뚫는 듯한 짙푸른 눈동자를 지그시 감으며 호박색 술을 살짝 머금을 뿐이었다. 그리 길지 않은 속눈썹이 감은 눈의 굴곡 위로 도드라져 보인다.

카론 경과 같이 지내면서 알게 된 사실인데, 저러고 있을 때면 표정은 평소와 똑같아도 꽤 심란한 상태라는 신호였다. 난 분위기를 일깨울 심산으로 소란을 떨었다.

"아! 이 술은 키스 경이 예전에 마시던 거네요?"

예전 나인테일 사건 때 키스가 마시던 술과 같은 것이지 않은가.

"키스 사무실에 놓여 있더군."

"카론 경도 이 술 좋아하세요?"

"전혀."

이상하게도 부정의 억양은 평소보다 단호했다. 난 생소해 보이는 그 술의 정체가 궁금해서 살짝 라벨을 훑어봤다. 자랑은 아니지만, 이래 봬도 직업이 직업인지라 세계의 명주들은 대부분 머릿속에 꿰차고 있는 편이다. 그런데 이 국산주는 난생처음 보는 것이었다.

"특이한 숙성주네요. 셀른이라는 곳에서 주조(酒槽)했군요."

셀른이라, 으음, 분명 어디선가 들어 본 이름 같은데, 이 나라에도 양조장이 한두 군데 있는 것이 아니라서 말이야.

"이제는 더 이상 만들지 못하는 술이지."

"무슨 맛인데요?"

"글쎄, 피 냄새가…… 조금……."

취기일까? 그는 흐릿한 시선으로 술병을 바라보며 말했다. 그러고는 감상을 털어 버리려는지 곧바로 차가운 눈매로 돌아와서는 테이블 위에 놓인 자신의 검을 집어 들며 일어섰다.

"헤헤, 벌써 가시게요? 심심하시면 같이 놀아 드릴 수도 있는데…… 라는 애교는 확실히 입에 붙은 직업병이네요. 아하하, 이러고 있으니까 옛날 생각나네요."

시답잖은 농담을 하며 혼자 히히 웃고 있는 나를 그는 차갑게 지켜봤다. 싸늘하다고는 해도 특별히 내게 불만이 있는 시선은 아니다.

왜 그런 거 있지 않은가. 특별히 의식하거나 노력하지 않아도 살아온 인생 자체가 만들어낸 자연스러운 결정(結晶) 같은 것. 카론 경의 눈동자는 그랬다. 그가 말했다.

"엔디미온 경."

"예?"

"키스가……."

"키스 경?"

"……미안하다는 말 전해 달라더군."

"뭐, 뭐가 미안해요? 아니, 그보다 언제 그 말을……."

그는 대답하지 않은 채 문을 열었다. 달빛이 녹아든 바람이 카론 경의 뺨과 긴 머리를 쓸고 지나간다. 검은 망토 때문일까. 바람이 흩트린 검은 머리칼 사이로 상아 조각 같은 얼굴이 유달리 창백해 보였다. 마치 파란 물감을 마구 짜내서 그려 낸 초상화처럼.

그는 우두커니 바람을 맞으며 어둠 밖의 한 지점을 응시하다가 곧 그곳으로 발을 옮겼다. 어쨌든 진짜 야박하다. 뒤도 한 번 안 돌아보는군.

카론 경이 떠난 뒤 나는 그가 남겨 놓은 술잔을 바라봤다. 피 냄새가 난다고? 살짝 혀를 대자 곧바로 미간이 좁혀졌다.

"우에에. 쓰기만 하구만."

오늘따라 카론 경도 라이오라 씨도 무라사 씨도 나도(어디 붙어 있는지 알 길이 없는 키스 경조차도) 무엇에 어떻게 얽혀 버린 것인지 알 길이 없다.

난 좀 더 깊게 생각해 보려고 했지만 곧 미루고 미뤘던 졸음이 스멀스멀 다가오기 시작하자 2층으로 발걸음을 옮겼다. 눈물은 이상하게도 새벽까지 끊이질 않았다.

19.

"으아아악! 그만 좀 핥아! 제발! 부탁이야!"

오늘 아침에도 내 입술을 핀 포인트로 핥아대는 지스 녀석의 고양이들 덕분에 벌떡 일어났다가, 사나운 잠버릇 덕에 온몸에 휘감긴 내 머리칼을 어쩌지 못하고 침대에서 굴러떨어지고 말았다.

'이제는 새삼 화가 날 것도 없지만…… 오늘도 별로 운이 좋을 것 같지는 않군.'

나는 작정하고 달라붙은 금발과 고양이들을 떼어 내며 한숨을 내쉬었다. 반면 지스킬 군은 그 어떤 방해도 받지 않은 채 새근새근 숙면을 취하고 있었다. 네 자식들이 버젓이 날 겁탈하고 있는데 지금 잠이 오니? 응?

"……"

한 가지 추측을 해 보자면, 나는 전생에 늘씬한 수고양이가 아니었을까? 그러지 않고서야 이 암고양이들이 죽자 살자 나한테만 달려들 리가 없…… 아니, 어쩌면 내 전생은 마른 멸치였을지도!

'아니면 개다래나무 열매…….'

으음. 그런데 개다래나무 열매도 환생을 하던가?

"……"

알게 뭐람! 아침부터 이런 궁상도 없어요.

나는 고양이 털 덕분에 커다란 재채기를 한 뒤에 코맹맹이 소리로 말했다.
"룸메이트 씨, 일어나세요. 브리핑 시간이랍니다."
그러자 저 녀석은 몸을 뒤척이며 들릴 듯 말 듯 중얼거리는 것이었다. 마치 무덤 속에서 들려오는 희미한 메아리처럼.
"싫어. 좀 더 잘래. 오늘은 컨디션이 안 좋아."
어이, 그런 사치스러운 어리광은 고관대작이 되고 난 뒤에 댁의 집사에게나 하라고. 왕실 공식 노예 집단인 우리들에게 '좀 더 잘 수 있는 권리' 따위는 없단 말이다!
"일어나!"
"싫어."
"일어나!"
"싫어."
"일어나!"
"싫어."
"일어…… 으이구!"
나는 화를 꾹 참는 표정으로 입을 다물었다. 내가 무슨 자명종이야? 아니, 그리고 꼬박꼬박 대꾸할 정신은 있으면서 절대로 일어나지 않는 이유는 또 뭐냐.
나는 투덜거리며 잠옷을 벗어던지고 제복으로 갈아입었다. 오늘은 평화 회담이라서 기사단 제복 착용 명령이 떨어졌거든(말이 제복이지 이거 사실 접대복에 가깝지만. 중얼중얼).

"그래, 그래. 아주 푹 주무세요. 대신 오늘 브리핑은 카론 경이 주관한다는 것만 알아 둬. 아마 벌금으로 끝나지는 않…….."
 말이 채 끝나기도 전, 지스 경이 파리하게 질려선 벌떡 일어나는 것이었다. 옷을 입던 난 떨떠름한 얼굴로 제복으로 갈아입는 지스를 바라봤다. 확실히 카론 경이 무섭긴 무서운가 보군. 이대로라면 키스 경이 돌아올 때쯤에는 일찍 자고 일찍 일어나는, 꽤나 착실한 기사단이 되어 있을지도 모르겠어(물론 그렇게 되면 가장 적응하지 못할 사람은 바로 키스 경 본인일 테지만).
 밖에서는 벌써부터 다른 멤버들이 웅성거리며 1층으로 내려가는 소리가 들려오고 있었다. 하루가 시작되었다.

20.

 역시 카론 경은 시간에 딱 맞춰 리더구트에 도착했다.
 "브리핑을 시작하겠다."
 그 차가운 말 한마디에 리더구트의 온도가 4도쯤 내려간 것 같다. 팔랑팔랑 브리핑 서류를 넘기는 사무적인 소리가 들려왔다. 나는 졸음에 취해 흐리멍덩해진 눈동자로, 안경을 쓴 채 서류를 꼼꼼히 검토하고 있는 카론 경의 모습을 뜯어봤다.
 완전무결이란 저런 것일까? (섬세한 외모만 보면 전혀 실감이 안 나지만)얼마나 험난한 훈련을 받아왔기에 저럴 수 있는 걸까. 얼마 쉬지도 못하고 와서 엄청 피곤할 텐데도 머리부터 발끝까지 흠 잡을 곳 하나 없다.
 가끔 카론 경의 등에는 버튼 같은 것이 달려 있어서 그걸 누르면 지금까지의 피로가 모조리 리셋되어 버리는 편리한 기능이 있을 것 같다는 생각마저 든다. 으아아, 무지 피곤해, 라는 생각이 들 때마다 '여보, 버튼 좀 눌러 줘.'라고 말하면 보약을 먹거나 온천에 갈 필요도 없이 그 즉시 피로가 사라져 버릴 테니 그거 진짜 부러운…….
 "엔디미온 경."
 "……."
 "엔디미온 경, 내 말 듣고 있나?"
 "예?"
 난 눈이 번쩍 뜨였다.
 "지금 무슨 생각하고 있는 건가?"
 "예? 그러니까, 카론 경의 등에 피로 회복 버튼이 달려 있어서……."
 "내 등에는 아무것도 안 달려 있다."
 "무, 물론이죠!"
 "브리핑에 집중하도록."
 "헤헤. 죄송합니다."
 카론 경은 '두 번 얘기할 시간 없다.'라는 눈빛으로 날 바라보고 있었다. 아무튼 '시시껄렁한 망상'이라는 것은 꽤 중독성이 강해서, 한 번 빠져들면 주변에서 뭐라고 말하든 아무것도 듣지 못한 채 멋대로 망상의 나래가 가지를 친다. 애당초 '인간의 등짝에 왜 버튼이 있는 거야?'라는 당연한 의문점은 생각하지도 않게 되는 것이다.

가령 예전 학교에 다닐 때도 나는 포도나무에 포도 대신 오리너구리가 열린다면 그건 암컷일까 수컷일까? 하는 시답잖은 망상을 수업 시간 내내 했던 적이…….

"엔디미온 경."

"예?"

"무슨 생각을 하는지는 궁금하지 않지만, 어쨌든 브리핑 이후에 해라."

"아, 예!"

에구, 집중하자 집중. 이래서야 완전 학급의 문제아 같구만. 카론 경은 서류를 탁 접으며 브리핑을 마쳤다. 그가 안경을 벗으며 말했다.

"아무튼 지시한 것처럼 오늘은 평화 회담 당일로, 스왈로우 나이츠의 공식 업무는 없다."

만세!

"단 엔디미온 경만 제외한다."

망할!

"엔디미온 경은 지금 즉시 회담장으로 가도록."

"어, 어째서 저만요!"

난 일복이 터진 건가. 어째서 나만 일해야 하는 거야!

그 이유를 카론 경이 알려 주었다.

"아이히만 대공의 내부 지명이다. 각국 지도자들 곁에서 회담 중 시중을 들도록. 그리고 절대로 지도자들의 심기를 거스를 언행을 삼가라."

즉, 나는 아이히만 대공의 지명하에 영광스럽게도 회담 테이블의 접대역을 맡게 된 것이었다. 에이이! 영광은 개뿔! 그 위험천만한 황제를 또 만나야 하다니! 아니, 이번에는 교황부터 국왕들까지 혼자서 다 접대하라고? 어째서 어제 임금님의 고무 방망이에 두드려 맞고 황제에게까지 팔려간 내가 오늘도 목숨을 걸어야 하는 거야! 일인칭이라서 그래, 라는 말도 안 되는 변명은 하지 말아 줘! 그보다 누구라도 내 등 뒤의 피로 회복 버튼을 눌러 줘!

"이상으로 브리핑을 마치겠다. 나머지 인원들은 제복을 착용한 상태로 리더구트에서 대기하도록."

카론 경이 사라지자 쇼탄 경과 루이 경이 기지개를 켜며 '그럼 늘어지게 잠이나 자볼까나.'라는 말을 속 편하게 늘어놓는 것이었다.

으이구! 누구는 도살장에 끌려가는 기분이구만! 한편 상당히 분한 표정의 레녹 경이 날 노려봤다.

"대공이 무슨 생각으로 너 같은 녀석을 지명하셨는지 모르겠지만, 그런 영광스러운 자리에서 실수나 하지 않았으면 좋겠군.

왕실의 명예를 실추시키지 마라."

지, 지금 자기가 지명받지 못해서 화가 난 거야? 레녹 경의 눈에는 드물게도 '내가 가고 싶어. 내가 가야 하는데! 어떻게 네 녀석이 가는 거야! 제길!' 이라는 문장이 마구 지나가고 있었다.

제발 댁이 가 줘! 부탁이에요! 난 이런 황송한 자리, 절대 필요 없다고! 단지 자고 싶어!

"두고 봐. 다음번에는 내가 이기겠어!"

……미치겠네.

"하아, 얼마든지 져 드리죠. 제발 이겨 주세요."

"흥! 기세 좋군."

레녹 경은 혼자 화가 나서는 사라져 버렸다. 아마 이것이 내가 기사단에 들어와서 레녹 경과 나눈 가장 긴 대화일 것이다.

그러나 라이벌로 여겨 줘서 정말 기뻐, 라고 말하기에는 난 애당초 '누가누가 더 일에 시달리나.' 같은 걸로 호각을 다툴 생각이 눈곱만큼도 없다고! 그리고 비정한 룸메이트 지스 경 역시 매몰차긴 마찬가지였다.

"그럼 혼·자·서 수고해."

"…….'

이 녀석은 가끔 내게 인간은 어차피 혼자라는 진리를 일깨워 준다.

"캬하하. 재밌게 놀다 와. 그리고 올 때 날 위해서 맛난 것 싸 와야 해?"

랑시는 뭐가 그리 신 나는지 내 목을 휘감으며 애교를 떨고 난리다. 나 지금 유원지 가는 거 아니거든?

"아 참, 어젯밤 무라사 씨가 다녀갔……."

순간 랑시 경의 눈빛이 싸늘하게 변한 것을 보자 난 즉시 입을 다물었다. 소녀에서 마녀로 변하는 데 걸린 시간은 0.1초, 이거 정말 즉각 반응이로군. 내, 내가 부른 거 아냐! 그렇게 노려보지 마!

"흥! 망할 형! 날 보지도 않고 가 버렸다는 거야? 콱 늪에나 빠져 버려!"

랑시는 신경질적으로 저주를 내뱉으며 2층으로 가 버렸다. 지금 화내는 거야, 아니면 서운해하는 거야? 거참 소녀 마음, 아니 소년 마음은 알다가도 모르겠군.

'어쨌든 좋으니까 형제 싸움에 날 끼워 넣지만 말아 달라고. 내겐 둘 다 너무도 벅찬 존재니까.'

"엔디미온 경, 정말 어려운 일을 맡으셨네요. 힘내세요."

역시 이 기사단에서 정상적인 인간의 따뜻한 마음을 가진 사람은 크리스티앙밖에 없다. 내 앞에 다가온 그는 촉촉한 눈망울로 날 바라보며 따스하게 위로해 주는 것이었다.

크리스 경은 내 손을 꼭 잡으며 이렇게 말했다.

"어렵겠지만 꼭 살아 돌아오셔야 해요?"

"……이보쇼."

엄청 불길하다고! 그런 위로!

21.

올해 1월은 특히나 쌀쌀했다.

'으으, 무진장 추워.'

나는 총총걸음으로 회담장을 향해 가고 있었다. 이놈의 스왈로우 나이츠 제복은 미(美)적 아름다움을 중시해서 만들었기 때문에(라기보다는 겉모습 외에는 어찌 되든 상관없다는 장인 정신으로 만들었기 때문에),

여름엔 덥고 겨울엔 춥다.

딱 잘라서 그렇게 말할 수 있을 정도로 실용성 제로의 제복인 데다가, 신성한 제복 위에는 코트를 입는 것조차 허용되지 않기 때문에 나는 설원 위를 내달리는 벌거숭이의 심정으로 질주하고 있었다.

'아침밥도 못 먹었다고!'

지금쯤 다른 녀석들은 모조리 벽난로 앞에서 노닥거릴 텐데 어째서 나만! 아이히만 대공! 이제는 아예 원격 조종으로 날 괴롭히겠다는 겁니까!

이렇게 혼자 세상만사를 투덜거리며 내달린 덕에 나는 꽤 먼

거리를 지루하지 않게 완주할 수 있었다. 후후. 돈도 희망도 없는 왕실 기사 1년 차, 나름대로 얻은 남루한 비기랄까……, 라고 어깨를 으쓱거려 봐야 기분만 비참해지는군.

'그건 그렇고…….'

나는 평화 회담 장소로 쓰이게 될 거대한 건축물을 멍하니 올려다보았다. 10여 개의 대리석 기둥과 50개의 종탑(鐘塔)과 100여 개의 금은 조각상과 500여 개의 상아 장식들과 수천 종의 각종 꽃나무들로 이뤄진 이 엄청난 건축물의 위용은 웅장함을 넘어서서 차라리 속물적이었다.

아직 아무도 입장할 수 없는 그 건물 입구는 마치 잘 포장되어 있는 선물 꾸러미처럼 굵직한 황금 사슬로 봉인되어 있었다. 화려함의 극치란 바로 이런 것이리라.

'대체 언제 이런 것을 만든 거야.'

나는 혀를 차며 고개를 절레절레 흔들었다. 다른 나라에서는 만드는 데 적어도 10년쯤 걸릴 것 같은 건축물을 일주일 만에 완성시킬 줄은 꿈에도 몰랐다. 그러니까 이건 상당히 빠르다 정도의 수준이 아니라…… 광기로군. 최소한 베르스가 건물 쌓아 올리는 속도 하나만큼은 세계 최고라는 생각이 든다.

주변에는 엄청난 수의 악단이 줄지어 서서 평화 회담을 알리는 우렁찬 팡파르를 끝도 없이 뿜어내고 있었다.

그리고 혹시 모를 암살 기도에 대비해서 참가국의 정예 부대들이 건물 주변을 경계하고 있었다. 그 경계 역시 누가 담당하느

냐를 두고 신경전이 대단해서 결국 결정된 포지션은 다음과 같았다.

  동: 알테어 님이 지휘하는 콘스탄트 교황청의 성 아우리엘레 신전기사 연합
  서: 키르케 님의 콘스탄트 왕당파 임모탈 제7무장전투여단
  남: 미레일 경이 지휘하는 이오타의 인트라 무로스 특무대
  북: 라이오라 씨의 마키시온 제국 전위대 프론티어 뱅가드

 대단해! 굉장하다! 유사 이래 이런 꿈의 방어벽이 존재한 적이 있었던가? 세상 누가 와도 암살은 불가능할 것이 분명하다. 아니, 그보다…….
 '……애당초 이런 상황에서 암살을 시도할 얼간이가 있기나 할까.'
 난 떨떠름한 표정으로 사람 기죽이는 저 철벽 방어진을 바라봤다. 그때 내 옆으로 누군가가 다가오며 담배를 여유롭게 물고 있는 얼굴로 입을 여는 것이었다.
 "준비는 되었나, 엔디미온 군."
 "아이히만 대공!"
 어째서 절 지명한 겁니까! 이 악취미 할아범! 그가 말했다.

"회담이 시작되면 저 건물 안으로 들어갈 수 있는 자는 4대 수장과 회담 진행자인 국왕 전하…… 그리고 시중을 들 자네뿐이네. 회담이 시작된 이후부터는 누구도 들어갈 수도, 나올 수도 없어."

"저, 정말요?"

믿어지질 않았다. 일단 4대 수장이야 회담 당사자들이니까 꼭 들어가야 하고 국왕 전하 역시 중립적인 진행자로서 필요하다고 쳐도, 어째서 나머지 한 명이 나야? 내가 그렇게 대단한…….

"대단치 않기 때문이야."

"……."

아주 딱 부러지게 말씀하시는군요.

"당연히 아신들은 참석할 수 없다. 언제라도 목표를 죽일 힘을 가지고 있으니까. 그리고 카론 군 같은 일류 기사들 역시 참석할 수 없어. 중립국의 기사라고는 하지만 매수되었을 가능성도 배제할 수 없거든."

"카론 경은 매수될 사람이 아니라고요."

난 좀 불쾌한 심정으로 삐죽거렸지만 대공은 냉정하기 이를 데 없었다.

"그걸 무슨 수로 장담하지? 세상에는 너처럼 상대를 철석같이 믿는 사람만 존재하는 것이 아니야. 아무리 사소한 가능성이라도 무시할 수 없는 것이 경호의 기본이다."

"……사람 믿는 착한 젊은이라서 죄송합니다."

"즉 어떤 경호도 없는 것이 최상의 경호가 되어 버린 게다. 건물 밖에서는 아신들이 지키고 있으니까 누구도 건물 안으로 들어갈 수가 없지. 반면 건물 안에는 상대를 암살할 수 있는 능력을 가진 어떤 누구도 있어서는 안 되는 거야. 특히 너처럼 암살은 절대 못 할 녀석이라면 시종으로 적격이다."

그렇군. 이제야 대충 이해가 간다. 하지만 한 가지 의문은…….

"그런데 왜 하필 절 지명하신 거죠? 암살 같은 끔찍한 단어랑은 거리가 먼 다른 시종들도 얼마든지 있을 텐데."

그러자 아이히만 대공은 내 머리에 손을 얹으며 장난스럽게 말하는 것이었다.

"그거야 네 녀석이 귀여우니까. 기왕이면 보기 좋은 떡에 손이 가는 법이지."

"그, 그거 영광이네요."

하필 떡…… 머리가 꽉 눌려 버린 난 눈썹을 가늘게 떨며 짜내듯이 말했다. 뭔가 대단한 이유가 있을 줄 알았는데, 결국 아무런 힘도 없는 예쁜 떡이라서 뽑혔다는 겁니까!

"허허, 괜찮아. 의기소침할 것 없어. 그건 카론 군에게도 없는 능력이지 않은가."

……있는 것 같은데. 카론 경, 알게 모르게 꽤 위협적이라고요.

"여기까지가 공식적인 이유고……."

"예?"

대공이 담배를 비벼 끄며 의미심장한 미소를 보였다.

"이 회담 내용을 가장 가까이에서 들을 수 있는 녀석이 바로 너다."

"……!"

"그 내용을 귀를 씻고 똑똑히 들어 뒀다가 내게 하나도 빠짐없이 보고하도록. 무슨 소리인지 알겠나? 그래서 내가 자넬 저 안으로 들여보내는 거야."

나는 가슴이 두근거렸다. 말하자면 나는 대공의 밀정! 아신들조차 참여할 수 없는 초기밀 회담 내용을 캐치하는 녹음기가 되어 버린 셈이었다. 아이히만 대공은 나를 향해 인자한 미소를 한껏 담으며 격려해 주었다.

"한마디라도 놓쳤다간 쏴 죽여 버리겠네. 알아들었지, 엔디미온 군?"

"아하하하. 기, 기대하셔도 좋습니다."

제발 오늘도 무사히, 나는 파랗게 질린 마음속으로 그렇게 중얼거렸다.

22.

대기 중이던 사람들이 웅성거리기 시작한 것은 엄중한 경호와 함께 이오타의 대표가 나타났을 때였다. 나 역시 놀란 얼굴로 그를 바라봤다. 본래 나타나야 할 사람은 이오타의 국왕 빌헬름 블룸버그였지만, 저건 쇼메잖아! 여기 온 사이에 왕으로 등극이라도 한 거냐!

그러나 여전히 화려한 셔츠와 선글라스로 치장한 쇼메는 당황하는 사람들 앞에서 선글라스를 반쯤 내린 뒤에 특유의 아니꼬운 목소리로 말했다.

"아버지가 몸이 좀 아프다고 해서 말이지, 이 몸이 대신 오게 되었다. 꼭 왕만 참가하라는 법은 없잖아?"

뭐, 뭐야. 저 비(非)왕족스러운 말투는! 엄청 불량해 보이잖아! 그리고 하필 평화 회담 당일 빌헬름 국왕이 아프다면서 대타를 내보냈다고? 꿍꿍이는 알 수가 없지만 누가 들어도 믿기 힘든 거짓말이지 않은가.

'대체 속셈이 뭐야.'

이것은 한 나라를 대표하는 수장들의 회담이다. 쇼메 말마따나 무조건 최고 통치자가 참석해야 한다는 규칙이 있는 것은 아니지만, 국왕이 아닌 왕자라면 아무래도 이 중요한 자리에서 발언권이 약할 수밖에 없다.

나도 알고 있는 그런 간단한 외교 상식을 저 잘난 쇼메가 모를 리가 없건만, 일부러 이런 해프닝을 저지른 쇼메 왕자의 저의를 알 길이 없었다.

'……뭐 내가 알 필요도 없지만.'

차를 맛있게 타는 것이 가장 중요한 지금의 나와는 별 인연 없는 일이리라. 한편 아이히만 대공은 뭔가 알아차렸다는 듯이 '후후. 이런 건방진 애송이 녀석이.' 라는 노련한 눈빛으로 쇼메를 바라보고 있었고, 쇼메 역시 '슬슬 은퇴하실 때가 되지 않았습니까?' 라는 시건방진 시선으로 응답하고 있었다.

분명히 예전 쇼메가 대공에게 암살자를 보낸 적이 있다고 했었지? 그리고 대공은 쏴 버렸고. 하아, 정말이지 지나치게 다정다감한 사제 관계로군.

국왕을 대신해서 참석한 쇼메는 자신을 탐탁잖게 바라보는 사람들의 시선에도 아랑곳하지 않고 회담장 입구로 향했다. '누가 뭐라고 하든지 내가 가장 잘났어.' 라는 저놈의 엄청난 자신감은 가끔 존경스러울 정도다.

"그럼 지금부터 회담장 정문을 개방하겠습니다!"

커다란 종소리가 울리며 비둘기들이 날아올랐다. 그리고 입구에 사열해 있던 제복의 소년들(귀족 자제들임)이 입구를 봉인하던 황금 사슬을 풀었다.

아침 햇빛에 반짝거리는 사슬이 차르르륵 소리를 내며 바닥에 떨어졌다. 붉은 카펫을 밟는 첫 번째 입장객은 쇼메였다. 그런데 그때 예상치 못한 일이 벌어졌다.

"응?"

나는 잘못 본 줄 알았다. 아니, 누구라도 그렇게 생각했을 것이다. 쇼메를 마중하기 위해 문 앞에서 걸어오는 소년의 몸이

'늘어나기' 시작했던 것이다. 정말로 늘어나고 있었다. 제복을 찢고 툭툭 근육이 터지는 섬뜩한 소리와 함께!

"뭐, 뭐야!"

예전 이자벨 님에게 근육을 자유자재로 바꿀 수 있는 암살자에 대해 들은 적이 있었다. 실로 순식간이었다. 좌중의 경악이 끝나기도 전에 '변신'을 마친 암살자가 쇼메를 향해 엄청난 속도로 달려들기 시작했다. 그가 입 속에서 꺼낸 얇은 단도는 놀랍게도 식도 속에 감춰둔 것이었다. 설마 정말로 이럴 때 암살을 노리는 놈이 있었다니! 다급한 고함 소리가 터졌다.

"쇼메 왕자를 보호해라!"

쇼메와 암살자와의 거리는 채 십 보(十步)도 안 된다. 그것은 1초 안에 단도가 쇼메의 심장을 관통할 거리, 설령 위험을 무릅쓰고 총을 쏜다고 하더라도 막을 수 없는 거리였다. 게다가 쇼메는 검 한 자루 없는 무방비 상태였다. 그러나 그 순간 사람들은 소낙비처럼 쏟아지는 빛의 칼날들을 보았다.

"……!"

그것은 수천, 아니 수만 개로 이뤄진 빛의 파편들이었다. 공간을 어지러이 찢어 내는 셀 수 없는 광인(光刃)들이 일시에 암살자의 몸을 휩쓸고 지나갔다. 나는 떨리는 눈동자로 그 장면을 지켜봤다.

그 칼날의 폭풍이 지나간 자리에서 천천히 몸을 일으키는 사람은 바로 자신의 키만큼이나 길고 얇은 검을 뽑아든 명주작, 알테어 님이었다. 그녀의 등에 돋은 빛의 날개는 방패처럼 몸을 감싸고 있었고, 검신은 그 자체로 시퍼렇게 불타오르는 한 줄기 광채였다. 그녀는 굳게 다문 입으로 아무런 말도 없었다.

"여, 역시 명주작이야. 불패의 여신이다."

겨우 정신을 차린 사람들은 탄식에 가까운 경탄을 내뱉었다. 알테어 님은 가장 멀리 있었지만, 암살자를 저지하는 데 거리 따위는 문제가 되지 않았던 것이다.

나는 그녀의 그런 실력을 잘 알고 있었다. 일순간 수만 번의 검격이 휘몰아친다는 그녀의 검술에는 사각(死角)이 없다. 어떤 검술사도 불가능하다는 완전 공격과 완전 방어가 가능한 것이다. 사람들은 알테어 님이 처리한 암살자를 보며 또 다른 탄성을 내질렀다.

"어떻게 저럴 수가!"

암살자가 어떤 상태인지 확인했을 때, 알테어 님의 실력을 잘 알고 있던 나조차도 놀랄 수밖에 없었다. 그녀는 암살자를 죽이지 않았다. 어떤 치명상도 입히지 않은 채 움직이거나 자살할 수 없도록 심줄을 베는 것으로 완벽하게 제압했던 것이다. 실로 털끝만큼의 오차도 없는 검이었다.

"괜찮으십니까, 쇼메 전하."

어느새 쇼메 앞을 막아선 훤칠한 사내는 예전 이오타에서 본 적이 있던 미레일 경이었다. 쇼메는 도리어 알테어 님의 검술을 본 것이 즐겁다는 표정으로 웃고 있었다.

"후후. 명색이 세계 평화 회담인데, 이 정도 환영 인사는 있어 줘야 흥이 나지."

그리고 그 순간 미레일 경의 칼을 뽑은 쇼메가 암살자의 목을 잘라 버렸다. 둔탁한 소리와 함께 머리가 바닥을 굴렀다.

저런 지독한! 난 흠칫 놀라 한 걸음 뒤로 물러섰다.

"내 지루함을 달래 준 것은 고맙지만 감히 천민 주제에 내 목숨을 노리다니, 불쾌하기 짝이 없군."

난 솔직히 그 뒤틀린 기백에 주눅이 들어 눈매를 찡그렸다. 쇼메는 지나가다 벌레를 밟았다는 듯이 다시 회담장으로 걸음을 옮겼다. 보통 이런 일을 겪고 나면 회담이고 뭐고 당장 철수하는 것이 보통이지만, 쇼메는 전혀 상관없다는 투였다. 그런 그를 막아선 것은 바로 알테어 님의 나직한 목소리였다.

"그렇게 빨리 죽여야 할 이유라도 있었나요?"

"하하. 나는 내게 칼을 들이댄 자는 오래 살려 두지 않는 성격이라서 말입니다."

분명 쇼메였다면 붙잡은 암살자를 바로 죽이기보다는 고문을 통해 누가 지령을 내렸는지 밝혀냈을 것이다. 알테어 님이 곧바로 반문했다.

"곧 평화를 논할 분의 변명치고는 조악하기 그지없군요."

"그 말은, 지금 내가 나를 죽이라고 암살자를 고용하기라도 했단 의미인가?"

"그건…… 모를 일이지요."

그녀의 에메랄드빛 눈매는 항상 헤헤 웃고 다니던 순진한 모습을 상상도 할 수 없을 만큼 서슬 퍼렇게 달아올라 있었다. 그 무서운 시선을 피하지 않고 마주하던 쇼메가 불현듯 싱긋 웃으며 걸음을 옮겼다.

"명주작, 그 화려한 검무(劍舞), 잘 감상했소. 지금까지 그 검으로 죽인 자가 수만 명은 넘을 테지요?"

"……."

"이런, 실례되는 말을 한 건가요?"

이런 망할 쇼메 녀석! 그게 자신을 지켜 준 사람에게 할 소리냐! 그런 상처받을 말만 골라서 하다니! 나는 알테어 님의 마음을 알고 있다. 그녀가 검을 뽑지 않으려는 이유는 자신이 검을 뽑으면 반드시 누군가 상처받는다는 것을 알기 때문이었다.

그녀는 고개를 숙인 채 천천히 빛무리를 흘리는 자신의 검을 집어넣었다. 그러다가 갑자기 시선을 돌려 날 바라보는 것이 아닌가. 저 눈빛은 분명 패턴 C, '힘들어. 미온 군과 같이 있고 싶어.' 잖아!

'어, 어쩐다.'

나는 어찌해야 할지 몰라서 난감한 웃음을 보이며 조그맣게 손을 흔들었다. 여기서 '와하하하! 힘든 일일랑 다 잊어버리고 제 품에 안기세요! 알테어 님!' 이라고 외쳤다간 10초간의 달콤한 낭만 후에 나는 참수당하고 알테어 님은 끌려간다.

하지만 그녀는 계속 나를 빤히 바라보고 있었다. 사람들이

'뭐야? 지금 명주작이 누굴 보고 있는 거야?' 라면서 웅성거리고 있었다.

'알테어 님, 이러시면 아니 됩니다.'

등골을 타고 식은땀이 흘렀다. 지금은 위로해 줄 수 있는 상황이 아니라고요. 제 입장도 헤아려 주세요.

한참 동안 기대에 찬 눈빛으로 날 바라보던 그녀는 내가 쓰윽 고개를 돌리자 실로 풀이 죽은 표정으로 몸을 돌리는 것이었다. 하지만 정말 이번만큼은 어쩔 수가 없었다.

난 말없이 제자리로 걸어가는 그녀의 뒷모습을 바라봤다. 문득 그녀가 내 고객이었을 때 내게 했던 말이 떠올랐다.

그럼 내가 이 세상에서 혼자가 아니라는 것을 증명해 줘.

그것은 내 위로에 그녀가 꺼낸 말이었다. 그녀는 취해 있었고 가슴 아플 정도로 절실하게 내게 묻고 있었다. 하지만 그것은 만유인력의 법칙과는 다른 것이라서 공식으로 증명할 방법이 없는 것이다. 단지 자신은 혼자가 아니라고 굳게 믿는 수밖에 없다. 그리고 나는 그렇게 믿게 되게끔 도와주겠다는 약속을 했었다.

나는 두 손을 입에 모아 소리쳤다.

"알테어 님! 힘내세요! 절대로 혼자 아니니까! 제가 계속 같이 있을 테니까요!"

하필 종소리도, 팡파르도 사라진 정적 속에서 터진 미성의 목소리는 회담장 앞을 커다랗게 울렸다. 그녀는 놀란 표정으로 몸을 돌렸고 나는 그녀를 향해 방긋 웃었다. 그녀의 물기 어린 두 눈이 환하게 웃고 있었다. 그리고 나는…… 돌아오지 못할 곳으로 와 버렸다.

사람들은 휘둥그레진 눈으로 '뭐? 계속 같이 있겠다고? 저 녀석이 명주작의 숨겨 둔 남자야?' 라는 눈으로 바라보고 있었던 것이다. 아아, 이제 어쩌려고 그래, 미온 군? 털썩 무릎을 꿇은 내 옆에서 새로운 담배에 불을 붙인 대공이 중얼거렸다.

"자네 미쳤나?"

"……죽여 주시와요."

엔디미온 키리안, 향년 21세, 제 발로 교황청 지하실을 선택한 의로운 청년이었다.

23.

나는 대공의 초기밀 녹음기는커녕, 회담장 안에 들어가 보지도 못하고 그 즉시 검은 두건을 쓴 이단 심문관들의 손에 의해 교황청 고문실로 압송되었다. 사람의 마지막 희망마저 앗아가는 음습함 속에는 오래된 피비린내가 원념(怨念)처럼 떠돌고 있었다.

"감히 성기사 알테어 경을 넘보고도 곱게 죽을 거라 생각했나? 빨리 걸어!"

어둑한 복도 사방에서는 내 비극적 미래를 암시하는 비명 소리가 간헐적으로 들려왔다. 어떤 고문을 받기에 저리도 끔찍한 비명을 내지르고 있을까. 나는 내 상상력을 도려내고 싶었다.

다리가 너무도 떨려 와서 두 팔을 잡아챈 심문관들에게 매달리다시피 질질 끌려간 나는 가장 깊고 무서운 곳에 있는 방에 도착했다. 살려달라는 절규조차 부질없다는 생각에 나는 파랗게 질린 입술만을 떨었다.

"당신, 결국 여길 오게 되었군요."

하필 내 살을 발라낼 장본인은 예의 이단 심문관 나스타세였다. 여전히 작은 키의 그는 옷이 벗겨져 사슬에 묶인 나를 바라보며 은빛의 메스를 들었다. 사무적인 목소리 이면에 차가운 광기가 느껴졌다.

"엔디미온 경, 그거 아십니까? 기술적으로 배를 가를 수만 있다면 내장이 절반 이상 밖으로 나온 뒤에도 아주 오랫동안 죽지 않는답니다. 물론 성자조차 신을 저주하게 되는 지독한 고통 속에서 말입니다. 부디 참지 마세요. 계속 비명을 지르는 것이 조금은 견디기 수월할 겁니다."

"그, 그만둬!"

"그래요. 그렇게 비명을 지르세요."

메스를 든 그의 손끝이 주저 없이 내 새하얀 가슴으로 다가왔다.
 ······라는 호러한 전개는 전혀 없었다.
 교황청이 자신들의 아이돌에게 찝쩍댄 나를 그냥 내버려 둘 리가 없었지만, 어쩐 일인지 아무런 일도 없이 회담장에 들어가게 된 것이다.
 '아니, 아무리 그래도 전혀 벌을 받지 않는 것도 좀 불안해.'
 갑자기 교황청이 '에이, 그런 남녀 관계 정도는 애교로 봐줘야지.' 라는 오픈 마인드를 갖게 된 것······일 리는 없다.
 '그럼 어째서?'
 나는 떨떠름한 표정으로 차를 타며 힐끗 회담 테이블을 훔쳐봤다. 거대한 옥석을 통째로 조각해서 만든 테이블에는 이미 교황을 비롯한 4대 대표자들과 진행자인 만두 전하가 착석해 있었다.
 그야말로 백화가 요란했던 회담 전과는 달리 정작 회담이 시작되자 분위기는 저절로 긴장될 만큼 고요한 공기만이 맴돌았다. 이 넓은 회담장에 나를 포함해 오직 여섯 명만이 들어와 있기 때문이리라. 물론 임금님만은 이 엄숙함에도 아랑곳하지 않고 있었다.
 "뭐 하고 있니, 엔디메론 경. 어서 차 가져오지 않고."
 "······."
 엔디미온이라니까요! 게다가 그 마담 같은 말투는 또 뭔가요?
 나는 심드렁한 표정으로 차를 손수레에 담아 가져와 테이블로 옮겼다. (내 입으로 이런 말 하긴 좀 그렇지만)차를 대접하는 내 우아한 손동작과 정숙한 예법은 그야말로 접대 예술의 결정체라서, 트집쟁이 쇼메조차도 끼어들 틈이 없을 것이다(정말이다. 키스도 칭찬해 줬다).

"자네가 바로 그 스왈로우 신전기사단의 엔디미온 경이로군."
"그렇사옵니다. 뵙게 되어 영광이옵니다."

내게 말을 던진 분은 바로 신자들이 돌아가신 부모님보다 더 보고 싶어 한다는 콘스탄트 교단의 영적 지도자이자 수석사제(首席司祭)이자 교황청의 총대주교(總大主敎)이자 남부 콘스탄트의 원수(元首)인 교황 레오 4세였던 것이다.

나는 황송함이 묻어나오는 가지런한 미소와 함께 청명한 목소리로 나 자신을 소개하며 허리를 사뿐히 숙여 보았다. 물론 속마음은 다음과 같았다.

'서, 설마 이제 와서 내 귀여운 알테어에게 찝쩍댄 놈이 바로 네놈이었냐! 라면서 머리끄덩이를 붙잡지는 않겠지?'

이 신성한 교황 성하의 찬란한 외모는 그러니까 음…… 임금님의 형님? 이런 말은 신성 모독이겠지만 임금님이 만두 가게를 운영한다면 교황 성하는 그 옆에서 빵집을 운영하면 딱 어울릴 것 같다……라는 말을 밖으로 내뱉었다간 난 정말 이단 심문관 나스타세 군과 고문실에서 감동의 조우를 하게 될 것이다.

이윽고 빵집 아저씨, 아니, 교황 성하께서 근엄한 어조로 말씀하셨다.

"성기사는 순결한 신의 사도들이네. 그런 성기사와 함부로 접촉한 이성은 극형에 처해야 마땅하지만 알테어 경의 간곡한 부탁도 있고 해서 이번만큼은 벌하지 않겠네."

"성하의 하해 같은 은덕에 탄복했나이다."

신전기사단 소속인 내게 최고 사령관이기도 한 교황 성하께 나는 극도의 경어로 보답하며 가슴을 쓸어내렸다. 아무튼 교황 만세다. 잘 모르는 사람들은 '뭐 그런 일 가지고 그래?'라고 할지도 모르겠지만 오직 성전(聖戰)을 위해 존재하는 성기사들의 순결성이란 무지하게 엄격한 것이라서, 명랑한 연애 생활 같은 것을 즐겼다간 당장 파문당한 뒤에 교황청 고문실을 풀코스로 체험하게 된다.

그런 집단의 리더인 알테어 님이 실은 '미소년의 숲 VIP'라는 사실을 알게 된다면 제아무리 '참을 인(忍)'자를 문신으로 새기고 다니는 교황이라고 할지라도 당장에 치도곤을……

"하지만!"

"예?"

갑작스럽게 교황이 날 쏘아보자 난 곧바로 표정이 굳었다. 성하께서 손가락을 까딱거리며 말을 이었다.

"행여나 내 귀여운 딸을 넘볼 생각은 하지 말게나. 내 거라고. 후후후."

"……"

한순간에 내 존경심이 제로를 향해 미친 듯이 치닫기 시작했다. 레오 4세 일흔하나, 진짜 신앙심 없는 교황이었다. 무엇보다도 애당초 댁의 딸이 아니잖아! 그런 수상한 드레스를 알테어 님에게 줬을 때부터 정상인이 아닐 거라 의심하고 있었어! 아무리 남이 하면 불륜, 자기가 하면 로맨스라지만, 그렇게 세속적인 마음가짐으로 신도들에게 교리를 설파하고 있으면 어딘가 굉장히 찔리지 않아? 이 사이비 교주!

'분명…… 오르넬라 님의 스승이랬지?'

이걸 뭐라고 표현해야 하나, 설상가상…… 아니, 청출어람?

항상 오르넬라 성녀님의 그 독실한 파탄적 성격이 어디에서부터 비롯되었는지 궁금했었는데, 그 의문이 서서히 풀려가고 있었다.

"예쁘지?"

"네?"

"내 딸, 예쁘지 않아?"

이 눈빛, 진심이잖아! 나는 왼쪽 입꼬리를 실룩거리며 석고상 같은 미소를 지었다.

"무, 물론이옵니다. 아, 아름다운 따님을…… 두셔서 참으로 행복……하시겠습니다."

당신 자꾸 이러면 지옥 떨어져!

"내 삶의 낙이랄까. 그렇기 때문에 내 눈에 흙이 들어가기 전까지는 절대로 너 같은 녀석에게 빼앗길 수 없지. 후후."

"다, 다시는 찝쩍거리지 않겠사옵나이다, 장인어른. 아니, 교황 성하.”

"특히 내가 준 드레스를 입고 정원을 뛰어다니는 모습을 볼 때는 정말 참을 수가……."

"차 식겠습니다…… 성하."

이 만담 대체 언제 끝나는 거야? 나는 '있지도 않은 딸내미 얘기는 집어치워!' 라고 광분하며 테이블을 뒤엎어 버리고 싶은 욕구를 가까스로 억눌러야 했다.

알테어 님. 집에 돌아가시면 벽에 구멍이 있는지 꼭 확인해 보세요. 이 양반, 엄청 데인저러스해요.

"평화 회담…… 오늘 중에 시작하기는 하는 건가."

맞은 편 의자에 기대어 있던 마라넬로 황제가 자기 제국이었다면 모조리 불구덩이에 처넣어 버렸을 것만 같은 분위기로 나직하게 말했다. 교황을 바라보는 황제의 심란한 눈빛은 '지금까지 나와 자웅을 겨룬 놈이 저딴 나부랭이였어?' 라는 말을 담고 있었다. 그러나 교황은 아랑곳하지 않고 계속해서 '딸 자랑'을 늘어놓는 것이 아닌가.

나는 순간 그가 다른 수장들을 도발해서 자신의 페이스로 끌어들이기 위해 일부러 이러고 있다는 것을 알아차렸다. 정말 무서운 분이다.

"와하하핫! 역시 내 딸이 최고라니까!"

아니, 그냥…… 단순한 색골일지도. 한참 혼자 수다를 떨다가 헛기침을 한 교황이 말을 맺었다.

"알아 두게. 자네를 처벌하지 않은 것은 자네가 예전 그 아이의 마음을 되돌린 것에 대한 보답이네."

"예?"

역시 교황은 내가 예전 알테어 님과 함께 마키시온 제국에 간 것을 알고 있었다.

"하지만 그 아이는 분명 아신이야. 무슨 말인지 알겠지? 절대로 보통사람은 될 수가 없다네. 섣부른 격려는 그 아이에게 이룰 수 없는 꿈만 꾸게 해 준다네."

이것은 조언이었고 경고였다. 나는 복잡한 표정으로 고개를 숙일 수밖에 없었다. 교황은 우리 임금님에 버금가는 통통한 두 볼에 활짝 웃음을 담으며 말했다.

"자, 그럼 회담을 시작합시다! 별로 평화가 올 것 같진 않지만."

그 말에 황제가 섬뜩한 미소로 답했다. 난 비로소 엄청난 긴장감을 느꼈다.

"그전에 잠깐."

퉁명스러운 목소리의 쇼메였다. 말없이 차를 마시던 그가 엄청 불량한 자세로 찻잔을 탕 내려놓으며 말했다.

"더럽게 맛없네. 다시 타 와."

그럼 먹지 마! 여기까지 와서 시비냐! 그러나 가재는 게 편, 전하는 쇼메 편이었다.

"메론 군, 어서 다시 타 오지 않고 뭐 하니?"

"그, 그러겠사옵니다."

이제는 화도 안 나. 나는 최선을 다해 다시 차를 타서 쇼메 앞에 바치며 다소곳이 말했다.

"심기를 불편하게 만든 점, 사죄드리옵니다."

"흥! 사과할 필요도 없어. 너 따위 천민이 아무리 노력해 봐야 왕족의 입맛을 맞출 리가 없지."

그래요. 너 잘나셨습니다.

쇼메는 시건방진 표정으로 '천민의 맛없는 차'를 입에 담다가 '우악!' 비명 터지는 표정으로 황급히 입을 가리고 말았다. 어찌 안 그럴 수가 있을까. 내가 정성스럽게 소금을 다섯 스푼이나 넣어 줬는데. 나는 또 다소곳이 고개를 숙이며 겸손의 말을 꺼냈다.

"쇼메 왕자님 말씀대로 소인은 아무리 노력해 봐야 맛을 낼 수 없는 것 같사옵니다."

"이게!"

나는 활짝 웃으며 옥구슬 굴러가는 목소리로 자비를 구했다.

"부디 노여움을 풀어 주시옵소서. 소인이 최·선·을·다·해 새로이 타 오겠나이다."

쇼메와 나는 서로를 잡아먹을 듯이 쏘아보았다. 그래, 그래, 어린애 같다는 거 인정하지만 나도 참을 만큼 참았다고!

그 순간 천둥이 내리치는 것 같은 소리와 함께 거대한 테이블이 진동했다. 마치 누군가가 테이블을 쇠망치로 있는 힘껏 내리찍은 것처럼 그 굉음이 격렬했다. 그런데 놀랍게도 그것은 사람의 주먹으로 이뤄진 소리였다.

"더 이상 장난칠 생각이라면 나는 지금 즉시 콘스탄트로 돌아가겠소."

위압적인 목소리의 주인공은 북부 콘스탄트의 국왕 바쉐론 콘스탄틴이었다. 그의 몸에서 묵직한 노기가 풍겨왔다. 지금까지 아무 말도 없이 지켜보던 그가 단 한마디로 자신의 존재감을 드러낸 것이다.

'대, 대단한 무골이야.'

예전 그의 아들 루체른이 그러했듯이, 바쉐론 국왕 역시 무왕이라는 별칭에 걸맞게 통나무도 단칼에 서경서경 썰어 버릴 것 같은 탄탄한 기골과 진중한 눈매의 소유자였다. 중년의 고독한 위엄이 엿보인다고나 할까. 그런데 솔직히 말해서 저런 성격일수록 여자에겐 숙맥이다……라는 낭설을 지껄였다간 목이 날아가겠지?

그런 바쉐론 국왕의 압도감마저도 간지럽다는 듯이 차를 음미하던 마라넬로 황제가 불쑥 말을 꺼냈다.

"인상적인 성질머리로구려. 댁의 형도 그 성질을 이기지 못하고 암살한 거요?"

바쉐론 국왕과 레오 교황의 얼굴이 동시에 굳었다. 전에도 말했듯이 사망한 왕태자는 그의 대부였던 교황에게나, 바쉐론 국왕에게나 각별한 존재였는데, 그가 죽음으로써 콘스탄트 왕국의 내전이 시작되었던 것이다. 말하자면 그건 절대 건드려선 안 되는 역린(逆鱗)이었다.

"자신의 아들들을 모조리 살해한 부덕한 자에게 그런 말을 듣고 싶진 않소."

바쉐론 국왕이 싸늘한 눈초리로 씹어 먹을 듯이 으르렁거렸고, 황제는 '다 내가 죽인 건 아니오.'라면서 으쌀할 만큼 천연덕스럽게 대꾸하는 것이었다. 최소한 화목하게 평화를 논할 분위기는 절대 아니었다. 어쩔 줄 몰라 하며 우왕좌왕하던 임금님께서 눈치를 살피며 입을 열었다.

"그, 그럼 이제부터 제1회 세계 평화 회담을 시작하겠습니다."

나는 이번 회담이 처음이자 마지막이 될 것 같다는 불길함을 느꼈다.

24.

평화 회담이라는 것은 기본적으로 평화를 지킬 권리와 의무가 있는 자들이 모여 평화를 이루기 위한 방법론에 대해 논의하는 자리다. 그리고 그중에서 가장 쉽게 생각할 수 있는 방법 중 하나라면 뭐니뭐니해도 '군비 감축'일 것이다.

그러니까 간단히 말하자면, '우리나라의 군대 규모를 20퍼센트 축소하겠습니다.'라는 선언에 '그럼 우리나라도 30퍼센트 정도 줄이죠.'라고 대답하는 것이랄까. 그러나 그건 이론이고 현실은 다음과 같았다.

"당신네 나라 군대 좀 줄이지?"

"댁의 나라야말로."

뭔가…… 미묘하게 달랐다. 덕분에 몇 시간이 흘렀어도 회담은 원점이었다. 역시 '예상대로'라고나 할까, 어느 지도자도 진지하게 평화를 논할 생각은 털끝만큼도 없었던 것이다. 하지만 한 가지 예상과 달랐던 것은 쇼메였다.

'왜 일부러 침묵하는 것일까.'

아버지 빌헬름의 대행으로 참석한 쇼메는 국왕이 아니었으므로 발언권은 거의 없다. 아무리 권한을 이어받았다고 하더라도 일개 왕자가 다른 왕들과 대등하게 대화할 수야 없는 것이다. 실제로도 쇼메는 회담 내내 침묵으로 일관하고 있었다. 즉, 처음부터 아무런 말도 안 하기로 작정한 것이다.

그것은 자존심 강하고 싸움 좋아하는 쇼메답지 않은 방식이었다. 아이히만 대공이라면 이런 이오타 측의 속마음을 간파할 수 있을지도 모르겠지만 정치에 약한 나로서는 도통 짐작할 길이 없었다.

몇 시간이나 겉돌던 회담 끝에 능글맞은 태도를 유지하던 교황 레오 4세가 말했다.

"아무리 명분뿐인 회담이라고는 하지만 기대에 차 밖에서 우리를 기다리는 사람들을 위해서라도 하나쯤은 뭔가 합의해야 하지 않겠소?"

"구체적으로 어떤 것을 말씀하시는 것인지요."

진행자인 전하가 재빨리 묻자 교황은 인자한 표정으로 마라넬로 황제를 바라보며 입을 열었다.

"마키시온과 콘스탄트가 각각 병력의 2할을 줄여 준다면 평화를 사랑하는 지도자들로서 체면이 서지 않겠소이까?"

북부 콘스탄트의 바쉐론 국왕 역시 동의한다는 눈빛으로 황제를 바라봤다. 황제는 곧바로 껄껄 웃으며 대답했다.

"평화를 사랑하는 지도자의 체면이라. 그거 참으로 재미있는 농담이오."

그렇게 운을 뗀 황제는 테이블에 몸을 바짝 붙이며 그 시퍼런 시선으로 교황을 바라봤다. 참으로 가소롭다는 기운을 숨기지 않고 있었다.

"당신들 콘스탄트의 병력이 모두 합쳐 80만은 되오? 과인의 제국은 정규군만 100만이 넘소. 그런데 똑같이 2할을 줄이자고? 그쪽이 16만 명을 축소하고 본인은 20만 명을 줄인다는 게 별로 공정한 '거래'라고 생각되지는 않소만."

그렇다. 교황은 처음부터 '진정 평화를 걱정하는' 제안을 한 것이 아니었다. 현재 내전 중인 콘스탄트의 병력은 남북 모두 합쳐 80만가량이고 마키시온 제국은 무지막지하게도 100만 대군이 황제의 발밑에 있다. 그런데 똑같이 20퍼센트를 줄이자는 교활한 제안을 황제가 납득할 리가 없었다.

황제는 그 술수에 곧바로 보답했다.

"하지만 아무리 그렇다고는 해도 과인도 세계 최강국의 지배자로서 당신네들에게 자비를 베풀고 싶은 뜻이 없는 것도 아니고. 뜻대로 제국군 20만 명을 줄이겠소. 어려운 일도 아니지."

물론 진심으로 그럴 사람이 아니라는 것은 나도 알 수 있었다.

"단 평생 군인으로 살아온 과인의 백성 20만 명은 실업자가 되어 버리는 것이니까 그걸 책임져 주시오."

"지금 책임이라고 했소?"

"내게 감히 그런 요구를 할 생각이라면 응당 그 정도쯤은 해줘야 하는 것이 아니겠소? 1인당 최소 연간 금화 열두 닢 정도는 있어야 할 테니 1년에 48만 닢을 내게 바친다면 당신들의 뜻대로 내 2할의 군대를 줄이도록 하겠소이다."

맙소사. 이건 조공(朝貢) 요구잖아. 완전히 속국 취급이었던 것이다.

"지금 장난하는 거요!"

바쉐론이 무섭게 발끈하며 소리쳤지만 황제는 도리어 즐겁다는 듯이 웃었다.

"장난으로 들었소? 과인으로서는 꽤 자비를 베푼 제안이라 생각했소만? 그럼 나도 평화를 위한 제안을 하나 하지. 백성들만 헐벗게 만드는 그 시시한 내전이나 한시 빨리 끝내시오. 그렇게 서로 싸우며 국력을 약화시켜서야 언제 내게 도전해 볼 기회나

오겠소?"

"당신이 참견할 일이 아니야. 그리고 당신의 나라를 조각내는 일은 내가 죽기 전에 꼭 이루고야 말 테니 그전에 늙어 뒈지지나 마시오. 나는 머지않은 미래에 당신의 황성에 입성해서 당신의 옥좌에 앉아 당신의 술을 마시며 당신의 목이 날아가는 것을 감상한 뒤에 당신의 첩들을 품에 안고 당신의 침대에서 잠들 것이오."

무인(武人) 그 자체인 바쉐론 국왕의 눈매에 서슬 퍼런 살기가 맺혔다.

'펴, 평화는커녕 사태만 악화되고 있잖아!'

별로 좋은 일은 생기지 않을 거라고 예상하긴 했지만 이렇게 1회전부터 험악해질 줄은 몰랐다. 그런데도 쇼메는 계속하라는 눈빛으로 비웃음을 머금은 채 그들을 바라보고만 있었다. 이대로라면 당장 세계 전쟁이 일어나도 전혀 이상하지 않을 것 같은 분위기였다.

'전하! 뭐 하고 계세요! 진행자라면 이 상황을 어떻게든 중재해야 하잖아요!'

내가 다급하게 전하를 바라보자 그는 믿음직한 미소를 지으며 내게 엄지손가락을 들어 보였다. 전하가 자신만만하게 외쳤다.

"이 상황을 단숨에 해결할 수 있는 묘안이 떠올랐습니다!"

수장들은 의아한 표정으로 동시에 전하를 바라봤다. 세계 강대국의 지도자들마저도 모르는 '묘안'을 전하가 생각해 냈단 말인가? 나 역시 자색 눈동자를 깜빡거리며 멍하니 지켜봤다. 우리 임금님은 신이 나서 말하기 시작했다.

"그러니까 문제는 마키시온 제국으로선 군대를 줄이자니 자금이 필요하고, 콘스탄트 왕국으로선 마키시온만큼 군대를 줄일 수 없다는 것 아니겠습니까?"

사람들은 '대체 무슨 소리를 하려는 거야?' 라는 표정들로 전하를 바라보고 있었다. 자신 있게 발표한 전하의 묘안은 다음과 같았다.

"그럼 황제께서는 딱 잘라서 20만 명을 콘스탄트에 용병으로 보내면 되지 않겠습니까! 생각들 해 보세요. 황제께서는 놀고 있는 병력으로 돈을 벌 수 있어서 좋고! 콘스탄트는 안 그래도 내전 중이라 부족한 병력을 보강할 수 있어서 좋고! 아, 이거야말로 누이 좋고 매부 좋고 도랑 치고 가재 잡고 마당 쓸고 동전 줍고, 누구도 손해 보지 않는 장사가 아니겠습니까요. 왓핫핫핫!"

오늘은 국왕 전하께서 얼간이들의 지존으로 등극하시는 날이었다. 그런데도 임금님은 이런 말을 꺼낸 자신이 무지 자랑스러운지 자지러지게 웃으며 '좋죠? 네?' 라고 사람들에게 아양을 떨고 있었다. 그래 봤자 지도자들의 시선은 급속도로 얼어붙어 가고 있었다. 냉랭해진 분위기에 기가 죽은 전하가 거북이인 양 어깨를 움츠리며 조그맣게 속삭였다.

"······싫으세요?"

나는 오늘, 가만히 있으면 중간은 간다, 라는 속담이 어째서 생겨났는지 알 수 있었다. 바쉐론 국왕이 길거리 한복판에서 희롱당한 표정이 되어 말했다.

"지금 나보고 마키시온의 군대를 받아들이라는 거요?"

적대국의 군대를 용병으로 받아들이라는 제안을 다른 말로 표현하자면 '그냥 이참에 침략당하세요.' 정도랄까. 회담 중에 오갔던 수많은 모욕들 중에서도 이건 그야말로 군계일학이었던 것이다.

아이히만 대공에게 보고할 대사는 이제 딱 하나뿐이다. 대공, 전하께서 친히 회담을 말아먹으셨습니다.

나는 '당신 지금 일부러 이러고 있는 거지!' 라고 버럭 소리를 지르며 전하의 통통한 볼을 마구 두들겨 주고 싶은 강대한 살의를 가까스로 억눌렀다. 일개 약소국의 왕으로부터 군대를 나눠 쓰라는 조언까지 받게 되자 분위기는 채찍 맞은 말처럼 전력을 다해 파멸로 치닫기 시작했다.

전하가 간절한 표정으로 나를 바라봤다. 그 애처로운 눈빛은 내게 이렇게 외치고 있었다.

'메론 군! 어떻게 좀 진정시켜 줘!'

'제가 무슨 힘으로요! 그리고 메론 아니라니까요!'

이미 이건 접대의 신이 강림한다고 해도 풀어질 수 있는 분위기가 아니란 말입니다! 하지만 어차피 이대로 가만히 있어 봐야 분노한 수장들의 손에 이 나라가 불바다가 되긴 마찬가지였다. 나는 죽고 싶은 심정으로 또 한 번 목숨을 걸어야 했다.

"외람되지만 소인이 한 말씀 올려도 되겠습니까?"

나는 실낱같은 희망을 품고 테이블 앞에 나섰다. 아니나 다를까, 바쉐론 국왕이 매서운 눈초리로 날 응시했다.

"이 나라는 시종도 허락 없이 입을 놀리나! 썩 물러가라!"

무, 무섭다. 역시 키르케 님을 부하로 둔 지도자다워. 하지만 나는 물러나지 않았다. 아니, 물러설 곳이 없었다는 것이 좀 더 올바른 표현이겠지만.

"미천하나마 제 목을 걸고 드리는 말씀이옵니다. 부디 아량을 베풀어 소인의 이야기를 들어주신 뒤에 목을 쳐 주시옵소서."

카론 경에게 오염된 것일까? 나는 나 스스로도 놀랄 정도로 의연하게 말했다. 내 모습에 바쉐론 국왕은 자세를 고쳐 잡았다.

"어디 말해 봐라. 그러나 어설프게 네 주군의 실언을 얼버무리려는 생각이라면 입을 열지 않는 편이 좋을 것이다."

얼버무릴 생각은 아니었으나 어쩌면 내가 꺼낼 말이 전하가 했던 말보다 지배자들의 기분을 훨씬 상하게 할지도 모른다. 하지만 아무리 생각해 봐도 회담을 계속 지켜본 내가 할 말은 이것뿐이었다.

"회담이 시작되기 전 아이히만 대공이 제게 말했습니다. 이런 평화 회담이 백 번 열려도 평화는 결코 이뤄지지 않을 거다. 왜냐하면 애당초 지배자들이 평화를 원치 않기 때문이다, 라고."

내가 목숨을 걸고 하고 싶은 말은 너무도 당연한 상식이었다.

"평화 회담이 시작된다는 말을 들었을 때, 지배자님들과는 달리 겁 많고 나약한 보통 백성들은 이 땅에 평화가 찾아와 주길 기원했을 겁니다. 일거리도 없고 굶주림에 지쳐 지도자가 자신에게 조금은 관심을 가져 주길 바라는 어느 도시의 백수가 기원했을 테고, 목숨을 걸고 전선을 지키고 있을 어린 병사가 기원했을 테고, 전쟁터에서 남편을 잃고 홀로 아이를 키워야 하는 미망인이 기원했을 테고, 적에게 잡혀 하루하루를 두려움 속에서 살고 있을 포로들이 기원했을 테고…… 저 역시도 기원했습니다."

"무슨 말을 하고 싶은 건가."

나는 조용히, 하지만 바쉐론 국왕과 참석자들을 똑바로 바라보며 말했다.

"자신을 믿는 사람들을 위해서 희생하는 것, 그것이 정치라고 생각합니다. 아무리 명분뿐인 평화 회담이라지만 그래도 조금은 진심으로 평화를 생각해 주길 바란 것은 혼자서는 살아갈 수 없는 나약한 사람들의 공연한 기대일 뿐이었습니까?"

사실 나는 아까부터 화가 나 있었다. 평화 회담을 통해서 우리 왕국의 위상이 올라가는 것도 좋고 강대국 지도자들이 세력 과시를 하는 것도 좋다. 정치에는 여러 가지 사정이 있을 테니까. 하지만 '평화'가 빠져 버린 평화 회담이라는 것은 단지 웃을 수 없는 희극일 뿐이었다.

나는 유언이 될지도 모르는 마지막 말로 이야기를 마쳤다.

"지도자님들께서는 방금 전 전하의 실언에 대해 어처구니없다고 말씀하셨지만 제가 보기에는 지도자님들도 어처구니없게 보입니다. 이상입니다."

 나는 입을 굳게 다물었다. 할 말은 이게 전부였다. 이것은 평생 한 번도 공부를 해 본 적이 없는 무지렁이도 할 수 있는 당연한 말, 하지만 세상에서 가장 위대한 사람들이 그 당연한 것을 망각하고 있기 때문에 말했다. 목숨을 걸고.

 그리고 한동안 침묵이 흘렀다. 가장 먼저 입을 연 자는 쇼메였다. 그것도 커다랗게 웃으면서.

 "하하핫! 역시 천민이 꺼낼 만한 약해빠진 논리로군. 목숨을 걸고 기껏 한다는 얘기가 그딴 아무짝에도 쓸모없는 이상주의였냐?"

 나는 울컥 화가 나서 그를 쏘아보았다. 어째서 네 녀석은 남이 목숨 걸고 하는 말까지도…….

 "그래도 나름대로 그럴듯했어. 그러니까 그 말이 아니라 의지가. 풋내기 주제에 제법 무게 잡을 줄 아는군. 동의할 수는 없지만 동정은 해 주마."

 나는 놀란 얼굴로 그를 바라봤다. 쇼메가 (여전히 반쯤은 비아냥거림이지만) 내게 호의적인 말을 한 것은 이번이 처음이었다. 아니, 또한 마지막일 것이다.

 황제가 백발을 쓸어넘기며 말했다.

 "엔디미온 군, 내가 단 한 번도 평화를 생각한 적이 없다고 어떻게 장담할 수 있지?"

 "그, 그건……."

"나도 자네 나이였을 때가 있었네. 그리고 그때는 자네처럼 말했네. 믿기지 않겠지만 말이야."

정말일까? 평화주의자 마라넬로는 상상하기 힘들었다.

"그러나 지금은 그럴 수가 없지. 왜냐하면 지도자는 위험한 도박에 판돈을 걸어서는 안 되고, 또한 지도자는 주저하면 안 되기 때문이야. 하지만 평화는 위험하고, 또 주저하게 만든다네. 평화는 이상이고 이상은 실존할 수 없기에 이상이야. 알아듣겠나? 지도자에게 평화란 전쟁보다 훨씬 두려운 존재라네."

솔직히 정치고 철학이고 간에 문외한이라 전혀 알아들을 수는 없었지만 그가 진심을 말하고 있다는 것만은 느낄 수 있었다. 교황 성하는 내 이야기가 마음에 들었는지 미소 띤 얼굴로 이렇게 말했다.

"엔디미온 군, 만약 자네가 죽어서 신 앞에 서게 된다면 신께서는 분명 이렇게 말씀하실 거네. 온 세상이 부조리해 보이겠지만 나도 할 만큼 했으니까 제발 내게는 설교하지 말아 주게, 라고."

"아하하하."

역시 오르넬라 님을 그렇게 만든 것은 당신이었군요! 나는 묵직하게 침묵하고 있던 바쉐론 국왕을 향해 정중히 말했다.

"이제 소인의 무례함에 대한 처분을 받겠습니다."

그가 불쾌한 듯이 대답했다.

"자네 비겁하군."

"예?"

내가 국왕의 따님을 납치한 것도 아닌데 왜 그런 말을!

"자네를 죽이면 나는 평화를 하찮게 여기는 잔인한 폭군이 될 테고, 죽이지 않는다면 자네의 말을 인정하게 되는 셈이지 않은가."

듣고 보니 그러네? 아아, 난 정말 비열한 놈이구나……는 아닌 것 같습니다만!

"하지만 굳이 선택해야 한다면 전자보단 후자가 낫겠지."

국왕은 칭찬인지 푸념인지 모를 말을 꺼내며 어깨를 으쓱했다.

"이거야 부모님에게 꾸중 들은 기분이로군. 이제 됐으니까 차나 타 오게."

"예!"

나는 환하게 웃으며 대답했다. 아아, 부모님. 아들은 오늘도 살아남았답니다. 역시 하늘도 불쌍한 날 도우시어 기적을 일으켜 주셨구나! 라고 막 방심할 찰나였다.

"응?"

나는 머리 위로 먼지가 떨어지는 것을 알고는 천장을 바라봤다. 흙가루들이 조금씩 떨어지고 있었다. 뭐야, 그새 먼지가 쌓였나?

"지금 왠지 바닥이 살짝 떨린 것 같은데……."

교황이 주변을 두리번거리며 중얼거렸다. 아닌 게 아니라 정말 작은 진동이 느껴진다.

그리고 그 순간 '우지끈!' 하는 의문의 굉음이 울렸다. 그건 그러니까 잘 익은 오이를 뚝 부러트리는 소리를 한 5천 배쯤 증폭시킨 소리였다.

"우, 우지끈?"

회담장의 지붕은 여신들을 우아하게 조각한 굵직한 돌기둥 여덟 개가 지탱하고 있다. 그런데 지금 그중 하나가 두 동강이 나서 우리들 앞으로 굴러 오고 있었다.

우리는 허리가 분질러진 행복의 여신이 굴러다니는 모습을 허망하니 지켜봤다. 진동은 점점 더 커져 가고 있었다. 순간 아주 불길한 예감 하나가 머릿속을 스쳤다.

"……부실 공사?"

아니, 뭐 이런 막돼먹은 경우가! 나는 눈썹을 가늘게 떨며 전하를 바라봤다.

"전하? 이게 대체 어떻게 된 것인지 설명 좀 해 주시겠어요?"

그러나 임금님은 이미 자리에 없었다. 그는 '무너진다! 모두 피해!'라고 고함치며 막 문밖으로 뛰쳐나가시는 중이었다. 세상에, 저렇게 다리가 빨랐던가……는 둘째 치고 정말 미워 죽겠어!

곧이어 평화의 여신과 희망의 여신과 수호의 여신이 차례대로 허리가 와드득 끊어져서는 무너져 내렸다. 나는 머리 위로 눈처럼 떨어지는 흙먼지를 맞으며 힘없이 중얼거렸다.

"……환장하겠네."

"왕국에 돌아가는 대로 이 나라에 대한 평가를 진지하게 생각해 보겠네!"

바쉐론 국왕이 자리에서 벌떡 일어나서는 문쪽으로 성큼성큼 걸어가기 시작했다. 교황 성하 역시 '이 나이에 뛰면 몸에 안 좋은데.'라는 맥 빠지는 말씀을 흘리시며 문을 향해 내달렸다.

"허허허. 이것이 암살 시도라면 계획한 녀석을 칭찬해 주고 싶군. 매몰이라니, 참으로 상큼한 발상이야."

마라넬로 황제는 도리어 재미있는지 큭큭 웃으며 느긋하게 발걸음을 옮기고 있었다. 진짜 배짱이 장난 아니었다. 한편 쇼메는 서 있기 힘들 정도로 건물이 흔들리고 있는데도 화를 꾹 참는 표정으로 차를 마시고 있는 것이 아닌가! 아니, 이 양반 왜 이래!

"역시 맛없어, 이놈의 차."

그럼 한 잔 더 타 줄까! 지금 그런 말 할 때야?

쇼메가 찻잔을 바닥에 확 집어던지며 당장이라도 폭발할 듯한 얼굴로 일어서서는 내 멱살을 잡아챘다. 처음으로 그의 오만방자한 마이페이스가 무너졌다.

"야! 네놈의 나라는 뭐 하나 똑바로 하는 것이 없냐!"

"나, 나보고 어쩌라고요!"

이 건물, 내가 안 지었어!

"이 망할 놈의 부실 공사 때문에 내가 세운 계획이 모조리 물거품이……."

뭐? 계획? 하지만 곧 쇼메는 실수했다는 표정으로 황급히 입을 다물었다. 그는 '이제 몰라. 될 대로 되라지.'라고 중얼거리며 갑자기 내 어깨와 허벅지를 잡아 번쩍 들었다. 아무리 내가 가볍다고는 하지만, 진짜 힘 좋네. 아니 그것보다!

"지, 지금 뭐 하는 짓입니까!"

"닥쳐. 나도 지금 좋아서 이러고 있는 거 아니니까."

그리고 쇼메는 내가 전력으로 뛸 때보다도 두 배는 빠른 속도로 쏜살같이 뛰쳐나가 문을 빠져나갔고, 그 순간 회담장은 완공 3일 만에 찬란하게 붕괴되어 버렸다.

그리고 제1차 세계 평화 회담은 결렬되었다.

결렬 사유: 부실 공사

25.

'세상을 살아가다 보면 정말 별일이 다 생기는 법인가 봐. 쇼메의 도움을 다 받고 말이야.'

쇼메 왕자 덕분에 아무런 상처도 없이 살아남은 나는 제복의 먼지를 털자마자 쪼르르 행정부 본채 '용의 굴'로 달렸다. 이 스펙터클한 회담을 대체 어디부터 보고해야 할지 난감해하면서. 그러나 대공은 본채에 없었다. 서류 더미에 파묻혀 있던 대공의 비서가 말했다.

"대공께서는 지금 대(大)목욕장에 계십니다. 엔디미온 경께서도 그곳으로 오시라고 하셨습니다."

"예?"

근무 시간에 목욕하실 분이 아닌데? 이유는 모르겠지만 나는 다시 목욕장으로 향했다. 나야 보고도 하고 잔뜩 흙먼지를 뒤집어쓴 몸도 씻고, 좋지 뭐.

왕실에는 수많은 목욕 시설들이 있는데(리더구트 지하에 있는 목욕탕도 그중 하나다) 그중 가장 거대하고 화려한 시설을 가진 것이 바로 대목욕장이다.

수많은 목욕실들로 이뤄진 그곳은 아랫사람에게 맨몸을 보여 줘서는 안 되는 왕족을 제외한(솔직히 임금님의 알몸은 내 쪽에서 보고 싶지 않다) 상위 귀족들과 고관대작들이 이용하는 곳이라고…… 키스에게 들었다.

이렇게 말하는 이유는 카론 경이나 키스 경 정도라면 모를까, 하급 기사인 나는 이용 못 하는 곳이기 때문이다. 지금처럼 높은 사람이 '초대'한 경우에나 출입할 수 있다.

"스왈로우 나이츠의 엔디미온 키리안입니다. 아이히만 그나이제나우 대공의 부름을 받고 왔습니다."

향초 냄새 가득한 입구에서 나는 정장을 입은 데스크의 아가씨에게 말했다. 아니, 이거 무슨 사교 클럽에 온 것 같네. 그녀가 안경을 올려 쓰며 미심쩍은 표정으로 나를 바라봤다.

"저어, 이곳은 남녀 혼욕은 안 됩니…… 어머? 실례했습니다."

아뇨, 뭐. 이런 모습으로 태어난 제가 나쁜 놈이죠. 그녀는 서류철을 들춰 보고는 말했다.

"대공께서는 지금 전용실에 계십니다. 들어가셔도 좋습니다."

26.

대목욕장에는 수많은 별실들이 있고 대공의 것은 그중에서도 거대했다. 이렇게 외쳐야 했을 정도로.

"대공! 어디 계세요!"

긴 금발을 틀어올리고 수건을 걸친 나는 돌바닥에서부터 올라오는 뿌연 증기 덕에 안갯속을 헤매는 기분이 되어 걷고 있었다. 목욕탕에서도 조난당할 수 있다는 사실을 처음으로 느끼면서.

"여길세. 어서 오게."

나는 거의 앞이 보이지 않는 탓에 대공의 목소리에 의지해 더듬더듬 걸어가고 있었다. 그리고 어느 순간,

"우아아악!"

첨벙.

발을 헛디뎠는가 싶더니 나는 그만 욕탕 속에 빠지고 말았다. 그러니까 계란이 익어 버릴 만큼 뜨거운 욕탕 말이다.

"우아앗! 뜨거어어어어어어!"

나는 곧바로 승천하는 용의 기세로 물 위로 솟구쳤다. 내 앞에 서는 물벼락을 맞은 아이히만 대공이 몸을 담그고 있었다. 그가 얼굴에 묻은 물을 닦아내며 말했다.

"자네는 항상 이런 식으로 목욕탕에 들어오나?"

"대공께서는 항상 이런 펄펄 끓는 물에서 목욕하세요?"

"남자가 이런 것도 못 참는 게야?"

"……어째서 참으면서 목욕해야 합니까."

엉덩이가 홀라당 익어 버릴 것 같단 말입니다! 조그맣게 구시렁거리고 있는 나를 대공은 빤히 바라보고 있었다.

"왜 그렇게 쳐다보세요?"

"호오, 신기하구만."

"뭐, 뭐가요?"

난 내 몸을 훑어봤지만 신기한 구석은 하나도 없었다. 그가 히죽 웃으며 말했다.

"역시 그쪽도 같은 색이었군."

"다, 다, 다, 다, 당연하잖아요! 별걸 가지고 다 신기해하시네요!"

나는 얼굴이 확 달아올라서는 황급히 물속에 몸을 담갔다. 항상 생각하는데, 저놈의 악취미가 대공이 살아가는 힘의 원천이 아닐까. 나는 고개를 돌린 채 조그맣게 중얼거렸다.

"이 소설…… 전 연령 대상이라는 것만 잊지 말아 주세요."

뜨거워 죽겠는데 일어나지도 못하고 죽을 맛이었다.
"자, 그럼 보고하게."
금방 진지한 눈빛으로 돌아온 대공은 그렇게 말하면서 근처에 있던 담배를 피워 물었다. 세상에, 목욕탕에서도 담배를 피우다니. 그러다간 일찍 죽어요……라고 말하기에는 이미 충분히 오래 살고 있지만.
나는 보고를 올리기 전에 충고부터 했다.
"제가 하는 말 들으시고 절대 화내시면 안 돼요?"
"응? 무슨 말인가?"
"가령 전하를 쏴 죽이신다거나, 전하를 도끼로 내리찍으신다거나, 전하를……."
"일단 들어 보고 결정하지."
나는 임금님이 오늘 중으로 유명을 달리할지도 모른다는 불안감을 느끼며 보고를 시작했다.

27.

아이히만 대공은 담배를 피워 문 채 나를 지그시 바라봤다.
"그래서 결론은…… 무너져 내렸다?"
"네."
나는 한숨과 함께 대답하며 보고를 마쳤다. 이 세상 어떤 평화 회담도 '결론은 붕괴'로 끝난 경우는 이전에도, 앞으로도 없을 것이다. 더 있어서도 안 되고!

보고를 듣자마자……,

"내 이놈의 임금을 그냥!"

이라고 외치며 뛰쳐나갈 줄로만 알았는데, 아이히만 대공은 머리를 뒤로 젖힌 채 천천히 담배 연기만 뿜는 것이 아닌가.

"괜찮으세요?"

나는 대공의 분노가 극에 달해서 움직일 수조차 없는 줄로만 알았다. 그가 말했다.

"엔디미온 군. 왕궁에서 네 시간 거리에 얼어붙은 호수가 하나 있네."

"네?"

나는 눈을 깜빡거리며 그를 바라봤다. 뜬금없이 웬 호수? 영문을 알 수가 없었다.

"그곳은 겨울 낚시를 즐기기엔 제격이지."

"그, 그런데요?"

"내가 할 일은 이제 끝났네. 오늘부터 일주일간 나는 휴가야."

그는 눈을 감은 채 그렇게 말했다. 대공의 이런 태도는 무슨 이유일까. 이제 전하에 대해서는 아주 포기했다는 것일까, 아니면…… 자신의 뜻대로 되었다는 의미일까.

"내가 왜 이 시간에 목욕을 하는지 아는가?"

"모르겠는데요."

"부정한 일을 저지르고 난 뒤에는 이렇게 목욕재계라도 해 두고 싶어서네. 물론 이런다고 부정함이 사라진다면 아무도 지옥에는 가지 않겠지만 말이야."

나는 말없이 그를 바라봤다. 뭔가 또 나는 모르는 무겁고 어두운 것이 내 앞을 지나갔던 것일까.

"자네, 낚시 좋아하나? 같이 호수로 갈 텐가?"

"아하하. 한번 해 보고 싶기는 하지만 아시다시피 저 묶여 있는 몸이라서."

헤효오오. 이제부터 또 지명에 불려다녀야 합니다요.

"흥흥. 말이 기사지, 노비 신세로구먼."

그렇게 적나라하게 말씀하실 것까지야!

그때였다. 누군가 대공을 부르며 이곳으로 다가오고 있었다. 그리고 빠졌다.

첨벙.

"우아아아! 뜨거워어어어어어!"

내장에서 울리는 듯한 괴성을 지르며 물 위로 솟구쳐오른 사람은 예의 대공의 비서였다. 그는 비싸 보이는 정장이 흠뻑 젖은 채로 숨을 헉헉 몰아쉬고 있었다. 아니, 난데없이 뭐야 이 사람! 대공이 황당한 눈초리로 그를 바라봤다.

"……자네 옷 입고 목욕하는 것이 취미였나?"

역시 나만 실수하는 것이 아니었군. 내 나이 또래로 보이는 비서는 너무 뜨거워서 눈물까지 그렁그렁한 표정으로 대공에게 정중히 예를 올렸다. 그러나 욕탕 안에서 쫄딱 젖은 정장을 입고 인사를 드리는 모습은 정중하다기보단 엄청 불쌍해 보인다는 것이 문제였지만.

"대공, 무례를 무릅쓰고 여기까지 찾아오게 된 점 사과드립니다."

"그런 모습으로 사과해 봐야 기분만 침울해질 뿐이니까 할 말이나 하게."

"큰일입니다! 지금 마키시온, 콘스탄트, 이오타에 동시에 사건이 터졌습니다!"

나는 깜짝 놀란 얼굴로 대공을 바라봤다. 그러나 대공은 이번에도 말없이 담배 연기만 흘리고 있었다.

28.

급히 광장으로 달려갔을 때 이미 4국의 수장들은 본국으로 돌아갔거나, 돌아갈 채비를 마친 뒤였다. 비서의 보고는 정말 믿기 힘든 말이었다. 어떻게 4국 동시에 서로 다른 문제가 생길 수 있단 말인가.

마키시온 제국: 공작의 반란

이오타: 왕성 방화

북부 콘스탄트: 역병(疫病)

남부 콘스탄트: 성물(聖物) 도난

이미 바쉐론 국왕과 레오 교황은 급히 콘스탄트로 돌아간 뒤였고 마라넬로 황제와 빌헬름 국왕 역시 곧 떠날 분위기였다. 황제가 자신의 요새와 같은 마차에 오르기 전에 한쪽 무릎을 꿇고 있는 라이오라 씨에게 말했다.

"짐이 황성에 도착하기 전까지 반란을 진압하게."

"일주일이면 충분합니다."

"5일 주겠네. 반란에 가담한 놈들은 모두 사지를 찢어 죽이되 그 공작만은 산 채로 내 앞에 데려오게."

"분부대로 행하겠사옵니다."

라이오라 씨가 무감정한 목소리로 말했고 황제는 곧 마차에 올라탔다. 프론티어 뱅가드들이 일사불란하게 마차를 호위하기 시작했다.

'그러고 보니까 끝까지 빌헬름 국왕을 보지 못했어.'

또다시 불길한 의문이 의식의 수면 위로 떠올랐다. 빌헬름 국왕 대신 쇼메 왕자가 회담에 참여한 것에 대해서도 대공은 모호한 말을 남겼다.

"때로는 존재하지 않기 때문에 가장 큰 존재감이 생길 때도 있는 법이네."

이 엉망진창이던 평화 회담은 단순히 강대국들의 신경전이라고 하기에는 석연찮은 부분이 너무도 많았던 것이다. 물론 내게도 다시는 겪고 싶지 않은 접대 최전선이었지만 말이다.

평화를 사랑하는 사람으로서 이런 말 하긴 좀 그렇지만, 혹시라도 제2차 세계 평화 회담이 열리게 된다면 이번에는 내 쪽에서 짐 싸서 도망칠 것이다. 꼭 그럴 거다!

29.

폭풍이 지나간 지 이틀이 흘렀다. 나와 지명이 없는 스왈로우 나이츠 기사들은 대낮부터 추욱 늘어져서는 1층에서 뜨거운 차를 홀짝거리는 중이었다.

간만의 휴식에 몸이 녹아버릴 것만 같았다. 카론 경이 내게 무려 3일간의 특별 휴가를 내려 준 덕에 곧바로 출장을 떠나야 하는 비극을 막을 수 있었던 것이다.

"다녀왔습니다아아아."

항상 그 사람이 나타나고 사라지는 것은 예상치 못했을 때다. 갑자기 들려오는 익숙한 목소리에 우리는 깜짝 놀란 얼굴로 문쪽을 바라봤다. 헤죽 웃고 있는 사내가 고개를 배꼼 내밀고 있었다. 빨간 눈동자나 엉켜 있는 곱슬머리나 마치 그림으로 그려놓은 것처럼 그대로였다.

나는 이상하게도 아주 오랜만에 만난 기분이 들어 멍하니 그를 바라보기만 했다.

"들어가도 됩니까아?"

언제는 물어보고 들어오셨습니까. 손에 꽃다발까지 한 아름 들고 있는 모습은 아니나 다를까, '지 혼자 봄날'이었다. 누군 힘들어서 허리가 쪼개지는 줄 알았구만!

"우아아! 키스 경! 잘 돌아왔어요!"

놀랍게도 가장 먼저 감동의 눈물을 흩뿌리며 키스에게 뛰어든 사람들은 다름 아닌 쇼탄 루이 듀엣이었다. 그래, 얼마나 반가울까. 지금까지 카론 경의 호된 채찍질에 죽고 싶을 만큼 핍박받고 있었으니까. 이제는 '카론'이라는 말만 들어도 '잘못했습니다! 용서해 주세요!'라고 반사적으로 외치는 지경까지 와 버린 그들이었다.

랑시 경 역시 더없이 반가운 얼굴로 키스에게 매달렸다. 물론 떡밥을 노리고.

"캬하하하핫. 키스 경, 맛있는 거 사 왔어? 응?"

"전혀요."

키스 경은 좌절해서 바닥에 쓰러진 랑시를 뒤로하고 소파에 풀썩 쓰러졌다. 오자마자 잠들 생각이냐!

"아아, 역시 집이 최고네요. 이제야 쉴 수 있어서 너무 행복합니다아."

당신, 지금까지도 쉬다 온 거 같은데?

"키스 경, 무사히 돌아오셔서 정말 다행이에요."
 크리스가 직접 차를 갖다주었다. 신 나게 놀다 왔으니 무사할 수밖에 없지 않나 싶긴 하지만…… 그건 그렇고 저 꽃다발은? 키스가 근엄한 표정으로 나를 바라봤다.
 "레이디 미온, 이 꽃을 받아 주시오."
 "닥치세요."
 귀싸대기를 한 대 갈겨 줄까 보다! 남자에게 거뜬하게 꽃을 줄 수 있는 이 인간의 부모가 누구일지 심히 궁금해지는군. 나는 꽃향기를 맡으며 중얼거렸다.
 "꽃말이 뭐죠?"
 "음, 그건 말이죠오…… 에, 그러니까 꽃말은……."
 한참을 궁리하던 키스가 활짝 웃으며 대답했다.
 "님도 보고 뽕도 딴다, 랍니다아."
 "모르면 모른다고 말해!"
 상대를 속이고 싶으면 조금은 성의 있는 거짓말을 하라고!
 "그런데 키스 경. 이 꽃말인데……."
 "예쁘죠오?"
 "아니, 예쁘기 이전에……."
 이거 우리나라에 없는 꽃이잖아! 대체 어디까지 갔다 온 거야!

30.

 기사단장 키스 경이 복귀하자 스왈로우 나이츠는 다시 정상으로 돌아왔다. 엄청 게을러졌고 무지하게 느긋해져 버린 것이다. 그렇다. 딱 잘라 의욕 제로였다.
 키스는 돌아오자마자 황소 같은 기세로 밀린 일들을 처리하기 시작……하기는커녕 곧바로 지정 소파에 발라당 나자빠져 온몸을 부비적거리며 있는 힘껏 게으름을 발산하고 있었다.
 "아아아. 게을러서 너무 행복합니다아아. 아아아아. 행복해요오."
 '……일 좀 해라.'
 사실 임시 단장이었던 카론 경이 예전에 밀렸던 일들까지 모조리 해 놨기 때문에 키스가 당장 할 일이 없기는 하지만, 그렇게 평평 놀다간 또 일이 쌓이게 된다고! 불철주야로 일하는 친구에게 자기 일을 죄다 미뤄놓고 미안하지도 않아? 그때였다.
 "카론 샤펜투스 헬스트 나이츠 부기사단장님께서 방문하셨습니다."
 "어머나. 카론 경? 오랜만입니다아아…… 아아아아악!"
 카론 경은 들어오자마자 꼬리를 치는 키스의 뒷덜미를 잡아채서 사무실로 질질 끌고 들어갔다. 그것은 마치 먹이를 낚아채는 송골매의 형상, 나는 식은땀을 흘리며 순간적으로 벌어진 납치극을 지켜봤다.

'뭐, 뭐냐 저건.'

카론 경은 말썽 피운 고양이에게 화가 치민 모습이었다.

'키스 경, 또 무슨 잘못 저지른 거야?'

고객들에게 밀린 편지를 쓰고 있던 나는 결국 펄펄 끓어오르는 호기심을 참지 못하고 살금살금 사무실로 접근했다. 기사로서 할 행동은 아니지만 핀치에 몰린 키스 경의 모습이란 그리 쉽게 볼 수 있는 '구경거리'가 아니거든.

나는 신방을 훔쳐보는 돌쇠의 자세로 사무실 문에 귀를 댔다. 그리고 진땀 나는 5분 뒤.

"……"

아무 말도 들리지 않았다. 둘이서 팬터마임을 하고 있는 거야 뭐야!

'아니, 이 양반들 수화로 대화하나. 왜 아무 소리도 안 들리는……'

조급한 기분으로 두근거리는 그 순간!

"우악!"

갑자기 문이 확 열리자 나는 사무실 안으로 두 팔을 쫙 뻗으며 슬라이딩해 버렸다. 바닥과 충돌하려는 내 머리를 탁 잡은 키스 경이 난감하게 웃으며 날 바라봤다.

"어머나, 미온 경. 남의 대화를 엿듣다니요! 제가 그렇게 가르쳤습니까아?"

아아, 방심했다. 키스 경이나 카론 경이나 내 인기척 정도는 자다가도 느낄 수 있는 초인들이었지 참. 나는 '단지 당신이 궁지에 몰린 모습을 보고 싶어서.'라고는 차마 말하지 못한 채 손가락을 꼼지락거리며 우물쭈물했다.

팔짱을 낀 채 차갑게 키스를 바라보던 카론 경이 말했다.

"아무튼 방금 한 충고 잊지 마라. 아무리 너라고 해도 약점이 노출된다면……."

응? 약점? 아니, 그보다 방금 전까지 정말 대화하긴 했어? 독심술이라도 쓴 거야? 하지만 키스 경은 여전히 딴청이었다.

"아, 카론 경. 밥 먹고 갈래요?"

"……키스."

키스 경은 자신을 쏘아보는 카론 경을 일부러 무시하며 날 바라봤다.

"카론 경은 남의 일에 너무나 걱정이 많아서 탈이에요. 그렇죠오, 메론 경?"

"크아아악! 메론 아니라니까! 아? 잠깐! 당신이…… 어떻게……."

키스는 지난 13일 동안 대체 어디에 있었던 것일까. 그의 셔츠 사이로 살짝 드러난 붕대를 바라보며 나는 그렇게 생각했다. 카론 경이 밖으로 나가며 조금은 신경질적으로 말을 던졌다.

"몸이 그 꼴이 되고도 고작 한다는 말이…… 어떻게 되든 상관없다는 거냐. 넌 정말 뻔뻔하구나."

그가 떠나고도 한참 동안 말이 없던 키스는 창밖으로 리더구트의 정원을 걸어가는 카론 경을 지켜보며 중얼거렸다.
"나처럼 불행한 인간은 뻔뻔해도 괜찮아요."
마치 장난처럼 말하는 키스의 모습은 누구도 꺼내 줄 수 없는 투명한 외로움 속에 잠겨 있는 것만 같았다.

제4화

똑바로 살아라

1.

 그러니까 이 비극은 지명을 다녀오는 열차에서부터 시작된다. 나는 덜컹거리는 열차의 흔들림에 눈을 떴다. 깜빡 잠이 들었던 모양이다.
 대낮인데도 주변은 어두컴컴했다. 사방에는 잘 숙성된 곰팡이들의 퀴퀴한 악취가 가득했다. 춥기는 또 살인적으로 추워서 나는 여행 가방을 꽉 껴안은 채로 몸을 떨어야만 했다.
 열차가 왜 이 모양이냐고? 당연하다. 여기는 화물칸이니까!
 아무도 없는 커다란 화물칸에 덩그러니 혼자 앉아 있는 이 심정은 열차를 통째로 전세 낸 것 같은 행복의 절정······일 리가 없지. 나는 서커스단에 팔려 가는 판다곰의 심정으로 쓸쓸히 중얼거렸다.

"……시작부터 이 모양이야."

내가 승객이 아닌 화물로 분류되어 짐짝 취급을 받게 된 이유는 아주 간단하다. 단지 그 이유가 너무도 어처구니가 없어서 서러운 눈물만 흐를 뿐. 그건 바로…….

왕실에서 사용 기간이 지난 열차표를 지급해 줬기 때문이었다.

그것도 돌아오는 날 기간이 끝나 버리는 아슬아슬한 티켓을 주다니! 뭐, 남의 일에 대해서는 엄청 대충대충 처리하는 왕실을 상대로 순진하게 '유통 기한'을 확인하지 않은 내 잘못이라면 내 잘못이지만—덕분에 나는 주머니를 탈탈 털어서야 겨우겨우 화물칸에 탈 수 있었다. 그것도 승객은 화물칸에 태울 수 없다는 역장의 완강한 거부를, '제발 저를 짐짝으로 여겨 주시와요.'라는 서러운 애교로 설득한 끝에 가능했던 일이었다.

게다가 더욱더 나의 울적함을 부추기는 슬픈 현실은, 지금 내 여행 가방 안에는 지명 비용으로 받은 엄청난 돈이 들어 있다는 사실.

'일단 그 돈 써서 티켓을 사면 되잖아?'라고 생각할 수도 있겠지만, 이놈의 공무원 사회에서 그건 자살 행위다. 어떤 이유로든 지명비에 손을 댔다간 '공금 횡령'에 해당되고 돈에 무섭게 쩨쩨한 왕실로부터 핀 포인트로 공격을 당하게 된다.

기간이 지난 열차표를 지급한 것에 대해서는 '어 그래? 그거 미안하게 됐네.'이고, 그래서 어쩔 수 없이 공금으로 티켓을 구입하면 '법이 장난인 줄 알아? 죽어라, 범죄자!' 라는 공식이 성립되는 것이다.

이 비현실적으로 보이는 상관관계가 실은 관료주의라는 이름으로 세상 천지에 널려 있는 것 또한 사실이다.

'……계속 호스트 할 걸 그랬나.'

나는 먹이를 달라고 격렬하게 항의하는 배를 매만지며 울상을 지었다. 열차가 도착하려면 아직 다섯 시간은 더 달려야 한다. 아무리 억지로 잠들려고 해도 악독한 추위가 나를 흔들어 깨웠다. 게다가 같이 이야기를 나눌 사람은커녕 날 위로해 줄 쥐며느리 한 마리 안 보여.

현실 도피를 위해 계속 '그녀'를 떠올려 봐도 들려오는 목소리라고는 '미온, 배고프지? 미온, 춥지? 미온, 외롭지?' 라는 서글픈 메아리뿐. 헐벗고 배고픈 지금 이 순간만큼은 세상만사 다 짜증 난다.

"어? 저게 뭐지?"

그때 나는 이상한 것을 목격했다. 나무판을 이어 붙여 만든 벽, 그 균열 사이로 햇빛이 어지럽게 새어 들어오고 있었다. 그리고 그 광선에 반사된 무언가가 바닥에서 반짝거리고 있었던 것이다.

"장신구?"

나는 그것을 향하여 엉금엉금 기어갔다. 마나 열차의 화물칸에는 보통 승객들의 커다란 짐들을 쌓아 둔다. 수천 벌의 옷을 가지고 여행하는 귀부인들도 있으니까 말이다. 그리고 부주의하게 짐을 쌓다 보면 안에 있던 귀걸이나 브로치 따위가 굴러떨어지는 수도 있을 것이다.

그러나 그 반짝이는 작은 물체와 점점 가까워지면서 내 표정은 굳어 갔다. 그것은 장신구가 아니었다.

"서, 설마!"

도저히 이런 곳에서 발견하게 되리라고는 믿기지 않지만 눈앞에 보이는 샛노란 물체는 바로 금화였다. 그것도 성왕 하켄의 옆모습이 또렷하게 도안된 우리나라 통화(通貨).

귀중한 금화를 화물칸에 넣어 두는 바보는 없다. 나는 얼이 빠진 얼굴로 그것을 들어 보았다.

"정말…… 금화네."

앞마당에서 산삼을 발견했을 때의 기분이 이것과 비슷할까? 이 무슨 난데없는 돈벼락? 아아, 역시 신께서 헐벗고 굶주리고 고독해하는 나를 불쌍히 여기사 일용할 금화를 내려 주…… 어? 나는 주변을 둘러보며 말을 흐렸다.

"저것들은 또 뭐야."

나는 떨리는 눈빛으로 화물칸의 한곳을 응시했다. 멀찍이 떨어져 있을 때는 몰랐는데 저쪽에도 금화가 굴러다니고 있었던 것이다. 난 홀린 듯이 그곳으로 가서 두 번째 금화를 집어 들었다. 역시 같은 종류다.

"노, 농담이겠지?"

몇 걸음 앞에 또 금화가 떨어져 있었다. 이럴 수가! 열차의 화물칸이라는 것을 처음 타서 몰랐는데, 이렇게 금화가 바닥에 널려 있는 곳이었구나……라고 생각할 수가 있겠냐! 대체 뭐야! 이 정체불명의 금딱지들은!

'설마! 함정?'

예를 들면 이 땅에 찾아온 외계인을 초콜릿으로 유인한 뒤에 사로잡아 사육한다든가, 공짜라는 말에 홀려서 위험한 술집에 들어갔다가 엄청나게 바가지를 쓴다든가, 하는 닳고 닳은 패턴 말이다.

하지만 아무리 생각해 봐도 화물칸에서 헐벗고 굶주린 승객을 금화로 유인해 놓고 뭘 어쩌자는 것인지 떠오르지 않았다. 아니, 그보다 나는 일단 왕실 기사다. 이렇게 널려 있는 출처를 알 수 없는 금화들을 못 본 척 놔둘 수가 없었다.

난 침을 꿀꺽 삼키며 금화들이 드문드문 놓여 있는 자취를 추적해 갔다. 그것은 점점 더 깊고 어두운 화물들 속으로 이어져 있었다. 앞을 분간하기 힘들 정도로 컴컴한 구석에 도착했을 때 시커먼 그림자가 내 뒤를 덮치며 입을 틀어막았다!

"크크크! 또 걸려들었구나! 노예가 된 것을 축하한다!"

……라는 몰상식한 전개는 물론 없었다.

언제 탈지도 모르는 승객을 기다리며 화물칸에 몇 날 며칠이고 잠복해 있을 개념 없는 인신매매범이 있을 리가 없지. 그러나 지금 내 눈앞에 보이는 것은 차라리 납치범이었다면 덜 놀랐을 정도로 믿기 힘든 것이었다.

2.

그것은 어찌나 반짝반짝거리는지 빛이 거의 없는 음습한 구석에서도 빛을 발하고 있었다.
"……지금 내가 꿈을 꾸고 있는 건가."
내 키보다도 큰 궤짝이었다. 그 궤짝의 부서진 작은 틈새 사이로 가득 찬 금화들이 보였다. 이렇게 엄청난 양의 금은 본 적도 없다. 어림짐작으로 생각해 봐도 여간한 귀족의 영지 하나를 통째로 사고도 남아돌 정도의 거금!
나는 도저히 실감이 나지 않아서 떨리는 손으로 궤짝을 매만졌다. 한참을 그러고 있을 때 잠시 잊고 있던 불행이 찾아왔다.
빠드득.
"어라?"
와르르르.
"어라라?"
피할 시간조차 없었다. 무게를 이기지 못한 궤짝이 순식간에 부서지며 넘실거리는 황금 물결이 나를 덮쳤다.

"사람 살려!"

돈벼락이다아앗! 우아아아! 숨을 못 쉬겠어!

나는 버둥거리며 이 '금화 지옥'에서 빠져나오려고 했지만 짓눌린 몸은 움직여 주지 않았고 내 위로 가득 차오른 금화들이 가슴을 억눌렀다.

'숨을 쉴 수가 없어! 누가 좀…….'

그러나 곧 엄청난 압력이 온몸을 눌러왔고 나는 조금씩 의식을 잃어 갔다. 눈앞이 흐릿해지며 곧 내 영혼이 육체와 분리되어 가는 것을 느낄 수 있었다.

―지금까지 애독해 주신 여러분께 감사드립니다.

작가 후기

"우아아아아! 멋대로 죽이지 맛!"

나는 괴수 같은 포효를 내지르며 금화 더미 속에서 솟구쳐 올라왔다. 그러고는 새파랗게 질린 얼굴로 가쁜 숨을 내쉬었다.

"이게 틈만 났다 하면 날 죽이려고……."

위험했어. 요단강에 발 담그고 온 기분이야. 뭔가 강대한 악의가 날 죽음으로 인도했다고!

"아무튼 이 살인 금화는 대체 뭐야!"

황금으로 샤워를 해 버린 나는 울상이 되어선 금화를 집어 들었다. 그리고 그 순간 내 표정이 굳어졌다.

"이거…… 위조?"

나는 정밀하게 제조된 이 금화가 위조일 수밖에 없는 명백한 증거를 발견했다.

3.

유사 이래 최고 많은 양의 위조 금화가 발견되자 왕실은 발칵 뒤집혔다. 제조 기술자들이 위고르 공의 지휘 아래 전문 감식에 들어갔고, 헬렌 경과 카론 경은 군무대신과의 공조하에 곧바로 수사에 착수했으며, 아이히만 대공은 보고를 받은 즉시 전국의 금화 유통을 긴급 중단시키는 공문을 보냈다. 그리고 최초 목격자이자 신고 당사자인 나 엔디미온은…….

"어이, 미온. 춥다. 얼른 뽑고 들어가자."

쇼탄 경과 함께 손을 호호 불며 리더구트 뒷마당의 잡초를 뽑는 중이었다. 너무해. 나도 카론 경과 함께 수사하고 싶어. 수사는 고사하고 '너 숨긴 금화 있어? 거짓말하면 알지?' 라면서 취조실에서 몸수색까지 당했다(참고로 열차 삯도 못 받았다).

게다가 기진맥진해서 리더구트에 오자마자 인정머리 없는 키스 경이 '녹색은 다 없애버리세요오!' 라는 말과 함께 호미 하나 달랑 쥐여 주며 내쫓아 버리는 것이 아닌가. 대체 내 인권은 어디로 가고 있는 거야.

"저어, 있잖아. 미온."

수세미같이 억센 겨울 잡초와 씨름하고 있는 내 옆으로 쇼탄 경이 다가왔다. 그가 주변을 두리번거린 뒤에 내 귀에 속삭였다.

"금화 챙긴 것 없어?"

"……"

할 말이 없었다. 안 그래도 서러워 죽겠구만!

"있으면 좀 나눠 주라. 응?"

"금 때문에 그 고생을 하고도 또 당기십니까?"

나는 얼어붙은 땅을 호미로 턱턱 찍어대며 퉁명스럽게 대꾸했다. 쇼탄 경은 머쓱한 표정으로 호미질을 하며 중얼거렸다.

"금은 인류의 친구라고. 친구를 좋아하는 게 뭐가 어때서……."

말이나 못하면 밉지나 않지…… 한편 같이 노동에 선택된 랑시는 저쪽에서 커다란 코트를 뒤집어쓴 채 정성스럽게 무언가를 하고 있었다.

'지금 뭘 하고 있는…….'

눈을 가늘게 뜨고 그 광경을 유심히 지켜보던 내 이마에 힘줄이 돋았다.

"잡초 심지 마!"

"캬하핫! 들켰네?"

어쩐지 뽑아 놓은 잡초가 계속 사라진다 했어! 아악! 누구는 숨도 안 쉬고 일하고 있는데! 명이 줄어드는 것 같아!

"일 좀 하시지, 응?"

내가 무섭게 쏘아보자 랑시가 커다란 눈망울을 글썽거리며 애처롭게 나를 바라봤다.

"소녀는 노동이 싫사와요."

"……소년이겠지."

자기 정체성에 대해 심각하게 좀 고민해 보라고!

그와 함께 등 뒤에서는 '헤유우. 나도 금화로 샤워 한번 해 봤으면 소원이 없겠네.'라는 쇼탄 경의 가난에 찌든 목소리가 들려왔다. 나는 이 건조한 날 불쾌지수가 급상승하는 기묘한 체험을 했다. 그때였다.

"저어, 엔디미온 경이십니까?"

나를 부르는 소리에 시선을 돌리자 깔끔한 남색 유니폼을 입은 왕실 전령이 호미를 든 채 오만상을 찡그리고 있는 나를 얼떨

떨한 시선으로 바라보고 있었다. '당신, 기사 맞아?'라는 표정이다. 기사라고 꼭 칼 들고 있으란 법 있습니까?
"아이히만 대공께서 부르십니다. 왕궁으로 가시죠."
드디어 수사에 참여하게 되는구나! 나는 가슴이 벅차올랐다.

4.

"뭐 해? 어서 차 안 타고!"
"······네."
헬렌 경의 독촉에 나는 쓸쓸한 표정으로 티스푼을 저었다. 결국 이러려고 부른 거였군. 긴급 어전 회의에는 아이히만 대공을 비롯해서 위고르 공과 헬렌 경, 카론 경, 오르넬라 성녀님까지 왕실의 중진들이 모두 참석했다. 그만큼 이 위조 금화 사건은 중대한 문제였던 것이다.
카론 경은 이미 본격적인 수사에 착수했는지 날카로운 눈매로 두터운 사건 파일을 검토하고 있었다. 역시 왕실에서 가장 믿음직한 사람이랄까. 세계 최강의 라이오라 씨마저 그를 높이 사는 이유를 알 것 같다. 문무겸비라는 것은 저런 것이리라.
"국왕 전하께서 납십니다!"
낭랑한 목소리와 함께 전원이 자리에서 일어났다. 곧이어 뭐가 그렇게 신 나는지 해맑은 웃음을 한껏 담은 임금님이 뛰어들어왔다. 그러고는 득남했을 때나 보였을 환하고 행복한 표정으로 외쳤다.

"여보게들! 금화가 발견되었다며? 어이구! 봉 잡았네! 봉 잡았어!"

전하는 하나 가득 쌓여 있는 위조 금화 앞에서 덩실덩실 춤을 추며 오두방정을 떨고 있었다. 금이면 다 좋은 거야? 왕실 서열 2위인 아이히만 대공이 심드렁한 목소리로 말했다.

"전하, 위조 금화가 발견되었다는 것이 뭘 의미하는지 알긴 압니까?"

"응? 뭔데?"

"왕실에 대한 백성들의 불신이 높아지는 것은 물론, 가장 극단적인 경우 가치의 기준 자체가 뒤흔들리게 됩니다. 금은 실물 가치의 척도입니다. 가짜 금화가 섞여 있다는 것을 알게 된다면 누가 대가로 금화를 받고 싶겠습니까?"

"대공, 걱정도 팔자요. 그거야 백성들이 알아채지 못하게 만들면 되……."

대공의 표정이 못난 자식을 한 대 후려치려는 사자의 상으로 돌변하자 임금님이 목을 움츠리며 말했다.

"……그럼 어떻게 하자는 거요?"

그러자 검은 드레스 사이로 육감적인 다리 굴곡이 살짝 드러난 오르넬라 성녀님이 말했다. 항상 하는 말이지만 독실한 신도들을 시험에 들게 만드는 죄악의 육신을 가진 그녀다.

"당연히 위조 금화들을 찾아내서 수거하고 위조범들을 잡아내는 것이 급선무겠지요."

"그럼 그렇게 하면 될 것 아니오?"

"하지만 수거에는 문제가 있습니다!"

야심 찬 목소리와 함께 입을 연 자는 바로 위고르 공이었다. 그는 장광설을 늘어놓기 전 특유의 버릇으로 헛기침을 한 번 하고는 말문을 터트렸다.

"주화를 제조하는 방식에는 주물 방식과 제분소압인 방식과 타인(打印) 방식이 있습니다. 그런데 우리 베르스 왕국의 조폐창에서는 제분소압인 방식으로 금화를 제조하고 있습니다."

모두는 위고르 공이 무슨 말을 하려는지 영문을 알 수 없었다.

"제분소압인 방식은 수력 압착기의 강력한 힘을 이용해서 소전이라고 불리는 민무늬 판금에 금화의 문양이 새겨진 틀, 즉 극인을 압인시키는 방식입니다. 이것은 다른 두 가지의 방식보다 훨씬 고품질의 금화를 제조할 수 있는 신기술로서, 디테일하고 균일한 금화를 양산할 수 있으며 기계는 이오타로부터 수입된 것으로……."

눈만 끔뻑거리며 계속 지켜보던 전하가 말했다.

"뭔 소린지 전혀 모르겠으니 본론만 말해 주시겠소?"

"아 예."

최소한 서너 시간가량 자신의 지식을 잔뜩 자랑하려는 야망에 불타던 똘똘이 위고르 공은 머쓱한 표정으로 짧게 말을 줄여야 했다. 그가 마치 수사관처럼 눈을 번뜩이며 말했다.
"위조범들이 동일한 기계로 제조한 위조 금화는 일반인들은 물론, 전문가도 쉽게 구분할 수 없을 정도로 정교하다는 것이 문제입니다!"
뭣이! 설마 나도 발견한 그 '결함'을 못 찾은 거야?
전하는 깜짝 놀란 얼굴로 되물었다.
"그, 그렇게 정교하오?"
"그렇습니다! 최정예 기술자들이 위조 금화를 녹여서 분석해 본 결과 본래 금화가 중량 33.45그램에 금의 함유량은 가장 가공하기 용이한 순도 92.5퍼센트, 약 22캐럿으로 주화당 1온스를 기준으로 하는 반면, 위조 금화는 그의 절반인 순도 46퍼센트에 다른 저가의 금속들을 혼합하여 만들어져 있었습니다. 그러나 육안으로 보기에는 구별하기 어려울 정도로 똑같은 질량과 크기, 굵기, 질감, 빛깔을 가지고 있습니다. 즉, 일일이 녹여서 분석해 보지 않는 이상 위조 금화를 분류해 내는 일은 불가능에 가깝습니다. 이상입니다!"
위고르 공은 자기가 위조 금화를 만들기라도 했는지 엄청 들떠서는 결국 그 박식하고 장황하기 짝이 없는 보고를 늘어놓고야 말았다. 그냥 줄여서 '일반인은 구분할 수 없습니다.'라고 말해도 좋을 텐데 말이지.
아니 그건 그렇고, 별의별 실험을 다했으면서도 그 '치명적인 오류'는 정말 발견 못 한 거야?

위고르 공은 아예 실제 금화와 위조 금화를 하나씩 들고 전하에게 보여 주었다.

"보십시오! 이건 정말 누구도 구분하지 못할 위조의 예술……."

"잠깐, 위고르 공."

임금님이 두 금화를 번갈아 바라보며 말했다.

"기분 탓인지 모르겠는데…… 이 금화에 찍힌 얼굴들, 서로 바라보고 있는 거 같지 않소?"

"엥?"

위고르 공은 황급히 두 주화를 바라봤다. 아아, 위고르 공. 정말 모르고 있었구나. 믿어지질 않아. 지금 상황을 그림으로 설명하면 다음과 같았다. 참고로 금화에 새겨진 옆모습은 이 나라를 건국한 성왕 하켄이다.

진짜   가짜

아니 좀 봐봐. 위조는 오른쪽으로 고개를 돌리고 있잖아! 원숭이도 조금만 교육을 받으면 구분할 수 있을 거라고!"

당황하는 위고르 공의 금화를 빼앗은 아이히만 대공이 퉁한 목소리로 중얼거렸다.

"이거 대가리가 서로 반대잖아?"

싸늘한 정적이 회의실에 내려앉았다. 참석자 모두 민망한 눈초리로 위고르 공을 바라봤고, 낯 놓고 기역 자도 몰랐던 엘리트 법무대신 위고르 공은 식은땀을 흘리며 '그, 그냥 분위기를 띄워 보려는 개그였습니다.' 라는 영 신통찮은 변명을 늘어놓고 있었다. 몸 둘 바를 모르는 위고르 공을 향한 아이히만 대공의 시선은 '위고르 공, 저쪽 구석에 가서 대가리 박고 있으시오.' 였다.

도톰한 입술 사이로 긴 담뱃대를 문 성녀님이 '미온 군, 차 한 잔 부탁해.' 라고 말한 뒤에 헬렌 경에게로 시선을 돌렸다.

"무엇보다 중요한 것은 저 얼간이 금화를 만든 장본인을 밝혀내야 하는 것 아닐까요. 헬렌 경, 수사에 진척이 있어요?"

헬렌 경은 그 말을 기다렸다는 듯이 고개를 끄덕이며 말했다.

"물론 성과가 있습니다. 카론 경, 보고해."

모두의 시선이 흑청색의 머리칼을 가진 미남자에게 집중되었다. 카론 경은 특유의 청명한 음성으로 간략한 브리핑을 시작했다.

"현장 수사를 실시하였으나 위조범 일당은 이미 도주한 뒤였습니다. 그래서 역추적을 시도했습니다."

역추적? 나는 흥미로운 시선으로 그를 바라봤다.

"저 위조 금화는 실제 금화를 제조할 때 사용되는 수력 압착기와 동일한 기계로 만들었을 가능성이 높습니다. 즉, 우리나라의 것과 같은 기계를 사용했습니다."

"으음. 계속 말하게."

아이히만 대공 역시 뭔가 눈치챘다는 날카로운 눈빛을 보이며 말했다.

"그리고 그 수력 압착기는 이오타 왕국의 과학지원성(科學支援省)을 통해서만 구입할 수 있습니다."

"하지만 그런 것을 국가라면 모를까, 개인에게 판매할 리가 없지 않은가."

"저도 그것이 의심스러워 인트라 무로스에 수사 협조를 요청했습니다. 그리고 약 한 달 전 그 압착기를 구입해 간 곳이 있다는 것을 알아냈습니다. 바로 니샤 왕국입니다. 하지만 아시다시피 니샤 왕국의 금화는 수력 압착기를 사용하지 않는 타인 방식의 구형 금화입니다."

사무적인 어조와는 달리 그것은 실로 놀라운 단서였다. 나는 박수를 치고 싶을 정도로 감탄했다. 군더더기 없이 깔끔하게 단서를 포착해낸 것도 멋지지만 그것을 단 하루 만에 끝냈다는 신속성은 수사의 문외한인 내가 봐도 대단했던 것이다. 아마 다른 관료에게 수사를 맡겼다면 이 사실을 알아낼 때까지 족히 1년 봉급은 받아 챙겼으리라.

"그럼 니샤 왕국이 이 위조 금화를 만들었다는 의미인가?"

아이히만 대공이 찡그린 표정으로 물었다. 답변은 헬렌 경이 꺼냈다.

"현재로서는 아마도 그럴 가능성이 높습니다. 그리고 이오타 역시 위조 주화를 만들 것이라는 사실을 뻔히 알면서도 니샤에 기계를 팔았던 겁니다."

우아! 지나치게 뻔뻔해! 어떻게 왕실에서 직접 위조 금화를 만들 수 있단 말이야! 게다가 이오타도 그렇지! 자신들의 기계로 범죄를 저지를 거라는 것을 알면서도 어쩜 그렇게 입 싹 닦고 팔아치울 수가 있단 말인가. 이건 국가 도덕성 문제라고! 라면서 발끈 화가 나긴 했지만 뭐 솔직히 약육강식의 국가 관계에서 티 없이 맑은 스포츠맨십 같은 걸 바라는 것은 분식집에서 샥스핀 찾는 격이리라(일단 우리나라부터 다른 나라들을 상대로 대단히 치졸하게 돈벌이를 하고 있으니까).

한편 카론 경은 풀리지 않는 문제를 앞에 둔 학생처럼 곤혹스러운 시선으로 계속 서류를 바라보고 있었다. 그가 말했다.

"그런데 한 가지 의문이 남습니다."

"음. 뭔가."

"니샤 왕국에서 어째서 얼굴을 반대로 돌리고 있는 위조 주화를 만들었는지는 도저히 짐작할 수가 없었습니다."

확실히 그건 미스터리였다. 저런 한심한 위조 금화는 아마 전 세계에서 위고르 공을 제외하면 누구라도 구분할 수 있을 것이다. 자고로 위조란 '최대한 오리지널에 가깝게!' 해야 정상이 아니던가?

"그건 정말 모를 일이로군. 으음, 뭔가 음모가 숨어 있는 걸까."

무서운 판단력을 지닌 아이히만 대공마저도 답답한 듯이 담배를 물었다. 카론 경과 대공조차도 짐작이 가지 않는 의문일 줄이야. 하긴 위조 주화의 모양을 거울로 본 것처럼 정반대로 만든 비상식적인 일인데, 그 이유를 상식선에서 추리해 볼 도리가…….

아? 순간 어떤 생각이 반짝 떠올랐다. 이건 정말 엉뚱한 생각이긴 하지만 그래도 말해 두는 편이 좋을 것 같았다. 회의 테이블 뒤쪽에 서 있던 나는 용기를 내서 입을 열었다.

"저어, 혹시 이런 이유 때문이 아닐까요."

"누가 네게 발언권을 줬나! 비전문가의 조언 따위는 수사를 방해할 뿐이야!"

아니나 다를까, 헬렌 경이 날카롭게 파고들며 내 말을 끊었다. 쳇, 괜한 참견이라서 미안하게 되었네요. 나는 입술을 삐죽 내밀며 뒤로 물러섰다. 그때,

"말해 봐, 엔디미온 군."

암갈색 옻칠을 한 우아한 담뱃대를 까닥거리며 오르넬라 성녀님이 미소를 지어 보였다. 헬렌 경은 분한 표정이었지만, (권력이라는 놈은 수직 구조라서)베르스 최고위 종교 지도자를 거스를 수는 없었다. 내 추측은 다음과 같았다.

"혹시 오리지널 금화를 보고 그대로 직인을 조각한 것이 아닐

까요?"

사람들은 처음에는 내 말이 잘 이해가 안 가는 듯이 의아한 표정을 보이다가 점차 놀란 눈빛으로 바뀌어 갔다(물론 임금님은 계속 '무슨 소리야?' 라는 눈빛이었지만).

아이히만 대공이 턱을 매만지며 중얼거렸다.

"말은 되는군. 그렇게 하면 금화를 찍었을 때는 좌우가 바뀌어 버릴 테니까. 거울처럼."

나는 고개를 끄덕였다. 솔직히 그것 외에는 다른 가능성이 떠오르지 않았다.

"하지만 왜 그런 짓을 한 거지?"

나는 쓴웃음을 지으며 대답했다.

"의도라기보다는 실수겠죠."

"설마 그런 어처구니없는 실수를 했을까?"

"그거야…… 니샤 왕국이니까요."

순간 '정말 그럴지도 몰라!' 라는 생각이 사람들의 얼굴에 스쳤다. 만약 마키시온이나 콘스탄트가 이런 일을 저질렀다면 '역시 뭔가 고차원적인 음모가 있다!' 라고 생각했겠지만 상대가 니샤 왕국이라면 '그럴 만도 하지.' 라고 혀를 차게 되는 것이다.

어째서 옆 나라 니샤가 우리나라와 함께 세계 서열 꼴찌에서 1, 2위를 다투는 나라가 되었는지 생각해 보면 대충 짐작할 일이었다. 그러자 갑자기 임금님이 격노에 찬 표정으로 테이블을 내려쳤다. 그 표정은 마치 찜통에 들어간 만두처럼 달아올라 있었다.

"그 망할 니샤 국왕이 내 나라에 위조 금화를 보냈다 이거지!"

참고로 니샤 국왕과 우리 임금님은 (예전 금옥두 사건 때도 나왔듯이) 허구한 날 시시껄렁한 일로 신경전을 벌이는 견원지간이다. 전하는 전에 없이 분노에 불타오르고 있었다.

"이건 분명 묵과할 수 없는 니샤 왕국의 도발 행위요! 짐은 이 자리에서 니샤 왕국의 발칙한 만행에 철저히 보복할 것을 선포하겠소!"

그, 그럼 설마 전쟁? 하지만 전하의 보복은 좀 더 끔찍하고도 지저분한 것이었다.

"우리도 위조 금화를 만들어 니샤 왕국에 보내시오!"

그게 국왕이 할 말이냐! 아이히만 대공은 아주 멱을 따 버릴 것 같은 표정으로 말했다.

"그러니까 전하, 네놈이 고작 하시는 말씀은 우리도 지지 말고 위조 금화를 만들자 이겁니까?"

"눈에는 눈! 이에는 이! 위조에는 위조!"

전하는 하늘을 우러러 한 점 부끄림도 없는 표정으로 엄지손가락을 들어 보였다. 이 나라의 백성이라는 사실이 한없이 창피해지는 순간이었다.

그때 명예 회복의 기회를 노리던 위고르 공이 벌떡 일어서며 열렬한 박수 세례를 보냈다.

"적의 도발에 한 치 물러섬도 없는 초개와 같은 위엄에 소인은 탄복했사옵니다! 전하께서는 실로 성왕 하켄의 재림이시옵니다! 국왕 전하 만세!"

위고르 공은 눈물까지 글썽이고 있었다. 어떻게 맨정신으로 저런 가당찮은 아부를 쏟아낼 수 있단 말인가. 역시 엘리트는 달랐다. 아이히만 대공이 그의 등 뒤에 대고 씨익 웃으며 속삭였다.

"아부의 프로페셔널, 그의 이름은 위고르."

"시, 시끄럿!"

위고르는 찡그린 얼굴로 대공을 확 째려본 뒤에 다시 활짝 웃으며 열렬한 박수를 보내는 것이었다. 뭐, 다 먹고 살자고 하는 짓이겠지만 위고르 공은 가끔 대단히 측은해 보일 때가 있다.

결국 우리나라는 회수한 위조 금화를 그대로 녹여서 니샤의 위조 금화를 만들어 보낸다는, 이른바 '함무라비 프로젝트'에 돌입하게 되었다.

5.

"……방금 회의, 대체 뭐였지?"

나는 멍한 표정으로 리더구트로 걸어오며 그렇게 중얼거렸다. 어째서 결론이 '그럼 이쪽도 위조다!'가 되는 거야? 보통은 정식 항의 서한 같은 것을 보낸 뒤에 사과를 받아내고 궁극적으로 외교적 우위를 점한다……라는 것이 명랑한 해결책이겠지만, 우리 굳센 임금님께서는 '흥! 감히 이 몸한테 사기를 쳐? 누가 더 사기의 지존인지 가려 보자!'라고 발끈해 버렸던 것이다. 혹자는 이런 것을 보고 '제멋에 산다.'라고 평가한다.

'그건 그렇고……'

나는 머쓱한 표정으로 흘낏 뒤를 돌아보았다. 아까부터 카론 경이 서류를 훑어보며 내 뒤를 따라오고 있었던 것이다.

"카론 경. 저한테 볼일 있으세요?"

"아니."

그는 그 차가운 눈빛을 하얀 서류 위에 고정시킨 채 무뚝뚝한 목소리로 대답했다. 그런데 왜 따라오시는 겁니까? 결국 카론 경은 나와 함께 리더구트 안까지 들어왔다.

6.

아니나 다를까, 키스 경은 대낮부터 소파에 추욱 늘어져 있었다. 커다란 쿠션을 껴안고 꼭 감은 눈매까지 조금 찡그린 채 누워 있는 모습은 완전히 감기 걸린 코알라였다. 정말 키스 경에게 유카리 나뭇잎을 주면 맛있게 꼭꼭 씹어 먹을 것 같다는 의문마저 든다.

"아? 카론 경 왔어요오?"

슬며시 눈을 뜬 키스가 아직 잠에 취한 표정으로 헤죽 웃었지만 카론 경은 눈길도 주지 않고 지나쳐서는 테이블 앞에 앉아 서류를 내려놓았다.

"잠시 있겠다."

키스 경은 의아한 듯이 빨간 눈동자로 나를 바라보며 카론 경을 손가락으로 가리켰다.

'왜 저래요오?'

'나도 몰라요.'

나는 도리도리 고개를 저으며 어깨를 으쓱했다. 멀쩡한 자기 집무실 놔두고 여기서 사무를 보겠단 말인가? 키스 경이 있으면 일부러라도 피해 가는 사람인데? 시종이 가져온 찻잔을 든 채로 '위조 금화' 서류에 열중하고 있는 카론 경을 보며 나는 고개를 갸웃거렸다.

부스스 몸을 일으켜 엉켜 있는 머리칼을 긁적거리던 키스 경은 이유를 알겠다는 듯이 의미심장한 미소를 보였다.

"헬렌 경 때문에 그러는 거죠?"

순간 우리에게 등을 보이고 있는 카론 경의 어깨가 움찔했다.

"헬렌 경에게 들들 볶일까 봐 여기로 피신한 거죠오?"

또 움찔! 카론 경은 못 들은 척하고 있었지만 이미 그를 곁눈질하는 키스 경은 '어쩔 수 없는 사람'이라는 눈웃음을 짓고 있었다. 순간 나도 눈이 반짝 뜨였다.

아하! 그거였구나! 전하의 결정으로 이미 종결된 위조 금화 사건에 대해 카론 경은 계속 수사하고 싶었던 것이리라. 하지만 그런 일에 시간을 보냈다간 마녀 단장 헬렌 경에게 당장 집어치우고 권력자 뒤치다꺼리나 하라는 무서운 잔소리를 들어야 할 테니까 여기로 피난해 와서 일할 수밖에 없었던 것이다.

아아, 근무 시간에조차 본격적으로 숙면을 취하는 인간도 있는데 누구는 일도 숨어서 해야 하다니, 세상 참 부조리하다는 생각이 드는군.

꾹 참고 일을 하던 카론 경은 그 무한한 인내심에도 불구하고 자신을 보고 싱글싱글 웃고 있는 키스에게 신경질을 터트렸다.

"어째서 내가 자네의 무책임한 행동 때문에 피해를 봐야 하는지 모르겠다."

그러고 보니까 헬렌 경의 성격이 '그 지경'이 된 것은 키스 탓이라고 들었다. 키스가 그녀를 뻥 걷어차 버렸기 때문에 남자라면 이를 가는 히스테리가 생겨 버린 것이고, 결국 그 분노의 역류는 엉뚱하게도 같은 '직장'에 있는 카론 경을 덮쳤다. 따지고 보면 카론 경은 키스의 무분별한 연애질이 낳은 무고한 피해자인 셈이었다.

하지만 키스는 그 정도로 사과를 받아 내기에는 너무도 강적이었다. 그는 입술을 삐죽거리며 엄청 뻔뻔스러운 말투로 적반하장을 늘어놓았다.

"그거야 저 때문이 아니고 카론 경이 말 못 하게 순진하기 때……."

스르렁.

찰나의 순간 카론 경의 칼끝이 키스의 코앞까지 다가왔다. 그

똑바로 살아라

리고 듣는 것만으로도 마음이 얼어붙을 것 같은 싸늘한 목소리가 들려왔다.

"네 녀석의 조언 따위는 전혀 듣고 싶지 않군."

그러나 키스 경은 목에 칼이 들어와도 할 말은 하는 사람이었다. 그는 가난한 노동자를 착취하는 비열한 자본가인 양 거만하기 짝이 없는 모양새로 공갈을 늘어놓았다.

"제 말이 듣기 싫으시면 헬렌 경이 눈에 불을 켜고 당신을 찾고 있을 집무실로 돌아가시든가요."

"큭!"

진짜 저질 협박이었다.

"어머나. 왜 그런 표정이시죠오? 뭔가 하실 말씀이라도?"

"자, 잠시만 여기 있겠다."

오갈 곳 없는 카론 경이었다. 다시 서류 검토에 몰두하기 시작한 카론 경을 보던 키스는 쓴웃음을 지으며 들릴락 말락 한 소리로 읊조리는 것이었다.

"내가 왜 그녀를 포기했는지 전혀 눈치채지 못하시는군요…… 둔감한 사람."

'맙소사. 그 이유였어?'

(자랑까지는 아니지만)직업 덕택에 여자에 밝은 나는 지금 키스가 한 말의 의미를 눈치챌 수 있었다. 결국 그녀가 사랑한 사람은 카론 경이었던 것이다. 하지만 분명 그때도 카론 경의 곁엔 이멜렌 님이 있었으리라.

키스 또한 얼마나 여자 마음에 능통하던가. 자신에게 접근한 헬렌 경의 속마음을 알아챈 그는 그녀를 냉정하게 떨어트려 놓는 것으로 누구도 더 이상 상처받을 일이 없도록 배려한 것이었다. 어떤 의미로는 지극히 키스 경다운 방식이다.

'아니, 이쯤 되면 피해를 본 쪽은 도리어 키스 경이잖아?'

나는 난감한 웃음을 지으며 손가락으로 뺨을 긁적거렸고, 카론 경은 그런 속사정을 아는지 모르는지 당연하다는 듯이 일에만 몰두하고 있었다.

7.

그러나 노을이 지고 해가 떨어지고 달이 솟아오른 뒤에도 카론 경은 떠나지 못하고 그 자리에 못 박혀 있었다. 목욕을 마치고 올라온 나는 여전히 집요하게 추리에 매달려 있는 그를 보고 걱정스러운 목소리로 물었다.

"카론 경, 뭐 풀리지 않는 문제라도 있나요?"

확실히 위조 금화는 회수되었고 배후는 밝혀졌으며 엉뚱하지만 보복 방법도 결정되었다. 깨끗하게 수사는 끝난 것이다. 그때 그가 말했다.

"모든 것이 지나치게 쉬워."

"예?"

나는 그의 말뜻을 이해하지 못했다. 쉬운 것도 문제가 되나?

"위조 주화는 마치 발견되길 기다리는 것처럼 화물칸 안에 있었고, 그 모양은 누구라도 구분하길 바라는 것처럼 만들어져 있었고, 또 이오타는 기다렸다는 듯이 우리에게 정보를 줬다. 이 사건은 하나의 걸림돌도 없이 너무 쉽게 흘러가고 있어. 마치…… 누군가의 시나리오처럼."

지금 그의 머릿속을 지배하는 것은 노련한 수사관 특유의 직감이리라. 그것에 대해 나는 뭐라고 한마디도 참견할 수 없었다.

"그리고 아이히만 대공."

어? 대공에게도 문제가 있나? 장작이 타들어 가고 있는 벽난로를 주시하는 그의 눈동자에는 차가운 빛이 감돌고 있었다.

"평소 같았으면 분명 이런 문제에 대해 그렇게 쉽게 결론을 내리지 않았을 분이야. 하지만 이번 사건은 이상할 정도로 아무렇지도 않게 넘어갔지. 마치 빨리 끝내기를 바라는 것처럼. 기분 탓인지도 모르겠지만……."

"아하하하. 분명 기분 탓일 거예요. 대공께서 딴생각이 있으실 리가 없죠."

카론 경은 주머니에서 금화 한 닢을 꺼내 테이블에 올려놓았다. 하켄의 얼굴이 오른쪽으로 돌아간 것을 보니 그것은 위조 금화였다.

"자네의 말대로 이 위조 금화는 본래 금화의 모양 그대로 직인에 새겨 넣었을 거다. 그래야 이토록 정확하게 좌우가 반대로 될 테니까. 하지만 그게 정말 실수였을까?"

"하지만 그런 어이없는 행동은 실수라고밖에는……."

"이런 정밀한 위조 금화를 만들 있는 사람이라면 그건 장인의 수준이다. 그런 노련한 위조범이 몇천 번이나 반복했을 일을 실수할 가능성이 있다고 생각하나."

"……!"

생각해 보니 틀린 말이 아니었다. 니샤 왕국 자체는 분명 우리나라와 용호상박으로 엉성한 부분이 넘쳐나지만 적어도 위조 금화를 만든 누군가는 뛰어난 손재주를 가진 베테랑이 분명했다. 내가 딴 건 몰라도 술 따르는 것 하나만큼은 눈 감고 해도 절대 실수하지 않는 것처럼, 그 위조범 역시 좌우가 반대가 되는 초보적인 실수를 할 리가 없었다.

"그리고 니샤 왕국에서 구입해 갔다는 수력 압착기의 가격을 알아봤더니, 화물칸에서 발견된 위조 금화 전체를 합친 것보다도 몇 배는 비싸더군. 그런 손해 보는 장사를 어째서 했을까."

"혹시 할부로 산 것이 아닐까요?"

"……."

"썰렁한 농담은 자제하겠습니다."

나는 머쓱한 표정으로 머리를 긁적거렸다. 나 역시 아무리 생각해 봐도 답이 안 나온다. 이건 그러니까 답은 아는데 문제를 알 수 없는 해괴한 기분이었다.

그때 반쯤 녹은 고무 인간처럼 소파에 마냥 늘어져 있던 키스가 흐느적거리며 일어났다. 정말 저 인간은 하루 열두 시간 수면이 보장되지 않으면 죽어 버리는 그런 특수한 불치병이라도 걸린 거 아닐까? 그가 요상한 자세로 스물스물 다가와서는 헤헤 웃었다.

"카론 경, 제게 좋은 해결책이 있답니다아."

"그게 뭔가?"

"그러니까 그건 말이죠……."

그와 함께 키스 경이 두터운 서류들을 집어 들더니만 난데없이 벽난로 속으로 집어던지는 것이 아닌가! 얇은 종이들이 순식간에 화르르륵 타올랐다. 카론 경의 화가 치밀어오른 것은 당연한 순서였다.

"이게 무슨 짓이냐! 키스!"

"진정하세요오. 은의 기사님."

키스는 하품을 하며 몸을 일으켜 카론 경을 내려다보았다.

"내가 예전에 카론 경에게 이런 말 한 적이 있죠? 당신 최고의 무기는 냉정함이라고. 그걸 버리면 당신에겐 승산이 없다고."

"……기억난다."

카론 경은 무슨 이유인지 조금 분한 표정으로 키스를 바라봤다.

"서류로는 결코 알아낼 수 없는 수많은 진실들을 서류 속에서 찾으려는 짓은 카론 경답지 않은 조급함이랍니다. 그럴 바에는 뭐가 뭔지 알 수 없는 저딴 서류는 깨끗하게 머릿속에서 지워 버리고 처음부터 다시 그 냉정한 자세로 시작하는 편이 좋지 않겠어요? 사서 고생하는 거, 당신 특기잖아요?"

가끔 키스의 말은 날카로운 바늘처럼 정곡을 찌르고는 한다. 무서울 정도로 말이다. 키스는 방긋 웃으며 말을 이었다.

"카론 경은 이미 최고의 수사관이에요. 그러나 이대로라면 최악의 남자가 되어 버립니다. 그러고 싶지 않다면 당장 이멜렌 님에게 가세요. 그리고 홀로 외롭게 당신을 기다리고 있을 그녀를 최선을 다해 사랑해 주세요. 그건 이 세상에서 당신밖에 못 하는 일이니까요. 바로 그게 지금 당신이 가장 최우선으로 해결해야 할 임무예요. 그녀는 당신이 다가가지 않으면 외로움에 지쳐 시들어 버릴 테지만 음모 따위는 일부러 다가가지 않아도 그쪽에서 알아서 당신을 찾아올 거랍니다아."

마치 노래 가사 같은 조언이었다. 카론 경은 버릇대로 눈을 지그시 감으며 생각에 잠겼다. 그러고는 한숨을 내쉬면서 몸을 일으켰다.

"알겠다."

그가 문밖으로 나가며 조그맣게 말했다.

"고맙다."

오오, 간만에 보는 우정 어린 장면이로고. 키스는 카론 경이 나간 문을 향해 환한 미소를 지으며 말했다.

"고맙긴요 뭘. 그냥 생각나는 대로 지껄였을 뿐인데요. 나도 내가 뭔 소리를 했는지 도통 모르겠답니다아."
 꼭 마지막 한 소절에서 망가진다니까! 그가 기지개를 늘어지게 켜며 나른한 목소리로 중얼거렸다.
 "자아, 그럼 이제 한바탕 자 볼까요오."
 ……하루 종일 댁이 뭘 했는지 기억은 하고 계십니까?

8.

 열흘 뒤 왕실에서는 큰 행사가 열렸다. 베르스 왕국 최초의 공성포 두 문이 니샤 왕국으로부터 수입되었던 것이다. 무슨 돈으로 그걸 샀는지는 굳이 말하지 않아도 짐작할 수 있으리라.
 아침부터 왕실 광장에는 산더미만 한 크기의 공성포 두 대가 그 흉악한 위용을 자랑하고 있었다. 요새 파괴용으로 만들어진 10캘리버 500밀리미터 최신형 구포(臼砲)라며 군무대신께서 새벽부터 만나는 사람마다 자랑하고 다니던데, 무기 쪽에 문외한인 나로서는 그게 뭘 의미하는지 전혀 모르겠다.
 하지만 그런 내가 봐도 저 무거운 것을 언제 요새 앞까지 끌고 가느냐는 문제는 둘째 치고, 일단 대공의 말마따나 우리나라 군대가 남의 요새 앞까지 갈 일이 금세기 안에 있기나 할지 강력한 의문이 들었다. 정말이지 이 나라는 곧 죽어도 겉치레에 목숨 거는 성향이 있다니까.

'……하고많은 것들 중에 왜 하필 저런 걸 산 건지. 차라리 티스푼 세트나 더 사 주지.'

나는 차와 과자를 접시에 담으며 조그맣게 투덜거렸다. 화력 시범을 앞두고 광장에 마련된 호화스러운 천막 밑에는 국왕 전하 내외와 페르난데스 왕자님, 제냐 공주님을 비롯해 수많은 왕실 관료들, 오르넬라 성녀님이 이끄는 펠리오스의 무녀들까지 귀빈 자격으로 참석하고 있었고 그 앞에는 헬스트 나이츠와 근위대가 멋진 제복 차림으로 사열해 있었다. 물론 우리 스왈로우 나이츠 역시 항상 하던 일을 하고 있었다.

"남녀평등도 좋지만 이런 건 본래 아름다운 아가씨가 시중들어야 제맛 아냐?"

툴툴거리며 음료수와 디저트들을 나르고 있는 루이 경의 모습은 그야말로 3번 웨이터였다. '인생은 단순한 만큼 즐거워진다!'라는 낙관론을 가진 루이 경이었지만, 아침부터 불려 나와 잡일을 해야 하는 것에는 도통 질려 버린 모양이다. 솔직히 성별의 문제보다도 기사에게 이런 일 시키는 나라는 아마 우리나라밖에 없을 거야.

루이 경은 귀빈에게 줄 과일주스를 자기가 벌컥벌컥 마셔 버리고는 쇼탄을 바라봤다.

"쇼탄, 너는 억울하지도 않냐?"

"말 시키지 마. 나 지금 바빠."

쇼탄 경은 아예 머리에 수건까지 두르고 본격적으로 찻잔을 닦고 있었다. 최근 빚이 내장이라도 팔아야 할 정도로 불어났기 때문에 그 어떤 노동이든 달게 받겠다고 키스 경에게 맹세한 그였다.
　루이는 손을 호호 불면서 유리잔들을 닦고 있는 서글픈 쇼탄의 모습에 통탄을 금치 못하며 탄식을 토했다.
　"쇼탄, 너 진짜 타락했구나! 이 못난 녀석! 수많은 아가씨들의 외로운 영혼을 열반시켜 주었던 밤의 구도자 쇼넨베르트 씨는 어디로 간 거야! 정신을 차리고 나와 함께 착실한 인생을 살자!"
　그거 착실한 난봉꾼이 되라는 의미? 그러나 이미 빈곤의 늪에 빠져 허덕이는 쇼탄 경에게 그런 말은 들리지도 않았나 보다.
　"……그딴 게 밥 먹여 줘?"
　쇼탄은 인생의 끝을 본 목소리로 대꾸했다. 그때 우리 옆을 지나가던 루시온 경이 말했다. 언제나 그렇듯이 정중하고도 거리감 풍부한 말투였다.
　"이것도 일입니다. 최선을 다해 주십시오."
　우리들은 멍한 얼굴로 쟁반을 들고 귀빈들에게 가고 있는 루시온 경의 뒷모습을 바라봤다. 막 지명을 마치고 돌아와서 엄청나게 피곤할 텐데 게으름 한 번 피우지 않고 빈틈없이 일하고 있다. 밝은 청색의 머리칼과 새하얀 제복이 너무도 잘 어울리는 그 모습은 정말 기품이 넘치는 귀족 같았다. 아니, 실제 백작가의 자제다. 그것도 상속인!
　더할 나위 없는 미남에다 평생을 방구석에서 뒹굴거려도 왕처럼 호화찬란하게 살 수 있는 천문학적인 재산이 있고, 검술과 예법에 능통하며 머리까지 총명한 '완벽한 인생'이 어째서 저런 일을 자청하고 있는지는, 우리 스왈로우 나이츠의 7대 미스터리 중 하나였다.

그때 광장에 '안내 방송'이 울려 퍼졌다.

"신형 공성포 애국 1호와 애국 2호의 화력 시범이 곧 시작되오니 참석하신 귀빈들께서는 착석해 주시기 바랍니다."

아니, 벌써 이름까지 붙였어? 그 치 떨리는 네이밍 센스를 보아하니 분명 작명자는 임금님일 것 같다는 생각이 떠올랐다.

우리들도 천막 안에 옹기종기 모여 공성포의 포격이 준비되는 장면을 지켜보았다. 톱니바퀴 따위가 거창하게 맞물리는 소리가 들려오며 아주 서서히 거대한 포신이 고개를 들고 있었다. 그건 마치 엄청 굼뜬 공룡이 어쩔 수 없이 고개를 드는 것만 같았다.

"애국 1호 장전 완료!"

한 5분쯤 후에 포격수의 우렁찬 목소리가 들려왔다. 직접 지휘까지 하는 열성을 보이는 군무대신이 자랑스러운 목소리로 소리쳤다.

"파이어!"

그리고 잠시 후 나는 귀를 막을 걸 그랬다는 후회를 해야 했다. 무지막지한 폭음과 함께 땅이 진동했고, 마치 용의 불길 같은 불꽃이 터지며 애국 1호의 긴 주둥이가 시커먼 쇳덩어리를 하늘로 토해냈다. 화산이라도 터지는 것 같은 박력이었다.

"오오오오!"

귀빈들은 놀란 얼굴로 자리에서 일어나 하늘을 올려다보았다. 정말 저런 것에 직격당하면 요새고 성이고 박살 나 버릴 것 같군.

하늘 높이 솟아오른 그 거대한 탄환은 묵직한 포물선을 그리며 사냥터에 있는 표적 위에 떨어졌다. 아니, 떨어져야 했는데…….

"아니, 저거 지금 어디로 떨어지고 있는 거야?"

고개를 잔뜩 꺾어 하늘을 올려다보던 루이가 눈가를 찡그리며 중얼거렸다. 나는 쓴웃음을 지으며 말했다.

"아하하하. 아니나 다를까 표적은 못 맞힐 것 같네요."

"그렇지? 저거 저대로 떨어지면 분명히…… 여기로…… 응? 여기?"

뭣! 나는 깜짝 놀란 얼굴로 하늘을 올려다보았다. 이곳을 향해 수직 낙하하는 탄환의 크기가 한시가 다르게 커져 가고 있었다. 루이 경이 서럽게 눈물을 흘리며 중얼거렸다.

"……표적은 저쪽이걸랑요?"

"다, 다들 피해요! 여기서 도망쳐! 우아악! 떨어진다!"

그 순간 애국 1호가 쏘아 올린 첫 번째 탄환은 파괴의 화신이 되어 천막을 덮쳤다. 하늘과 땅이 홀라당 뒤집혀 버린 기분과 함께, 있는 힘껏 나뒹군 내 온몸으로 흙더미가 쏟아졌다. 항상 하는 얘기지만…… 제대로 하는 게 하나도 없어! 이놈의 나라!

"에구구구. 모두 살아 있어요?"

박살이 나 버린 잔해 속에서 기어 나온 나는 생존자를 찾았다. 그리고 그 속에서 우거지상이 된 사람들이 하나둘씩 몸을 일으키기 시작했다. 휴우, 그 살인적인 폭격 속에서도 기적처럼 살아 들 있구나. 리얼한 소설이 아니라서 다행이야.

마지막으로 흙먼지 속에서 고개를 쏙 내민 사람은 키스 경이었다. 아까부터 천막 구석에서 쪼그려 잠들어 있던 키스는 이마에 흐르는 피를 닦으며 아직도 잠이 덜 깬 어리둥절한 표정으로 사방을 두리번거리고 있었다.

"미온 경! 이 무슨 날벼락입니까아! 누가 천막을 이 지경으로 만들었나요오!"

"……애국 1호."

한편 군무대신은 태연한 표정으로 당황해하는 귀빈들을 진정시키고 있었다.

"허허허. 별일 아닙니다. 작은 조작 실수로 아주 사소한 문제가 발생했을 뿐입니다."

얼씨구! 운석 떨어진 게 사소해? 방금 당신 눈앞에서 우리들이 묵사발이 될 뻔했잖아! 똑바로 좀 쏴! 어지간해선 그렇게 쏘기도 힘들단 말이야!

그러나 군무대신은 순식간에 걸레가 되어 버린 우리들의 처참한 모습을 가뿐히 무시하며 2막을 준비하는 것이었다. 전하는 엄청 불안한 표정으로 되물었다.

"그런데 이번에는 제대로 맞힐 수 있겠나?"

"전하, 부디 심려 말아 주십시오. 이 신형 공성포는 매우 정밀한 기계 장치들로 이뤄졌기 때문에 절대로 엉뚱한 곳에 떨어지지 않습니다!"

이미 떨어졌잖아! 줄초상 나는 줄 알았다고!

그때 상황을 파악하러 이쪽으로 온 헬스트 나이츠 기사들이 우리들의 처참한 상황을 대놓고 비웃는 것이었다. 구경거리라도 났냐!

"오오, 보기 좋은데? 나라를 위해 스스로 표적이 되어 주다니, 애국자들이셔?"

같은 기사끼리 해도 너무한다는 생각이 들었지만, 한두 번 겪는 일도 아니고 일일이 화를 낼 기운도 없었다. 하지만 이놈들은 화장실 파리 떼처럼 집요하기 그지없었다.

"큭큭큭. 뭐 불만이라도 있는 거냐? 꼭 그렇다는 얼굴인데? 응?"

동료들의 표정은 화를 꾹 참느라 잔뜩 굳어 있었다. 나는 환하게 웃으며 대답했다.

"불만이 있을 리가 있겠습니까? 잠이 확 달아나서 오히려 기쁜걸요?"

"후후. 당연하지. 항상 목숨을 걸어야 하는 우리가 보기에는 별것도 아닌 문제라고."

항상 목숨을 걸어? 어디서? 술집에서? 아니면 침대 위에서? 아무리 상냥한 나라도 한 방 먹여 줘야겠다는 기분을 참을 수 없었다.

"그럼요. 별것도 아니에요. 그러니까 댁들도 애국하는 셈 치고 다음 표적이 되어 보세요. 대포알이 머리 위로 떨어지면 진심으로 박수쳐 드릴게요."

순식간에 그들의 얼굴이 썩은 호박처럼 상해 버렸다. 이건 진리인데, 남 비웃길 좋아하는 소인배일수록 자기 비웃음 받는 것에는 약한 법이거든. 그들은 마치 누가 규칙이라도 정해 놓은 것처럼 풋내나는 협박을 늘어놓기 시작했다.

"어디서 계집애 같은 놈이 멋대로 지껄여! 기사를 모욕하고도 곱게 끝날 거라고 생각하나!"

"그 말 그대로 되돌려 드리지요. 얼굴이 떡판이면 성격이라도 고와야 여자에게 사랑받는답니다. 아, 미안해요. 어차피 여자도 없는 분들한테 괜한 소리 했네요."

그 말이 끝나자마자 기사 녀석은 죽여 버릴 듯이 나를 노려보는 것이었다. 이런, 정말 없었군. 물론 나도 키스에게서 배운 '사람 속 뒤집어 놓는 방긋방긋 미소'를 선사하며 똑바로 그들을 바라봤다. 뭐라도 한 판 벌어질 것 같은 분위기였다.

그때 누군가 뒤에서 내 어깨를 탁 잡으며 그들에게 정중하게 말했다.

"괜한 소란은 서로의 명예만 더럽힐 뿐입니다. 이쯤에서 돌아가 주시길 바랍니다."

루시온 경이었다. 그는 일말의 호감도 없는 눈초리로 얄미울

만큼 차분하게 말하고 있었다. 그를 본 기사들의 표정에 난처한 기색이 드러났다. 우리들 중에 유일한 진짜 귀족 출신인 루시온 경만큼은 건드리면 곤란했던 것이다. 그들을 나를 험악하게 쏘아보며 물러섰다.

"흥! 앞으로 밤길 조심하는 게 좋을 거다! 가자!"

나도 흥! 참으로 시시한 협박이로군! 그게 기사가 할 말이냐? 어쨌든 루시온 경의 중재로 주먹다짐 일보직전까지 간 상황이 해결되자 나는 그에게 고마운 기분으로 말했다. 확실히 리더다운 카리스마가 있는 사람이다.

"루시온 경, 덕분에 괜한 싸움을……."

"엔디미온 씨."

그가 내 말을 끊으며 아까와 똑같은 호감 제로의 눈빛으로 말했다.

"나는 당신처럼 말썽 일으키는 사람이 싫습니다."

뭐? 그러고는 그대로 뒤돌아서 가 버리는 것이었다. 너무해! 엄청 상처받을 말을 아무렇지도 않게 하잖아!

하긴 루시온 경은 키스 외에는 '경' 칭호도 안 붙여 주고 항상 '단지 이유가 있어서 함께할 뿐.'이라는 쌀쌀맞은 태도로 일관하는 사람이니까. 차라리 오만한 레녹 경이 좀 더 인간답게 보일 정도다. 그때 머리칼에 묻은 흙먼지를 털며 다가온 지스 경이 입을 삐죽 내밀고 투덜거렸다.

"저런 까다로운 인간 싫어."

"……너한테 그런 말 들으니까 진짜 신선하다."
나는 쓴웃음을 지으며 고개를 저었다.

9.

가끔 사람은 쓸데없는 일에 고집을 부릴 때가 있다. 군무대신의 강력한 의지에 의해 결국 제2탄은 준비되고야 말았다.
"애국 2호 장전 완료!"
그거, 꼭…… 쏴야겠습니까?
"파이어어어!"
시원한 외침이 터지며 천지를 뒤흔들 것만 같은 폭음과 함께 포탄이 하늘로 솟아올랐다. 그래, 여기까지는 좋았다. '매우 정밀한 기계 장치들로 이뤄진' 애국 2호가 충격을 이기지 못하고 산산조각 나기 전까지는!
"포, 폭발한다!"
주변에 있던 병사들이 고함을 지르며 도망치는 순간 경기 들린 사람처럼 몸을 떨던 공성포가 불길을 뿜으며 대폭발을 일으켰고, 주변에 있던 화약에 불씨가 옮겨붙어 스펙터클한 연쇄 폭발로 이어졌다. 쉽게 말하자면 불량품이었다.
나는 산지사방으로 날아다니는 파편들을 쓸쓸한 표정으로 바라보며 힘없이 중얼거렸다.

"……자살 대포를 사 온 거냐?"

뭐 됐어. 더 이상 무고한 백성들 습격하지 말고 저렇게 사라져 주는 편이 오히려 애국하는 길일지도 몰라. 그런데 잠깐, 그럼 지금 쏜 포탄은 어디로 간 거야?

그 순간 '푸슈우우웅!' 하는 굉음과 함께 직각으로 떨어지던 대포알이 혼신의 힘을 다해 전하의 황금상을 후려갈겼다. 사람들의 눈앞에서 거대한 황금 만두가 눈부시게 터졌다. 사태는 돌이킬 수 없는 지경에 이르고 있었다.

"맙소사……."

능지처참된 임금님의 분신들이 우리들 앞에 굴러다니는 것을 보며 나는 이제 더 이상의 화력 시범은 없으리라는 것을 직감했다. 저렇게 핀 포인트로 맞히는 것은 제아무리 명포수라도 힘들 텐데 용케도 해냈군. 그 모습을 본 루이와 쇼탄이 동시에 싸늘한 미소를 지으며 박수를 보냈다.

"후후후. 브라보."

……성격 나오는구만.

"저, 전하께서 정신을 잃으셨다! 어의를 불러라! 당장!"

"대공께서 총을 뽑으셨다! 어서 말려!"

생난리 통이 되어 버린 광장에서 군무대신이 하얗게 질린 얼굴로 중얼거렸다.

"이것으로…… 화력 시범을 마치겠습니다."

장담하건대, 앞으로 왕실에서 군무대신의 얼굴을 보게 될 일은 없을 것이다. 결국 사기에, 사기에, 사기에, 사기가 얽힌 대소동은 황금상의 대파로 피날레를 장식했다.

10.

'이거야 사기에, 사기에, 사기에, 사기로구만.'

상대가 위조 금화를 보냈더니 그걸 그대로 녹여서 또다시 위조 금화를 만들어 보복하고, 그 돈으로 공성포를 샀더니만 이번에는 불량품을 보내고, 정말 위엄이 넘치는 국왕 사이의 신경전……이라고는 주리를 틀어도 말 못 하겠군. 임금님이나 니샤 국왕이나 아주 천생연분이었다. 제발 그 열정 가지고 똑바로 살아 줬으면 하는 바람이 있군.

내 옆에서 나와 함께 리더구트로 걸어가는 키스 경의 이마에는 붕대가 칭칭 감겨 있었다. 예의 폭격으로 인한 상처 때문이다. 그럼에도 왜인지 그의 표정만은 여전히 꽃밭이었다. 세상살이가 뭐 그리 즐겁기에 항상 헤죽헤죽거리고 다니는 것일까.

"아 참, 미온 경. 오늘 지명 있습니다아. 후딱 출발해 주세요."

"이, 이 꼴로 가라고요? 오늘은 쉬게 해 주세요."

"안 됩니다아. 허리가 분질러지는 한이 있더라도 돈 벌어오세요오."

그래 맞아, 댁은 사람 괴롭히는 거 하나만으로도 인생이 즐거울 거야. 하아, 왕실 한구석에 이런 인권의 사각지대가 존재한다는 것을 세상 사람들은 알란가 모르겠군.
그때 키스 경이 내 등을 탁 치며 말했다.
"농담이에요. 오늘은 쉬세요."
"오오! 정말로?"
"아니, 생각해 보니까 역시 늙기 전에 조금이라도 더 부려먹는 편이 좋을지도……."
"어느 쪽이야!"
나는 '냐하하하하!' 하고 웃으며 사뿐사뿐 걸어가는 키스 경을 보고는 고개를 절레절레 흔들었다. 아마 세상이 파멸하는 날이 와도 저 사람만큼은 마이페이스를 유지할 것 같다는 기분이 들었던 것이다.
어쨌든 치열하고도 치졸하게 충돌했던 임금님과 니샤 국왕과의 사기 대전은 황금상의 대파로 피날레를 장식했다. 이 사건이 우리에게 준 값비싼 가르침은 단 하나다. 똑바로 삽시다, 이게 이번 화의 교훈이다.

제5화

이름 없는 짐승 上

Swallow Knights Tales

1.

　열차에서 내렸을 때는 이미 밤이었다. 아니, 아무리 밤이라고는 하지만,
　"얼레? 분위기가 왜 이래?"
　역에서 나온 나는 놀란 눈을 깜빡거리며 거리를 두리번거렸다. 서늘한 기분이 드는 것은 비단 날씨 탓만은 아니다. 수도 아스말의 시가지에는 나 외에는 그야말로 아무도 없었던 것이다. 마치 사람들 모두 대규모로 야반도주라도 해 버린 건 아닌가 싶을 정도였다.
　'도, 도시 사람 모두 술래잡기라도 하는 거야?'

그럴 리가 없는 상상을 해 봤지만, 진짜 사람들이 안 보이는 걸?

수도의 밤은 불야성이다. 흥청거리는 취객들과 밤을 즐기는 부유층들의 마차 소리, 유흥가의 요란한 불빛들로 어둠을 찾기가 힘들어야만 한다. 그러나 지금은 온기 없는 가로등만이 아무도 없는 거리에 늘어서 있을 뿐이었다. 마치 이 커다란 도시에 홀로 서 있는 것 같았다.

물론 혼자는 아니었다. 같이 열차에서 내린 승객들 역시 숨죽인 도시의 적막에 겁을 먹고 있었던 것이다.

"이거 무슨 일이 생긴 것 아냐?"

"설마 선전 포고라도 받은 거야?"

그럴 리는 없다. 이 나라의 유일한 장점이 다른 나라가 쳐들어올 필요가 없을 만큼 별 볼 일 없다는 것인데. 그리고 전시 상황이라면 가로등도 꺼져 있어야 하고 거리마다 바리케이드도 설치되어 있어야 한다.

"무, 무서워. 이런 일은 처음이야."

"어떻게 된 건지 누가 설명 좀 해 줘!"

승객들 모두 당황한 목소리로 아우성이었지만 아무도 역 밖으로 나가지는 못했다. 왠지 걸음을 떼기 두려웠던 것이다. 솔직히 나도 무섭지만…… 이런다고 문제가 해결되지도 않을뿐더러 무엇보다 오늘 중으로 왕궁에 못 돌아가면 벌금이다.

'에이 몰라. 다들 일찍 자고 일찍 일어나기로 결심했나 보지,

뭐.'

나는 용기를 내서 발을 내딛고 역 밖으로 걸어 나왔다. 그리고 승객들은…….

"그, 그렇게 따라오지 말아요!"

내 등 뒤에 길게 붙어서 따라나오고 있었던 것이다. 지금 무슨 기차놀이 합니까! 으음, 하지만 역시 기사로서 나 몰라라 하고 혼자 가 버릴 수도 없는 노릇이지. 좋아, 그럼 가 볼까.

"에, 그럼 열차 출발하겠습니다."

나는 한순간에 '미온 열차'의 차장이 되어 십여 명의 승객들과 함께 아무도 없는 시가지 속으로 걷기 시작했다. 항상 보던 도시 한복판에서 숨죽인 채 고양이 걸음을 하고 있는 모습도 웃기지만—이제 정말 무서워! 대체 무슨 일이 벌어진 거야!

"아! 경찰이다!"

골목에서부터 한 무리의 제복 경찰들이 걸어 나오고 있었다. 사람들은 반가운 표정으로 그들에게 다가갔지만 나는 정말 심상찮은 일이 벌어졌다는 것을 느꼈다. 보통 단검과 곤봉만으로 무장하고 있는 치안 경찰들이 지금은 제식 장검과 미늘창을 지급받은 것이다. 나는 다급히 그들에게 물었다.

"지금 수도에서 무슨 일이 벌어지고 있는 겁니까!"

"당신은 누구시오."

경찰은 의심스러운 눈초리로 나를 바라봤다. 상당히 긴장하고 있는 표정들이었다.

"저는 왕실 기사입니다."

"기사? 그렇게 머리카락이 긴 기사는 처음…….."

아니, 지금 그게 중요한 게 아니고!

"무슨 일인지 자세히 말씀해 주시겠습니까?"

"지금 수도에서 연쇄 살인이 벌어지고 있습니다."

"……!"

사람들 모두 하얗게 질린 얼굴로 경찰을 바라봤다. 경찰은 마치 지저분한 것을 입에 담은 듯이 인상을 잔뜩 찡그리며 말을 이었다.

"지금까지 3일 동안 자그마치 스물다섯 명의 여자가 살해되었어요. 하지만 아직까지 목격자도 없습니다. 그러니까 당신들도 빨리 집으로 돌아가세요. 현재 수도는 살인마 때문에 초비상입니다."

그 말이 끝나기가 무섭게 사람들이 사방으로 뛰기 시작했다. 지명에서 돌아오자마자 연쇄 살인 사건이라니…… 나는 찡그린 표정으로 왕실로 향했다. 그때 뒤에서 들려오는 자그마한 목소리가 내 발목을 잡았다.

"저어, 기사님?"

"네에?"

나는 '기사'라는 단어에 방긋 웃으며 샤방 뒤로 돌았다. '어째서 그렇게 들뜬 거야?'라고 물어볼 수도 있겠지만, 나는 기사라고 불리면 금방 기분이 좋아지는 어린애라서 말이지.

나를 기사라고 불러 준 고마운 사람은 하얀 피부에 상앗빛 드레스를 입은 아가씨였다. 10대 후반 정도로 앳된 기색이 남아 있었지만 반지를 보아하니 기혼자였다.

"저 좀 집까지 바래다주세요. 부탁이에요."

그녀는 혼자였다. 살인마가 출몰한다는 거리를 혼자 걷고 싶은 사람은 없을 것이다.

"어디신데요?"

"여기에서 30분 정도 남쪽으로 가면……."

나는 곤혹스러운 표정으로 회중시계를 꺼내 보았다. 곧 있으면 자정, 이때까지 못 들어가면 벌금과 함께 키스 경에게 들들 볶이게 된다. 그녀를 바래다준 뒤에 제시간에 복귀하는 것은 지금처럼 마차도 없을 때는 도저히 무리였다.

"예, 에스코트해 드리죠."

내가 방긋 웃으며 대답하자 그녀의 표정이 밝아졌다. 아무리 벌금이 무섭더라도 레이디를 보호해 주는 것이야말로 거룩한 기사의 의무지! 아무렴! 아니, 꼭 기사라고 불러 줬다고 이런 말 하는 것이 아니고…….

그녀가 내 옆에 착 달라붙어 걷기 시작하자 이건 마치 연인이라도 된 기분이었다. 아닌 게 아니라 그녀는 아예 살짝 팔짱까지 끼는 것이었다. 겨, 결혼한 아가씨가 이래도 되는 거야?

"이런 때가 아니면 언제 귀족도 아닌 제가 기사님의 보호를 받아 보겠어요. 기사님들이 다 이렇게 잘생겼으면 좋았을 텐데요."

카론 경이 들었으면 '쓸데없는 소리'라며 매몰차게 대꾸했으리라. 나는 쓴웃음을 지으며 대답했다.

"때로는 얼굴만 보고 뽑는 기사들이 있으니까요. 헤헤."

그녀는 이 을씨년스러운 거리 분위기는 그새 다 잊어버린 듯 뭐가 그렇게 좋으신지 나와 팔짱을 꼭 끼며 얼굴을 붉히시는 것이었다.

'이 난데없는 핑크 무드는 대체……'

자, 잠깐. 겁에 질려 있는 것보다는 낫지만 임자 있는 분께서 이러시면 아니 됩니다, 라고 생각하면서도 내 몸은 멋대로 그녀의 행동에 장단을 맞추고 난리였다. 파렴치하다고 말하지 말아 주세요. 이거 직업병인걸요. 검술의 달인이 적의 기습을 반사적으로 막아 내는 것과 같은 이치예요.

"기사님은 왠지 기사라기보다는…… 호스트 같아요."

움찔! 다, 당신 혹시 직업이 점쟁이?

"그, 그럴 리가요. 아하하하하."

"아니에요. 정말 호스트하면 잘하실 것 같아요."

"거, 거기까지 해 주세요."

내 몸에 흐르는 피는 속일 수 없다는 건가 뭔가. 결국 이름도 모르는 여인에게마저 간파당해 버렸다. 나는 속으로 피눈물을 흘리며 '호스트가 어울린다는 말 자주 들어요.'라고 조그맣게 중얼거렸다.

그때였다. 우리는 이상한 울음소리를 들었다.

'무슨 소리지?'

처음에는 바람 소리라고 생각했다. 하지만 점차 명확해지는 그 떨림은 분명 인간이 아닌 어떤 짐승의 울음을 닮았다. 하지만 백번 양보해서 늑대라고 해도 도시 한복판에 늑대가 있을 리가?

나는 뒤를 돌아보았다. 아무도 없었다. 그리고 곧 울음소리도 멈췄다.

"왜 그러세요, 기사님?"

"아뇨. 누군가 우리를 지켜보고 있다는 기분이……."

"하지만 아무도 없는걸요?"

"그러네요. 기분 탓인 것 같아요."

나는 한숨을 내쉬며 다시 걷기 시작했다. 아니, 걸으려고 했다. 등 뒤에서 다가오는 오싹한 살기만 아니었다면 분명 그랬을 것이다. 그 순간 뒤에서부터 불어오는 바람에 피 냄새가 묻어났다.

"피해요!"

난 전력을 다해 그녀를 껴안으며 몸을 움직였고 동시에 시커먼 무엇인가가 나를 스쳐 가며 등 뒤에 뜨끔한 통증이 몰려왔다. 칼에 베인 것일까? 뒤에는 아무도 없었는데!

나는 그녀를 등 뒤로 숨기며 몸을 돌렸으나 눈앞에는 인적 없는 거리뿐이었다.

"……어디 있는 거냐, 이 자식."

상처가 벌어진 등에서 핏물이 툭툭 떨어졌다. 난 코트를 벗으며 날카로운 눈빛으로 사방을 둘러보았다. 설마 활을 쏜 건가? 그건 아니리라. 하지만 다가왔던 것이라고 하기에는 카론 경보다도 빠른 움직임이었다. 나는 계속 앞을 경계하며 등 뒤의 여자에게 물었다.

"괜찮아요?"

그녀는 대답이 없었다.

"어디 다친 데 없어요?"

혹시 너무 겁을 먹어서 말문이 막혀 버린 것은 아닐까, 그렇게 걱정하며 뒤를 돌아보던 내 눈동자가 흔들렸다. 나는 표정을 잃은 얼굴로 그녀를 바라봤다. 지금 나는 악몽을 꾸고 있는 것일까. 그녀는 얼어붙은 표정으로 나를 바라보고 있었고, 왼쪽 가슴에는 시뻘건 구멍이 나 있었다.

언제, 그리고 어떻게? 이미 그녀의 드레스는 붉게 변해 있었다. 차갑게 식은 하수도의 뚜껑 속으로 시뻘건 피가 떨어져 내리는 소리가 귓가를 겉돌았다.

2.

"내, 내 말 들려요?"

그녀가 즉사했다는 것을 알면서도 나는 몇 번이나 물었다. 방금 전까지 내 팔에 매달려 웃던 아가씨다. 그녀의 정지된 표정은 끔찍한 무엇인가를 봤다는 것을 내게 말해 주고 있었다. 실감 없는 피비린내가 코를 찔렀다.

크르르르륵.

다시 들려오는 기괴한 울림에 나는 천천히 고개를 돌렸다. 내 앞에는 선혈이 툭툭 떨어지는 심장을 쥐고 있는 사내가 가로등을 등지고 서 있었다. 아니, 애당초 인간이라고 말할 수 있을까. 두 발로 서 있다는 점을 제외하면 저것은 인간보다는 야수였다.

탄탄한 육체는 옷 대신 온몸에 길게 자란 은색의 가느다란 털들로 덮여 있었고, 또 그것은 희생자들의 것이 분명한 피에 뒤엉켜 있었다. 길고 시커먼 손톱은 칼날을 닮았다. 인간이 짐승으로 퇴화한다면 아마도 저런 모습이리라.

놈이 내게 다가올수록 갈색 머리칼에 뒤덮인 얼굴이 점점 드러났다. 가로등 불빛에 드러나는 그를 보며 나는 흔들리는 목소리로 중얼거렸다. 내 목소리가 힘없이 울렸다.

"키스…… 경?"

내 보라색 눈동자가 격렬하게 떨리고 있었다. 그럴 리가 없다는 것을 알면서도 나는 키스의 이름을 불렀다. 나를 쏘아보는 시뻘건 눈동자와 수북한 털 사이로 보이는 이목구비는 지나치게 낯이 익었다. 만약 키스 경이 열 살 정도 어렸다면 저런 모습이리라.

"넌…… 누구야?"

내 시선은 못 박힌 듯 그의 얼굴에 고정되어 있었다. 어째서 키스와 닮은 것일까. 그는 고개를 천천히 기울이며 나를 이리저리 뜯어봤다. 도저히 인간의 것이라고 할 수 없는 괴이한 울음소리를 내고 있었다. 그의 손에 들려 있는 심장이 움찔거릴 때마다 핏덩이를 바닥에 뱉었다.

나는 주먹을 꽉 쥐며 커다랗게 외쳤다.

"네놈은 대체 뭐야! 이 빌어먹을 자식!"

그때 호각 소리와 함께 저 너머에서부터 경찰들의 긴 그림자가 드러나기 시작했다. 그 근원을 알 수 없는 반인반수는 믿을 수 없는 도약력으로 벽을 타는가 싶더니 마치 유령처럼 달의 그늘 속으로 사라졌다.

"살인마! 꼼짝 마라!"

검을 뽑아든 경찰들이 목격한 것은 심장을 잃고 즉사한 여인과 피투성이가 되어 서 있는 내 모습이었다.

3.

다른 사람도 아닌 왕실 기사가 취조실에 잡혀갔다는 말을 듣게 된다면 누구라도 그 상큼한 난센스에 '와하하하!' 하고 웃게 될 것이다. 그런데 그 주인공이 내가 되고 나니까 도저히 '와하하하!'는 불가능했다.

"말해! 네놈이 살인범이지!"

"절대 아니에요!"

나는 두 시간째 같은 말을 반복하고 있었다. 이곳은 경찰대(警察隊) 취조실. 취조실은 누구나 예상할 수 있는 그런 분위기였다. 담배 연기로 매캐했고 지나치게 추웠으며 동굴 속처럼 음침했다.

'젠장. 이러고 있을 시간 없는데!'

그녀의 시체 곁에 있던 나를 막무가내로 체포한 경찰들은 어떻게든 나를 살인마로 몰아가려고 했다. 나는 그녀를 지키지 못한 것만으로도 충분히 억울했고 충분히 괴로웠으며, 또 충분히 화가 나 있었다.

"난 왕실 기사입니다! 스왈로우 나이츠의 엔디미온 키리안이라고요!"

"그런 말도 안 되는 소리를 믿을 것 같아! 기사는커녕 호스트 같이 생겼구만!"

움찔! 틀린 말이 아닌데도 무지 화가 나!

"확인해 보면 될 거 아닙니까!"

"확인할 필요도 없어! 차라리 국왕 전하라고 말해 보시지그래? 네 녀석이 살해당한 여자와 함께 있었다는 것을 목격한 사람도 있으니까 포기하고 순순히 불어!"

"그건 그녀를 보호해 주기 위해서……."

"웃기지 마! 뜨거운 맛을 봐야 정신을 차리겠어!"

윽박지르는 것은 저쪽이 한 수 위였다.

나는 한시라도 빨리 이 사실을 왕실에 알리고 헬스트 나이츠에 수사를 요청하고 싶었다. 그리고 당장 키스 경을 만나서 그 살인마가 키스가 아니라는 것을 확인하고 싶었다. 하지만 그것은 일단 나를 단단히 속박하고 있는 이 밧줄부터 풀어야 가능한 일이었다. 그가 가죽 주머니를 꺼내 테이블에 던지며 소리쳤다.

"이건 네 녀석의 여행 가방에서 나온 금화야! 이 엄청난 돈은 어디서 난 거지!"

"그건 수고비입니다! 지명을 다녀오고 받은 돈이라고요!"

"개소리! 이거 훔친 돈이지!"

"으이구!"

말이 통하지 않았다. 애당초 수도 경찰대는 왕실과는 별개로 치안을 담당하고 있기 때문에 왕실 기사의 사정 같은 것은 전혀 모른다. 게다가 살인마를 잡으려고 혈안이 되어 있는 그들은 이미 나를 범인으로 확정 짓고 무슨 수를 써서라도 자백을 받아낼 기세였다.

"내가 범인이 아니라는 것은 조금만 생각해 봐도 잘 알 거 아니에요! 나도 그 살인마 놈에게 당해서 등에 부상을 입었다고요!"

"일부러 자기 몸에 상처를 입힌 게 아니고?"

"무슨 수로 내가 내 등 뒤에 상처를 입혀!"

"그럼 공범이 있다는 건가!"

불행하게도 이 녀석은 내 기대 이하로 똑똑했고, 또 기대 이상으로 고약했다. 나는 이를 부득 갈며 그를 쏘아봤다. 한시바삐 여기를 벗어나 왕실로 가야만 했다. 협박은 내 특기가 아니지만 달리 방법이 없었다.

 "똑똑히 들어. 왕실 기사를 가둔 행위는 중죄야. 왕실과 연락이 닿는 대로 네 녀석에게 철저하게 책임을 묻겠어! 감봉이나 직위 해제 따위로 끝날 줄 알아?"

 역시 권력이라는 무기를 들고 나오자 그는 당장 겁을 집어먹었다.

 "정말로 당신…… 왕실 기사야?"

 "그러니까 아까부터 그렇다고 했잖아! 게다가 범인은 인간이 아니라 짐승이라고!"

 "뭐어어?"

 그는 장모에게 프러포즈를 받은 사위 같은 얼굴로 나를 바라봤다. 그때였다. 뒤에서 잠자코 지켜보던 중년의 사내가 나지막이 말했다. 퀭한 눈매, 거칠게 기른 검은 머리와 더불어 턱은 물론, 뺨까지 묻어나는 까칠까칠한 수염이 경찰이라기보다는 10년쯤 감옥에 갇혀 있는 죄수 정도로 보이는 사람이었다.

 "어이, 나가 있어."

 "예? 하지만……."

 "꺼지라니까."

 나를 마녀 사냥식으로 취조하던 자가 불만이 가득한 기색으로 취조실을 떠나자 이 좁고 음습한 방에는 나와 묵직해 보이는 사내만이 남았다. 눈가를 찡그리는 습관이 있는 그는 담배를 피워 물은 채 한동안 나를 지켜보기만 했다. 그 표정은 마치 의문의 소포를 받아 놓고 그것을 뜯어야 할지 말아야 할지 고민하는 것 같은 얼굴이었다.

이미 인내심이 바닥이 나 버린 나는 표독스러운 눈빛으로 그를 향해 입을 열었다.

"또 범인이라고 몰아붙일 생각이라면 내 쪽에서 먼저 웃기지 말라고 대답하겠어요."

"아까…… 짐승이라고 했소?"

대답을 바라는 질문이 아니라는 것을 알고 난 정색을 하며 그를 바라봤다.

"살인마를 직접 목격한 사람은 아직까지 없소. 그러니까……."

그가 담배를 바닥에 비벼 끄며 말을 이었다.

"공식적으로는 말이지."

"공식적?"

"실은 몇몇 제보가 들어왔소. 그런데 그건 도저히 참고할 수 없는 증언들이라서 무시하고 있었지. 아니, 무시할 수밖에 없었소. 어떻게 강철 같은 손톱을 기르고 실 한 올 걸치지 않은 벌거숭이 늑대 인간이 종마보다도 빠른 속력으로 사람을 살해하고 사라졌다는 말을…… 보고서에 쓸 수 있겠소? 그것도 도시 한복판에서."

그는 노련한 동작으로 새 담배를 꺼내 물었다.

"그런데 당신도 짐승이라고 말하는군. 기사의 말이니까 믿어도 좋은 거요?"

"믿고 말고는 당신 자유지만, 적어도 내 눈이 착각하기에는 너무 가까운 거리에 있었어요, 그놈은."

머릿속에서 그 근원을 알 수 없는 반인반수의 붉은 눈동자가 다시 떠올랐다. 그녀에게서 뜯어낸 붉은 심장의 맥박 소리가 커다랗게 울렸다. 절대 키스 경이 아니야! 나는 마음속으로 소리쳤다. 그는 벽에 기대며 음울하게 말했다.

"그것참 지랄 같군. 사람인지 짐승인지도 알 수 없다니. 귀찮아."

귀찮아? 귀찮다고? 울컥 화가 치밀어올랐다.

"정체가 뭐든지 막아야 할 것 아닙니까!"

"그럼 댁이 막아 보시든가."

그가 뿌연 눈동자를 굴려 나를 바라봤다.

"안 그래도 막을 생각이에요!"

"여자로 착각당해 죽지나 마시오."

비릿한 웃음에 속이 뒤틀렸다. 지금 나를 묶고 있는 밧줄만 아니었다면 한 대 갈겨 줬을 것이다.

그때 달각 문이 열리며 나를 다그치던 사내가 들어왔다. 그는 나를 흘깃 본 뒤에 상관에게 말했다.

"저 사람, 풀어 줘야 할 거 같습니다."

뒤이어 취조실로 들어온 사람은 코트를 들고 있는 차가운 눈빛의 미남자였다.

"카론 경!"

카론 경은 성격대로 별다른 말없이 나를 증명해 줄 서류로 보이는 문서를 테이블에 놓았다. 그런데 놀랍게도 카론 경은 담배 중독이 분명한 중년의 사내와 구면인 것 같았다.

"이게 누구신가. 귀족들의 유능한 해결사이신 카론 샤펜투스 나리 아니시오."

그 마른 목소리에는 노골적인 가시가 돋쳐 있었다. 물론 카론 경은 그 정도 말에 발끈할 사람은 아니었다. 평소와 같은 어조로 인사를 건넸는데, 놀랄 부분은 따로 있었다.

"가프 경, 오랜만입니다."

뭐? 저 가프라는 자가 기사라고?

가프라는 작자는 그 말에 넌덜머리난다는 시늉으로 고개를 절레절레 저었다.

"개처럼 쫓겨난 놈한테 경은 무슨 얼어 죽을……."

아주 말 하나하나가 섬섬옥수로군! 카론 경도 길게 말하고 싶은 생각은 없는지 곧바로 본론을 꺼냈다.

"지금 즉시 엔디미온 경을 풀어 주시기 바랍니다. 왕실 기사는 설령 혐의가 있다고 하더라도 헬스트 나이츠에서 조사받게 되어 있다는 것을 잘 아시리라 믿습니다."

"걱정 마시오. 안 그래도 풀어 줄 참이었소."

가프는 담배를 물고 있는 얼굴로 슬쩍 턱을 들어 나를 가리켰다. 그러자 그의 부하가 '진짜 기사 나리일 줄은 몰랐수다.' 라는 마음에도 없는 사과를 늘어놓으며 나를 묶고 있던 밧줄을 풀었다. 역시 공무원들에게 권력이라는 건 무서운 것이어서 카론 경이 도착하자마자 일은 일사천리였다.

"엔디미온 경, 가자."

카론 경은 짧게 말한 뒤에 코트를 입으며 몸을 돌렸다. 그때 벽에 기대어 있던 가프가 카론 경을 힐끗 보며 말했다. 그건 비아냥거림이라기보다는 일종의 감탄이었다.

"의외로군. 나보다 더 일찍 집어치울 줄 알았는데, 잘도 견디고 있구먼."

카론 경은 그런 그를 향해 살짝 목례를 한 뒤에 아무 말 없이 밖으로 나갔다.

4.

카론 경의 명마…… 그러니까 카론 주니어를 같이 타고 왕궁으로 향하는 동안 나는 묻고 싶은 것이 너무도 많았다. 무서운 속도로 밤거리를 가로지르는 말 위에서 나는 그중 한 가지 물음을 꺼냈다.

"카론 경, 아까 그 가프라는 사람이 누구죠?"

"……."

카론 경은 못 들은 척 박차를 가했다. 나는 다른 질문을 꺼냈다.

"……그 살인마 말인데요."

"엔디미온 경."

"예?"

"그 등의 자상(刺傷)은 확실하게 소독해 두는 편이 좋을 거다. 할퀸 상처는 파상풍에 감염될 위험이 크니까."

카론 경은 검이 아닌 손톱에 당한 상처라는 것을 알고 있었다. 어쩌면 그 살인마가 인간이 아니라는 것도 이미 알고 있는지 모른다.

나는 한참 동안 거친 말발굽 소리를 들으며 생각에 잠겨 있었다. 그녀를 눈앞에서 잃었다는 죄책감이 마음속의 돌이 되어 온몸을 짓눌렀다. 무력감에 몸이 젖어 말에서 떨어질 것만 같았다.

왕실에 도착하자 시간은 이미 자정을 넘어 있었다.

5.

"아아아아아! 미온 경! 백옥 같은 살결에 이 무슨 끔찍한 상처입니까아! 지명 가서 곰하고 사투라도 벌였습니까아아아!"

"……아니, 저 그게 아니라…….."

아니나 다를까, 소파에 잠들어 있던 키스 경은 내 상처를 보자마자 호들갑이었다. 나를 바라보는 서글픈 시선을 다른 말로 바꾸자면 '내 비싼 물건에 흠집 났어.' 였다.

이 악덕 포주! 역시 내가 걱정스러웠던 것이 아니었구나! 키스 경은 한숨을 내쉬며 말했다.

"상의 벗어요. 치료해 줄 테니까."

키스는 '아 참. 그리고 벌금입니다아.' 라는 안 해도 좋을 말을 늘어놓으며 자신의 사무실로 들어갔다. 솔직히 방금 전 키스를 봤을 때 뒤로 물러설 뻔했다. 아무리 봐도 살인마의 눈동자와 똑같았던 것이다.

6.

키스 경은 주저 없이 내 등의 상처에 강한 냄새가 나는 물약을 부었다. 통각이 되살아나면서 눈앞이 캄캄해지는 통증이 몰려왔다. 눈물이 왈칵 쏟아질 것 같았다.

"키, 키스 경! 이거 대체 뭐예요!"

"약초들을 알코올과 향유로 우려낸 살균제랍니다아. 전쟁터에서는 자주 써요. 술보다 소독 효과가 훨씬 좋거든요. 조금 아프다는 것이 사소한 문제지만."

이게 조금 아픈 거라니! 등짝을 인두로 지지는 줄 알았다고!

"아, 아, 아파요! 아프다니까! 조금은 상냥하게 해 주면 안 돼요?"

"어째서 내가 남자한테 상냥하게 해 줘야 합니까아."

엉뚱한 상처를 입고 들어왔기 때문일까? 그의 목소리에서는 미묘하게 화가 난 기색이 느껴졌다. 자기도 맨날 다쳐서 들어오면서!

키스 경은 결국 한 병을 다 쓰고 말았고 난 완전히 진이 빠져서 울먹거리는 얼굴로 입술을 꽉 깨물어야 했다.

키스 경은 의학에 대해서도 상당히 능통한 편이었다. 그가 리듬 섞인 특유의 목소리로 말했다.

"이런 상처는 확실히 소독해야 해요. 실수로라도 감염되면 파상풍, 천형(天刑), 진홍 열병, 디프테리아, 탄저(炭疽), 감염성 황달, 라사 열병, 상사병 같은 무서운 불치병에 걸린답니다아!"

마지막 하나는 아닌 것 같은데!

"병원균이 우글거리는 전쟁터에서는 살짝 긁힌 것만으로도 죽음에 이를 수 있어요. 감염을 막으려고 절단한 부상병들의 팔다리가 야전 병원 뒤편에 산처럼 쌓여 있는 모습도 흔히 볼 수 있죠. 그래서 이런 속담도 생겼어요. '두 다리를 가지고 죽든가 한쪽 다리만 가지고 살든가.' 여기가 전쟁터가 아니라서 다행이에요. 그렇죠오?"

장난처럼 말하는 그의 말에 꽤 현장감이 느껴져서 나는 침을 꿀꺽 삼키며 고개를 끄덕였다.

"이 정도면 흉터는 안 남겠네요. 그럼 붕대를 감아 줄 테니까 당분간 무리한······."

"키스 경. 이 상처 왜 생겼는지 안 물어봐요?"

이미 알고 있을 거라는 생각이 들었지만.

"보나 마나 남을 지키려다가 생긴 상처겠죠. 미온 경이 상처 받을 일은 그것뿐일 테니까."

상처받을 일은 그것뿐, 키스 경의 말에는 가벼운 빈정거림이 섞여 있었다. 꽤 진지한 표정으로 붕대를 푸는 그의 손놀림은 마치 노련한 제단사의 그것 같았다. 그 뛰어난 솜씨로 내 몸에 붕대를 두르던 키스 경에게 작은 목소리로 물었다.

"키스 경, 나······ 그 살인마 잡고 싶······ 우아아악!"

키스가 아무 말 없이 붕대를 엄청 세게 조였다. 나는 참을 수 없는 고통에 비명을 내질렀다. 부, 분명히 화난 거야 이 사람!

"하지만 그 살인마는······."

당신과 똑같이 생겼어. 하지만 절대 당신 아니지? 나는 그 말을 삼켰다.

키스 경은 아무런 말도 없었다. 붕대를 조이던 손의 움직임도 멎었다. 잠시 침묵하던 나는 곤혹스러운 표정으로 뒤를 돌아보았다. 그리고 소파에 앉아 있는 그를 향해 쓸쓸한 목소리로 말했다.

"······사람 말할 때는 자지 마, 이 인간아."

7.

이튿날, 나는 부상을 이유로 쉴 수 있었다. 한편 룸메이트 지스 경 역시 일하기 싫다면서 막무가내로 지명을 거부하는 바람에 우리 둘은 하루 종일 침대 신세였다(지스 군은 한 달에 한두 번 꼴로 이런 히스테리를 일으킨다). 결국 고양이들과 놀고 싶었던 모양이다.

그때 문이 달칵 열리며 지명을 다녀온 루이 경이 고개를 들이밀었다. 또 어떤 귀부인이 사 줬는지 오색찬란한 롱코트 차림이다.

"호오. 불쌍들 하셔라. 이 방은 완전히 병실이구려. 환자 커플이냐?"

꼼지락거리는 새끼 고양이들을 담요 속으로 급히 숨긴 지스 경이 신경질적인 목소리로 소리쳤다.

"노크하고 들어와! 아니, 그보다 뭐 하러 온 거야!"

"당연히 이 모피 코트 자랑하려고 왔지롱."

하나도 안 부럽네요! 풍하니 바라보던 지스가 몸을 돌리며 중얼거렸다.

"……애새끼 같긴"

"허억! 이 루이 어르신에게 그런 망발을! 누가 봐도 어린애는니 쪽이야!"

 그렇지. 한쪽은 외모가 또 한쪽은 정신 연령이.

 루이가 사자 갈기 같은 자신의 머리칼을 쓸어넘기며 '역시 비싼 게 최고야. 명품 만세!' 라고 외치는 미소를 보였다. 가끔 저토록 단순하게 행복을 만끽할 수 있는 평면적 정신 구조가 부러울 때가 있다.

 "하긴 너희들이 이런 명품의 품격을 이해할 수 있을 리가 없지. 그럼 이번에는 루시온 경에게 자랑하러 가 볼까나."

 모르긴 해도 당신 것보다 비싼 코트 가지고 있을걸? 등을 다친 탓에 엎드려 있던 나는 침대에 얼굴을 파묻으며 중얼거렸다.

 "알았으니까 제발 어디론가 사라져 주시와요. 황금만능주의 기사님."

 앗! 순간 눈이 번뜩 뜨였다.

 "루이 경! 그 연쇄 살인마 잡혔어?"

 "아니."

 방을 떠나며 흘리는 그의 목소리가 들려왔다.

 "수도는 지금 정말 난리야. 거리에서 여자 찾기가 힘들다니까? 에이, 빌어먹을 놈. 죽이려면 남자나 죽일 것이지."

 마음속에서 또다시 살인마의 붉은 눈동자가 번뜩였다. 등의 상처가 욱신거렸다.

8.

점심을 먹은 나는 힘없는 몸을 이끌고 카론 경의 집무실로 향했다. 헬스트 나이츠의 본부는 다들 수사라도 떠났는지 근무 시간인데도 제법 한산했다. 덕분에 나는 별다른 시비 없이 집무실까지 도착할 수 있었다.

고풍스러운 나무문을 노크하자 저 너머에서 차가운 목소리가 들렸다.

"엔디미온 경인가."

'어떻게 나라는 것을 알았지?' 라는 의문은 이 사람 앞에선 접어 두도록 하자. 나는 '그럼 들어가겠습니다.' 라고 말하며 조용히 안으로 들어갔다. 여전히 집무실 안은 청결하고 이지적인 종이 냄새, 잉크 향으로 가득했다. 그 중앙에 셔츠 차림의 카론 경이 있었다.

"앉아라."

햇빛이 들어오는 테이블 앞에 앉아 있던 그는 날 바라보지도 않은 채 보고서로 보이는 서류를 작성하고 있었다. 그의 손끝에서 새하얀 깃펜이 춤을 추고 있었다. 안경 너머의 흑청색 눈동자는 미동도 없었다. 옆에는 이멜렌 님이 만들어 줬을 귀여운 샌드위치들이 완초(莞草) 도시락 바구니에 담겨 있었다. 따로 식사 시간이 없는 모양이다.

"바쁘신가 보네요."

"특별히 바쁜 건 아니야."

그는 멋진 필체로 능숙하게 문장을 이어나가며 짧게 대답했다. 펜 끝이 종이 위에서 사각거리는 소리가 끊임없이 들려왔다. 이것이 바쁜 것이 아니라면, 바쁠 때의 광경은 상상하기조차 두렵다.

결국 그는 완성한 보고서 밑에 자신의 직인을 찍고 그것을 세 번 접어 봉투 안에 넣은 뒤 짙푸른 밀랍을 촛불에 녹여 봉투를 봉인하고, 또 그곳에도 직인을 찍어 일을 끝마친 뒤에야 안경을 벗으며 나를 바라봤다.

"상처는 잘 치료했나."

"아 예. 키스 경이 도와줘서……."

"아팠겠군."

카론 경도 키스 경에게 '당한' 적이 있는 모양이다. 역시 '조금 아픈 정도'가 아니었어!

"그 녀석이 봐줬으면 감염은 없을 것이다. 하지만 상처가 나을 때까지 절대로 무리하지 마라. 충고다."

카론 경의 검은 눈동자는 빛을 받으면 사파이어처럼 푸르스름한 광채를 띤다. 그리고 그 청옥(靑玉) 같은 눈빛이 전하는 의미를 나는 잘 알고 있었다. 하지만 포기할 수 없었다. 나는 분한 표정으로 카론 경을 바라보며 말했다.

"도와주세요. 그놈을 잡고 싶어요."

카론 경은 그 말 나올 줄 알았다는 표정으로 말했다.

"엔디미온 경, 가프 경을 믿어 줄 수는 없는 건가."
"그 사람은……."
가프라면 내게 '여자로 착각당해 죽지나 말라는' 친절한 충고를 늘어놓은 그 작자가 아닌가.
"제대로 사건을 수사할 생각도 없는 사람이에요!"
내 말에 카론 경은 눈을 지그시 감고 생각에 잠겼다. 검은 머리칼 사이로 드러난 그의 표정은 과거를 되짚어 보는 것만 같았다. 그가 혼잣말처럼 말했다.
"가프 경은 내게 수사를 가르쳐 준 사람이야."
"예?"
나는 깜짝 놀라 눈을 동그랗게 떴다. 토끼가 알을 낳았다는 말만큼이나 믿을 수 없어!
"그는 헬스트 나이츠의 기사였다. 사람들은 굶주린 표범이라고 불렀지. 인생 모든 것을 포기하고 오직 범인을 잡는 일에만 몰두했으니까. 자신의 부인이 열병으로 죽던 날에도 그는 범인과 싸우고 있었다. 가프 경은 그런 사람이야."
카론 경이 말하는 가프의 과거는 맥 빠진 지금의 모습과는 전혀 반대였다. 아무리 카론 경의 말이래도 곧이곧대로 믿기가 힘들다. 지금은 완전히 세상만사에 진절머리가 난 알코올 중독자로만 보이지 않던가.
카론 경은 새롭게 작성할 모양으로 보이는 서류를 한 장 꺼내며 말을 이었다.

"그 살인범은 내 수사 영역 밖이다. 그리고 그건 자네도 마찬가지야. 그 일은 가프 경에게 맡겨라. 포기하지 않을 사람이니까."

"하지만……."

"이상이다. 가 보도록."

카론 경은 다시 펜을 들며 대화의 마침표를 찍었고 나는 힘없이 집무실을 빠져나왔다.

'가프 경을 믿으라고?'

나는 사람을 잘 믿는 성격이지만 도저히 그 사람만큼은 올해가 다 지나도 살인범을 잡지 못할 것만 같았다. 아니, 노력조차 안 할 것이다. 터덜터덜 본부 밖으로 나오던 길에 나는 가지런히 진열되어 있는 장검들을 발견했다. 그것은 헬스트 나이츠 기사들이 대련이나 실습을 할 때 사용하는 공용검이었다.

"……."

한동안 그 검들을 빤히 바라보던 나는 주변을 두리번거렸다. 아무도 없었다.

9.

그리고 다시 밤이 찾아왔다.

"미온 경, 어디 가?"

방문을 여는 소리에 살짝 잠들어 있던 지스가 눈을 떴다. 나는 태연하게 대답했다.

"잠깐 바람 쐬러."

"그런데 그거 칼 아냐? 그런 건 뭐 하러……."

지스는 내가 들고 있는 긴 검을 본 것이었다.

"아하하. 그냥 검술 연습이라도 해 볼까 해서 말이지."

"바보 같긴."

지스 경은 '다치지나 말아.'라고 조그맣게 말하며 다시 담요 속으로 들어갔다. 눈치챈 건 아니겠지? 나는 가슴을 쓸어내리며 조심스럽게 1층으로 내려갔다. 키스 경은 또 어디 볼일이 있는지 소파에 없었다.

'만약 그놈이 정말 키스 경이라면 그때는 어쩌지?'

답을 낼 수 없는 불안감이 목 언저리까지 스며들었지만 나는 곧바로 고개를 세차게 저으며 불안을 떨쳐냈다. 그럴 리가 없잖아. 아무리 키스 경이 상식 밖의 인간이라고는 해도 뜬금없이 몸에서 은색 털이 길게 자라고 손톱이 칼날처럼 솟아나올 리가 없지!

그럼 대체 그놈은 누구란 말인가. 나는 입을 굳게 다문 채 문을 열었다.

'카론 경, 미안해요. 하지만 도저히 가만히 있을 수가 없어요!'

나는 정적 속에 잠긴 거리로 향했다.

10.

 '여자로 착각당해 죽지나 말라고? 그래! 이쪽에서 착각시켜 줄 테니까 올 테면 오라고!'
 나는 차가운 밤거리를 걸으며 그렇게 생각했다. 이런 것은 내 영역이 아니라는 걸 이미 잘 알고 있다. 현명한 처사가 아니라는 것도 알아. 하지만 기사이기 이전에 나 자신으로서 이대로 팔짱 끼고 몇 명이 더 죽을지 손꼽아 보는 짓만은 도저히 할 자신이 없었다.
 키스 경을 닮은 반인반수의 살인마, 그 기괴한 퍼즐 조각은 다시 한 번 그놈과 만나야만 맞출 수 있을 것 같았던 것이다.
 한 시간쯤 걸었을까? 이 짧다면 짧은 시간 사이에 자그마치 세 번이나 순찰 중인 경찰대에 붙들려 검문을 받았지만, 역시 헬스트 나이츠의 검을 든 탓인지 기사로 믿어 주고 간단하게 풀려났다. 기뻐해야 하나 화를 내야 하나 야릇한 노릇이다.
 시내는 겁먹은 초식 동물처럼 숨죽이고 있었다. 가끔 길거리를 돌아다니는 사람들조차 대부분 무리지어 다니는 사내들뿐. 루이 경의 말마따나 여자들은 모조리 수도가 아닌 먼 외곽으로 피난이라도 떠난 것 같은 모습이었다.
 일찌감치 문을 닫은 주점을 끼고 코너를 돌아 어둑한 골목으로 접어들 때였다. 차가운 밤 공기에 섞여 예의 기이한 울음소리가 울려왔다.
'그놈이다!'
그건 마치 살인을 예고하는 뻔뻔스러운 신호탄 같은 것이었다. 도저히 인간이 내지르는 것이라고는 할 수 없는 울음소리가 터지고 곧 살인이 일어난다.
나는 있는 힘을 다해 그 울음의 자취를 뒤쫓았다. 치안 경찰의 호각 소리 역시 사방에서 울리기 시작했다. 그리고 곧 밤을 찢어 내는 것 같은 비명이 터졌다.
"그만둬, 이 망할 자식!"
죽을힘을 다해 뛰어가면서 나는 커다랗게 소리치고 말았다.

11.

다행히 여자는 죽지 않았다. 그러나 '그놈'도 아니었다.
"사, 살려 주세요! 이 남자가 갑자기!"
"우헤헤헤. 이리 와, 베이비."
"……얼씨구?"
치한이었다. 정말 대범한 놈이다. 경찰들이 산지사방에 깔렸고 연쇄 살인마가 설치는데도 여자를 덮치려는 용기가 나다니, 가상할 지경이야. 훌륭해. 무적이야. 뭐 저딴 작자가 다 있담!

나는 이를 부득 갈며 성큼성큼 걸어갔다.

"야! 치한 짓거리도 상황 봐 가면서 해! 아니, 하지 마!"

여자는 구세주라도 만난 표정으로 내 등 뒤로 숨었다. 내가 손을 칼머리로 옮기자 중년의 치한은 움찔하며 멈췄다. 여자를 구한 것이 맞긴 맞지만 이거 대단히 맥 빠지네. 그때 경찰대가 우르르 몰려왔다.

"저놈이다! 살인범이다!"

"우아아악!"

경찰들은 곡소리를 내지르는 치한을 사정없이 밟고 있었다. '드디어 살인마를 잡았다!' 라는 환호성을 내지르면서.

당신들이 보기에는 정말 그 배 나온 아저씨가 바람처럼 나타나 스물여섯 명이나 되는 여자를 살해한 살인마로 보이나요? 혹시 단순 변태로 보이지는 않나요?

그때 나는 어둑한 골목 틈바구니에서 용수철처럼 솟구쳐나오는 실루엣을 보았다.

"그놈이다!"

반사적으로 소리치자 경찰들은 의아한 표정으로 나를 바라봤다. 나는 그놈이 이 많은 사람들 앞에 모습을 드러내지 않을 것이라, 직감했다. 하지만 틀렸다. 포효에 가까운 울음과 함께 그 괴물이 내게 들이닥쳤고 나는 동시에 검을 뽑았다.

카아아앙.

간발의 차이로 칼날과 길고 검은 손톱이 뒤엉켜 기분 나쁜 쇳

소리를 내질렀다. 살인마의 은색 털이 창백한 달빛 아래 반짝거려 마치 그 모습은 늑대로 변해 버린 인간과 같았다.
"다시 만나 정말 반갑군. 미안하지만 난 엄연히 남자란 말씀이야!"
힘에서 밀리는 나는 조금씩 뒤로 물러서면서도 그를 쏘아보며 외쳤다.
"말해! 넌 키스 경이 아니지! 정체가 뭐야!"
그러나 그 시뻘건 눈동자는 단지 나를 죽여 버릴 것만 같은 기세로 타오르고 있을 뿐이었다. 그 안에 담긴 건 명백한 분노, 분명 동물이 아닌 인간의 눈동자였다.
"저, 저놈이 살인마! 모두 포위해! 놓치지 마!"
십수 명이 넘는 경찰대가 칼을 뽑아들며 우리를 둘러쌌다. 나는 당황해선 외쳤다.
"자, 잠깐. 죽이면 안 돼요! 물어볼 것이 있……."
그러나 경찰들은 내 말을 무시한 채 칼을 꼬나 들고 뛰어들었다. 동시에 이놈은 나를 밀쳐내며 뒤로 물러섰다. 그리고 귀가 멀어 버릴 것 같은 포효가 거리를 울렸다.
"우아아악! 이 괴물!"
그놈은 피하지 않았다. 도리어 바람을 가르는 소리와 함께 팔을 휘두를 때마다 그 긴 손톱에 잘려나간 칼날과 몸이 바닥을 굴렀다. 그 움직임은 인간의 것이 아니었다.
그놈은 믿기지 않는 힘과 도약력으로 경찰들을 휘젓고 있었다. 제대로 막아 볼 기회도 없이 목이 뜯겼고, 팔다리가 잘려나 갔다. 피와 비명과 포효가 동시에 뒤섞여 눈앞의 모든 것이 지옥 으로 뒤바뀌고 있었다.

"이 자식! 네 상대는 나다!"

나는 인간의 피를 흠뻑 뒤집어쓴 놈에게 뛰어들었다. 그때 그가 나를 돌아보았다. 시간이 느리게 흐르는 것 같은 기분이었다. 내 심장의 맥박 소리가 또렷하게 들려왔다.

피묻은 그의 얼굴은 정말 키스 경의 어린 모습이었다. 그 공허한 눈동자가 나를 바라보고 있었다. 그건 부정할 수 없는 키스의 생령(生靈)이었고 소년기의 분신(分身)이었다.

"그럴 리가 없어!"

나는 있는 힘을 다해서 검을 휘둘렀다. 새파란 불꽃이 튀며 손톱들이 잘려나가 하늘로 치솟았다. 손목이 끊어진 것 같은 통증이 몰려왔다.

12.

강철을 끊는 검술, 알테어 님에게 배운 유일한 그 기술이 정체를 알 수 없는 반인반수의 손톱에도 통용될 줄은 몰랐다. 그러나 여기까지였다.

이마에서 핏줄기가 계속 흘러내렸다. 저놈의 손톱을 잘라내는 순간 다른 팔로 반격을 당한 탓이다. 분명히 피했다고 생각했는데 풍압만으로도 이 지경이라니…… 만약 저것이 내 목으로 파고든다면 적어도 고통을 느낄 시간 따위 없을 것이다. 무엇보다,

'손목을 다친 것 같아.'

더불어 검날도 심하게 상했다. 나는 천천히 뒤로 물러서 왼손으로 검을 옮겼다. 왼손으로는 연습해 본 적도 없지만 적어도 삐걱거리는 오른 손목보다는 내 의지를 잘 실현시켜 주리라 믿으면서.

크르르륵.

저놈은 방금 전 공격 때문에 긴장했는지 으르렁거리면서도 쉽사리 내게 접근하지 못했다. 치한도, 여자도 혼비백산 도망쳐서 주변에는 온통 경찰들의 시체뿐이었다.

나는 침을 꿀꺽 삼켰다. 정말 죽음이 바로 내 등 뒤까지 다가왔다는 기분이 들었다.

그 초조함 속에서 방심했던 것일까? 나는 눈가로 흘러내린 핏물 때문에 시야를 흩트리는 실수를 저질렀다. 그와 함께 야수가 달려들었다.

"제길!"

다급하게 휘두른 검이 그놈의 거친 공격에 내 손에서 떨어져 나갔다. 나는 균형을 잃고 바닥에 넘어질 수밖에 없었다. 나를 내려다보는 싸늘한 '키스 경'의 표정이 얼어붙은 달빛과 함께 나를 짓누르고 있었다.

'이대로는 죽는다!'

들어 올린 손톱을 보며 난 몸이 경직되는 것을 느꼈다. 그때 굵직한 목소리가 들려왔다.

"그러게 내가 여자로 착각당해 죽을 거라 했잖소?"

난 놀란 얼굴로 옆을 돌아보았다. 낡은 바지와 구두가 보였고, 그 앞에 반쯤 타들어 간 담배가 떨어져 불씨를 뿌렸다.

"가, 가프 경?"

"근데 진짜 짐승이네? 아니, 금수 주제에 여자만 노리는 이유라도 있는 거야? 고기가 연해서 그런 건가? 응?"

그는 여전히 호감 가지 않는 말들을 늘어놓으며 터벅터벅 걸어오고 있었다. 하지만 눈빛만은 예전과는 달리 더없이 날카로웠다. 조금이라도 움직이면 베어 버릴 기세였다.

"뭐라고 말 좀 해 봐, 이 오라질 새끼야! 네놈을 썰어 버리기 전에 스물여섯 명의 심장을 적출한 이유나 들어 보자고! 염통이 특별히 입맛에 맞아서? 아니면 서커스 관장이 밥을 안 줘 미친 거냐?"

크르르릉.

"왜 말 못 해. 그 주둥아리는 인육을 처먹을 때만 쓰냐? 응? 어서 그 잘난 아가리를 나불거려 보라니까!"

한 가지 확실한 것은 저 사람의 쌍욕 하나는 아이히만 대공과 난형난제라는 것이리라.

그 순간 번뜩이는 광채를 흘리며 그의 검이 낡은 칼집에서부터 솟아올랐고 거의 동시에 커다란 호선(弧線)을 그렸다. 카론 경과 비등한 수준의 발검이었다. 솔직히 저 정도 실력자이라고는 짐작도 못 했다.

아마 다른 자였다면 그 즉시 몸이 두 동강 났을 것이다. 하지만 그 반인반수는 스프링처럼 몸을 뒤로 튕겼고 또다시 어둠 속으로 사라졌다. 가프는 뒤쫓을 생각이 없는지 쓰러져 있는 내게 다가와 쭈그려 앉으며 반쯤 뭉개진 담배를 물었다. 그가 퉁명스러운 어조로 물었다.

"담배 피우쇼?"

구사일생으로 살아난 사람에게 건넨 첫마디라고 하기엔 너무도 어처구니없는 질문이었다.

"아뇨. 오래 살고 싶거든요."

"그럴 거면 이런 일 하지 말아야지. 카론 군이 분명히 말했을 텐데?"

"그보다 그놈 안 쫓을 겁니까?"

그가 나를 물끄러미 내려다보며 말했다.

"내가 쫓아가면 따라잡을 것 같소?"

"그, 글쎄요. 솔직히 어려울 것 같은……."

"그런데 왜 쫓아. 다리 아프게."

그는 정말 맥 빠지는 말을 늘어놓으며 주변을 둘러보았다. 온통 부하들의 시체였다. 그가 담배 연기를 뿜으며 중얼거렸다.

"엔디미온 경이라고 했던가? 내기 하나 하겠소? 스물여섯 명의 여성과 열두 명의 경찰이 개죽음을 당했는데도 우리 근엄한 왕실이 움직일지, 안 움직일지. 나는 후자에 이번 달 월급 다 걸도록 하지."

"……."

그의 탁한 목소리에 나는 아무 반박도 할 수 없었다. 왕실의 유일한 지원이라면 그나마 나 하나? 귀족이라도 죽지 않는 이상 카론 경에게 수사 허가는 떨어지지 않을 것이다.

"카론 경의 스승이라고 들었어요."

"스승은 무슨 얼어 죽을. 병아리에게 걸음마 하나 가르쳐 준 것 가지고 생색내긴 싫구먼."

'벼, 병아리…….'

카론 경을 그렇게 부를 수 있는 사람이 대체 몇이나 될까?

"무슨 일이 있었기에 헬스트 나이츠에서 쫓겨난 거죠?"

그가 나를 힐끗 보고는 툭하니 말을 내던졌다.

"범인을 잡았거든."

"예?"

나는 선뜻 이해가 가질 않았다.

"백작 가문의 망나니 녀석이었던가? 어린애들을 고문해서 토막 내는 아주 고상한 취미를 가진 놈이었지. 그런 게 그렇게 좋았으면 정육점이나 할 것이지. 쯧."

빈정거리는 말투에는 격한 모멸감이 스며 있었다.

"수사고 뭐고 할 것도 없었어. 시체를 제대로 숨길 줄도 모르는 얼간이였으니까. 그 집안에 가보니 그놈 애비가 나한테 금화를 한가득 던져주면서 마누라 옷이나 해 주라고 하더라고. 내 여편네는 이미 죽고 없는데 잘도 지껄이더군. 그 금화 주머니를 들고 밖으로 나오는데 죽은 어린애 어머니가 내 뺨을 후려치더군. 너도 똑같은 살인마라고 소리소리 지르면서."

"그런……."

"그 순간 내가 이제 이 짓을 그만둬야 할 때가 됐구나, 라는 기분이 들어서 곧바로 다시 들어가 그 미친 자식을 흠씬 두들겨 패 준 뒤에 감옥에 가둬 버렸어. 그리고 이튿날로 놈은 풀려났고 나는 쫓겨났지. 세상에는 잡아서는 안 되는 범인도 있나 봐. 난 그걸 납득하기가 싫어. 납득하는 순간 나 자신에게 완전히 정나미가 떨어져 버릴 것 같거든."

쓸쓸한 눈빛으로 부하들의 시체를 살펴보고 있는 그의 모습에 가슴이 아파 왔다.

"죄송해요. 제가 오해했어요."

"아냐. 괜찮아. 나 오해받는 거 좋아해. 취미야."

그는 무성의하게 흥얼거리며 바닥에 떨어져 있는 손톱을 집어 들었다. 그것은 마치 날카롭게 잘려나간 흑요석의 파편 같았다. 그가 그것을 만지작거리며 신기한 듯이 말했다.

"난 동물학자는 아니지만…… 아무리 생각해 봐도 합금으로 된 손톱이 자라는 짐승은 이 세상에 없는 것 같은데?"

"하, 합금이라고요?"

그 손톱이 합금이라고? 상식적으로 이해할 수 없는 사실이었다.
"이런 고강도 합금을 제련할 수 있는 나라는 흔치 않지. 마키시온이나 이오타, 콘스탄트 정도? 적어도 우리나라에서는 불가능해. 최소한 이 살인마 자식이 수입품이라는 것만은 확인된 것 같군. 이젠 별게 다 수입돼요. 이런 망할 놈의 나라."
가프 경은 입버릇처럼 넌덜머리를 내뱉으며 또 담배를 물었다.

13.

"미온 겨어어엉! 이젠 아주 떡이 돼서 들어오시는군요오!"
내 꼴을 본 키스 경이 머리를 쥐어뜯으며 비명을 질렀다. 그 표정은 완전히 밤낮 술에 절어 들어오는 못난 서방을 원망하는 아내의 뱀눈……까지는 아니더라도 두 손 두 발 다 들었다는 울상이었다. 키스 경에게 저런 표정을 끌어낼 수 있다니, 나도 참 대단하다.
"키스 경. 잘못한 줄은 알고 있지만 그래도……."
"시끄러워요! 여기가 무슨 야전 병원인 줄 알아요?"
"우악!"
키스가 (그 괴력으로) 나를 번쩍 들어서 소파에 집어던진 뒤에 뭐라고 툴툴거리며 사무실로 들어갔다. 그리고 다시 나올 때는 예의 그 무시무시한 소독약이 손에 들려 있는 게 아닌가!

"이번에는 바를 곳도 많아서 한 병으로는 부족하겠군요! 각오하세요!"

"자, 잠깐! 그것만은!"

당신, 나 죽일 셈이야? 그건 카론 경도 아프다고 인정한 희대의 고문 약품이라고!

그가 테이블에 엉덩이를 걸치며 한숨을 내쉬었다.

"제발 몸을 소중히 하세요."

진지한 키스 경의 목소리에 진심으로 미안한 마음이 우러나올 찰나,

"그 몸은 향후 10년간 스왈로우 나이츠의 것이며, 나아가 이 단장 키스 세자르의 것이랍니다. 제 몸을 부디 소중히 다뤄 주세요오!"

같은 위로도 그렇게 하면 기분 나쁘다고!

"어째서 내 몸이 당신 몸이야! 그리고 앞으로 9년이야! 은근슬쩍 1년씩 늘리지 말라고!"

"쳇. 안 속네."

키스가 아깝다는 듯이 고개를 돌린 채 주먹을 꼭 쥐었다. 나는 그런 그의 모습에 이상하게 안도감이 들었다. (저런 나사 빠진 인간은)절대 살인마가 아닐 거라는 기분이 든 것이다. 나는 용기를 내서 그에게 물었다.

"그런데 키스 경."
"네에?"
"그 살인마 봤어요."
"아, 그래요?"
키스 경은 무관심한 어투로 말하며 소독약을 들었다. 내가 말했다.
"당신과 똑같이 생겼어요."
그 순간 키스가 약병을 떨어트렸다. 유리병이 산산이 깨지며 자극적인 냄새가 삽시간에 거실을 장악했다. 고개를 숙인 키스의 등이 떨리고 있었다.
"……키스 경."
순간 몸을 확 돌린 그가 내 멱살을 부여잡으며 소리쳤다.
"제가 그렇게 밉나요? 제가 그렇게 밉나요? 제가 그렇게 밉나요오!"
"우아아! 이 손 좀 놓고 얘기해요! 당신 힘이 장사라고! 수, 숨 막혀!"
"어쩜 그런 흉악한 살인마와 절 닮았다고 할 수 있는 건가요!"
"닮은 게 아니라 진짜 똑같다니까요!"
"살인마를 보고 제가 떠오를 정도로 제가 싫었던 겁니까아!"
"그게 아니라니까!"
진짜 격렬한 거부 반응이었다. 키스는 황제에게 버림받은 애첩인 양 힘없이 바닥에 털썩 쓰러져서는 서럽게 울먹거렸다.

"아아, 배은망덕하고도 불효막심한 미온 경이로군요. 이래서 아들 새끼 키워 봐야 아무 소용 없다니까요. 역시 딸을 낳았어야 했어요."

"얘기가 왜 그렇게 되는 거야! 그리고 아버지가 했던 말과 똑같은 말 하지 마!"

실제로 내 아버지께서는 갓 태어난 나를 보고 '쳇. 남자잖아?'라면서 집어던졌다고 한다. 게다가 딸이 나오길 빌면서 여자 옷만 잔뜩 사놓질 않나(그 옷 다 내가 입었다!). 아니지. 지금은 내 불우한 출생의 비극을 토로할 때가 아니야.

"키스 경, 당신 놀리려고 비슷하다고 한 거 아니에요. 믿어 주세요."

"네에. 서럽지만 제 자비로운 마음으로 이해해 주도록 하지요오."

"하아. 고마워요."

그리고 키스 경은 사무실로 들어가더니 곧 그 망할 약병을 두 개나 들고 나오는 것이었다. 그가 방긋 웃으며 말했다.

"자, 그럼 오늘은 이 두 병을 한 방울도 남김없이 써 볼까요오?"

여, 역시 삐쳤어!

"시, 싫어! 그거 바를 바엔 죽는 게 나아!"

"오호호호. 카론 경도 처음엔 그러더군요. 하지만 익숙해지면 고통은 곧 짜릿한 쾌감으로 변해갈 거랍니다아."

"닥쳐! 그럴 리가 있겠냐! 이상한 데서 주워들은 소리 하지 마! 흐으윽! 누가 좀 살려 줘!"

소파에서 굴러떨어져서 필사적으로 바닥을 기어가던 중, 내 발목이 키스에게 붙잡히는 바람에 나는 맨땅에서 수영하는 모양새로 울먹거리며 바동거릴 수밖에 없었다. 지금 내 심정은 포악한 악어에게 물려 늪으로 끌려 들어가는 어린 원숭이의 마음.

"키, 키스 경. 미온 경? 지금 뭐 하시고 계시는······."

소란스러운 생난리에 눈을 비비며 나타난 사람은 크리스 경이었다. 막 지명에서 돌아와 단잠을 자고 있을 텐데 깨워서 미안해······라기보다는 좀 살려 줘!

랑시와 지스, 루이, 쇼탄, 루시온 경도 1층으로 내려와 황망한 시선으로 발버둥치는 내 모습을 바라봤다. 지스가 눈을 확 흘기며 짜증을 냈다.

"한밤중에 서로 스트레칭이라도 해 주고 있는 거야? 동네 창피해서 못 살겠어."

빈정거리지 마! 난 피해자라고! 이윽고 쇼탄이 자리에 앉으며 말했다.

"차 한 잔 부탁해."

뭐? 그러자 어디선가 스르륵 나타난 시종이 뜨거운 차를 내려놓고는 다시 스르르륵 사라져 버리는 것이었다. 저 시종, 대체 오밤중에 어디 있었던 거야······가 중요한 게 아니라 지금이 차 마실 때냐!

그러나 다른 녀석들도 마치 영화관이라도 온 것처럼 자리에 앉는 것이 아닌가. 루이가 우리를 바라보며 말했다.
"자, 그럼 이제 감상해 보실까."
난 창백해진 얼굴로 관객들을 바라봤다. 그리고 (너무 끔찍한 나머지 편집된) 생라이브 하드코어 SM 쇼가 그 막을 열었다.

14.

이튿날, 간밤의 부상으로 나는 연달아 휴일이었다. 물론 키스 경은 이 병가(病暇) 위에 벌금을 살짝 올려놓았다. 아 뭐, 괜찮아. 평생 돈 벌기는 글러 먹은 인생이라고 스스로도 납득하고 있는걸?
이마에 붕대까지 감는 바람에 본격적인 환자티를 내고 있는 나는 이번에도 카론 경을 찾아갔다. 오늘은 무슨 수를 써서라도 그의 도움을 받고 싶었다.
"뭐? 카론 경? 아마 연무장에 계실걸?"
연무장(鍊武場)은 말 그대로 무예를 닦는 곳이다. 그러고 보니까 카론 경이 연습하는 모습은 한 번도 못 봤군. 항상 서류 더미 속에 파묻혀 있는 모습만 봐서 그런지 카론 경도 검술 연습을 한다는 당연한 사실에 새삼 놀라고 말았다(물론 키스 경은 절대 안 할 테지만!).

아픈 몸을 이끌고 30분이나 걸어서 연무장에 도착한 나는 그 안에 들어가 보지 않고서도 카론 경이 수련 중이라는 것을 알 수 있었다. 아니, 누구라도 알 수 있을걸? 무슨 인기 배우의 공연장인 양 엄청난 수의 소녀, 아가씨, 아낙네까지 연무장 창문에 다닥다닥 달라붙어 있었던 것이다. 참으로 대성황이로군.

'아무튼 죄 많은 유부남이라니까.'

나는 고개를 절레절레 저으며 살금살금 뒷문으로 들어갔다. 나까지 합세해서 혼란을 가중시키고 싶지는 않으니까.

연무장은 그 성격상 겨울에도 불을 지피지 않는다. 당연히 이런 날씨에는 공기가 얼어붙은 듯이 추울 수밖에 없는 장소다. 어떤 의미로는 그에게 가장 어울리는 장소가 아닐까 생각한다.

역시 커다란 실내 연무장에는 카론 경 혼자였다. 게다가 그는 이 뜨거운 시선들과 열렬한 추파에도 눈길 한 번 주지 않고 혼자 연습에 몰두하고 있었다. 그것도 두 자루의 검으로.

'엥? 두 자루?'

나는 조심스럽게 카론 경에게 다가갔다. 눈을 감은 채 두 자루의 검을 들고 있는 그의 모습은 너무도 고요해서 보고 있는데도 실감이 나질 않았다. 단지 그 모습 자체만으로 날카로운 칼날 같아 다가가면 베일 것만 같았다. 그때, 나를 발견한 여자들의 소곤거림이 점점 커지더니 나한테까지 들려왔다.

"어머, 카론 경 애인인가 봐. 역시 미녀네."

남자야! 그리고 부인 있는 남자한테 애인은 또 무슨 망발입니까!

"아! 저 사람 스왈로우 나이츠의 엔디미온 경이야. 정말 여자가 봐도 예쁘네."

헤헤. 드디어 나도 왕실의 인기인이 된 건가.

"그런데 카론 경과 한 판 붙으려나 봐."

아직 살아갈 날이 창창한 젊은이에게 그런 무서운 말 좀 하지 마세요! 이번에도 나를 '느낀' 카론 경이 먼저 입을 열었다.

"수련하러 온 것은 아닐 테고……."

그가 천천히 눈을 뜨며 날 바라봤다.

"그런데 본래 쌍수검(雙手劍) 쓰셨어요?"

"아니."

카론 경은 고개를 저으며 자세를 풀었다. 그러곤 자신의 땀으로 흥건한 바닥을 바라보며 혼잣말처럼 말했다.

"단지 내가 이기고 싶은 녀석이 이런 검술을 쓰니까…… 알아두는 편이 좋을 것 같아서."

"의, 의외네요."

상대를 능가하기 위해 상대의 검술을 치밀하게 연구하는 카론 경의 태도도 감탄스러웠지만—은의 기사가 이기고 싶어 하는 검술사라니, 세상에 그런 사람도 존재하는구나. 카론 경은 붕대에 감긴 내 모습을 훑어보며 눈매를 조금 찡그렸다.

"결국 어젯밤 수도로 나갔나 보군. 그렇게 주의를 줬건만."

"카론 경. 그 살인범, 키스 경과 똑같이 생겼어요."

나는 더 참지 못하고 결국 그 사실을 말하고야 말았다. 그러나 카론 경은 무뚝뚝한 표정으로 몸을 돌려 다시 검을 들 뿐이었다. 그가 흘리듯이 말했다.

"잘못 봤겠지."

"아니에요! 정말 똑같아요!"

정확히 말하자며 좀 더 어린 편이었지만. 그러나 카론 경은 완고했다.

"그럴 리가 없다."

"어, 어째서 그렇게 단정하시는 거죠?"

설마 그 뛰어난 추리력으로 뭔가 알아낸 것일까? 그가 앞을 노려보며 단호하게 말했다.

"그런 녀석은 세상에 하나로 족하니까!"

"……그것 참 절절한 이유로군요."

하여간 키스 경 이야기만 나오면 감정적이 된다니까. 그가 젖은 머리칼을 쓸어올리며 입을 열었다.

"어쨌든 그건 자네가 관여할 일이 아니야. 수사의 아마추어가 건드려 봐야 사태만 악화시킬 뿐이다."

꽤 서운한 말이었지만 틀린 것도 아니었다. 확실히 내가 할 수 있는 일의 한계는 너무도 낮았던 것이다. 그래서 여기까지 카론 경을 찾아온 게 아닌가.

"그래서 카론 경이 도와주셨으면 합니다."

"집요하구나."

그는 한숨을 내쉬었다. 카론 경이 좀 더 과격한 인간이었다면 '안 된다면 안 되는 거야! 귀찮게 하지 말고 썩 꺼져!' 라고 소리쳤으리라.

"왕실의 허가가 떨어지지 않는 이상 그 사건은 내가 손을 댈 수 없다. 엔디미온 경도 잘 알 텐데."

나는 기다렸다는 듯이 말했다.

"그럼 왕실의 허가를 받아내면 된다는 거죠?"

카론 경은 슬쩍 나를 바라봤다. '대체 무슨 짓을 하려는 건가.' 라는 눈빛이다.

"카론 경도 실은 그 살인범 잡고 싶은 거죠? 그렇죠?"

"……."

"도와주실 거죠?"

말없이 나를 바라보는 그 차가운 눈동자에 순간 빛이 스민 것 같았다. 카론 경은 몸을 돌려 문가로 걸어가며 말했다.

"그런 말은 허가를 받아온 뒤에 해라."

"예!"

나는 환한 표정으로 그의 등에 고개를 숙여 보였다.

15.

자, 이제 최고 통수권자인 국왕 전하와의 담판만이 남았다. 하지만 세 시간이나 기다려 어렵사리 알현하게 된 전하의 곁에는 하필이면 헬스트 나이츠 기사단장 헬렌 카민스키 경이 있었다. 알다시피 그녀는 예전 블리히 경보다 더욱더 난공불락이었다.

"엔디미온 경, 자네의 뜻은 잘 알겠네만 관례라는 것이 있기 때문에……."

최근 뭘 드셨는지 두 볼이 더욱 통통해진 임금님께서는 내 간청에 우물쭈물하면서 흘낏 헬렌 경을 살폈다. 그녀는 정말 맘에 안 든다는 눈빛으로 날 바라보고 있었다. 커리어 우먼의 표상을 보듯, 금발 앞머리를 이마 위로 날카롭게 잘라붙인 숏 컷의 헬렌 경이 고압적인 목소리로 쏘아붙였다.

"엔디미온 경, 이런 문제에 대해 나 헬스트 나이츠 단장을 거치지 않고 전하께 직접 상소한 무례 역시 상식 밖이지만, 왕실에는 유구하게 엄존하는 원칙이 있다. 왕실 근위기사단인 헬스트 나이츠를 고작 이런 사건에 투입시킨 전례를 남겼다가는 그 품위가 크게 손상된다는 점을 명심해라!"

나는 곧바로 발끈했다.

"고작 이런 사건이라고 하심은, 스물여섯 명의 여자와 열두 명의 경찰대가 왕실의 코앞에서 살해당한 사건을 말씀하시는 거겠죠?"

"그런 감상적인 말로 기사단을 움직일 생각이었다면 당장 사라지는 것이 좋을 것이다."

그녀는 싸늘한 경멸의 말을 내뱉었다. 확실히 헬렌 경은 '잘

못된 관례라면 바꿔야 하잖아요!' 라고 외쳐 봐야 씨알도 안 먹힐 강철의 여자다. 나는 히든카드를 꺼내야 했다.
 "이 사건을 단순히 감상적으로만 생각해 찾아온 것이 아닙니다."
 나는 그렇게 운을 띄우며 전하를 바라봤다.
 "전하, 연쇄 살인 사건이 일어난 이후 수도의 수익이 얼마나 줄었는지 알고 계십니까?"
 "어, 얼만데?"
 전하의 눈빛이 미끼를 문 물고기처럼 커다랗게 뜨였다. 나는 슬슬 낚싯줄을 감아올리기 시작했다.
 "자그마치 10분의 1 이하로 줄었습니다."
 "정말인가!"
 "어느 안전이라고 거짓을 올리겠사옵니까."
 이건 진짜 사실이다. 아이히만 대공의 연줄을 통해서 행정부 서류를 훔쳐본 결과 정말 수도의 상업 수익이 단 3일 만에 무섭게 떨어지고 있었던 것이다. 밤만 되면 아무도 나오지 않는데 상업 중심지인 수도 아스말이 커다란 타격을 받게 되는 것은 당연한 이치였다.
 나는 세계 멸망을 예언하는 점쟁이의 표정으로 무게를 있는 대로 잡으며 말했다.
 "만약 이런 상황이 계속된다면 결국 세금을 낼 수 없는 지경까지 갈 것이며, 그러면 왕실의 재정에도 돌이킬 수 없는 피해가 오게 될 것입니다! 이러다간 어렵사리 복원한 전하의 순금상마저도 헐값에 팔아치워야 할지 모릅니다!"

"그건 안 돼!"

임금님이 찢어지는 비명을 내지르며 벌떡 일어섰다. 그의 표정은 악몽이라도 꾼 것처럼 창백했고 식은땀까지 흘리고 있었다. 전하는 당황하는 헬렌 경을 바라보며 주저 없이 명령했다.

"헬렌 경! 당장 헬스트 나이츠를 투입시켜 그 못된 살인범을 잡아들이시오!"

"하, 하지만 전하!"

"아니, 꼭 순금상 때문에 그러는 게 아니고, 백성들이 공포에 시달리는데 관례를 깨서라도 그들을 지켜야 하는 것이 국왕의 의무가 아니겠소? 정말 그것 때문이라니까?"

누가 봐도 순금상 때문이었다. 헬렌 경은 이를 빠득 갈며 짜내듯이 말했다.

"알겠사옵니다. 지금 카론 경에게 일러…… 수사를 시작하겠습니다."

그녀는 활활 타오르는 마녀의 상(像)으로 나를 확 쏘아봤다.

'키스 경의 못된 재주만 배웠군! 언젠가는 꼭 쓴맛을 보여 주겠다! 엔디미온 경!'

어째 이거 내가 키스를 향한 미움까지 뒤집어쓴 기분인데? 나는 침을 꿀꺽 삼키며 평화를 사랑하는 소시민의 미소로 회답해 주었다.

16.

가프 경이 있는 경찰대 본부로 같이 걸어가던 카론 경이 말했다.

"어떻게 허가를 받은 건가?"

카론 경은 그 냉철한 추리 능력에도 불구하고 이해를 할 수 없다는 표정이었다. 그렇다고 '전하에게 농간을 쳤습니다.' 라고 대답할 수는 없는 노릇이라서 나는 고개를 기울이며 그냥 히죽 웃었다.

"백성을 위하는 전하의 깊은 마음을 헤아려 충언을 드렸을 뿐입니다."

"자네는 가끔…… 아니, 자주 나를 놀라게 하는군."

그는 칭찬인지 푸념인지 그렇게 말하며 내 옆을 걸었다. 그러던 그가 갑자기 눈을 찡그리며 뒤를 돌아보았다.

"그런데 너는 왜 따라오는 건가!"

나도 실눈을 뜨며 뒤를 돌아봤다. 헤실헤실 웃고 있는 키스가 졸래졸래 우리들을 따라오고 있었다. 손에는 군것질거리까지 들고. 그가 손가락을 까딱거리며 말했다.

"그야 물가에 나간 자식들을 걱정하는 어머니의 마음 때문이지요오."

"당신이 있으면 더 위험해질 것 같아!"

그냥 심심해서 따라오는 거면서! 나와 카론 경은 동시에 고개를 휙 돌려 다시 앞을 바라봤다. 뒤에서 그의 목소리가 들려왔다.

"무엇보다 나와 비슷하게 생겼다는 살인범을 꼭 보고 싶어요. 인기 있는 내 얼굴을 닮고 싶은 마음은 이해하겠지만……."

착각은 자유였다. 카론 경은 '그만 좀 조잘거리지 못할까!' 라는 표정으로 성큼성큼 걷고 있었다. 그리고 키스 경은 슬픈 목소리로 혼자 흥분하고 있었다.

"나랑 닮은 녀석이 살인을 저지르고 다니는 일은 결코 용서할 수 없습니다아!"

카론 경은 뒤도 돌아보지 않고 대꾸했다.

"나 역시 너같이 생긴 녀석이 세상에 더 있다는 사실은 상상만으로도 불쾌해."

게다가 길고 검은 합금 손톱에 긴 은색 털에다가 벌거벗고 있다고! 만약 카론 경이 발견한다면 주저 없이 목을 날려 버릴 것 같아.

'하지만 그렇다고는 해도…….'

나는 고개를 힐끗 돌려 고구마 칩인지 감자 칩인지를 계속 와삭와삭 먹으면서 뒤따라오는 키스 경을 보고 묘한 안도감을 느꼈다. 속을 알 수 없는 남자임에도 그와 함께 있으면 불안감이 사라지는 이유는 비단 그 가공할 힘 때문만은 아닐 것이다.

17.

다들 가프 경이라고 불러서 몰랐지만, 가프의 정식 직책은 수도 치안 경찰대 총감이라고 한다. 낮은 직책이라고는 할 수 없지만 왕실 기사의 신분에서 그렇게 된 것이니 서열상으로 본다면 완전히 몰락한 셈이다. 게다가 총감이 된 이후 한 번도 승진한 적이 없단다.

왠지 카론 경과는 다른 방식으로 세상과 저항하는 사람이라는 생각이 들었다. 그 말투만큼은 도저히 호감이 안 가지만 말이다.

우리가 가프 경감의 집무실로 들어갔을 때 그는 테이블 위에 아무렇게나 발을 걸친 채 신문을 얼굴에 덮고 누워 있었다. 그가 그 자세 그대로 중얼거렸다.

"호오. 은의 기사께서 무슨 용무로 이 누추한 곳을 찾아오셨는가? 그리고 그 옆에 있는 친구는 엔디미온인가 하는 애송이로군. 그런데 그 뒤의 또 한 명은 누구신가?"

나는 혀를 찼다. 점쟁이가 따로 없었다. 역시 이 양반도 카론 경과 같은 '초인'으로 분류해야겠군. 그가 신문을 살짝 내리며 우리를 바라보다가 순간 표정이 굳었다.

"이런 죽일 새끼가! 여기가 어디라고!"

갑자기 험악한 욕설이 튀어나오며 테이블에 놓여 있던 자신의 칼을 집어 들었다. 그리고 총이 불을 뿜듯 칼날이 솟구쳐 나왔다. 나는 깜짝 놀라 황급히 몸을 숙였고 내 뒤쪽에서 비명이 들렸다.

"선량한 시민한테 이 무슨 행패입니까아아!"

역시 칼끝의 목적지는 키스 경이었다. 내가 당신 있으면 더 위험해질 거라고 했지! 가프가 게슴츠레하게 눈을 뜨며 키스 경을 노려봤다.

"너, 정체가 뭐냐?"

가프 경감이 놀란 이유는 키스가 죽을 것 같은 호들갑과는 달리 단지 두 손가락으로 그의 칼끝을 잡아 세웠기 때문이었다. 가프 경감의 검술을 본 적이 있는 나로서는 도저히 그 모습이 믿어지지 않았다. 서로 짜고 해도 못 할 신기(神技)였던 것이다.

"너 이 자식! 살인마 놈이냐!"

그러자 키스는 있는 대로 엄살을 부리며 카론 경에게 달라붙었다.

"카론 경! 저 못된 아저씨 좀 혼내 주세요오! 세금도 착실하게 냈는데! 아아, 지금까지 굉장히 성실하게 살아왔다고 자부했는데, 내가 살인마였을 줄이야!"

댁이 납득해 버리면 어쩌자는 거야!

"덥다. 떨어져!"

매정하게 키스를 밀쳐낸 카론 경이 헛기침을 한 뒤에 말했다.

"그냥 골칫덩이입니다. 절대 살인범은 아닙니다."

"골칫덩이? 하지만 방금 손가락으로 내 칼을 막았는데? 설마 숨겨 둔 아신이냐?"
"그냥…… 실력 좋은 골칫덩이입니다."
카론 경은 단호하고도 무성의하게 키스 경을 정의해 버렸다.
"하지만 너무 닮았어. 쌍둥이라고 해도 믿겠군!"
"저도 그 점이 궁금합니다."
카론 경이 얼음 같은 눈빛으로 가프 경감에게 시선을 주자 그는 한참 찡그린 표정으로 키스 경을 바라보더니 문밖으로 나섰다.
"따라와. 검시실(檢屍室)로 가자."

18.

사체가 보존되어 있는 곳을 좋아하는 사람은 아마 없을 것이다. 한낮에도 서늘한 기운이 내려앉은 검시실은 경찰대 본부 지하 2층에 있었다.

계단을 타고 내려가는 동안 나는 점점 매캐한 안갯속에 잠겨 가는 듯한 기분이 들었고, 곧 그것이 부패한 시신으로부터 풍겨 나오는 악취라는 걸 알게 되자 식사를 하지 않고 온 것에 감사할 정도로 속이 뒤틀렸다.

앞서 내려가던 카론 경은 사무적인 목소리로 가프 경감과 대화 중이었다.

"검안(檢案) 소견서를 작성하셨습니까?"

"물론이지. 살인이 일어날 때마다 두꺼워져서 이제는 아예 사전으로 만들어도 될 분량이네."

이런 분위기에서도 표정 하나 안 바뀌는 카론 경이나 한술 더 떠서 쓴웃음 나오는 농담까지 꺼내는 가프 경감이나, 코와 입을 틀어막고 겨우겨우 계단을 내려가고 있는 내게는 엄청 얄미워 보였다. 한편 내 등 뒤의 키스 경은…….

"미온 경도 드실래요오?"

"……."

고구마 칩을 맛있게 먹으며 따라오고 있었다. 아주 미워 죽겠어!

19.

검시실 풍경은 생각보다 더 견디기 힘들었다. 새하얀 타일로 두른 넓은 공간은 마치 방치된 주방처럼 악취로 가득했고, 영혼마저 얼어붙을 듯 차가웠다.

그리고 중앙의 거대한 욕조에는 살인마에게 당한 시신들이 약물과 얼음 속에 잠겨 있었다. 자세하게 묘사하지는 않겠지만, 정말 보고 있자니 마음이 터질 것만 같아서 괴로운 표정으로 시선을 피해야 했다. 내가 지키지 못한 그녀도 지금 저 안에 있을 것이다.

"읽어 보게."

어느새 담배를 문 가프 경감이 들고 온 검안서는 그의 말대로 두꺼운 사전과 다를 바가 없었다. 귀찮다, 짜증 난다 말하면서도 저토록 정성스럽게 기록해 두었다니, 가프 경감은 실은 누구보다 살인범을 잡고 싶었던 걸지도 모르겠다.

카론 경은 시장(屍帳, 법의학적 판결문)과 시형도(屍型圖, 발견되었을 때 사체의 모습을 자세히 기록해 둔 그림)가 포함된 장문의 검안서를 빈틈없는 눈빛으로 살펴보기 시작했다. 거의 한 시간가량 아무런 말도 없던 그가 한숨을 내쉬며 말했다.

"기이하군요."

"그렇지?"

카론 경은 안경을 쓰고 하얀 장갑을 끼며 보존되어 있는 사체들로 향했다. 아니 '보존'이라고는 하지만 그 한계를 넘겨 이미 부패가 상당히 진행되었음에도, 그는 악취 같은 것은 전혀 신경 쓰지 않는 듯 마치 사전을 뒤지는 양 알몸의 사체들을 훑어봤다. 모르긴 해도 아마 이멜렌 님이 이 모습을 봤다면 졸도했을지도 모른다.

여자 사체들의 심장이 하나같이 없다는 것이 동일범의 소행임을 말없이 증명하고 있었다. 카론 경은 그 뜯겨나간 부위를 유심히 살펴봤다. 그가 기계적 손놀림으로 검시를 하며 입을 열었다.

"일단…… 짐승은 아닙니다."
"근거는?"
"잘 아실 텐데요. 짐승이 물어뜯거나 할퀸 상처라면 그 가장자리가 불규칙하고 그 주변에 표피 박탈이 수반되며, 상처 속 공간의 근육과 혈관 역시 뒤틀려 있어야 합니다만, 이 사체들 모두 날카로운 흉기에 의해 깨끗하게 도려내져 있었습니다. 짐승이 이런 정밀한 위해를 가할 수는 없습니다. 검안서에 의하면 일격에 생긴 상처더군요. 인간이라고 해도 무척 숙달된 솜씨라야 가능합니다."
"검술의 달인이란 말인가?"
"아니요. 이것은 일반적인 도검류에 의한 자상(刺傷)으로 보이지는 않습니다."
마치 타자기를 치듯 그의 목소리엔 아무런 높낮이도 없었다.
"또한, 사체 어디에도 디펜스 마크(Defense Mark)를 발견할 수가 없군요."
디펜스 마크? 그게 뭐지? 내가 궁금한 표정을 짓자 히죽 웃어 보인 키스 경이 어깨를 톡톡 치며 말했다.
"미온 경, 그게 뭐냐 하면 말이지요……."
그 순간 키스의 손가락이 칼날처럼 내 눈으로 향했다. 나는 기겁하며 소리쳤다.
"우아악! 뭐 하는 짓이에요!"
"바로 이겁니다아."

"이거라니?"

나는 무의식적으로 얼굴을 가린 내 팔을 바라봤다.

"상대가 흉기 등으로 공격해 오면 훈련받지 않은 인간은 반사적으로 팔이나 손으로 막게 되지요. 그렇게 저항하다가 살해당한 사체에는 손바닥이나 손등, 새끼손가락 쪽에 상처가 남게 됩니다. 그게 바로 디펜스 마크, 즉 방어흔(防禦痕)이랍니다아."

"그, 그럼 그게 없다는 것은……."

카론 경이 장갑을 벗으며 말했다.

"피해자가 가해자의 공격을 인식하지 못했다는 증거다. 상대가 면식범이거나 아니면 기습적으로 상대를 즉사시켰다는 의미지. 마치 노련한 암살자가 일격에 대상을 살해하는 것처럼. 자네도 목격했겠지?"

나는 그때의 일을 떠올렸다. 나 역시도 그놈이 언제 그녀의 심장을 도려냈는지 알 수 없었다.

"카론 군 말대로 이건 미치광이가 마구잡이로 죽인 것이 아니야. 도리어 훈련받은 킬러가 동일한 방식으로 타깃을 살해한 것에 가깝지. 윗대가리 놈들은 그런 미친놈 하나 못 잡고 뭐 하냐고 윽박지르고 앉았지만, 이건 그리 단순한 문제가 아냐."

가프 경은 그렇게 말하며 카론 경에게 봉투 하나를 던졌다. 카론 경이 그 봉투 속에서 꺼낸 것은 바로 내가 잘라냈던 손톱 조각, 즉 검은 합금이었다.

"이것이…… 흉기인가요."

카론 경이 자신의 눈동자 가까이 그 반짝거리는 합금 조각을 가져다 댔다.
"암살자였다면 굳이 그런 해괴망측한 흉기로 상대를 죽일 이유도, 필요도 없겠지. 그리고 손가락에서 합금 칼날이 자라나는 짐승 같은 것도 없고. 그러니까 그 살인범은 인간도 짐승도 아닌 괴물이야. 게다가 저 녀석을 닮은……."
가프가 의혹에 가득 찬 눈빛으로 키스를 바라보자 키스는 '나 아니라니까요!' 라는 시늉을 하며 손을 내저었다. 가프 경감은 줄담배를 피우며 투덜거렸다.
"인간이든 짐승이든 괴물이든 외계인이든 간에 문제는 한시라도 빨리 잡아 족쳐야 한다는 거야. 며칠 동안 잠을 못 자서 짜증이 폭발할 지경이라고."
카론 경은 차가운 시선으로 사체들이 잠겨 있는 얼음 욕조를 바라보며 말했다.
"제가 잡겠습니다."
"그거 정말 고마운 말이로군. 그런데 어떻게?"
"밤에 나타나 여자를 살해한다는 것만큼은 확실합니다. 오늘 밤, 그놈이 나타날 곳을 예측해서 잠복하겠습니다. 경찰대는 일단 철수시켜 주십시오."
경찰대라면 수십 명이 몰려와도 시체만 늘어날 뿐이라는 것을 카론 경은 잘 알고 있었다. 가프 경감이 하품을 하며 말했다.
"무턱대고 예측해 잠복하기보단 미끼라도 하나 세워야 하는 거 아냐? 떡밥이 있어야 고기가 몰리지 않겠나."

"그것도 그렇지만…… 그런 위험한 상황에 여자를 노출시킨다는 것은……."

가프 경감은 의미심장한 눈빛으로 나를 향해 다가왔다.

"너 말이다, 살인범 잡고 싶다고 했지?"

"또, 또, 또 여장하라고!"

나는 그 눈빛의 의미를 알고는 고양이처럼 온몸을 곤두세웠다. 왜 잊을 만하면 꼭 한 번씩 해야 하는 건데? 너무 서비스가 과해! 게다가 내가 여장할 때마다 온갖 불행한 일들이 다 생겼어! 이번엔 정말 죽을지도 몰라!

그러나 가프 경감은 자기 일 아니라고 무지 태연하게 말했다.

"호오. 유경험자인가 보네? 그럼 더 잘됐구먼. 어이! 누가 드레스 좀 구해 와! 아주 야시시한 걸로!"

닥쳐! 카론 경은 내키지 않는 표정으로 나를 바라보고 있었다. 그때 고개를 갸웃거리며 생각에 빠져 있던 키스가 뭔가 반짝 떠오른 얼굴로 우리들 사이에 끼어들었다.

"저한테 좀 더 좋은 방법이 있답니다아!"

좀 더 좋은 방법? 우리는 의아한 표정으로 그를 바라봤다.

20.

"……그래서 그 방법이 결국 이거였나."

카론 경이 테이블에 놓인 드레스를 바라보며 심란한 목소리로 중얼거렸다. 눈앞에 놓여 있는 드레스는 세 벌이었던 것이다.

아니나 다를까, 키스가 낸 제안은 지극히 광적이었다. 나와 키스, 카론 경 모두 여장을 하고 밤거리를 활보한다. 살인범이 나타나면 셋이 모여 단숨에 제압!

아아, 좋아, 뭐. 효율적인 방법이라는 것은 이해하겠지만…… 넌 정녕코 여장 외에는 아무것도 안 떠오르는 거냐, 이 인간아! 카론 경이 깊은숨을 들이쉬며 진지하게 말했다.

"키스, 이것은 수사 이전의 문제다. 나는 이런 일로 내 명예를 더럽히고 싶은 생각은……."

"카론 경! 진지하게 수사하고 싶은 생각이 있긴 있는 겁니까! 무슨 수를 써서라도 범인을 체포해야 하잖아요! 그렇죠오? 네?"

"그, 그건 그렇지만……."

카론 경은 곤혹스러운 모습으로 고개를 돌렸다. 그러나 키스는 집요했다.

"범인을 잡기 위해 온몸을 불사른다! 이거야말로 고귀한 은의 기사의 명예를 드높이는 일이 아니고 뭐겠습니까아!"

키스 경, 당신 눈이 웃고 있어. 지금 즐기는 거지?

"나, 나, 나는 그냥 잠복해 있겠다. 부탁인데……."

떨리는 눈빛으로 말하는 카론 경의 애절한 간청을 키스는 무자비하게 짓밟았다.

"카론 경은 정말 인간말종이로군요! 죽은 피해자들의 원성이 들리지도 않는 겁니까! 그들의 억울함을 풀어 주기 위해서 고작 드레스 한 번 입는 것조차 못 하겠다는 겁니까? 저 역시도 기사의 신분으로 굴욕을 감수하며 입기로 결심했는데!"

아니, 당신은 입어도 별로 피해 볼 것 없을 것 같은데…… 그보다 나는 어느새 당연히 입어야 하는 쪽이 된 거야?

가만히 지켜보던 가프 경이 담배 연기를 후욱 뿜으며 말했다.

"한번 입지그래, 카론 양?"

"가프 경!"

"이야아. 자네가 그렇게 화내는 얼굴은 처음 보는군. 그런 표정 보이면 더욱 입히고 싶은 것이 인지상정이지."

제정신들이 아니었다. 카론 경은 '어쩌다 일이 이 지경이…….' 라는 나의 전매특허 표정으로 조용히 눈을 감았다.

"……가끔 기사고 뭐고 다 집어치우고 싶을 때가 있다."

친구 잘못 사귀면 평생 고생한다는 그 옛날의 격언을 증명이라도 하듯이 카론 경은 쓸쓸한 표정으로 드레스를 집어 들었다. 하지만 너무 슬퍼하진 마세요. 이제는 안 입으면 이상한 사람도 여기 있는걸요?

21.

그리고 결국 한 떨기 꽃처럼 변장을 한 세 사나이는 살인마가 출몰하는 밤거리로 내몰리고 말았다.

푸른빛의 요염한 마키시온풍 드레스에 긴 다리가 살짝 드러난 모습이 그야말로 눈부신 미스 카론께서는 누구라도 말을 걸면 당장 베어 버릴 것 같은 살기등등한 눈빛으로 터벅터벅 걷고 있었다(이건 결코 칭찬이 아니겠지만 저 드레스는 허리폭이 좁아서 여간한 아가씨들도 소화하기 힘든 옷이었다). 그가 이를 부득 갈며 말했다.

"무슨 수를 써서라도 오늘 중으로 살인범을 잡는다. 알겠나, 키스!"

"어머나. 키스 양이라고 불러 주세요오!"

당신 너무 본격적이야!

"그건 그렇고, 어째서 키스 경만 바지예요?"

나와 카론 경이 몹시 불만스러운 표정으로 키스를 흘겨봤다. 왜 혼자 바지 입고 있어! 누구한테는 이런 확 터진 치마 입혀 놓고!

"나한테 맞는 드레스가 없는 걸 어쩌란 말입니까아."

키스는 손으로 입을 가리며 능청스럽게 웃었다. 확실히 키스는 우리 중에 가장 키가 크다. 제아무리 얼굴선이 곱고 화장을 잘 받아도 키 185센티미터를 넘기는 건장한 남자에게 맞는 드레스 같은 것은 눈 씻고 찾아봐도 없었던 것이다(카론 경은 아슬아슬하게 세이프였다).

이것마저 노리고 이딴 광적인 제안을 한 것 같다는 설득력 있는 예측이 뒤늦게 머리를 때렸다.

이제는 드레스를 입는 것에 그리 어색하지 않다는 사실이 무척이나 서글픈 나는 각자의 위치로 헤어지기 전에 물었다.

"그런데 그놈이 우리 중에 누굴 덮칠까요?"

"그야 가장 먹음직스러운 사람이겠지요오?"

"……."

좀 더 건전한 표현은 없습니까! 나는 불편한 기분에 말했다.

"만약 나를 공격해 오면 어쩌죠? 검이 있으니까 몇 번 막아낼 수는 있어도 솔직히 쓰러트릴 자신은…….."

그러자 키스가 내 손을 꼬옥 잡으며 말했다.

"그럼 비명을 지르세요, 레이디 미온."

"무슨 수를 써서라도 혼자 때려잡도록 하지요!"

나는 눈썹을 가늘게 떨며 말했다.

22.

'그런데 정말 그놈이 나한테 온다면…….'

3번 미끼가 되어 혼자 걷기 시작한 나는 치마 밑으로 살짝 드러난 내 검을 보며 생각에 빠졌다. 키스와 카론 경은 달려서 1분 내에 도착할 수 있는 거리에 있다. 그러니까 1분만 버티면 되는 것이다.

'그리고 가능하면 내 손으로 잡고 싶어.'

그녀를 지키지 못한 것에 대한 죄책감일까, 아니면 키스 경과 닮았다는 그 의문 때문일까. 나는 과민할 정도로 살인마에게 집착하고 있었다.

그때 사냥의 시작을 알리는 것만 같은 낮고 음울한 울음소리가 들리기 시작했다. 그놈은 어김없이 찾아올 것이다.

'우리 중 누구에게?'

긴장감이 짜릿하게 몰려왔다. 나는 인적 없는 광장으로 달려가 분수대 옆에 자리 잡았다. 주변은 가로등으로 환하고 사방이 숨을 곳 없는 개방된 공간이다. 어디서 다가오든지 먼저 발견할 수 있을 것이다.

'와라! 이번엔 놓치지 않아!'

나는 언제라도 검을 뽑을 수 있는 자세로 주변을 둘러봤다. 그러나 다가오는 것은 얼어붙은 바람과 그 바람에 섞여 있는 울음소리뿐이었다.

잘못 만든 장송곡 같은 그 울음은 슬픈 것 같기도 하고 화가 난 것 같기도 했다. 어린아이의 것 같기도 했고 고양이, 혹은 사자가 내지르는 것 같기도 했다.

점점 그 소리가 사그라지면서 상대적으로 내 심장의 고동 소리가 커져 갔다. 당장이라도 밤의 짐승이 붉은 눈빛을 흘리며 나를 덮칠 것만 같았다. 터질 것 같은 긴장감에 떨림이 멈추질 않앉다.

그때 나는 바로 등 뒤에서 오싹한 인기척을 느꼈다. 뒤를 돌아본 지 몇 초도 안 됐는데!

"큭! 언제!"

급히 칼을 뽑은 내 팔목이 순식간에 붙잡혔다. 난 창백해진 얼굴로 앞을 바라봤다. 새빨간 눈동자가 나를 내려다보고 있었다. 이놈은 정말 키스와 닮은…… 아니, 똑같은…… 그러니까 진짜 키스 경이었다.

"키, 키스 경?"

난 믿어지지 않는다는 목소리로 중얼거렸다. 그가 내 머리를 쓰다듬으며 말했다.

"역시 미온 경을 혼자 내버려 두는 것은 위험할 것 같아서 왔습니다아. 아니나 다를까, 뒤가 완전히 무방비로군요."

"바, 방금 전까지만 해도 없었는데!"

"그럴 리가요. 계속 미온 경 뒤에 있었는걸요?"

난 소름이 끼쳤다. 만약 그 살인마였다면 분명 심장이 뚫려 죽었을 것이다. 나는 가슴을 쓸어내렸다. 아니, 그런데 이거 생각해 보니까 화나네!

"왔으면 왔다고 말하란 말이에요! 헷갈리잖아!"

카아아아앙.

그때 금속이 격렬하게 부딪치는 굉음이 가까운 곳 어디선가 터졌다. 곧이어 거친 짐승의 비명이 들려왔다.

"설마 카론 경이?"

나는 놀란 얼굴로 그 소리가 들려오는 쪽을 바라봤다. 키스가 입술을 꽉 깨물며 말했다.

"보는 눈이 없는 살인마로군요! 내가 아니라 카론 경을 덮치다니요!"

당신, 어째서 억울해하는 거야. 그는 머리까지 쥐어뜯으며 통탄을 금치 못했다.

"역시 나도 치마를 입었어야 했어요! 그게 포인트였다고요!"

그만 해, 좀!

"빨리 가요! 카론 경이 위험할 수도 있잖아요!"

"아아, 그래요 미온 경. 어서 가서 카론 경의 순결을 지켜 드립시다아."

"제발 진지하게 일하란 말이얏!"

나는 투덜거리며 앞장서서 카론 경이 있는 곳으로 뛰기 시작했다.

23.

"방심했어."

우리가 도착했을 때 카론 경은 목 언저리를 지그시 누르고 있었다. 그 하얀 손가락 사이로 붉은 피가 스며 나오고 있었다.

"카, 카론 경. 괜찮아요?"
"스친 것뿐이야."
그는 짧게 말하며 바닥에 떨어진 팔을 집어 들었다. 긴 손톱이 섬뜩한 그것은 카론 경이 자른 살인범의 팔이었다. 카론 경이 그 팔을 바라보며 중얼거렸다.
"……정말 닮았더군. 놀라울 정도로."
나는 무겁게 고개를 끄덕거렸다. 그때 키스가 원망스러운 표정으로 카론 경을 쏘아보며 비난을 늘어놓는 것이 아닌가.
"카론 경, 너무해요!"
"뭐가 말인가?"
"보통은 친구와 똑같은 모습을 한 적을 보고 주저하다가 결국 공격하지 못하고 죽임을 당해야 정상 아닙니까아!"
죽는 게 뭐가 정상이야! 카론 경은 팔을 바닥에 던지며 무덤덤하게 말했다.
"본래 목을 치려고 했다."
"여전히 거짓말에는 능숙하지 못하시군요. 실은 주저한 거죠? 그래서 목에 그런 상처가 난 거죠? 그렇죠오?"
"아, 아니다!"
말까지 더듬는 걸 보니 아니기는. 움직이기 편하게끔 갑갑한 드레스 한쪽을 찢은 그가 다시 검을 들었다. 목선을 타고 흘러내리는 피가 달빛을 받아 하얀 살결 위에 도드라져 있었다.
"나는 그놈을 뒤쫓겠다. 너희들은 가프 경감에게 이 사실을 알리도록."
 "그전에 치료부터 하시는……."
 라고 대답하기도 전에 카론 경은 핏자국을 쫓아 바람처럼 튀어 나갔다. 키스 경은 바닥에 떨어진 팔을 들어 자신의 팔과 비교해 보면서 '어디가 똑같아?'라는 듯이 고개를 갸웃거리고 있었다. 나는 그 모습을 지켜보며 중얼거렸다.
 "이제 이 사건…… 정말 끝난 건가요."
 "그런가 보네요. 돌아가서 잡시다아."
 이대로 끝인가. 나는 갑작스러운 허무감에 사로잡혀 카론 경이 사라진 도시의 어둠을 바라봤다. 그곳에서 불어온 바람에 내 긴 머리칼이 높이 솟아올랐다간 다시 제자리를 찾았다. 정말 끝이야?

24.

 경찰대 본부로 돌아오는 와중에도 키스 경은 계속 잘려나간 팔을 이리저리 훑어보고 있었다. 은색의 털이 길게 자란 그 팔은 생명체의 것이었다기엔 마치 인형 조각 같아서 실감이 나지 않았다. 나는 그 흉측한 팔 조각을 장난감처럼 이리저리 휘둘러보는 그의 모습에 쓴웃음을 지으며 말했다.
 "참 신기하네요. 합금 손톱을 그렇게 단단하게 붙였다니."

"아니에요."

"예?"

"이 손톱, 붙인 게 아니고 자라난 겁니다."

키스 경이 손톱을 손가락 끝으로 퉁기자 티잉 하는 금속성이 울렸다.

"설마요!"

나는 그가 농담을 하는 줄 알고 실없이 웃었다. 손에서 금속 칼날이 자라나는 동물이라니 어처구니없는 소리였다. 하지만 키스의 표정은 그게 아니었다. 나는 눈을 빠르게 깜빡거렸다.

"저, 정말이에요?"

"그런데 미온 경."

"네?"

나를 바라보는 키스의 붉은 눈동자에 천천히 살기가 서려 가는 것을 보며 나는 움찔했다.

"아까, 이 사건 끝난 거냐고 물어봤죠?"

"그, 그랬죠."

왜, 왜 이러는 거지? 나는 막연한 불안감에 겁이 덜컥 났다. 그가 씨익 웃으며 말했다.

"피날레는 이제부터인 것 같군요."

키스 경은 자신의 검을 꺼내 들었다. 혈향에 잠긴, 그 오래된 검이었다. 순간 양쪽의 건물 위에서부터 붉은 눈을 가진 야수들이 하나둘씩 모습을 드러내기 시작했다. 마치 철판을 긁어내는 것 같은 소름 끼치는 울음소리가 사방을 포위했다.
"한 놈이…… 아니었어?"

『Swallow Knights Tales』 5권에서 계속

제멋대로 만화극장

Swallow Knight Tales

한 귀로 듣고 한 귀로 흘리는 제멋대로 프로파일

이자벨 크리스탄센 편

■ 한 귀로 듣고 한 귀로 흘리는 제멋대로 프로파일
이자벨 크리스탄센(Isabelle Kristansen) 편

키 170센티미터대로 큰 편. 여성용 정장이 참 잘 어울리는 몸매다.

눈 빈틈이 없어 보인다는 것은 이런 것, 상냥한 웃음과 안경으로 숨기고는 있지만 차가운 청색 눈동자가 좀 무섭다.

머리 진한 금발이지만 밖에 나갈 때는 자주 은발의 가발을 쓴다.

외모 긴 머리에 이목구비가 또렷하지만, 한편 중성적인 이미지를 가지고 있다. 현모양처의 전형과는 우주의 끝에서 끝만큼이나 차이가 나는 불세출의 커리어 우먼 스타일.

범접하기 힘든 이지적인 우수가 온몸에 흐르지만 그녀와 적대적인 사람들은 '노처녀의 오오라'라고 부르기도 한다. 정장이 아닌 모습은 상상도 못 하며 일말의 흐트러짐도 용납하지 않는 완전무결한 이미지가 풍겨 온다. '천재'라는 푯말을 목에 걸고 다녀도 다들 이해해 줄 것 같이 생겼다.

인트라 무로스에서도 그녀는 숭배받는 여신이며 감히 거부할 수 없는 리더다. 하지만 타고난 쿨한 이미지를 극복하기 위해서 어려서부터 웃는 연습도 엄청나게 했고, 남몰래 로맨스 소설을 열렬히 애독하는 귀여운 면도 있다.

1. 안녕하세요? 바쁜 시간 내주셔서 감사합니다.
―무슨 말씀을요.

 (환하게 웃고 있지만 시선은 시계를 보고 있다. 빨리 끝내라는 무언의 압박이다.)

2. 인트라 무로스에서는 무슨 일을 담당하시죠?
―별거 안 해요. 유능한 부하들이 모두 해 주니까요.

 (라고 말하지만 눈빛은 이미 '내가 없으면 망해.' 였다.)

3. 와인을 참 좋아하시던데요, 특별히 어떤 것을 좋아하시죠?
―고된 일을 마치고 혼자 맛보는 와인이라면 어떤 것이든 좋군요.

 (물론 '하지만 싸구려는 싫어!' 라는 표정이었다.)

4. 그런데 결혼은 안 해요?
―이런, 저는 느긋하게 생각하고 있어요.

 (하지만 힘이 들어간 눈빛은 '그딴 질문, 한 번만 더 해 봐.' 였다.)

5. 미온에 대해서는 어떻게 생각하시나요?
―후후. 바뀌지 않는 남자, 귀엽고 솔직하고 고집스럽고 항상 노력하는…… 좀 둔감하긴 하지만.

(어? 처음으로 대사와 눈빛이 일치했다.)

부하로 두고 싶은 생각은?
―그건 싫군요. 냉정하게 부하로 둘 수 없을 테니까. 다음 질문 부탁해요.

6. 어려서부터 수재였잖아요? 그 악명 높은 팔마시온도 수석으로 졸업했고, 사실 남들은 상상도 못 할 인생이잖아요. 스스로도 특별하다고 생각하나요?
―전혀요.

(단호하게 말했다.)

―누구나 남들은 상상도 못 할 인생을 살고 있어요. 나도 그중 하나일 뿐이고. 당신도 마찬가지예요.

(움찔.)

7. 이번 권을 보면 인트라 무로스의 '묘한 움직임'이 살짝 언급되는데, 그것에 대해 하실 말씀 있으신가요?
―노코멘트.

(아마 이후에 밝혀지지 않을까.)

8. 항상 정장을 입고 다니시는데요. 드레스를 입고 싶은 생각은?
―그런 건 제겐 어울리지 않아요.

(실은 그녀의 옷장에는 수백 벌의 드레스가 있다고 한다. 항상 바라보기만 하는 것일까.)

9. 미온이 프러포즈를 한다면?
―전 가능한 일만 상상합니다.

(말 돌리시긴.)

10. 노래 잘 불러요?
―어머. 벌써 가야 할 시간이 되었네요!

(얼레? 황급히 사라져 버렸다.)

또 다른 시선 하나

카론 샤펜투스 「악연(惡緣) I」

1.

 올해로 15세가 되는 건가. 사실 평민의 신분으로 기사가 되겠다는 것은 그리 환영할 만한 결심이 아니다. 귀족들로 이뤄진 견습기사들 사이에서 나는 항상 인간이 아닌 '평민'이었다.
 "하, 항복!"
 "……."
 여덟 명째. 나에게 덤벼들었던 견습기사가 바닥에 나자빠져선 손을 내질렀다. 나는 연습용 장검을 접으며 다음 상대를 위해 거칠어지는 숨을 진정시켜야 했다. 이것의 어디가 정당한 대련인가?

그들은 날 빙 둘러싼 채로 들으라는 듯이 빈정거리고 있었다.

"쳇. 운이 좋아 들어온 놈치고는 끈질기네. 하긴, 평민으로서는 여기 온 것만 해도 꿈도 못 꿀 일이니까, 발버둥치고 싶겠지."

"어디까지 버티나 두고 보자. 지 주제도 모르는 자식."

권세 높은 공작이 주최한 연습 시합에서 내가 우승한 것이 화근이었다. 하긴, 고머스 경도 내게 '절대 이기지 마라.'라고 충고했었지. 뿌리도 없는 평민이 귀족 가문의 귀한 자제들을 꺾고 우승하는 모습 따위를 후원자인 공작에게 보여 주고 싶지는 않았을 테니까.

하지만 훌륭한 기사가 되기 위해 필요한 것이 기사도보다는 가문이고, 검술보다는 처세술이라는 것을 나는 인정하기 싫었다. 그리고 그 대가는 혹독했다. 예를 들면 30 대 1의 악의적인 대련 같은 것 말이다.

"다음은 내 차례다. 뭐야, 벌써 서 있기도 힘들어진 거야?"

아홉 번째 도전자가 아주 값비싸 보이는 연습용 검을 뽑아들고 걸어 나왔다. 이 녀석, 백작, 아니 자작 가문의 차남이던가? 아무리 칼날이 없는 연습용 검이라도 분명 철검이다. 제대로 맞으면 살이 찢어지고 뼈가 부러진다.

"카론, 지금이라도 우리 신발을 핥고 용서를 빌면 눈감아 주겠다. 아버지에게 말만 하면 네깟 놈쯤 추방시키는 거, 일도 아니야. 네게 어울리는 시골구석에 처박혀 조용히 살도록 자비를 베풀어 줄까?"

풋내나는 악의가 귀를 때렸다. 나는 찢어진 어깨의 상처를 꽉 누르며 그를 바라봤다.

"말이 많은 녀석이군."

"이 자식! 건방지게 구는 것도 작작해!"

그가 내게 달려들며 검을 크게 휘둘렀다. 지금까지 대체 뭘 배웠나 싶을 정도로 형편없는 몸동작. 누적된 피로만 아니었다면 손쉽게 반격할 수 있었겠지만 지금으로서는 가까스로 피하는 것이 고작이었다.

"……!"

저 녀석의 칼이 어설프게 스치고 지나간 팔에서 뜨끔한 통증이 몰려왔다. 이건…… 그놈이 히죽거리며 자신의 검을 들어 보였다.

"아아, 이걸 어쩌지. 깜빡하고 진짜 칼을 가지고 왔네?"

"큭!"

비웃음 소리가 터졌다. 순간 울컥 화가 치밀어올랐다. 나는 몸을 낮게 숙인 채 곧바로 뛰어들었다. 무방비나 다름없는 녀석의 다리를 후려치려고 했다.

"항복!"

일순 나는 검을 멈췄다. 그가 히죽거리며 날 비웃고 있었다.

"아아, 항복이라니까? 아무리 평민이라도 항복한 사람을 공격

할 만큼 무식하진 않겠지, 카론?"

분노를 얼굴에 드러내 봐야 원하던 구경거리만 된다. 나는 입을 꽉 다물며 점점 통증이 심해지는 팔을 지그시 눌렀다. 그리고 열 번째 도전자가 내 모습을 즐기는 표정으로 느릿느릿 내 앞에 나타났다. 무슨무슨 백작가의 장남이었던가.

2.

차례대로 덤벼드는 30명을 상대로 치명상을 입히지 말고 항복을 받아 내는 일은, 사실 불가능하다. 나도 알고 있다.

"아아, 항복. 항복."

열다섯 명째. 나는 휘청거리는 몸을 겨우 추슬러야 했다. 좀 더 체력 단련을 해야 해. 몰려오는 현기증에 들고 있던 검을 나도 모르게 떨어트렸다.

"와하하! 저것 좀 봐! 기사가 되고 싶다는 놈이 검을 떨어트리면 되겠냐? 역시 평민은 저래서 안 된다니까."

나는 눈을 찡그리며 검을 주웠다. 그 순간 어깨에 격렬한 통증이 터졌다. 반사적으로 손에 쥔 검을 그으며 뒤로 물러났다.

"이런, 이런. 난 또 준비가 다 끝났는지 알았지."

갑자기 검을 내리친 놈은 열여섯 번째 녀석이었다. 기습당한 어깨는 하필이면 오른쪽. 크게 벌어진 상처 때문에 도저히 힘이 들어가질 않는다. 아니, 그보다 몸을 일으킬 힘조차 없다.
"지금 뭣들 하는 건가. 연습 시간은 이미 끝났을 텐데."
한쪽 무릎을 꿇고 있는 나를 둘러싼 견습기사들 앞에 고머스 경이 나타났다. 말을 타고 있는 그는 지도기사였다. 둘러대는 목소리가 들려왔다.
"아 뭐 별거 아니고, 카론이 하도 대련을 하자고 졸라서 어쩔 수 없이······."
나는 고개를 숙여 고머스 경을 보지 않았다. 그가 어떻게 나올지 잘 알고 있으니까.
"험험, 그래? 하지만 내일 연습도 있으니까 큰 부상이 없게끔 적당한 선에서 끝내도록."
그는 말을 타고 가 버렸다. 또 술집에 가는 길이리라. 나를 봤을까? 분명 그랬겠지. 하지만 나는 '부상당하면 안 되는' 부류에서 제외되는 쪽이었다. 새삼 화가 날 것도 없어.
"자, 그럼 계속해 볼까?"
나는 몸을 일으키며 왼손으로 검을 바꿔 쥐었다. 점점 더 마음이 차가워지고 있었다.
"바보 아냐? 왼손으로 무슨 칼을······."
순간 불꽃이 터지며 상대의 칼이 부러져 버렸다. 바보는 네 녀석이다. 검을 쥐는 방법부터 틀렸잖아.
"하······항복."
부러진 자신의 칼을 든 그가 기가 질린 얼굴로 중얼거렸다. 왼

손을 쓰는 방법을 연습해 두길 잘했다는 생각이 든다.

"지, 지독한 자식."

"슬슬 귀찮아지는데 한 번에 저놈을 덮치자. 평민을 상대로 일일이 예의를 지켜 줄 필요는 없잖아?"

"그래, 그래. 옷을 벗겨서 정문에 묶어 놓자고. 그럼 제 발로 사라지겠지."

하지만 아무도 내 앞으로 나서지는 않는다. 칼을 두 동강 낸 모습을 봤으니까. 고귀한 몸을 다치고 싶지 않겠지.

나는 그런 그들 사이에 칼날도 없는 검 한 자루만을 든 채 서 있었다. 계속 마음이 얼어붙어 가고 있었다. 증오도 슬픔도 잡히질 않는 정지된 감정이 '어차피 혼자였잖아. 새삼 억울할 것도 없잖아?'라고 속삭이고 있었다.

"엥? 왜들 모여 있어? 재미있는 일이라도 있는 거야?"

순간 그들의 비웃음이 일시에 멈췄다. 난 고개를 들었다. 쪼그려 앉은 동갑의 견습기사가 날 빤히 바라보고 있었다. 새빨간 눈동자가 화점(火點)처럼 달아오른 자.

'키릭스 세자르.'

이 녀석을 본 것은 이번으로 세 번째. 세자르 가문이 그렇게 유명한 가문이던가? 공작 가문인지 후작 가문인지 모르겠지만 연습에 참여하지 않아도, 숙소로 여자를 끌고 와도 처벌받지 않는 녀석이었다. 도리어 고머스 경은 이 녀석에게 잘 부탁한다며 몰래 돈을 건넬 정도였으니까.

망나니! 귀걸이에 향수 냄새에, 보기만 해도 골치가 아파! 너무도 싫은 녀석이다.

"와! 피 흘린다! 피! 저것도 꽤 어울리네? 멋져."

키릭스가 날 보고 빙글 웃으며 박수를 치자 눈치를 보던 다른 놈들도 크게 웃기 시작했다. 내게 관심조차 없던 녀석인데, 지금은 나를 뚫어져라 보고 있었다. 이런 내 모습이 그렇게 즐거운 거냐! 멈춰 있던 감정의 톱니가 확 몰아쳐 버렸다.

"카, 카론! 이 자식! 지금 무슨 짓을!"

다른 녀석들이 당황한 목소리로 소리쳤다. 나도 모르는 새, 내가 키릭스를 향해 검을 치켜들었던 것이다. 알고 있다. 이것이 결투를 신청하는 행동이라는 것을. 그리고 견습 주제에 결투 같은 것을 했다간 당장에 추방당한다는 것도.

키릭스가 고개를 갸웃거리며 말했다.

"너 이름이 뭐였더라?"

"카론."

"성은?"

"없다. 평민이니까."

성이 있는 평민이라면 그나마 나은 편이지만, 나는 그조차도 못됐다.

"아, 그래, 카론 씨. 오해했나 본데, 이 유치한 장난은 이 녀석들이 멋대로 꾸민 거야. 난 그냥 구경하는 거라고. 관객에게 결투를 신청하는 건 너무 무자비하지 않아? 난 이래 봬도 꽤 올바르게 살고 있다고 생각했는데?"

"그것 때문이 아니야. 너는……."

내가 싫어하니까, 아무런 논리도 없는 그 말을 마음속으로 삼켰다.

"키, 키릭스 씨. 이런 평민을 일일이 상대하실 필요 없어요. 이런 놈은 우리가……."

키릭스는 어느새 그 옆에 다가와 존댓말로 아부를 늘어놓는 한 녀석의 입을 손으로 가리며 일어섰다. 그가 날 바라보며 말했다.

"아아, 이해하겠어, 카론. 나도 네가 싫어."

난 속마음을 들킨 것 같아 흠칫 놀랐다. 그래, 내가 키릭스를 싫어했던 것은 속을 꿰뚫어 보는 듯한 저 태도 때문이었다. 하지만 그가 거짓말에 능숙한 사람임을 알게 된 것은 이후의 일이다.

"내가 네 의지에 감동을 받아서 앞으로는 친하게 지내자……라고 말해 봐야 그건 위선이겠지? 망나니 도련님이 하품을 하며 던져 주는 그딴 싸구려 동정, 너는 싫어할 거야. 그렇지?"

닥쳐! 남의 속을 읽는 것 같은 그런 말은 집어치워!

"그래, 결투하자. 결투 좋지. 인간이 짐승이었을 때부터 흑백과 선악, 옳고 그름을 손쉽게 판결해 주는 아주 편리한 해결법이거든."

그는 그렇게 흥얼거리며 다른 녀석의 연습용 검을 태연하게 빌리는 것이었다. 그리고 보니까 칼을 가지고 다니는 것을 본 적이 없다.

"그런데 그런 몸으로 괜찮겠어? 톡 쳐도 쓰러져 버릴 것 같은데?"

"하찮은 평민의 몸 따위를 걱정해 주니 황송해서 몸 둘 바를 모르겠군."

"아? 너 의외로 말 잘하네?"

나도 모르게 냉소적인 빈정거림이 나와 버렸다. 이 녀석 앞에서는 어쩐지 화가 치민다. 차라리 다른 녀석들처럼 속이 뻔히 보이는 천박한 협박을 한다면 화가 날 것도 없을 텐데.

"그럼 간다."

그 순간 그의 모습이 내 시야에서 사라졌다.

"……!"

바람이 스쳐 지나간 기분과 함께 서늘한 감촉이 가슴에 느껴진다. 혼미하던 머릿속이 바짝 현실로 돌아왔다.

"카론 씨, 난 이쪽입니다."

등 뒤에서 그의 목소리가 들렸다. 반사적으로 몸을 돌리자 그가 엷게 웃으며 날 바라보고 있었다. 나는 내 가슴을 보았다. 찢겨나간 옷 사이에서 피가 흐르기 시작했다. 그것도 마치 진검에 베인 것처럼 아주 깨끗하게 일 자를 그린 것이다. 칼날도 없는 검으로, 전력을 다하지 않았는데도!

"아, 미안. 옷 한 벌 사 줄게."

장난스러운 어조로 말하는 그를 난 말없이 바라봤다. 이런 수준의 녀석이었나. 내 실력의 두 배, 세 배쯤 될까? 진짜 기사와 싸워도 될, 아니 그 이상. 승산이 없어. 내 몸이 최고의 상태라고 해도 이길 수 있을 리가 없다.

"얼레? 정말 계속 싸울 거야?"

나는 눈을 날카롭게 뜨며 그를 향해 다시 검을 들었다. 천재? 재능인가? 억울해! 화가 나! 불공평해! 처음으로 억울하다는 기분이 들었다. 어린애같이 창피한 마음을 도저히 억누를 수가 없었다. 내 표정을 보던 그가 신기하다는 듯 말했다.

"화난 거야? 감정이 얼굴에 그대로 드러나네?"

"쓸데없는 소리 하지 마!"

난 곧바로 뛰어들었다. 그가 찌르는 검 끝을 간발의 차이로 피하며 칼을 그어 올렸다. 그의 옷이 일직선으로 찢기며 붉은 피가 뺨에 튀었다. 하지만 여기까지였다. 곧바로 내 팔이 그에게 잡혔고 곧 칼머리가 명치를 깊게 찔렀다.

"아악!"

"바보. 네 최고의 무기는 냉정함이야. 그걸 내팽개치고 달려들어서 어쩌겠다는 거야?"

그가 웃으며 말했다. 그리고 이후 얼마나 더 당했는지 기억조차 나지 않는다. 보고 있는 녀석들이 기가 질릴 정도로 일방적으로 얻어맞은 나는 검을 놓치고 땅에 쓰러졌다. 몸은 이미 피투성이였다.

"대, 대단해."

다른 녀석들은 그들의 바람대로 비참하게 패한 날 비웃을 생각조차 못 하고 키릭스의 모습에 탄성을 내지르고 있었다. 키릭스는 가쁜 숨을 내쉬는 날 빤히 내려다보다가 머리칼을 잡아채 일으켰다.
 난 찡그린 표정으로 그를 쏘아봤다. 키릭스는 여전히 웃는 모습이었다. 소름 끼치는 눈동자, 눈앞의 이 남자가 다른 세상의 존재일지도 모른다는 그런 기분이 들었다.
 "이거, 결투였지? 유언 들어줄게."
 그가 내 심장에 칼끝을 겨누며 말했다. 결투란 패배한 자의 목숨을 승리자에게 넘기는 의식이다. 순간 기억에 없는 생경한 두려움이 몰려와 입이 열리질 않았다.
 "왜? 죽기 싫어? 아아, 어쩌지. 카론 군이 겁먹었나 봐. 살려줄까나."
 그런데 또 화가 나 버렸다. 난 커다랗게 외쳤다.
 "마음대로 해! 이 자식! 그리고 내 이름 부르지 마!"
 아마 태어나서 이렇게 커다랗게 소리친 건 처음인 것 같다. 억울해서 눈물이 날 것 같았다. 그가 날 보고 피식 웃었다.
 "응. 그럼 죽일게."
 그의 눈동자가 날 내려다보고 있었다. 아무런 감정도 느껴지지 않는 위험스러운 투명함.
 "다들 이제 그만 하세요."
 난감한 목소리로 그렇게 말하며 끼어든 자는 미레일이었다.

몸집은 크지만 선생에 어울리는 외모. 착한 사람이다, 강하고. 그리고 키릭스와 대면할 수 있는 거의 유일한 자였다.

"아, 미레일. 식사 준비는 다 끝내고 오는 거야?"

"하아, 키릭스 씨. 오늘 식사는 당신이 준비하는 거였습니다."

"앗! 미안!"

그가 미레일을 돌아보느라 내 머리를 놓는 바람에 난 엉덩방아를 찧었다. 그는 금방 다시 내 머리를 잡아 올리며 내게 사과하는 것이었다.

"미안, 미안. 카론. 죽이려던 참이었지? 갑자기 미레일이 불러서. 아하하."

"……"

저, 적당히 해! 난 참을 수 없는 기분에 그를 쏘아봤다. 미레일이 말했다.

"그러니까 그만 좀 두시죠? 동료끼리 할 짓이 아닌 것 같군요."

키릭스는 곤혹스러운 표정의 미레일과 잔뜩 노려보고 있는 나를 번갈아가며 본 뒤에 울상을 지었다.

"너무해. 이거 나만 나쁜 놈이 되는 것 같잖아? 어째서야? 1대 30을 대련이랍시고 하고 앉은 비겁하고 치졸한 놈들은 바로 저 녀석들이라고."

그리고 키릭스는 사색이 된 견습기사들을 가리켰다. 뭐야. 왜 갑자기 내 편을 들어주는 거야. 난 가라앉은 목소리로 말했다.
"……그보다 내 머리카락 좀 놔주지그래."
"아? 죽기 싫은 거야?"
"적어도 네놈에겐!"
절대 지고 싶지 않아! 그가 나를 놓자 다시 엉덩방아를 찧어야 했다. 그리고 그 순간 키릭스의 칼이 내 허벅지를 깊게 찔렀다. 피가 역류하는 것만 같다.
"아아악!"
그 와중에도 나는 그를 노려보는 것만은 멈추지 않았다. 그가 특유의 여우 같은 웃음을 보였다.
"카론, 네 다리 나으면 다시 싸우자. 네 뜻대로."
"……."
결국 나는 마지막까지 속마음을 들키고 말았다. 그리고 그는 하얗게 질린 사람들을 바라보며 말했다.
"자아, 이제 이걸로 장난은 끝이야. 모두 만족하지?"

3.

며칠째 나는 의무실 침대에서 일어날 수 없었다. 꼴은 말이 아니었다. 이마와 목과 가슴이며 어깨 모두 붕대와 약 냄새 풍기는 거즈로 덮여 있었고, 부목을 대 고정시킨 허벅지는 말할 나위도 없었다. 근육을 다친 왼쪽 발목마저 붕대에 감겨 있던 탓에 몸을 일으키는 것조차 쉽지 않은 중상.

하지만 키릭스의 힘일까, 아니면 창피한 난동이 소문나는 것이 싫어서일까, 아무도 그날의 일을 문제 삼는 사람은 없었다. 도리어 나는 자격 박탈은커녕 고머스 경의 문책도 없이 책을 마음껏 읽으며 한가하게 침대 신세를 누릴 수 있었다. 이렇게 아무도 나를 건드리지 않은 일은 견습기사가 되고 처음이었다.

"……."

한가하다면 한가한 날들이었지만 머릿속은 복잡했다. 특히 그놈을 생각하면…….

'역시 화가 나.'

나는 후우, 하고 숨을 뿜고는 눈을 감았다. 그때 노크 소리가 들려왔다.

"잠시 실례하겠습니다."

미레일. 식사와 새로운 책을 든 그가 들어왔다. 누가 시킨 것도 아닌데 며칠째 도와주고 있다. 평민을 간병해 준다고 얻는 것도 없을 텐데, 어지간히 할 일이 없나 보다.

"몸은 좀 어떤가요."

"신경 쓰지 않아도 돼."

"새 환자복 얻어왔어요. 갈아입혀 드릴까요?"

"혼자 할 수 있어."

"그럼 책은……."

"미레일."

"네?"

"뭣 때문에 내게 잘해 주는 거야. 불쌍한 평민에게 베푸는 동정이야? 아니면 키릭스가 시켜서……."

"카론 씨."

미레일이 테이블에 식사를 내려놓으며 말했다. 푸근한 수프 향내가 풍겼다.

"동정이 아니라 호의예요."

"……."

"물론 키릭스 씨가 부탁한 것도 있고……."

'그 녀석이?'

그는 빈 그릇을 치우며 입을 열었다. 달그락거리는 소리에 섞인 그의 목소리.

"키릭스 씨가 당신에게 심하게 굴긴 했지만, 당신의 다리까지 찌른 덕분에 당분간 누구도 당신을 건드릴 일이 없어졌잖아요."

알고 있다. 만약 키릭스가 다리를 찌르지 않은 채로 날 견습기사들 사이에 내던져 놓고 사라졌으면 난 그들에게 수모를 당했을 것이다. 내가 신청한 결투에서 패배하고 만신창이가 되어 버렸으니 그것만큼 그놈들이 바라는 상황도 없겠지.

하지만 아무도 소문내지 못할 만큼 일을 거창하게 키우고 부상까지 입혀 결투를 깔끔하게 끝마무리한 것은 키릭스의 뜻이었다. 그가 견습기사들 앞에서 이제 끝이라고 못을 박았으니까.

"부탁한 적 없어."

조금 화가 나서는 퉁명스럽게 대답했다. 키릭스는 그렇게 단순하고 친절한 인간이 아니다. 난 직감할 수 있었다. 날 죽이려고 할 때도 도저히 농담이라고는 생각할 수가 없었다. 분명 모습은 훤칠한 15세의 도련님이지만 그 눈동자만은 소년이 아니다. 아니, 인간의 것이 아니다. 주저하지 않는다. 스스로도 멈추지 못할 것 같은 무색무취의 광기, 두려웠다.

"왜 기사가 되려는 거죠?"

갑자기 미레일이 물었다.

"그러는 너는."

"부모님께서 원하시니까요."

"……."

"그렇지만 기왕 기사가 되기로 한 거, 좀 더 뛰어난 기사가 되고 싶군요."

"가령?"

"해외로 나간다든지."

그는 미소를 지으며 말했지만, 기사로서 그것은 일종의 매국이었다. 애국심도 모르는 자라고 비난을 받을 것이 뻔할 텐데도 그는 스스럼없이 그렇게 말했다. 착하고 온순해 보이는 사람이지만 의지가 무척 강한 듯싶었다.

"카론 씨는 왜 기사가 되려는 거죠?"

"대답해 줄 의무는 없어."

어린애 같은 고집이지만 내 속마음을 보여 주고 싶지 않았다.

"곤란하면 말씀하지 않으셔도 괜찮아요. 하지만 정말 기사가 되고 싶어 하는 것 같아 보여서…… 사실 여기 사람들 대부분은 기사가 된다는 것에 별로 의미 같은 거 두지 않아요. 단지 자기 가문에서 원하니까 거부할 수 없는 거고, 또 기사 작위가 있어야 출셋길에 오르기도 쉬우니까요."

"나도 출셋길에 오르고 싶을 뿐이야."

나는 표정을 보여 주기 싫어서 팔로 얼굴을 가린 채 중얼거렸다.

"멋진 기사가 될 겁니다, 당신은."

"넌 좋은 말밖에 못 하는 거냐."

"아니, 이건 키릭스 씨가 한 말이에요. 카론 씨는 멋진 기사가 될 거라고."

"그 녀석의 칭찬 따윈 받고 싶지 않아!"

난 반사적으로 반응한 뒤에 얼굴을 붉혔다. 또 화를 참지 못한 것이 창피하다.

"언젠가는 때려눕힐 거라고 전해. 이 침대 신세를 지는 건 그쪽이 될 거라고!"

"하하, 그렇게 전하겠습니다."

"금방 그 녀석만큼 키도 클 거고 몸도 검술도 훨씬……."

난 '대체 무슨 소리를 하고 있는 거야.'라는 기분에 눈을 꽉 감으며 입을 다물었다. 이상하게도 그 녀석이 내 마음을 옭아매는 것 같았다.

미레일은 차분하게 병실을 정리한 뒤에 밖으로 나가려고 했다. 내가 고개를 돌린 채 물었다.

"……미레일."

"네?"

"다시 그 녀석과 싸우면 이길 수 있을까?"

유치한 말이라는 것을 알면서도 견습기사 중 1, 2위를 다투는 미레일의 평가를 듣고 싶었다. 그가 말했다.

"당신은 대단해요. 키릭스 씨의 몸에 상처를 낸 사람은 당신이 처음이니까요."

"하지만 그것뿐이었잖아."

"아니. 전쟁 중이었고 진검이었다면, 그리고…… 당신에게 사람을 죽일 각오가 있었다면 당신은 그때 키릭스 씨를 죽인 겁니다."

단호한 목소리. 나는 그를 바라봤다. 여전히 상냥한 표정. 하지만 무서운 말이다. 사실 고작 15세의 우리들 중 냉정하고 객관적으로 죽음을 논할 수 있는 사람은 거의 없었다. 그런데 키릭스와 미레일은 달랐다. 그가 웃으며 말했다.

"하지만 키릭스 씨는 본래 두 자루의 검을 씁니다."

"……!"

"견습기사에겐 어울리지 않는 검술이라서 숨기고는 있지만, 두 자루를 들었을 때의 키릭스 씨는 정말 무섭죠. 하하."

"역시 상대가 안 되는 건가."

"카론 씨, 당신도 키릭스 씨도 나도 아직 세상을 모르는 풋내기일 뿐입니다. 조급할 것 없잖아요? 누가 더 강하고 훌륭해질지는 앞으로 긴 시간을 살아가며 지겹게 겨뤄 볼 수 있을 거예요."

"지겹게……라"

"시간이 흘러 기사가 된 우리들이 이 세상을 어떻게 살아가고 있을지, 벌써부터 무척 기대가 되는군요."

나는 말없이 웃고 있는 그의 얼굴을 바라봤다. 그리고 7년 뒤, 미레일은 매국노라는 동료 기사들의 비난을 뒤로한 채 이오타의 기사가 되었고, 나는 샤펜투스라는 성을 하사받고 헬스트 나이츠의 부기사단장이 되었으며 키릭스는 신성(新星)처럼 빛나다가 소멸했다.

그리고 그 7년에 걸쳐, 지도기사 고머스 경을 비롯해 같은 소속의 견습기사 중 나와 미레일, 키릭스를 제외한 34인은 모두 의문의 사고로 사망했다.

4.

'또 기억나 버렸군. 우리 셋 다 몸도 마음도 어렸던 시절이

야.'

덜컹거리는 열차의 규칙적인 소음 속에서 난 창밖을 응시하고 있었다. 그때에 비해 바뀐 것은 (여전히 그 녀석보다는 작지만) 훌쩍 커 버린 키와 지지 않을 검술과 사회적 위치. 왕실로 돌아가면 먼저 보고서를 쓰고 브리핑을 한 뒤에 일찍 집으로 돌아가서 그녀에게 사과를……

"카론 경. 카론 경."

대체 뭐가 즐거운지 엔디미온이 긴 금발을 이리저리 흔들며 날 부르고 있었다. 호스트 주제에 기사가 되어 버린 어이없는 녀석, 게다가 이 녀석을 도와주는 자들은 믿어지질 않는 거물들이다. 내가 평민 주제에 기사가 되었을 때 다들 어이없다고 말했는데, 엔디미온 경을 보고 있으면 난 꽤나 평범한 것 같다. 그러니까 검술 수련만 좀 하면 좋을 텐데. 하아.

"뭔가."

"몰슨이 그 아이를 잡았을 때, 제가 부른 분들이 오실 줄 알고 칼을 버렸던 건가요?"

"물론이다. 거대한 힘이 다가오는 것을 느꼈으니까."

"하지만 만약 그걸 몰랐다면, 그래도 칼을 버리셨을 건가요."

항상 엉뚱한 질문이다. 엔디미온을 보고 있으면 어린애 같다는 생각이 든다. 그리고 이 사회를 겪어오며 그 천진난만함이 얼마나 지키기 힘든 것인지도 잘 알게 되었다. 그러니까 확실히 희귀종이야.

"모르겠군."

난 작게 중얼거리며 다시 창밖으로 시선을 돌렸다. 그리고 창에 반사된 잔상을 통해 엔디미온과 말싸움을 하는 키스를 넌지시 바라봤다. 그 미소 띤 얼굴에 난 본능적으로 눈썹을 움찔했다.

'……15년이 지났어도 여전히 화가 나는군.'

내 시선을 느낀 그가 나를 향해 눈동자를 굴리며 말했다.

"뭘 그렇게 뚫어져라 보고 있는 겁니까아?"

"별로."

얼빠진 웃음의 키스는 '창피하게 옛날 생각 같은 거 하지 말아요.'라는 눈빛으로 날 바라봤다. 역시 아무리 노력해도 속마음은 항상 들키는 것 같다. 키스에게나 키릭스에게나.

'키릭스는 사라졌다.'

하지만 그런데도 미레일의 말대로, 우리는 여전히 '지겹게' 겨루고 있는 중일까? 그 끝이 어딜지는 모를 일이지만 비극이 아니기를, 바라는 게 있다면 단지 그 하나뿐이다.

또 다른 시선 둘

키릭스 세자르 「악연(惡緣) II」

*인생은 풀잎 위의 이슬과 같아
서로를 볼 시간이 별로 없는 것.*

―연산군

1.

또 미움을 받았다. 대략 일주일에 한 명꼴로 진지하게 미움받고 있으니 이쯤이면 내 인생도 끝장이 아닌가 싶다. 그야 내가 세상 만물을 깔보며 산 것에 대한 당연한 대가라고 생각하면 딱히 분할 것도 없지만, 이번만큼은 좀 억울하다.

카론을 그 머저리들 사이에서 구해 준 건 내가 아닌가? 고맙다는 인사까지는 바라지도 않지만 어째서 생명의 은인인 내가 '동정하지 마! 다음엔 반드시 널 쓰러트릴 거야!' 라는 한 맺힌 저주를 들어야 하는 걸까. 심지어 한술 더 떠서 미레일은 '카론에게 좀 너무하신 것 아닙니까?' 라는 억울한 말을 상냥한 얼굴로 잘도 지껄였다. 아무리 신도 악마도 겁내지 않고 제멋대로 살아온 나지만 그런 원망까지 듣고 나니까 좋은 일 해도 다 부질없네, 라며 어깨가 축 처진다.

라고 나뭇가지 위에서 눈을 감은 채 투덜거렸다. 이렇게 만사가 귀찮을 때면 나는 훈련소 근처 단풍나무를 표범처럼 타고 올라가 그곳에 몸을 묻고 잠들곤 했다. 아무도 모르는 붉은 단풍 속에 묻혀 있으면 마음이 편안해진다. 아마도 이곳은 평생을 쫓겨 다닐 나의 운명에 어울리는 안식처일지도 모른다. 그런데 문제는 가끔은 너무 편한 나머지 졸다 떨어질 때도 있다는 것이다.

"응?"

정신을 차렸을 때는 이미 떨어지는 중이었다. 난 '귀찮게.' 라는 심정으로 몸을 빙글 돌리며 낙법을 준비했다. 이쯤이야 항상 겪는 일이다. 하지만 나무 밑에 누군가 있을 거라는 예상까지는 하지 못했다.

"으악!"

나는 하필이면 내 추락 지점에 앉아 있던 불운한 '쿠션' 위로 유연하게 착지하고 말았다. 말 그대로 날벼락을 맞은 그를 밟고 일어선 내가 아직 졸린 얼굴로 말했다.

"아 미안, 미안. 그러게 왜 위험하게 내 침대 밑에 있었…… 얼레?"

흙먼지를 뒤집어쓴 채 황망한 얼굴로 날 바라보는 '방석'은 바로 카론이었다. 작은 몸집과 단정한 흑발, 날카로운 눈매가 꼭 새끼 맹수 같은 녀석이다.

"……키릭스."

이를 으득 가는 카론이 안 그래도 사나운 눈을 죽일 듯 치켜올랐다. 아아, 뜨거워. 이제 또 내 미움의 신기록을 경신할 시간이로군.

고맙게도 내게 일주일에 두 번이나 미움을 선사한 카론은 환자복 차림이었다. 몸의 절반 이상을 붕대로 감았고 옆에는 목발까지 놓여 있었다. 으음, 모두 내 작품이다. 바닥엔 방금 전까지 읽고 있었을 책이 굴러다니고 있었다. 말하자면 나는 며칠 전에 내 손으로 거의 빈사 상태를 만들어 놓은, 그때 입은 상처를 겨우 회복 중이던 새끼 맹수에게 최후의 일격을 가한 셈이 되는 건가.

"비겁한 놈. 이렇게까지 하다니."

아아, 역시 또 미움받았다. 아무튼 허벅지에 구멍이 났는데도 기를 쓰고 여기까지 와서 책을 읽는 그의 학구열이 대견하다. 나는 죽었다 깨어나도 못 할 짓이다. 오해를 뒤집어쓴 이 분위기에서 무슨 말을 할지 고민하던 나는 그의 학구열을 칭찬해 주기 위해 입을 열었다.

"하하! 너무 작아서 있는지도 몰랐구나. 책 읽을 시간에 우유나 마시지그래?"

아니, 이게 아닌데…….

"어때? 미워하는 사람한테 두 번이나 밟힌 기분이?"

이건 더욱 아닌 것 같지만 어차피 사과가 통할 것 같지도 않으니까 신 나게 놀리기나 해야지. 아아, 저 표독스러운 표정 좀 보라지. 나는 카론의 눈에 서린 분노가 살기로 바뀌는 것을 보며 총총 자리를 떴다. 내가 아버지한테서 확실하게 물려받은 재능은 '누구에게나 금방 미움받을 수 있다.'가 분명하다.

2.

라는 억울한 이야기를 린에게 늘어놓았다.
"어머, 진짜? 키릭스답지 않네."
린이 누구냐 하면 금발, 열일곱 살, 내 단골 술집 아가씨다. 물론 나이도 이름도 가짜겠지.
"나답지 않다니, 실례야. 난 이래 봬도 박애주의자야. 특히 희귀한 생물은 멸종하지 않도록 보호해 주고 싶지."
"박애주의자라는 그 말, 지금까지 당신이 죽인 사람들 무덤 앞에서 해보지그래?"
이런 말을 들어도 조금도 화가 나지 않을 만큼 내 미움받이 그릇은 바다처럼 넓다.
"당신처럼 남부러울 것 없는 사람이 천지 분간 못 하고 덤비는 평민 애송이 하나 신경 쓴다는 것이 좀 이해가 안 가. 이유가 뭐야?"
"일단 너보다 예뻐."

"그건 좀 이유가 되네."

린은 시큰둥하게 대답했지만 문득 내가 궁금해졌다. 정말 어째서일까. 어째서 그 녀석이 내 두터운 권태 속으로 파고들 수 있었던 것일까. 난 고민은 질색이므로 곧바로 대답했다.

"믿음일까."

"뭐?"

꽤 유치한 단어라고 생각했는지 그녀가 웃었다.

"그놈은 날 평생 미워할 수는 있어도 날 배신하진 않을 것 같으니까."

"취했어? 한 잔도 안 마셨는데?"

난 흡사 철학자 같은 표정으로(철학자를 직접 본 적은 없지만) 혼잣말을 했다.

"순수한 분노를 가진 자는 절대 자신의 분노를 배신하지 않아. 좀 더 편하게 살겠다고 분노하기를 그만두거나 타협하지 않지. 그런 자에게 분노란 삶의 수단이 아닌 목적이니까. 난 그런 자를 믿어."

"흐음. 귀족 같지 않은 소리네."

"정작 믿을 수 없는 자들은 분노가 없어도 돈만 되면 얼마든지 사람을 죽일 수 있는 자들이지."

그렇게 말하고는 그녀를, 그녀 눈 속의 희미한 흔들림을 바라봤다. 내가 웃으며 그녀에게 속삭였다.

"딱 하나 궁금한 게 있는데, 나 얼마에 팔았어?"

내가 손가락으로 술잔을 밀어 넘어트렸다. 금색 액체가 하얀 거품과 함께 테이블 밑으로 쏟아졌다. 오래 살 욕심은 없어도 독이 든 술을 먹을 생각은 없다.

린의 눈동자는 이제 누가 봐도 알 수 있을 만큼 떨리고 있었다.

"무, 무슨 소리야?"

"속아 주고 싶어도 넌 너무 티가 나."

그때 주변 술자리에 있던 남자들이 자리에서 일어났다. 술집에 들어올 때부터 어색했다. 이상하게 많은 손님들, 무기를 숨기느라 가을인데도 모두 긴 코트를 입은 남자들, 교과서를 읽는 것 같은 그들의 서먹한 대화, 시간이 지나도 사라지지 않는 맥주 거품, 아까부터 안 보이는 술집 주인. 날 죽일 거라고 광고라도 하는 거냐?

"린은 이해해. 프로는 돈에 움직이는 법이니까. 하지만 착잡한 것은 이런 허접스러운 놈들에게까지 미움받고 있다는 거야. 체면이 말이 아니네."

난 기운이 빠져 자리에서 일어났다. 린은 이미 내게 몰려드는 무리들 뒤로 숨은 뒤였다. 난 무기를 뽑아든 그들을 둘러보며 고개를 기울였다.

"어디냐. 아버지냐? 아니면 인트라 무로스? 그것도 아니면 교황청?"

"얌전히 굴면 죽일 생각은 없어."

걸걸한 목소리로 뱉어낸 그들의 대답에 난 대충 정체를 알아챘다.

"아아, 너희 납치범들이로구나. 내가 귀한 집 망나니 자식 같으니까 납치해서 내 가문에게 몸값이나 뜯어 보겠다는 거?"

보나 마나 린이 이놈들에게 괜찮은 먹잇감이라고 날 소개했겠지. 우리 가문은 예나 지금이나 여자 복이 없다.

"애송이 주제에 나불거리지 말고 무릎 꿇어!"

"하지만 이거 어쩌지. 우리 아빠가 몸값을 줄 리가 없거든. 그보다 내가 더욱더 고생하도록 특급 암살자들을 보낼걸?"

"자꾸 개소리하면 널 산 채로 물고기 밥으로 던져 주마!"

"아니 그건 싫은데. 수영 싫어."

난 두 손을 올리며 항복했다. 그리고 한 명이 밧줄을 들고 내게 다가왔다. 두 발자국 앞까지 다가왔을 때 아까 일어나며 소맷부리에 숨겨둔 포크로 그의 목을 찔렀다. 다부진 성인이라도 목 언저리 대동맥은 찌르는 위치만 정확하면 맥 빠질 만큼 쉽게 뚫린다는 사실을 나는 이미 수차례 확인했다. 거짓말처럼 핏물이 솟구치는 순간 그의 허리춤에 매달려 있던 검을 뽑아 두 명을 더 베었다. 테이블을 발로 차 쓰러트려 다른 자들이 달려오는 것을 방해했다. 세 번의 짧은 비명이 터진 뒤 나는 즉사한 세 구의 시체 위에서 두 자루의 검을 든 채 서 있었다.

"말했잖아. 분노 없이도 사람을 죽일 수 있는 자는 믿지 말라고."

다 처리하는 데 대충 10분쯤 걸릴까. 근처 목욕탕에서 피를 씻고, 새 옷을 사 입고 훈련소로 들어가려면 한 시간쯤 걸리겠지. 집요한 심술이지만, 빨리 가서 지금쯤 씩씩거리고 있을 카론을 괴롭히고 싶다.

"어?"

그때 술집 문이 열렸다. 그리고는 밖에서 대기 중이었을 20여 명의 동료들이 성난 얼굴로 몰려 들어왔다. 심지어 이들 중에는 권총을 가진 자도 있었다. 너희들 이런 식으로 거창하게 납치하면 수지 타산 안 맞지 않아? 아무리 나라도 이건 좀 무리인데. 나는 그만 짜증이 나선 입꼬리를 떨며 웃었다.

"준비 단단히 했구나, 너희들."

아무래도 한 시간 안에 들어가긴 틀려먹은 것 같다.

3.

……라는 힘겨운 이야기를 미레일에게 늘어놓았다. 잠들지 않고 날 기다리고 있던 룸메이트 미레일은 난감한 얼굴로 날 바라보았다.

"키릭스 씨. 지금 그것보다……."

"정말 너무하잖아. 나중에는 납치고 뭐고 날 죽이겠다며 총질을 하더라니까. 믿어져? 난 어째서 항상 전력으로 미움을 받는 걸까."

"그보다 치료부터 하세요!"

미레일이 내 팔을 잡고 일으켰다. 드물게도 내 꼴은 말이 아니었다. 셔츠도 다 찢어지고 온몸이 칼에 스친 상처였다. 나도 핏방울 하나 묻히지 않고 우아하게 싸우고 싶었지만 내 스승이라면 모를까, 수십 개의 칼날과 총탄이 날아다니는 어둡고 좁은 공간에서 급소를 지키며 싸우다 보면 다른 부분들은 너덜너덜해지기 마련이다. 물론 그 술집은 이후 수십 구의 시신을 밤새워 치워야 하는 공무원들의 노고를 덜어 주기 위해서 지금쯤 활활 타오르는 중일 것이다.

"아파! 넌 너무 힘이 세!"

미레일이 그 좋은 덩치로 내 팔을 잡고 진료소로 질질 끌고 갔다. 벌 받는 어린애처럼 끌려가는 와중에 미레일이 말했다.

"당신이 항상 위태로운 이유는 당신 탓이 가장 큽니다."

이거야 말투만 정중해서 그렇지 '넌 언제 인간 될래?' 라는 소리와 다를 바 없잖아? 내 엄마보다도 훨씬 엄마 노릇에 충실한 미레일의 손에 잡혀선 킥킥 웃었다.

"그게 팔자지. 그리고 위태로운 사람을 보면 가만있질 못하는 너도 팔자고. 너야말로 남을 지키려다 나보다 먼저 죽는 수가 있어."

"그러지 않기 위해 노력하는 겁니다."

"노력으로 운명을 피할 수 있었다면, 이 세상에 게으른 사람은 한 명도 없었을 거야."
"어차피 죽어야 한다면 노력하다 죽는 편이 낫습니다."
아아, 이게 정녕코 열다섯 살 소년들끼리 할 대사인가. 정말 우리는 글러 먹은 것 같다.

4.

내가 진료소에 들어온 걸 본 당직은 고개를 조아리며 곧바로 밖으로 나갔다. 주기적으로 돈을 먹이는 효과는 이럴 때 빛을 발하는 것이다. 그리고 유일하게 진료소에 입원해 있던 카론이 나를 바라봤다. 밤늦게까지 책을 읽던 그의 눈이 세계의 멸망이라도 본 듯 휘둥그레졌다. 저런 얼굴, 정말 처음 보는군. 그만큼 내 꼴이 대단했다.
"잠시 시끄러울 겁니다."
미레일은 그 상냥한 얼굴로 카론에게 양해를 구하고는 날 카론 옆 침대에 반강제로 눕혔다. 그리고 붕대며 소독약 등이 비치된 벽장으로 갔다. 그러는 와중에도 카론은 나만 빤히 바라보았다.
내가 콧노래처럼 흥얼거렸다.
"미워하는 사람이 이 꼴이 되니까 기분이 좋나요?"
그러자 카론이 진지한 얼굴로 물었다.
"누구야."

"뭐?"

"누가 널 그렇게 만들었지? 기사야? 검을 썼나? 키는?"

"……."

난 심드렁한 얼굴로 그를 바라봤다. '넌 내가 쓰러트려야 하는데!' 라는 저 분한 얼굴은 또 뭐람. 역시 이 녀석도 글러 먹었어. 아니, 내가 누구한테 줘 터졌는지가 그렇게 궁금해? 그렇게 소박맞은 새색시 같은 표정까지 보일 필요가 있냐고.

"아이고, 허락 없이 맞고 다녀서 죄송합니다. 뭐 나도 가끔은 맞아 줘야 우주의 균형이 맞지 않겠어?"

"네게 상처 입힐 수 있는 자가 있다니 놀랍군."

여전히 분한 얼굴이다. 나는 이 친구를 위로했다.

"내가 이렇게 됐는데 상대는 어떨 것 같아? 적어도 너보단 많이 다쳤을 거야."

나는 간만에 웃음을 참지 못하는 얼굴로 말했다. 꽤 재미있는 녀석이다. 앞으로는 이 녀석의 꿈과 희망을 꺾지 않기 위해서라도 맞고 다니지 말아야겠다. 그리고 이러는 와중에도 약 상자를 가져온 미레일은 목에 붕대를 감으려고 내 치렁거리는 머리를 솜씨 좋게 뒤로 틀어 주고 있었다. 너도 적당히 성실해라 좀.

"저기 카론"

"이름 부르지 마!"

"아 왜 말만 하면 성질을 내. 그럼 성이라도 있든가. 아무튼 너 나으면 같이 기분 전환이라도 할까?"

그가 불쾌함과 경계심이 뒤섞인 표정을 지었다.

"너와 함께 있는 것만으로도 기분이 나빠진다. 그리고 다시 말하는데, 난 절대 술과 여자에 관심이 없다."

"아냐. 그런 게 아냐."

"너한테 그런 거 말고 또 있어?"

"……날 대체 어떻게 본 거냐? 짐승?"

"어쩌면 그 이하."

진지한 얼굴로 말하니까 두 배로 기분 나빠. 이 녀석에게도 제법 얄미운 구석이 있구나. 나는 미레일이 좀 그만두라는 듯 목에 감은 붕대를 꽉 조이는 바람에 켁 하고 비명을 질렀다.

5.

"그래서."

미성을 최대한 낮게 깔며 말하는 카론의 화난 목소리는 꼭 새끼 표범이 으르렁거리는 것 같았다.

"이게 기분을 전환하는 방법이라고?"

"응."

"어째서. 이건 누가 봐도 도둑질이잖아."

내가 손수 바느질해서 만들어 준 두건을 쓴 카론이 폭발 일보 직전의 눈으로 날 바라봤다. 서늘한 그의 눈동자는 이 깜깜한

밤, 스스로 빛을 내는 것만 같았다. 내가 반박했다.

"무슨 소리야. 이건 의적이라고. 나쁜 놈들을 골려 주는 거야."

"의적도 도둑은 도둑이야. 기분 전환 삼아 하는 짓이 도둑질이라니 믿을 수가 없군."

카론이 차갑게 대꾸했다. 카론 뒤에선 (마찬가지로 내가 만든) 귀여운 두건으로 얼굴을 가린 미레일 역시 무척이나 우울한 눈빛으로 날 바라보고 있었다. 악덕 귀족이 서민들에게 강탈한 세금을 정의의 기사 지망생 소년 셋이 훔쳐서 가난한 자들에게 돌려주겠다는 이 상큼한 계획이 칭찬받길 기대했는데 영 반응이 신통찮다. 그렇다고 '이런 미친놈을 봤나?' 라는 눈으로 날 바라볼 것까진 없잖아.

"이 사실을 본가에서 알면 파문당할지도 모릅니다."

미레일이 두건을 고쳐 쓰며 우울하게 중얼거렸다. 그러면서도 걱정된다며 따라온 저 녀석의 성실함이 실로 대견하다. 예언컨대 미레일은 커서 최악의 상관을 모시는 최고의 경호기사가 될 것이다.

"이제 됐어. 이런 바보 놀음에 동참하고 싶은 생각 없다. 난 가겠어."

배신자 카론이 여기까지 와서 몸을 돌렸다. 이미 담까지 넘었는데!

"남의 성의를 무시하기냐!"

"성의? 자는 사람 깨워서 범죄자 공범으로 만드는 게 너의 성의냐?"

카론은 날카롭게 쏘아붙이고는 다시 담을 넘어 돌아가려고 했다. 내가 고개를 기울였다.

"호오. 그렇게 나오신다?"

"흥. 맘대로 하시지. 때리든 찌르든. 얼마든지 상대해 주마."

이 녀석은 정말이지…… 망가트리고 싶은 내 심술을 자극하는 놈이다.

"오, 맘대로 하라고? 알았어. 그렇게."

내가 활짝 웃으며 옆에 있던 석등을 걷어찼다. 순간 거창한 소리가 나며 박살이 난 돌탑이 와르르 무너져 내렸다. 이 순간만큼은 냉정하기 짝이 없는 카론조차 '아앗!' 하고 비명을 지를 수밖에 없었다.

"거기 누구냐!"

자던 사람도 다 깰 것 같은 소음을 들은 경비들이 커다란 고함과 함께 창을 꼬나 들고 우르르 몰려왔다. 미레일이 그 큰 손으로 자기 얼굴을 덮었다. 횃불이 켜지고 종이 울리고 난리가 났다. 하하하하.

"이게 무슨 짓이야!"

진짜 화가 난 카론이 내 멱살을 잡으며 죽일 듯 올려다봤다.

"맘대로 하라며. 맘대로 하라며."

"이 자식이!"

"지금 나한테 신경 쓸 때가 아닐 텐데요, 카론 경."

카론이 흠칫하며 몸을 돌려 사방을 바라봤다. 여기 경비원들은 꽤 봉급을 많이 주는지, 꽤나 성실하게도 단숨에 몰려와 우리들을 에워쌌다. 모두 긴 창을 들고 있었고 우리는 당연히 비무장이다.

경비 중 하나가 울분에 찬 일갈을 날렸다.

"이 도둑놈들! 계속 이곳을 턴 놈들이 바로 네놈들이구나!"

"뭐? 계속?"

카론이 날 휙 돌아봤다. 내가 태연히 그의 표정을 즐기며 대답했다.

"그럼 지금까지 내 술값이 다 어디서 나왔다고 생각해?"

"뭐가 의적이냐. 이 범죄자!"

날 너무 정성스럽게 미워하니까 이젠 찡한 감동마저 느껴지는군. 그 고마움에 보답하기 위해 손을 뻗어 카론의 두건을 날름 벗겼다.

"이놈이 두목이에요!"

내가 카론을 가리키며 외치자 모두의 시선이 새빨개진 카론에게 향했다. 카론은 정말 할 말을 잃었거나 아니면 말을 잇지 못할 만큼 몸을 떨고 있었다. 그러던 카론의 손이 재빠르게 움직였다.

"아아앗!"

카론이 냅다 내 두건을 벗겨 버렸다. 두 팔로 얼굴을 가리는 순간 치렁거리는 머리가 주르륵 쏟아졌다. 경비들은 '이게 뭐여?' 라는 멍한 얼굴로 우리를 바라봤고 곁에 있던 미레일은 잘못 만든 피조물을 바라보는 조물주의 시선으로 우리를 보다가 한숨을 내쉬며 스스로 두건을 벗고 고개를 숙였다.

경비대장이 말했다.

"……너희들 뭔가 정신에 문제가 있는 것 같은데. 아무튼 붙잡아서 천천히 심문하도록 하지."

경비들이 창끝을 우리에게 향한 채 천천히 다가왔다. 내가 말했다.

"딱 보면 알겠지만 잡히면 우리는 확실히 죽습니다. 그것도 아주 천천히, 고통스럽게."

"그걸 누가 몰라!"

카론이 뒤로 물러서며 버럭 성질을 냈다.

"누가 가장 먼저 기숙사까지 도망치는지 내기할까?"

내가 흥얼거리자 카론이 이를 갈았다.

"우리는 무기도 없잖아."

귀여운 말이다. 피식 웃음이 나왔다.

"그럼 넌 앞으로 무기가 없을 때 적을 만나면 반드시 죽겠구나. 미리 명복을 빌게."

내 격려에 발끈한 카론이 대답했다.

"오래 살고 싶은 욕심은 없지만, 적어도 너보다는 오래 살 거야."

"그렇게 될 거야."

난 희미하게 웃으며 먼저 뒤로 뛰었다. 그와 함께 경비들이 고함을 내지르며 밀어닥치기 시작했다. 고생 좀 하면 이런 녀석들 몰살시키는 거 어려운 일도 아니겠지만 그 즐거움은 카론이 좀 더 성장한 다음으로 미루도록 하자.

이렇게 카론의 기분을 풀어 주려던 나의 세심한 계획은 대성공했다. 물론 우리 중 붙잡힌 사람은 아무도 없었다. 아무리 봐도 우리는 앞으로 이보다 훨씬 더 위험한 일에 뛰어들 팔자인데 고작 이런 일에 붙잡힐 수준이라면 그냥 일찍 죽는 편이 낫다.

6.

그리고 나는 다시 나무 위로 올라갔다. 말라붙은 단풍이 더 이상 제 기능을 하기 싫어, 하나둘 땅으로 몸을 던지기 시작한 나무 위로. 그리고 짐짓 밑을 내려다보고 역시 아무도 없다는 것을 확인한 뒤에 머플러를 목에 감고 옷깃을 여몄다.

이젠 시간이 흘러 카론은 오래전 이곳을 떠났고 미레일도 타국으로 떠났다. 나 역시 아무도 없는 이곳에 올 이유 따위 없지만 가끔은 불임이 된 연어처럼 습관으로 오곤 한다. 이런 소리를 늘어놓고 나무 위에서 긴 목도리까지 감고 있으니 꼭 자살의 퍼포먼스처럼 보이겠지만 그것은 오해다. 나는 아직 죽으면 곤란한 일들이 많다. 인생에는 살아야 할 희망보다 죽으면 안 되는 의무가 훨씬 더 많다는 사실을 나는 예전 황무지에서 알게 되었다. 그리고 꿈도 영혼도 케이크처럼 절반으로 자를 수 있다는 사실도 최근에 알았다. 그렇게 절반이 된 내가 고목에 기대어 이젠 아무도 남지 않은 우리의 폐허를 눈에 담았다.

괜찮아. 어차피 인생은 무언가 결핍되어 가는 과정이니까.

나는 사람이 다른 사람을 치유할 수 있다는 말을 믿지 않는다. 단지 더 거대한 사람이 자신보다 작은 사람을 집어삼킬 수 있을 뿐이다. 그래서 대다수의 사람들은 자신보다 커다란 사람에게 먹히고 싶어서 자신을 맛있는 먹이로 꾸미는 데 인생 대부분의 시간을 보낸다. 그리고 더 커다란 자의 위장 속에서 감화받았다거나, 안식을 찾았다거나, 삶의 의미를 발견했다며 안도한다. 나는 그런 자들에겐 관심이 없다. 내 관심은 처음부터 치유받을 생각이 없는 사람들이다. 자신의 상처를 부끄러워하지 않는 사람들이다. 분명 우리는 조물주의 미움을 받을 것이다. 하지만 상관없다. 그가 미워해도 나는 슬프지 않고 그가 사랑해도 나는 조금도 기쁘지 않다.

나는 눈을 감았다.

또 다른 시선 셋

무라사 랑시 「호랑이 죽이기」

맹수의 꼬리는 잡지 마라, 잡았다면 놓지 마라.

—에티오피아 속담

1.

내 몸속으로 새하얀 호랑이가 들어왔다. 그것은 내 갈빗대를 산맥처럼 넘나들며 나의 심장 주변을 어슬렁거렸다. 그것이 이따금 으르렁거릴 때마다 온몸이 폭풍 속 잔가지처럼 떨렸다. 이것은 호랑이가 나는 짐작도 할 수 없는 어떤 이유로 정말 내 몸속에 들어와 있음을 알려 주는 증거였다. 그가 말하길 '넌 지금부터 어떤 죄를 저질러도 벌 받지 않을 것이나 다만 평생을 짐승으로 살게 될 것.'이라 했다. 나는 매일 밤 내 등에 맹수의 터럭이 솟는 악몽을 꿨고 그때마다 내 동생을 잡아먹고 싶은 광기에 시달렸다. 내가 어른이었다면 이 혐오스러운 유혹에 저항할 수 있었을까? 조금씩조금씩 허기와 살인이 내게 동의어가 되어 갔다. 그러던 어느 날 정신을 차리고 보니, 나는 어딘지 모를 밤의 숲을 내달리고 있었다. 늦기 전에 나의 동생 조슈아로부터 멀리 떨어져야 한다고 간신히 남은 나의 이성이 경고했던 것이다.

이것이 내가 가출한 이유다.

2.

'아아아 배고파.'
비틀거리는 발걸음엔 도통 힘이 들어가지 않았다. 눈앞에 돼지 통구이며 감자가 빙글빙글 돌았다. 동생을 (내게서) 지키기 위해 가출한 것까진 참 대견한데 연비가 무척 나쁜 내 식사량을 깜빡 잊고 아무 식량도 안 들고 나온 것이 문제였다. 육체란 솔직해서 배가 너무 고프면 광기에 시달릴 힘도 없다. 호랑이도 다급해져 '너처럼 대책 없는 견백호는 처음이다. 죽기 전에 뭐라도 먹어 좀!'이라고 고함치고 있었다. 그러나 난생처음 보는 이런 첩첩산중에 육즙이 뚝뚝 떨어지는 바비큐 같은 것이…….
"있잖아아아아!"
나도 모르게 커다랗게 외쳤다. 비록 생닭이긴 하지만 맛좋은 통닭이 찬란한 빛을 발하며 매달려 있었던 것이다. 이런 데 왜 통닭이 있는지 살짝 위화감이 들긴 했지만 그런 사소한 거 신경 쓸 겨를이 없었다. 나는 구세주를 본 어린 양처럼 그것을 향해 단숨에 뛰어갔다. 그리고 호랑이에게 말했다.

"구워줘."

『……뭐?』

"내 식욕이 아무리 좋아도 생닭을 먹을 순 없잖아!"

『공포스러운 견백호의 힘을 고작 요리에 쓰겠단 건가!』

"그게 뭐가 어때서? 그럼 넌 숙주가 아사해도 좋다는 거냐!"

처절한 마음의 외침에 호랑이가 화를 내며 으르렁거렸지만 곧 체념한 듯 조용해졌다. 그리고 두 손바닥에 이글거리는 불길이 타올랐다.

"와아. 이거 화력 조절도 되네."

역시 신수의 힘이란 위대해서 삽시간에 바삭거리는 통닭이 완성되었다. 행복한 얼굴로 그걸 입에 잔뜩 무는 순간,

"어?"

덜컹 소리가 나며 등 뒤에서 철문이 내려왔다. 잘 보니까 이거 미끼와 문이 연결되어 있는 거대한 덫이었던 것이다. 멧돼지도 여간해선 안 속는 덫에 내가 속다니, 난 정말 짐승이 되어 가는 건가. 내가 머리를 긁적이자 실망한 기색이 역력한 호랑이가 심장 옆에 웅크려 앉은 채 중얼거렸다.

『순진함을 넘어서서 무지하구나. 얼른 죽어라. 딴 사람 찾게.』

"너 아까까진 날 짐승으로 만들겠다고 협박한 거 같은데……."

『됐어! 넌 이미 짐승 미만이다.』

"괴물이 먼저 삐치면 어쩌자는 거야? 순 제멋대로야."

신수는 의외로 속이 좁다는 걸 알았다. 철창을 탈출한다고 딱히 갈 데가 있는 것도 아니고, 일단 먹고 생각하자. 난 주저앉아 통닭을 먹었다. 며칠 동안 쉬지 않고 내달린 육체에 기름진 고기가 스며들자 온몸이 녹아내리는 졸음이 밀려왔다. 나는 몸을 길게 뻗으며 하품을 했다. 그러곤 널브러져 잠들었다. 화가 치밀어 오른 호랑이가 냉큼 일어나라고 소리치는 것도 같았지만, 내가 짐승으로 살길 바라는 녀석이 짐승처럼 잔다고 왜 화를 내는지 모르겠다. 신이든 괴물이든 날 마음대로 해라, 동생도 부모님도 해칠 수 없는 곳으로 왔으니까. 돌아가는 방법은 나도 몰라. 있지도 않은 꼬리가 살랑거리는 기분이다.

3.

"이거 어쩌지?"

"영주에게 신고해야 하나?"

"세금도 못 내는 우리가 뭔 신고를 해. 우리가 신고당할 판국이구먼."

"그럼 이제 어째. 내다 버릴까?"

"아무리 그래도 산 사람을 어떻게 버려."

"아니 그보다 이 녀석 머리에 문제 있는 거 아냐? 어떻게 사람이 곰 덫에 잡히지?"

수군거리는 소리에 눈을 떴다. 이것도 짐승이 되어 가는 증거인지 모르겠지만 난 누운 몸을 바동거리다 허리를 길게 펴며 하품을 했다. 그리고 바닥에 주저앉아 게슴츠레한 눈으로 사방을 두리번거렸다.

'얼레? 여긴 또 어디래?'

오래된 방갈로 1층이었다. 쭈글쭈글한 노인들이 날 바라보고 있었다. 하나같이 나를 멋대로 기어들어온 새끼 곰 정도로 보는 난감한 시선들이었다. 곁에선 벽난로 속 장작이 타고 있었다. 난 멍한 얼굴로 그들을 둘러보다 꼬르륵 소리를 냈다.

"애야. 너 말할 수 있니?"

아니, 아무리 곰 덫에 잡혔다고 사람을 짐승 취급하다니! 뭐 글씨 읽는 건 아직 못 하지만. 내가 또박또박 말했다.

"배고파요."

"……."

"무, 물론 밥값은 할게요! 힘쓰는 일이라면 뭐든 시켜만 주세요!"

의자에 앉아 날 내려다보던 노인이 팔짱을 낀 채 한숨을 내쉬었다. 그도 그럴 것이 난데없이 곰 덫에 잡혀 와 밥 주면 일하겠다는, 무슨 전래 동화에나 나올 법한 소년이 제정신으로 보일 리가 없을 것이다. 하지만 이래 봬도 몸 쓰는 일엔 자신 있다. 나이는 어리지만 타고난 덩치랄까 체력이랄까, 나보다 힘센 어른은 본 적이 없다. 실제로 황소보다도 밭갈이를 잘해서 농번기엔 이웃집들이 날 빌려 가려고 줄을 섰다. 다만 문제는 먹기도 황소보다 많이 먹는다는 것이다.

"넌 어디서 왔니?"

"베르스."

주변 노인들이 거기가 어디냐며 의문 어린 얼굴로 서로를 쳐다보는 가운데 이들의 대장 정도로 보이는 외눈의 할아범만큼은 내 고향을 아는 듯 나와 눈을 맞췄다. 그리곤 성난 목소리로 꾸짖었다.

"애야. 거짓말하면 안 된다!"

"진짜예요."

하지만 그는 여전히 못 믿겠다는 얼굴로 날 바라보았다. 내가 물었다.

"여긴 어디죠?"

"마키시온."

"거짓말!"

나도 모르게 큰 소리가 났다. 아무리 무지한 나라도 간략한 세계 지리 정도는 알고 있다. 마키시온은 내 고향 베르스에서 까마득히 멀리 떨어진 북녘의 땅이다. 이 할아버지의 말이 진짜라면 나는 뛰어서 세상의 절반 이상을 달려왔단 소린가? 그러니까…… 진짜로?

"정말 여기가 마시키온이에요?"

"너 정말 베스르에서 왔어?"

둘이 동시에 물었다. 그가 나를 보는 눈이 바뀠다.

4.

이곳은 꽤 인정이 넘치는 마을이었다. 노인들은 내가 묵은 감자를 마음껏 먹을 수 있도록 배려했다. 물론 내 뱃속에 들어간 찐 감자가 두 포대를 넘어갈 즈음 그들의 눈빛이 경악으로 변하긴 했지만 말이다. 대량의 감자 맛을 본 호랑이가 으르렁거리며 '그만두지 못하겠냐! 왜 맹수가 채식을 해!'라며 진절머리를 냈다. 내가 배고파 죽으면 같이 죽는 축생 주제에 잔말이 많았다. 세상의 절반을 뛰어온 허기를 잠재우기 위해 마을의 식량 창고를 거덜 낸 나는 이 마을의 밭을 두 배로 넓혀 주기 위해 자리에서 일어섰다. 그때 예의 마을 촌장이 헛간의 문을 열고 들어왔다.

촌장은 어떤 이유인지 오른쪽 다리를 질질 끌었다. 그럼에도 고집스레 지팡이 없이 다니는 것, 아마도 한쪽 눈을 감기게 했을 길게 새겨진 저 흉터, 인자함이라곤 터럭만큼도 찾을 수 없는 날

카로운 인상까지. 어디를 봐도 평범한 인생을 살아온 사람으로는 느껴지지 않았다. 그가 호의라곤 전혀 없는 남은 한쪽 눈동자로 날 바라봤다.

"……."

"그렇게 보지 마세요. 먹은 값 한다고 말씀드렸잖아요."

이 할아범은 왜 나만 보면 뭐 씹은 얼굴일까. 난 심통이 나선 말했다. 그가 날 쏘아보며 입을 열었다.

"당장 여기를 떠나."

"쩨쩨하게 감자 좀 많이 먹었다고 추방하다니!"

"그게 문제가 아냐. 넌 빨리 떠나야 한다."

그는 마치 인류의 파멸을 예언하는 점쟁이처럼 단언했다. 어쩐지 울컥 화가 치밀어 고개를 크게 저었다.

"싫어요. 다른 할아버지들은 다 여기 있으라고 한단 말이에요."

"딴 사람이 뭐라든 상관없어. 당장 사라져!"

그는 저주하듯 내뱉고는 다리를 끌며 헛간을 나갔다. 저 할아범 대체 왜 저래! 심사가 배배 꼬였네!

5.

그리고 난 촌장의 경고에 겁을 먹고 양로원 마을을 떠났……

을 리가 있나. 곧바로 밭갈이를 시작했다. 세금도 못 내는 노인들이 모여 사는 곳의 땅이라는 게 기름질 리 없었다. 온 사방이 나무뿌리들이 깊게 뒤엉킨 잡목림이거나 돌덩이들로 가득한 자갈밭이었다. 이런 곳을 힘없는 노인들이 개간하다간 얼마 남지 않은 수명만 줄어들겠지만 남는 게 힘뿐인 내겐 일도 아니었다. 사원 기둥만 한 나무들을 잡초처럼 뽑아 던지고 깊게 내린 뿌리를 한 손으로 끌어올렸다. 하늘 위로 통나무들이 쉴 새 없이 날아올랐다. 솎아낸 자갈들로 탑을 만들고 돌처럼 굳은 흙을 밑바닥까지 갈아엎고 멀리 떨어져 있는 호수에서부터 이곳에 이르는, 운하를 방불케 하는 물길까지 내는 데 한나절도 걸리지 않았다. 이 모습을 본 마을 노인들은 '농사의 신'이 눈앞에 강림이라도 한 듯 입을 쩌억 벌렸다.

'어떠냐 촌장! 이래도 나가라고 할 거야?'

나는 활짝 웃으며 돌아봤다.

"......으이구."

그러나 마음속 깊은 곳까지 어린애를 혐오하시는 촌장님은 여전히 '냉큼 꺼져, 당장!'이라는 눈으로 날 노려보고 있었다.

6.

촌장이 날 미워하든 말든 마을 사람들은 복덩이가 들어왔다며

덩실덩실 춤을 췄다. 양로원의 아이돌이 된 나는 응원에 힘입어 하루가 다르게 밭의 넓이를 확장해 나갔다. 이 엄청난 힘에는 나역시 놀라고 말았다. 호랑이가 들어온 다음부터 내 몸은 이미 인간의 영역을 넘어섰던 것이다. 그리고 다행히도 마을 사람들을 잡아먹고 싶은 욕구는 조금도 들지 않았다. 이 기이한 힘의 근원이 무엇이든 사람들이 좋아한다면 나도 즐거운 일이다. 밭 가는 호랑이도 꽤 기특한 짐승이지 않은가.

그러던 어느 날 밤, 마을에 정말 기이한 사건이 벌어졌다.

"느, 늑대다!"

밤잠이 없던 한 노파가 비명처럼 소리쳤다. 곧이어 나와 사람들이 몰려나왔다. 한 점, 한 점, 어둠 속에서 타오르는 안광들이 이리저리 일렁였다. 한두 마리가 아니었다. 족히 수십 마리는 되는 늑대들이 마을을 포위하고 있었다. 몇몇 노인들은 농기구를 무기 삼아 들고 있었지만 늑대들에겐 아무런 위협도 되지 못할 것이다. 나 역시 맹수와 싸워 본 적은 없다. 늑대 무리를 만나 살아남았다는 이야기도 들어 본 적 없다.

촌장이 외쳤다.

"모두 집으로 들어가! 어서!"

옳은 판단이었다. 상식적으로 우리가 저 많은 수의 늑대들을 상대할 유일한 방법은 모두 문을 걸어 잠그고 물러갈 때까지 기도하는 것뿐이었다. 그때 늑대 한 마리가 앞으로 나섰다. 다른 늑대들의 두 배는 됨직한 은빛 갈기 늑대였다. 두목으로 보이는 그 늑대는 피에 젖은 입에 노루를 물고 있었다. 나와 노인들은 기세에 눌려 도망갈 생각도 못 하고 있는데, 늑대가 우리 쪽을 한번 쓱 둘러보더니 입에 문 걸 앞에 내려놓았다.

"엉?"

내 착각인지도 모르겠으나 그 늑대의 눈동자엔 살기가 없었다. 마음만 먹으면 당장 우리 모두를 학살할 수 있는 괴물이 오히려 내게 구애라도 하듯 꼬리를 살랑거리는 것이었다. 왜 저래, 저 녀석? 두목이 '먹이'를 놓고 뒤로 물러서자 다른 늑대들도 물고 있던 토끼며 오소리 따위를 바닥에 내려놓았다. 두목은 무엇인가를 말하려는 듯 고개를 치켜들어 길게 울고는 산속으로 뛰었고 무리도 그를 따라 사라졌다. 은빛 너울이 어둠 속으로 자맥질했다.

"이, 이게 대체 뭐야."

횃불을 든 사람들이 앞을 비추자 늑대들이 잡아 온 산짐승들이 사방에 흩어져 있는 광경이 드러났다. 그건 마치 신에게 바치는 공물처럼 보였다. 난 어리둥절해하며 촌장을 바라봤다. 입을 꽉 다문 그는 굳은 얼굴로 날 한참 동안 응시하고는 다리를 절며 자신의 방갈로로 들어갔다.

7.

어쨌거나 마을 사람들은 이 뜻하지 않은 '수확'에 기뻐했다. 모두들 사냥하기엔 너무 늙었다. 그런 어설픈 곰 덫에 잡히는 놈은 나쁠일 거다. 이들은 모두 쓸모없다는 이유로 자식과 일터, 주인에게 쫓겨나 이곳까지 흘러온 자들이었다. 이곳은 사람도 땅도 모두 버림받았다. 버림받을까 봐 두려워할 이유도, 무언가를 잃을까 봐 걱정할 필요도 없는 것이다. 그런 이들에게 있어 눈앞에서 벌어진 영문 모를 기현상에 대한 감상이란, 불안감 같은 게 아닌 그저 고기를 포식할 수 있다는 기쁨만이 전부였다. 고기로 허기진 배를 채우고 가죽으로 털신을 만들면 동상에 걸린 발가락을 자르지 않아도 된다. 나머지는 아무래도 좋은 것이다. 머리가 복잡한 건 나뿐이었다.

"늑대들이 사냥감을 가져온 게 나 때문이야?"

난 꿈속에서 몇 번이나 호랑이에게 물었다. 하지만 그것은 늑골 밑 어둠 속에서 날 지켜볼 뿐 아무런 대답도 하지 않았다.

8.

밤잠을 설치고 늦게 일어나 문을 열자 마을은 장관이었다. 광장이랄 것도 없는 공터에는 힘줄을 엮어 만든 긴 줄을 어지럽게 걸고 거기에 저민 짐승의 살점들을 빨랫감처럼 널어 놨다. 한편에선 거친 모래로 내장을 씻고 피를 끓여 선지를 만들고 양동이에 지방을 녹이고 하얀 털들을 눈처럼 흩뿌리며 가죽을 무두질했다. 짐승이 죽어 인간이 되살고 있었다. 축축한 누린내가 몸을 적셨다.

"죽음은 늘 생과 잇닿기 마련이지. 흥. 다 늙은 것들이 뭘 더 살아보겠다고들."

까끌까끌한 목소리의 주인공은 촌장이었다. 그는 알 수 없는 소리를 하며 내 옆에 섰다. 그리고 내게 저주를 내렸다.

"당장 떠나라."

……난 대체 이 할아범한테 뭘 잘못한 것일까.

"저 고기들 내가 다 먹을 거 같아서 그래요?"

알게 뭐냐는 심정으로 내가 빈정거리자 그는 마르고 주름진 입술을 굳게 다문 채 날 바라봤다. 그는 침을 삼켰다. 우물거리는 입 속에서 낡은 이를 긁는 소리가 났다.

"너는 아신이다."

응?

"아뇨. 내 이름은 무라사인데?"

"아니 그게 아니고……."

그는 사람이 입에 담기엔 지나치게 신성한, 혹은 너무나 불경한 단어를 꺼낸 듯 눈매를 찡그렸다. 안 그래도 험악한 흉터투성이 얼굴에 잔뜩 주름이 잡혔다.

"넌 사람과 같이 살 수 없다는 의미야."

"무, 무슨 실례되는 말을! 나도 사람이라고요!"

"그건 네가 결정할 수 있는 게 아니야."

그는 짧게 내뱉고는 절룩거리며 자리를 떴다. 난 그의 등에 대고 외쳤다.

"멋대로 말하지 마, 이 심술 할배! 난 신도 짐승도 아냐!"

뱃멀미 같은 불안감이 목 끝까지 치밀었다. 입을 가리고 그것을 겨우 삼켰다.

9.

'흥. 맘대로 말하라지. 세상 반대편까지 도망쳐 왔는데 가긴 또 어딜 가.'

난 닥치는 대로 밭을 갈며 투덜거렸다. 쟁기질을 하는 내 양옆으로 파도치듯 흙더미가 날아올랐다. 망령 난 노인네의 심통 따위 누가 귀담아들을까 봐. 게다가 다른 사람들은 이토록 좋아하잖아.

"대견하구나, 니가 내 손자였다면 오죽 좋을까."

"이곳에 쭉 있으렴. 아니, 제발 있어다오."

촌장을 제외하면 모두들 내게 칭찬 일색이었다. 자신들은 할 수 없는 일을 내가 척척 해 준다. 신이 나를 이곳에 보내 준 것이 분명하다고 어떤 할머니가 말했다. 이것만 봐도 내가 여기 있어야 할 이유는 충분하잖아?

그때 휘파람 소리가 들렸다. 그러니까 보통 휘파람의 한 백 배쯤 큰 바람 소리가 하늘에서 울렸다.

"뭔 소리래?"

라며 고개를 들자 눈앞에 시커먼 대포알이 다가와 있었다.

"이게 뭐야!"

얼빠진 내 얼굴을 그대로 강타한 포탄이 터졌다. 태어나서 들은 가장 커다란 폭음과 함께 파편이 사방으로 튀었고 솟구쳐 오른 흙먼지가 마을을 뒤덮으며 기껏 널어 놓은 고기들을 더럽혔다.

'……라고 생각하는 건 내가 살아 있다는 거?'

나는 대포알이 있는 힘껏 후려친 얼굴을 매만졌다. 당연히 내 몸은 산산조각이 나서, 지금쯤 나의 영혼이 1,000조각 정도로 흩어진 내 시체를 울적하게 바라보고 있어야 했다. 그런데 그냥 이마에서 살짝 피가 흐르고 옷이 찢어졌을 뿐이었다. 심지어 대포에 직격으로 맞고도 한 발자국도 밀려나지 않았다. 살아 있다는 짧은 안도감 이후 밀려든 건 무거운 공포였다.

『이것이 아신이라는 거다. 네가 인정하든 아니든.』

호랑이가 말했다. 난 떨리는 얼굴로 마을 사람들을 바라봤다. 그들이 날 바라보는 눈은 더 이상 인자하지 않았다. 그들이 겁에 질린 목소리로 중얼거렸다.

"사, 살아 있어?"

이곳으로 가끔씩 포탄이 날아온다는 말은 촌장에게 들은 적이 있다. 화약을 좋아하는 영주가 이곳을 향해 대포를 쏘기 때문이란다. 영주는 이곳에 사람이 살고 있는지 몰랐을 테고 설령 알고 있더라도 상관없었으리라. 폭군이 재미삼아 쏜 대포에 내가 맞은 것은 그냥 우연이라 할 수 있었다. 하지만 내가 죽지 않은 것은 우연이 아니었다.

"저기……."

나는 어쩔 줄 몰라 하며 사람들에게 다가갔다. 하지만 그들은 맹수를 만난 양 떼처럼 사방으로 흩어졌다. 누군가는 비명까지 질렀다. 난 내게서 도망치는 사람들의 뒷모습을 그저 바라봤다. 잦아드는 먼지 속에서 난 검댕이 붙은 얼굴을 닦지도 않은 채 서 있었다. 이제부터 어떻게 해야 할지 아무것도 떠오르지 않았다.

다른 곳에 있었던 듯, 뒤늦게 촌장이 나타났다. 그는 난리 통엔 눈길조차 주지 않고 가만히 다가와 예전과 똑같은 메마른 눈으로 날 바라볼 뿐이었다. 난 이 할아범이 죽음을 두려워하지 않는다는 사실을 느낄 수 있었다.

"당신 말이 맞았어요. 난 인간이 아니었네요."

달리 지을 표정이 없어 웃으며 말하는 내 눈에 눈물이 흘렀다. 그는 주름진 손을 들어 내 얼굴을 닦아 주었다.

"어쩔 수 없는 거다. 늑대는 양과 함께 살 수 없어."

난 입술을 깨물었다.

"하지만 나는 괜찮아요! 인간이든 짐승이든 아무도 해치지 않고 함께 살 자신이 있어요!"

이건 진심이었다. 무슨 일이 있어도 해치지 않겠다고 맹세할 수 있었다. 하지만 그는 이번에도 고개를 저었다.

"그럴지도 모르지. 하지만 그게 문제가 아니야."

"……."

"늑대는 허기를 참을 수 있어도 양은 공포를 참을 수 없기 때문이다."

그는 울고 있는 내 머리를 달래듯 매만졌다.

"난 평생 남의 것을 빼앗으며 강도로 살았다. 내가 더 강하니까 그게 당연하다고 생각했다. 그러다 동료에게 배신을 당해 불구가 되어 떠돌다 여기까지 왔지. 그리고 후회하지 않기 위해 생각하는 것을 그만두었다. 그야말로 짐승의 삶이었지."

그는 품속에서 미리 준비해 둔 듯한 동전 주머니를 꺼내 내 손에 쥐여 주었다. 어쩌면 지금 그가 가진 전부일지도 모를 돈이리라.

"스스로가 짐승임을 의심하지 않았던 나에 비해 자신이 짐승임에 괴로워하는 너는 훨씬 훌륭해. 힘이 있다면 그 힘을 올바르게 쓸 일도 있는 법이다. 이 돈을 가지고 여길 떠나라. 몇 년이 걸리더라도 네가 무엇을 해야 할지 찾아. 나처럼 평생을 후회로 살지 마라."

그는 자신을 똑 닮은 아들에게 당부하듯 말하고는 몸을 돌렸다. 나는 납득할 수 없었다.

"하지만 어째서 나예요! 왜 하필 나냐고요!"

그는 다리를 끌고 멀어져 가며 말했다.

"10억 명 머리 위로 비가 내려도 누군가 한 명은 처음으로 빗방울을 맞겠지. 그게 네가 된 거다. 그것뿐이야."

10.

그의 당부에도 이날 밤 나는 마을을 떠나지 못했다. 끓어오르는 고열이 내 몸을 집어삼켰기 때문이다. 허기와 분노와 불안과 외로움이 한데 타올라 아무것도 온전히 생각할 수 없었다. 나는 탈피하는 뱀처럼 빈 곳간 구석에 웅크리고 밤새 몸을 떨었다. 어떤 무자비한 손길이 내 온몸 구석구석을 강제로 다 뜯어내서 새로 맞추는 것만 같았다. 나는 지금의 내가 흔적도 없이 사라질 것 같은 소용돌이 속에서 정신을 잃지 않으려 애썼다.

그리고 동틀 무렵, 나는 완전히 새로운 감각을 느꼈다. 이 낯선 감각은 오감과는 전혀 다른 종류의 것이었다. 마치 있지도 않은 내 몸의 털들 하나하나가 보이지 않는 곳까지 감지하는 것만 같았다. 눈을 감고 있어도 저 산 너머가 보였다. 안개가 흐르는 소리가 들렸다. 이슬이 떨어지는 소리, 막 피어오른 꽃의 향기, 하늘 위 독수리의 작은 날갯짓마저 이 창고 안에서 눈을 감은 채 또렷이 느꼈다. 사방으로 뻗어 나간 이 맹수의 감각이 인간은 알 수 없는 모든 것을 알려 주었다.

그리고 난 저 멀리서 숨죽인 채 이 마을로 다가오는 발소리들을 감지했다. 그들이 몇 명인지, 무슨 갑옷을 입고 무슨 무기를 들었는지 나는 그들보다 더 정확히 알 수 있었다. 나는 그들을 하늘에서 내려다보는 것처럼 파악했다. 그들의 살기를 느끼자 심장이 뜨거워지며 털이 솟구치고 송곳니가 자라는것 같았다.

『첫 사냥감으로 적당한 목표로군.』

호랑이가 말하자 나는 그제야 눈을 뜨고 몸을 일으켰다. 그리고 창고 문을 열었다. 짙은 안갯속에서도 내 눈엔 그들의 모습이 또렷하게 보였다. 5분 후 그들이 나를 봤다.

"뭐야. 어린애잖아."

마을을 포위한 군대의 장교가 나를 보고는 투구를 벗으며 중얼거렸다. 그 옆에 있던 노인이 빠르게 대꾸했다.

"아닙니다, 나리. 저 아이는 정말로 아신입니다. 대포를 맞고도 상처 하나 없었다고요."

나는 많은 사람들이 내가 두려워 도망쳤다는 것을 알고 있었다. 그리고 남은 사람들이 영주에게 나를 신고했다는 사실도 알고 있었다.

"이 우둔한 놈들. 그렇게 당부했는데 영주에게 알리다니!"

다리를 절며 나타난 자는 촌장이었다. 나를 영주에게 알린 무리 중 한 명이 소리 높여 말했다.

"누가 우둔하다는 거야! 네가 말했잖아. 저 아이는 아신이야. 우리는 감당 못 해. 그대로 놔뒀다간 우리 모두를 잡아먹을 거라고. 힘 있는 영주님이 거둬들이는 것이 저 아이에게도 좋잖아!"

촌장은 같잖다며 혀를 찼다.

"입바른 소리 마라. 결국 저 아이를 신고해서 푼돈이나 챙기려는 수작이잖아."

"그, 그게 뭐가 어때서! 우리가 저 아이를 발견했으니까 포상금을 받는 게 뭐가 나빠!"

두근거리는 내 심장 옆에서 호랑이가 말했다.

『짐승과 인간이 뭐가 다를까. 짐승은 자신이 빼앗고 싶은 것은 주저 없이 빼앗지. 인간은 빼앗기 전에 많은 고민을 해. 그리고 결국 빼앗지.』

난 굳은 얼굴로 그들을 바라봤다. 내가 이 사람들의 마음을 흔들어 놓은 것이다. 할아범의 말대로 떠났어야 했다.

평생을 무법자로 살았다는 촌장은 고개를 절레절레 흔들었다.

"바보들이로구나. 정말 바보야."

"이 노인네가 정말!"

"아신을 가진 국가는 그 자체로 강대국이 된다. 그만큼 전 세계의 지배자들이 무슨 수를 써서라도 손에 넣으려는 존재야. 그리고 네 명의 아신 중 딱 한 명만 지금까지 발견되지 않았지."

그는 그렇게 말하며 나를 바라봤다.

"그게 우리랑 무슨 상관인데!"

누군가 버럭 소리를 질렀고 촌장은 소리가 들린 쪽으로 고개를 돌렸다. 그러고는 커다랗게 외쳤다.

"아직도 모르겠냐! 이 돌대가리들아! 영주가 아신의 존재를 아는 우리를 살려 둘 것 같아!"

나는 그 말의 의미를 깨닫고 놀란 눈으로 군대를 바라봤다. 그때, 검을 뽑은 장교가 자신들을 안내해 온, 조금 전 소리를 지른 바로 그 노인을 찔렀다.

"시끄럽군. 버러지 같은 것들이 주제도 모르고 영주님과 거래를 하려고 해?"

노인이 마른 짚더미처럼 쓰러졌다. 내 두 눈이 커졌다.

"무슨 짓이야!"

내 고함이 대기를 울렸다. 안개가 날아가며 귀를 틀어막은 사람들의 모습을 낱낱이 드러냈다. 예의 장교가 다시 투구를 쓰며 말을 떼었다.

"이, 이거 진짜 아신이 맞는가 보군. 그래 봐야 아직 어린애, 생포해서 영주님에게 데려간다. 포위해!"

"이 노인네들은 어쩔까요."

"당연하잖아."

그 말이 끝남과 동시에 군인들이 곧바로 마을 사람들을 찌르기 시작했다. 난 심장이 터질 것 같았다. 한 군인이 촌장에게 달려왔다.

"피, 피해요!"

외눈의 노인은 어깨를 폈다. 그리고 그 무뚝뚝한 얼굴로 내게 말했다.

"아무도 원망하지 마라. 네 삶을 소중히 여겨."

나는 피에 젖은 그의 몸이 무너지는 장면을 바라봤다. 표정 잃은 얼굴을 타고 눈물이 흘러내렸다. 그 순간 마음속의 무엇인가가 깨져 버리는 것을 느꼈다. 나는 땅을 울리며 으르렁거렸다.

"너희 모두 지금 여기에서 죽는다."

잇새로 살기가 흘렀다. 군인들이 나를 바라봤다. 그리고 이성이 끊어졌다.

11.

"살려 줘! 아, 아무도 없나!"

정신이 돌아왔을 때 나는 복도를 걷고 있었다. 그리고 내 앞에 선 잠옷 바람의 영주가 깨진 창문 조각을 맨발로 밟으며 뛰고 있었다. 그를 쫓는 건 내 무표정뿐, 아직 손을 뻗지 않았다. 사방이 시체였다.

"너, 넌 대체 누구야!"

그는 뛰는 간간이 뒤돌아 나를 바라보며 외쳤다. 그때마다 나는 똑같은 거리로 그의 등 뒤에 있었다.

"네가 만든 짐승."

"그럼 네가 아신! 현명하게 생각해. 나와 손을 잡으면 황제를 밀어내고 제국을 차지하는 것도 꿈이 아니야!"

그는 두 발이 피에 물들어 헉헉거리며 도망치면서도 끝까지 같잖은 야망을 늘어놓았다.

"그 현명한 생각 때문에 마을 사람들을 다 죽인 거야?"

나는 그의 뜀박질보다 훨씬 빠른 걸음으로 뒤를 쫓으며 말했다. 이윽고 내가 절반을 부숴 버린 궁전의 끝에 도달했다. 그는 낭떠러지나 다름없는 밑을 내려다보고는 숨이 멎을 듯 비명을 질렀다.

"이게 말이 돼? 고작 빈민 몇 명 죽인 걸로 영주인 날 심판하겠다고!"

난 걸음을 멈추고 무너져 내린 복도 끝에서 몸을 떠는 영주를 바라봤다. 어제까지 나는 밭을 갈고 있었지. 그건 마치 전생 같았다.

"난 되도록 네가 죽기 전에 자기가 무슨 잘못을 했는지 뉘우치길 바라며 기다렸다. 하지만 무리였네."

난 손을 들어 그의 목을 향해 뻗었다. 그때 백사처럼 창백한 손이 내 손목을 잡아챘다.

"······!"

그리고 압도적인 힘이 날 바닥에 짓눌렀다.

"정신 차려라, 축생."

나는 그의 몸을 뜯어내려 팔을 뻗었지만 손에는 먼지만 잡혔다. 유령처럼 뒤로 물러난 그가 검은 재를 흘리며 나를 바라봤다. 금빛 눈동자에 그처럼 짙은 금발, 새하얀 피부에 검은 군복을 입은 그는 내게 귀찮다는 시선을 보냈다.
"너도 이놈 똘마니냐!"
"흠. 이번 견백호는 특별히 머리가 나빠 보이는군."
그는 낙제생을 바라보는 표정으로 중얼거렸다.
"이 망할 놈이!"
내 몸이 튀어 올라 두 팔로 그의 몸을 긁었지만 역시 먼지만 흩어질 뿐, 그는 다시 뒤로 물러나 또 심사하듯 나를 훑어봤다.
"아직 힘을 제대로 쓸 줄도 모르는구나. 이 또한 지능이 나쁘기 때문일지도."
딱 세 마디만으로 이만큼 열 받게 만드는 놈도 드물 것이다. 난 모든 감각을 동원해 그를 감지하려 했다. 하지만 아무것도 잡히지 않았다. 마치 허상과 같은 자였다.
영주가 잽싸게 뛰어 그의 뒤로 숨었다.
"혹시 진청룡 라이오라 님이십니까! 이제 살았다!"
그때 라이오라라는 자의 손이 그의 어깨에 닿았다. 그 순간 풍선 같은 영주의 몸이 마른 모래탑처럼 무너져 내려 바람에 쓸려 갔다. 그 끔찍한 마술을 보면서도 믿을 수 없었다.
"아신을 발견했다는 사실을 폐하에게 보고하지 않았다는 것만으로도 처형당할 이유는 충분하다."
"네놈들은 툭하면 죽이는구나. 그럼 우쭐해지냐?"
"정말 길들이기 번거로워 보이는 놈이로군. 아니 그보다⋯⋯ 그럴 가치나 있을까."

라고 말할 때 내 주먹이 그의 얼굴을 내리쳤다. 거대한 섬광과 함께 간신히 반만 남아 있던 궁전이 폭발하듯 무너져 내렸다. 그리고 이 재수 없는 자식과 열두 시간을 싸웠다.

12.

그래서 이겼냐고? 결과는 보는 바와 같다.
"허억! 허억! 허억!"
나는 폐허가 되어 버린 궁전 한가운데 누워 피를 흘렸다. 이 지경이 되고도 죽지 않은 내 몸도 대단하지만, 뭐 저런 괴물이 다 있을까. 대체 무슨 요술을 부린 건지 난 무슨 수를 써도 저 악령 같은 놈에게 손가락 하나 댈 수 없었다.
라이오라고 불린 자는 석양을 빤히 바라보며 말했다.
"음. 너무 늦으면 폐하가 또 심술을 부릴 텐데…… 아무리 멍청해도 아신이라서 그런지 잘 안 죽네."
"저게 말끝마다 멍청하다고! 내가 너 따위한테 죽을 거 같아!"
그가 다가와 쓰러진 나를 내려다봤다.
"나도 너와 같은 아신이다. 그리고 200년 전엔 나도 너와 같았다. 인정할 수 없었지."
"……200년이라고?"
"너는 앞으로 많은 실수를 하고 또 많은 후회를 하게 될 것이다. 그러다 보면 언젠가는 네가 왜 힘을 얻었는지 깨닫는 날이 올지도 모르지. 세상은 공평해서 힘이 있으면 그 힘이 필요한 곳도 반드시 존재한다."

나는 그를 올려다봤다. 착각인지도 모르겠지만 그렇게 말하는 그의 황금색 눈이 슬퍼 보였다. 내가 말했다.

"설교하지 마! 폭군의 사냥개 주제에!"

그가 나를 뻥 차 버렸다.

"으악!"

"기껏 입 아프게 말해 줬더니, 멍청한 축생."

나는 옆구리를 붙잡고 비틀거리며 일어나서는 으르렁거리며 그를 노려봤다.

"맘대로 해라. 하지만 어떻게 해도 넌 절대로 날 못 데려가."

"나도 필요 없다."

"엉?"

"제국에 짐승은 필요 없다. 아무 데나 가 버려."

그렇게 내뱉은 그의 몸이 조금씩 흩어지기 시작했다.

"무, 무슨 소리야! 날 잡겠다고 여기까지 와 놓고는!"

"그랬는데 이제 귀찮다. 폐하에겐 겁먹고 도망쳤다고 보고하면 될 테지."

"도망쳤다고? 내가 왜!"

"아무려면 어떠냐. 어차피 내게 손도 못 대는 주제에."

훗날 알게 되었지만 이자를 쓰러트린다는 것은 싸움꾼이 이 세상에서 더 이상 할 일이 없어졌다는 의미다. 내가 그를 가리키며 외쳤다.

"나잇살 먹어 놓고 오늘 막 아신 데뷔한 미성년자를 상대로 힘자랑하니까 기분 좋냐!"

순간 그의 얼굴에 짜증이 드러났다. '아주 싫은 놈과 엮였다.'라는 낭패의 표정이었다.

"너, 내 힘을 어디다 쓸지 찾으라고 그랬지?"

"정정하겠다. 안 찾아도 된다. 아니, 제발 찾지 마."

"찾았다! 내 힘으로 널 때려눕혀 주마! 그래서 너도 나와 똑같은 인간일 뿐이라는 걸 깨닫게 해 주겠다!"

그는 실없다는 듯 두 눈을 감으며 쓴웃음을 지었다. 그리고 중얼거렸다.

"시체는 인간이 아니야. 난 오래전에 죽었다."

그 한마디를 끝으로 그의 몸이 완전히 흩어지며 사라졌다.

"어? 뭐야? 도망쳤냐? 도망쳤구나!"

사방을 두리번거렸지만 200년 묵은 마왕의 잔재주란 대단해서 어디로 숨었는지 알 수 없었다. 상관없다, 시간은 많으니까. 황제 놈의 궁전에 가서 정문을 걷어차다 보면 알아서 그 빈혈 걸린 얼굴로 나타날 테지.

13.

나는 마을로 돌아갔다. 그리고 일주일 동안 죽은 사람들 모두를 묻어 주었다. 대마왕의 말마따나 나는 지금처럼 앞으로도 많은 실수를 할 것이고 또 많은 후회도 할 것이다. 그 책임도 져야 할 것이다. 그러면서 조금씩 변할 것이다. 다른 모든 사람들과 마찬가지로. 호랑이는 더 이상 내게 말을 걸지 않았다. 아니 어쩌면 처음부터 그것은, 이 힘을 원했던 또 다른 나였는지도 모르겠다. 아무려면 어떨까. 이 세상엔 짐승 같은 인간도 있고 인간 같은 짐승도 있다. 만약 그중 하나를 선택해야 한다면 난 단연코 후자다.

'가자.'

난 산 너머를 향해 발을 내디뎠다. 이제부턴 홀로 걸어야 한다는 사실을 받아들였다. 겪지 않으면 알 수 없는 길들이 이 세상 끝까지 뻗어 있었다.